CAREER OF EVIL

Career of Evil by Robert Galbraith

First published in Great Britain in 2015 by Sphere
Korean translation copyright © 2017 by Moonhak Soochup Publishing Co., Ltd.

See pages 341-343 for credits.
Selected Blue Öyster Cult lyrics 1967-1994 by kind permission
of Sony/ATV Music Publishing (UK) Ltd.
www.blueoystercult.com
'Don't Fear the Reaper: The Best of Blue Öyster Cult'
from Sony Music entertainment Inc available now
via iTunes and all usual musical retail outlets.

원서는 2015년 영국 Sphere 출판사에서 출간되었습니다.

이 책에 등장하는 모든 인물과 사건은 허구이며, 실존 인물과 사건을 연상시키는 부분이 있더라도 이는 저자의 의도와는 무관합니다.

커리어 오브 이블

1

로버트 갤브레이스 지음 | 고정아 옮김

문학수첩

션과 매슈 해리스에게

이 헌사를 가지고 무슨 일이든 하시게.
하지만 제발—
제발—
이걸 눈썹에 쓰지는 말기를.

일러두기

- 블루 오이스터 컬트는 실존하는 밴드이다.
- 주석은 모두 옮긴이가 단 것이다.

I choose to steal what you choose to show
And you know I will not apologize —
You're mine for the taking.

I'm making a career of evil...

Blue Öyster Cult, 'Career of Evil'
Lyrics by Patti Smith*

* '네가 보여주면 나는 훔쳐./너도 알지만 나는 사과하지 않아—/잡히기만 하면 너는 내 거야.// 내 인생은 죄악의 삶……'. 블루 오이스터 컬트, 〈커리어 오브 이블〉, 패티 스미스 작사.

1

2011년

This Ain't the Summer of Love*

그는 그녀의 피를 말끔히 닦아내지 못했다. 왼손 중지 손톱 밑에 괄호 모양으로 검은 선이 박혔다. 바라보고 있자니 몹시 즐거웠지만, 그는 그것을 파내려고 했다. 그것은 어제 이룬 쾌거의 기념물이었다. 얼마간 긁어내도 소용이 없자, 그는 피 묻은 손톱을 입에 넣고 빨았다. 싸하게 퍼지는 쇠 맛은, 타일이 깔린 바닥 위로 철철 쏟아지면서 벽에 튀고, 그의 바지를 적시고, 복숭앗빛 목욕 수건—보송보송하게 말려서 잘 개어놓은—을 피 걸레로 만든 그 냄새를 떠올리게 했다.

오늘 아침에는 총천연색이 더 선명하게, 세상이 더 사랑스럽게 보였다. 그는 차분함과 고양됨을 느꼈다. 마치 그녀를 흡수하고 그녀의 목숨을 주입받았다는 듯이. 우리가 죽인 사람은 우리 것이 된다. 그것은 섹스를 능가하는 소유 방식이다. 게다가 그 사람이 죽음의 순간에 어떤 모습이었는지 안다는 것은 살아 있는 두 육체가 경험하

* 〈지금은 사랑의 여름이 아니야〉. 블루 오이스터 컬트, 〈운명의 동인(Agents of Fortunes)〉 앨범의 수록곡.

는 그 어떤 것보다 친밀한 행위였다.

그는 자신이 무슨 일을 했는지, 또 앞으로 무슨 일을 할지 아무도 모른다고 생각하니 짜릿한 흥분에 휩싸였다. 그는 기쁨과 평화에 둘러싸여, 가느다란 4월 햇빛을 쬐어 따뜻해진 벽에 기대 중지를 빨았다. 눈은 맞은편 집에 고정되어 있었다.

멋진 집은 아니었다. 평범했다. 물론 어제의 피가 말라붙은 옷을 태워버리려고 검은 쓰레기봉투에 담아둔, 표백제로 깨끗이 씻어 광이 나는 칼을 주방 싱크대 밑 U 자 트랩 뒤에 쑤셔 박아둔 그 작은 집보다야 살기 좋지만.

이 집의 작은 앞뜰에는 검은 철책이 둘려 있고, 잔디밭의 풀은 웃자라 있었다. 3층짜리 건물에 흰색 현관 두 개를 나란히 욱여넣은 모습을 보면 개조된 건물이라는 사실을 알 수 있었다. 이 집 1층에 로빈 엘라코트라는 이름의 여자가 살았다. 그녀의 본명을 힘들여 알아내기는 했지만, 그의 머릿속에서 그녀는 그냥 '비서'였다. 그녀는 방금 내민창 앞을 지나갔다. 머리카락 색이 밝아서 눈에 잘 띄었다.

비서를 관찰하는 것은 예상에 없던 즐거움이었다. 그는 시간 여유가 좀 있어서 여기서 그녀를 지켜보기로 했다. 오늘은 어제와 내일의 영광 사이에 낀 안식일이었다. 이미 성취한 것에 대한 만족감과 앞으로 얻을 흥분 사이에 오늘이 있었다.

오른쪽 현관이 열리더니 비서가 남자 한 명을 데리고 나왔다.

그는 계속 벽에 기댄 채, 친구를 기다리는 것처럼 보이려고 고개를 돌려 길 저편을 바라보았다. 두 사람 다 그에게 눈곱만큼도 신경 쓰지 않았다. 그들은 나란히 길을 걸었다. 거리가 어느 정도 벌어지자 그는 두 사람을 따라가기로 했다.

여자는 청바지와 가벼운 재킷, 굽 낮은 부츠 차림이었다. 밝은 햇빛 아래서 보니 길고 구불구불한 머리에 연한 적갈색이 돌았다. 그 커플이 서로 대화를 나누지 않는 걸로 보아 약간 서먹한 사이란 걸 그는 스스로 감지해냈다.

그는 사람을 잘 파악했다. 어제 피에 젖은 복숭앗빛 수건들에 감싸여 죽은 소녀도 그가 마음을 읽어내고 꾄 것이었다.

그는 두 손을 주머니에 찔러 넣고 그들을 따라 긴 주택가 길을 걸어갔다. 가게라도 가는 듯 여유로운 걸음이었고, 그가 낀 선글라스도 이렇게 밝은 아침에는 주의를 끌지 않았다. 가벼운 봄바람에 나무들이 부드럽게 흔들렸다. 두 사람은 길 끝에서 왼쪽으로 돌아 사무실 건물이 죽 늘어선 큰길로 나갔다. 그들이 일링 시의회 건물 앞을 지날 때, 그의 머리 위에서 유리창들이 햇빛에 빛났다.

방금 비서의 동거인인지 남자 친구인지 하여간 비서와 동행하는 그 남자—깔끔하게 생기고 옆에서 봤을 때 턱이 각진—가 여자에게 말을 했다. 여자는 짧게 대답했고 웃지도 않았다.

여자들은 어찌나 옹졸하고 비열하고 추잡하고 속이 좁은지. 많은 계집년들이 입을 부루퉁하게 내밀고선 남자들이 제 비위를 맞춰주기만 바란다. 여자는 죽어서 모든 걸 비워내고 우리 앞에 누워 있을 때에만 정결하고 신비롭고 심지어 경탄스럽다. 그럴 때면 그들은 완전히 우리 것이 되어 따지지도 덤비지도 않고, 떠나지도 못한다. 우리는 그들을 손에 넣고 마음대로 주무를 수 있다. 어제의 시체는 피를 모두 빼내자 무겁게 늘어졌다. 실물 크기의 노리개, 장난감이었다.

그는 비서와 그녀의 남자 친구를 따라서 번잡한 아케이디아 쇼핑

센터를 지나갔다. 그들을 따라붙는 그의 민첩함은 유령 같거나 어쩌면 신 같았다. 토요일 쇼핑객들이 그를 볼 수나 있을까? 아니면 왜 그런지는 모르겠지만 투명 인간이라도 될 수 있는 능력이 생긴 걸까?

그들은 버스 정류장에 도착했다. 그는 근처를 어슬렁거리며 카레 식당 안쪽, 식품점 앞의 과일 더미, 신문 가판대 창에 걸린 윌리엄 왕자와 케이트 미들턴의 두꺼운 종이 가면을 보는 척하면서, 유리에 비친 그들의 모습을 바라보았다.

그들은 83번 버스에 타려 했다. 그는 수중에 돈이 별로 없었지만 그녀를 관찰하는 일이 너무도 즐거워서 아직 그만두고 싶지 않았다. 그들을 따라 버스에 올라탈 때 남자가 웸블리 센트럴이라고 말하는 소리가 들렸다. 그는 표를 사서 그들을 따라 2층으로 올라갔다.

두 사람은 버스 맨 앞 좌석에 앉았다. 그는 어떤 심술궂은 표정의 여자 옆에 앉아 쇼핑백을 치우게 했다. 이따금 승객들의 대화를 뚫고 그들의 목소리가 들려왔다. 비서는 남자와 말하지 않을 때는 웃음기 없는 얼굴로 창밖을 내다보았다. 그녀는 그곳이 어디든 간에 별로 가고 싶어 하지 않는다고, 그는 확신했다. 그녀가 눈가에서 머리카락을 떼어낼 때 약혼반지가 보였다. 그러면 여자는 곧 결혼하겠군……. 아니, 그렇게 생각하겠군. 그는 세운 옷깃 속으로 희미한 웃음을 감추었다.

따뜻한 한낮의 햇볕이 먼지로 얼룩진 차창 안으로 쏟아져 들어왔다. 남자들 한 무리가 올라타 주변 좌석을 채웠다. 그중 둘은 붉고 검은 럭비 셔츠를 입고 있었다.

갑자기 한낮의 빛이 흐려진 것 같았다. 그 셔츠, 초승달과 별이 그려진 셔츠는 그가 좋아하지 않는 것을 떠올리게 했다. 그는 자신이 신처럼 느껴지지 않던 시절을 떠올렸다. 그는 이렇게 행복한 날이 지난날의 기억, 나쁜 기억으로 얼룩지는 것이 싫었지만, 우쭐한 기분은 급작스럽게 사라졌다. 분노한 그는—10대 소년 무리 중 한 명이 그와 눈이 마주치자 황급히 눈길을 돌렸다—자리에서 일어나 계단으로 갔다.

아버지와 어린 아들이 버스 문 옆의 봉을 잡고 있었다. 가슴속에서 분노가 폭발했다. '자신이야말로' 아들이 있어야 했다. 아니, 정확히 말하면 '아직도' 아들이 있어야 했다. 그는 아들이 자기 옆에 서서 자신을 우러러보는 모습, 자신을 영웅처럼 숭배하는 모습을 그려보았다. 하지만 아들은 오래전에 떠났고, 이는 전부 코모란 스트라이크라는 남자 때문이었다.

그는 코모란 스트라이크에게 복수할 것이다. 그를 사정없이 파멸시킬 것이다.

그가 보도에 내려섰을 때 마지막으로 버스 앞창에 비친 비서의 황금빛 머리가 보였다. 앞으로 24시간 안에 그녀를 다시 볼 것이다. 그 생각은 사라센 클럽 셔츠를 보고 솟아오른 불같은 분노를 달래는 데 도움이 되었다. 버스는 떠났고, 그는 스스로를 달래면서 반대 방향으로 걸어갔다.

그에게는 멋진 계획이 있었다. 아무도 알지 못했다. 아무도 의심하지 않았다. 그리고 그의 집 냉장고에는 아주 특별한 것이 그를 기다리고 있었다.

2

A rock through a window never comes with a kiss.
Blue Öyster Cult, 'Madness to the Method'*

로빈 엘라코트는 26세이고 약혼한 지 1년이 넘었다. 결혼식은 원래 석 달 전이었지만, 예비 시어머니의 갑작스러운 죽음으로 연기되었다. 예정된 결혼식 날로부터 석 달 동안 많은 일이 있었다. 매튜와 결혼 서약을 주고받았다면 나아졌을까? 약간 헐거워진 사파이어 약혼반지에 결혼반지까지 끼었다면 지금보다 덜 싸웠을까?

월요일 아침에 토트넘코트 로드의 막돌 더미를 헤치고 가면서, 로빈은 전날의 말다툼을 되새겨보았다. 화근은 럭비를 보러 집을 나서기 전부터 이미 있었다. 로빈과 매튜는 세라 셰드록과 그 남자 친구 톰을 만날 때마다 의견 충돌을 겪었다. 그래서 경기 후부터 새벽 한두 시까지 말다툼을 하다가 로빈이 지적한 것이다.

"세라가 부추겼잖아, 제기랄. 모르겠어? 오로지 그에 대해서 묻고 묻고 또 물은 사람은 '세라'였어. 내가 시작한 게 아니라……."

토트넘코트 로드 역 주변의 끝날 줄 모르는 도로 공사는 로빈이

* '창문을 깨고 날아드는 돌멩이는 키스와 함께 오지 않아.', 블루 오이스터 컬트, 〈질서에 혼란을〉.

덴마크 스트리트에 있는 사설탐정 사무소에서 일하기 시작한 뒤로 늘 그녀의 출근길을 가로막았다. 커다란 막돌에 발까지 걸려 기분이 더 나빠졌지만, 몇 걸음 비틀거리다가 중심을 잡았다. 도로에 파 놓은 아주 깊은 구덩이에서 안전모를 쓰고 형광색 재킷을 입은 남자들이 휘파람을 불며 선정적인 말을 쏟아냈다. 로빈은 얼굴이 빨개졌지만 못 들은 척하며 적갈색 금발을 눈가에서 털어내면서 그들을 무시했다. 그녀는 다시 세라 셰드록과 그녀의 교활하고 집요한 질문을 불가항력적으로 떠올렸다.

"그는 '색다르게' 매력적이야, 안 그래? 조금 후줄근하지만 그런 건 상관없어. 실물도 섹시해? 덩치가 아주 크지?"

로빈은 매튜가 어금니를 꽉 깨무는 걸 보면서 무심하게 대답하려 애썼다.

"사무실에는 단둘뿐이야? 정말로? 다른 사람은 없어?"

'나쁜 년', 로빈은 생각했다. 그녀의 성품이 아무리 온화할지라도 세라 셰드록까지 품어줄 수 없었다. '일부러 그러는 거야.'

"아프가니스탄 때문에 훈장을 받은 게 사실이야? 정말? 우아, 지금 우리가 전쟁 영웅에 대해 이야기하는 거야?"

로빈은 코모란 스트라이크에 대한 세라의 원맨쇼 같은 끝없는 찬양을 막으려고 최선을 다했지만 소용없었다. 경기가 끝날 때쯤 약혼녀를 대하는 매튜의 태도는 싸늘해졌다. 하지만 그런 불쾌감을 안고도 비커리지 로드에서 돌아오는 길 내내 세라와 웃고 떠들었으며, 로빈이 보기에 좀 둔하고 지루한 톰은 어떤 저의도 알아채지 못하고서 같이 웃었다.

도로의 구덩이를 피해 걷는 행인들에게 밀려가며 로빈은 마침내 길을 건넜다. 격자무늬의 콘크리트 거석 같은 센터포인트 빌딩 아래로 드리워진 그림자를 지나는데 매튜가 자정에, 말다툼이 다시 번졌을 때 한 말을 떠올리고는 또 한 번 분노에 사로잡혔다

"빌어먹을 그 인간 이야기를 멈출 수는 없는 거지? 세라한테—"

"그 사람 이야기를 계속한 건 '내'가 아니라 '세라'라니까. 너도 들었잖아—"

하지만 매튜는 여자같이 아주 높고 바보 같은 목소리로 그녀를 흉내 냈다. "머리 모양이 정말 귀여워—"

"제발, 편집증 환자처럼 왜 그래!" 로빈이 소리쳤다. "'세라'가 떠들어댄 건 자크 버거에 대해서지, 코모란이 아니야. 그리고 내가 한 말은—"

"코모란이 아니야." 그는 그 바보 같은 목소리로 따라 말했다. 덴마크 스트리트의 모퉁이를 돌 때, 로빈은 여덟 시간 전에 소파에서 자려고 방에서 뛰쳐나가던 그때만큼 화가 났다.

세라 셰드록, 그 망할 세라 셰드록은 매튜와 대학 동창이었고, 오래전부터 고향 요크셔에 남겨져 있던 로빈에게서 매튜를 떼어내려고 애썼다……. 세라를 다시 보지 않을 수 있다면 아주 기쁘겠지만, 세라는 7월의 결혼식에도 올 테고 결혼 생활에도 골칫거리가 될 게 분명했다. 스트라이크를 만나겠다고 로빈의 사무실로 잠입해 들어올 수도 있었다. 스크라이크에 대한 그녀의 관심이 진짜고, 그저 로빈과 매튜 사이를 흔들려는 게 아니라면.

절대 코모란에게 그녀를 소개하지 않겠어. 로빈은 결연하게 다짐하면서 사무실 건물 현관 밖에 서 있는 택배 배달원에게 다가갔다. 그는 장갑 낀 손에 클립보드를, 다른 손에 길쭉한 직사각형 상자를

들고 있었다.

"엘라코트 앞으로 온 건가요?" 로빈이 그에게 다가가면서 물었다. 결혼식 피로연 기념품으로 상아색 판지를 씌운 일회용 카메라를 주문해 기다리고 있었다. 최근에 근무시간이 너무 들쭉날쭉해서 온라인 주문을 할 때면 집보다 사무실로 배송받는 게 더 편하다는 사실을 깨달았다.

배달원은 고개를 끄덕이더니 오토바이 헬멧을 벗지도 않고 클립보드를 내밀었다. 로빈은 서명을 하고 긴 상자를 받았다. 생각보다 훨씬 무거웠다. 겨드랑이에 상자를 끼자, 안에 든 큼직한 물건이 미끄러져 내리는 게 느껴졌다.

"고마워요." 로빈이 말했지만 배달원은 이미 돌아서서 오토바이에 다리를 걸치고 있었다. 로빈은 그가 멀어지는 소리를 들으며 건물 안으로 들어갔다.

새장같이 보이는 망가진 구식 엘리베이터의 통로를 나선형으로 감아 올라간 철제 계단에서, 로빈의 구두 굽이 금속성 소리를 냈다. 이어 그녀가 자물쇠를 풀자 유리문이 번쩍이며 열렸고, 어둠 속에 음각으로 새긴 간판—C. B. 스트라이크, 사설탐정 사무소—이 두드러졌다.

그녀는 일부러 일찍 출근했다. 최근에 사건이 몰려들어서, 그녀는 젊은 러시아 랩 댄서를 감시하는 일과를 시작하기 전에 서류 작업을 좀 해두고 싶었다. 머리 위에서 무거운 발소리가 들리는 것으로 보아 스트라이크는 아직도 사무실 위층의 다락방에 있는 것 같았다.

로빈은 길쭉한 상자를 책상 위에 내려놓고, 코트를 벗어 가방과 함께 문 뒤의 못에 걸고, 불을 켜고, 전기 주전자에 물을 올린 뒤 책상 위에서 편지 개봉용 칼을 집어 들었다. 자기가 찬양한 것이 럭비 선수 자크 버거의 길고 풍성한 곱슬머리지, 스트라이크의 짧고 또 정말이지 음모처럼 꼬불거리는 머리가 아님을 매튜가 전혀 믿어주지 않은 걸 떠올리면서 그녀는 상자 끝을 콱 찔러 테이프를 가른 뒤 상자에서 떼어냈다.

상자 안에는 여자의 잘린 다리가 옆으로 쑤셔 넣어져 있었다. 공간에 맞추기 위해 발가락은 뒤로 접힌 채였다.

3

Half-a-hero in a hard-hearted game.
Blue Öyster Cult, 'The Marshall Plan'*

로빈의 비명이 창밖으로 터져 나왔다. 그녀는 상자에 든 끔찍한 물체에서 눈을 떼지 못한 채 책상에서 물러섰다. 다리는 매끈하고 가늘고 핏기가 없었으며, 상자를 열 때 손가락이 스치면서 차가운 고무 같은 감촉이 느껴졌다.

그녀가 두 손으로 입을 막으며 간신히 비명을 억누를 때 유리문이 벌컥 열렸다. 191센티미터의 장신인 스트라이크가 인상을 잔뜩 쓰며 들어왔다. 셔츠가 느슨하게 열려 있어 원숭이처럼 수북하고 새카만 가슴털이 드러났다.

"도대체 무슨?"

그는 로빈의 놀란 시선을 좇아 다리를 보았다. 그녀는 그가 자신의 팔뚝을 거칠게 움켜잡는 걸 느꼈다. 그는 그녀를 계단 앞으로 데리고 나갔다.

"이게 어떻게 온 거지?"

* '냉혹한 세계에서 절반의 영웅이 되어.', 블루 오이스터 컬트, 〈마셜플랜〉.

"택배 배달원요." 그가 자신을 끌고 계단을 오르도록 내버려두며, 그녀가 대답했다. "오토바이를 타고 왔어요."

"여기서 기다려요. 경찰에 전화할 테니."

그가 그녀 뒤로 다락방 문을 닫았고, 그녀는 심장이 요동치는 가운데 꼼짝 않고 서서 아래층으로 돌아가는 그의 발소리를 들었다. 목구멍으로 신물이 올라왔다. 다리라니. 그녀는 다리를 받았다. 다리를, 상자 안에 든 여자 다리를 들고 방금 태연히 위층으로 올라온 것이다. 누구 다리지? 나머지 몸은 어디 있는 거지?

그녀는 가장 가까이에 있는, 철제 다리와 비닐 쿠션이 달린 싸구려 의자에 앉아서는 손가락으로 마비된 입술을 계속 눌렀다. 그녀의 기억으로는, 상자는 그녀의 이름 앞으로 보내진 것이었다.

그러는 동안 스트라이크는 도로가 내다보이는 사무실 창가에 서서 배달원의 흔적을 찾아 덴마크 스트리트를 훑어보며 휴대전화를 귀에 갖다 댔다. 그가 책상 위에 열려 있는 상자를 살피려고 다시 바깥 사무실로 나왔을 때 경찰과 연락이 되었다.

"다리?" 전화기 저편에서 에릭 워들 경위가 되풀이했다. "빌어먹을 다리?"

"그리고 그 다리는 절대 내 사이즈가 아니야." 스트라이크가 말했다. 로빈 앞에서는 하지 않았을 농담이었다. 바짓단이 위로 올라가서 그의 오른 발목 역할을 하는 쇠막대가 드러났다. 옷을 입다가 로빈의 비명을 들었기 때문에 매무새가 엉망이었다.

말은 그렇게 했지만, 실제로 이 다리는 그가 잃은 다리와 같은 오른쪽 다리이고, 또 똑같이 무릎 바로 아래에서 잘렸다. 휴대전화를 귀에 꼭 댄 채 스트라이크는 다리를 좀 더 꼼꼼히 살폈는데, 콧구멍에 방금 해동한 닭고기 같은 불쾌한 냄새가 훅 끼쳤다. 백인 피부였다. 매끈하고 하얗고, 종아리의 오래된 푸르스름한 멍 하나와 엉성한 면도 자국을 빼면 아주 깨끗했다. 삐죽삐죽한 털은 금발이고, 페디큐어를 칠하지 않은 발톱은 조금 더러웠다. 잘린 정강뼈는 주변의 살과 대비되는 푸릇한 흰색으로 빛났다. 깨끗이 절단되었다. 도끼나 날이 넓은 칼로 잘린 것 같았다.

"여자라고 했지?"

"그런 것 같아."

스크라이크는 또 뭔가를 알아챘다. 잘린 다리의 종아리에 흉터가 있었다. 몸에서 다리를 잘라내며 생긴 상처와는 무관한 오래된 흉터였다.

콘월에서 보낸 어린 시절에 그가 변화무쌍한 바다를 등지고 서 있다가 무심결에 당한 일이 몇 번이던가? 바다를 모르는 사람들은 그것의 단단함과 무자비함을 잊고 지내다가 그것이 차가운 금속처럼 밀어닥치면 기겁한다. 스트라이크는 직업 생활 내내 공포에 직면하고 그것을 헤쳐 나가곤 했지만, 그 오래된 흉터는 너무도 예기치 않게 나타나서 잠시 그의 호흡을 가로막았다.

"듣고 있어?" 워들이 전화에 대고 말했다.

"뭐?"

스트라이크는 두 번 부러졌던 자기의 코를 여자 다리의 절단면에서 2, 3센티미터 떨어진 곳까지 갖다 대고 있었다. 그가 절대 잊지 못하는 어떤 아이의 흉터 난 다리가 떠올랐다……. 마지막으로 그 아이를 본 게 언제더라? 그 아이는 지금 몇 살일까?

"나한테 처음 전화하는 거지?" 워들이 물었다.

"그래." 스트라이크가 집중하려고 애쓰면서 말했다. "다른 사람보다는 자네가 수사하면 좋겠지만, 그게 안 되면—"

"바로 가지. 금방 갈 거야. 그대로 있어." 워들이 말했다.

통화가 끝나고 스트라이크는 휴대전화를 책상 위에 내려놓았다. 눈은 여전히 다리에 고정한 채였다. 다리 밑에 쪽지가 있었다. 타이핑한 쪽지였다. 군 시절 수사 절차에 대해 훈련을 받았기에, 스트라이크는 꺼내 읽고 싶은 강한 유혹을 물리쳤다. 범죄의 증거를 오염하는 것은 금물이었다. 그 대신 불안하게 쪼그리고 앉아서 상자의 열린 부분에 붙은 주소를 읽었다.

수신자는 로빈으로 되어 있었다. 그 사실이 몹시 마음에 걸렸다. 정확한 철자로 적은 그녀 이름이 하얀 스티커 종이에 사무실 주소와 함께 타이핑되어 있었다. 그 스티커 밑에 다른 스티커도 있었다. 하지만 그는 단순히 주소를 더 또렷하게 읽기 위해서라도 상자 위치를 바꾸지 않겠다고 결심하고서 눈을 찌푸리며, 수신자를 '캐머런 스트라이크'*로 타이핑한 스티커 위에 다시 '로빈 엘라코트'라고 타이핑해서 덧붙인 스티커를 보았다. 왜 마음을 바꾼 거지?

"염병할." 스트라이크가 나직이 뇌까렸다.

그는 힘겹게 일어서서 문 안쪽의 못에 걸린 로빈의 핸드백을 집어 든 뒤 유리문을 잠그고 위층으로 올라갔다.

"경찰이 올 거요." 그가 핸드백을 그녀 앞에 내려놓으면서 말했다. "차라도 한 잔 줄까요?"

그녀가 고개를 끄덕였다.

* 코모란(Cormoran)은 흔치 않은 이름이라서 사람들은 흔한 이름 캐머런(Cameron)으로 자주 오해한다.

"브랜디를 넣을까요?"

"브랜디 없잖아요." 그녀가 말했다. 목소리가 약간 갈라져 있었다.

"찾아봤어요?"

"무슨 말씀!" 로빈이 말했고, 그는 찬장을 살펴봤느냐는 식의 말에 그녀가 왈칵 화를 내자 미소를 지었다. "그냥 당신은, 약용 브랜디를 집에 둘 사람이 아니라서요."

"맥주는 어때요?"

그녀는 미소를 지을 수가 없어 고개를 저었다.

차가 준비되자 스트라이크는 찻잔 두 개를 꺼내 와 그녀와 마주 앉았다. 그의 모습에서 그가 어떤 사람인지가 분명하게 드러났다. 담배를 너무 많이 피우고, 패스트푸드를 너무 많이 먹는 거구의 전직 권투 선수. 눈썹은 진하고, 약간 눌린 코는 대칭이 맞지 않았으며, 웃지 않을 때는 뚱해 보였다. 샤워를 한 직후라서 아직 젖어 있는 숱 많은 검은 곱슬머리를 보니 로빈은 자크 버거와 세라 셰드록이 떠올랐다. 그 싸움은 이제 아득한 과거의 일 같았다. 위층에 올라온 뒤로는 매튜 생각이 아주 잠깐 스쳤을 뿐이다. 그녀는 그에게 이 사건을 말하기가 두려웠다. 매튜는 화를 낼 것이다. 그는 그녀가 스트라이크의 사무실에서 일하는 것을 좋아하지 않았다.

"보, 보셨어요?" 그녀가 뜨거운 찻잔을 들었다가 마시지 않고 내려놓으며 물었다.

"네." 스트라이크가 말했다.

로빈은 또 무엇을 물어봐야 할지 알 수 없었다. 그것은 잘린 다리였다. 상황이 너무 기괴하고 끔찍해서 머리에 떠오른 질문들이 죄다 황당하게만 느껴졌다. '아는 사람인가요? 왜 그걸 보냈다고 생각해요?' 그리고 가장 절박한 질문은 '그걸 왜 나한테 보냈을까요?'였다.

"경찰이 택배 배달원에 대해 물어볼 겁니다." 그가 말했다.

"알아요. 그 사람에 대한 걸 모두 떠올리려 애쓰고 있어요." 로빈이 말했다.

아래층의 버저가 울렸다.

"워들일 거예요."

"워들요?" 그녀가 놀라서 물었다.

"우리가 아는 가장 친절한 경찰요." 스트라이크가 그녀를 일깨웠다. "여기 있어요. 내가 이리로 데려오죠."

스트라이크는 지난 한 해 동안 런던 경찰청의 경찰들 사이에서 평판이 안 좋아졌는데, 그게 그의 잘못이라고만 할 수는 없었다. 그가 두 건의 수사에서 거둔 뛰어난 성과에 대한 언론의 호들갑스러운 보도가 경찰의 심기를 건드렸기 때문이다. 하지만 첫 사건 때 그를 도운 워들은 영광을 일부 공유했고, 그래서 적당히 우호적인 사이로 남았다. 로빈은 워들을 신문에서 그 사건 기사로만 보았다. 법정에서 마주친 적도 없었다.

워들은 숱 많은 흑갈색 머리카락에 초콜릿색 눈동자를 가진 잘생긴 남자로, 가죽 재킷과 청바지 차림이었다. 워들은 들어오면서 반사적으로 로빈을 보았고—그 시선은 그녀의 머리카락과 몸매를 재빨리 훑은 다음 사파이어와 다이아몬드가 박힌 약혼반지에 1초 정도 머물렀다—스트라이크는 그 모습이 재미있으면서도 왠지 불쾌했다.

"에릭 워들입니다." 그가 나지막이 말하며, 스트라이크가 보기에는 불필요할 정도로 매력적인 미소를 지었다. "이쪽은 이퀸시 경사입니다."

마른 몸에 머리를 뒤통수에 단정하게 틀어 묶은 흑인 여경이 함께였다. 그녀는 로빈에게 가볍게 미소를 보냈고, 로빈은 다른 여성이 있다는 사실에 자신이 어이없을 만큼 안도하고 있다는 사실을 깨달았다. 이퀀시 경사는 그녀에게서 눈을 떼고 스트라이크의 '보기 좋은' 다락방을 둘러보았다.

"그 택배 상자는 어디 있나요?" 이퀀시가 물었다.

"아래층에 있습니다." 스트라이크가 주머니에서 사무실 열쇠를 꺼내며 말했다. "보여줄게요. 아내는 좀 어때, 워들?" 그가 이퀀시 경사와 함께 방에서 나가려다가 물었다.

"그건 왜 물어?" 워들이 쏘아붙였지만, 다행히 상담원 같은 태도를 버리고 로빈 앞에 마주 앉아서 수첩을 폈다.

"제가 길을 걸어오는데 그 사람이 현관 앞에 서 있었어요." 워들이 다리가 어떻게 배달되었는지 묻자 로빈이 대답했다. "택배 배달원이라고 생각했죠. 검은 가죽옷을 입고 있었어요. 재킷 어깨의 파란 줄만 빼면 전부 검은색이었어요. 헬멧도 온통 검은색이고 거울로 된 가리개도 내리고 있었어요. 키는 틀림없이 180센티미터는 넘을 거예요. 헬멧을 벗더라도 저보다 10~13센티미터 정도 더 클 거예요."

"체격은요?" 워들이 수첩에 적으며 물었다.

"꽤 컸어요. 하지만 재킷 때문에 더 커 보였을 수도 있어요."

로빈의 눈이 다시 집 안에 들어온 스트라이크에게 가 닿았다. "그러니까—"

"나처럼 뚱보는 아니라는 거지?" 두 사람의 대화를 우연히 들은 스트라이크가 말했고, 스트라이크를 놀리기 좋아하는 워들이 숨죽여 웃었다.

"그리고 장갑을 끼고 있었어요." 로빈이 웃지 않고 말했다. "검은 가죽의 오토바이 장갑이었어요."

"당연히 장갑을 꼈겠죠." 워들이 메모하며 말했다. "오토바이에 대해서는 기억나시는 게 없을 것 같습니다만?"

"혼다였어요. 붉은색과 검은색이 섞인." 로빈이 말했다. "로고를 봤어요. 날개 로고요. 750시시 정도 같아요. 아주 컸거든요."

워들은 놀라면서 감탄하는 눈치였다.

"로빈은 자동차에 관심이 많아. 페르난도 알론소처럼 운전하지."

로빈은 스트라이크가 쾌활하고 가볍게 구는 게 싫었다. 아래층에 여자의 다리가 있다. 그럼 나머지 부분은 어디 있는가? 울면 안 된다. 잠을 더 잤더라면. 그 빌어먹을 소파……. 요즘 그녀는 그 소파에서 너무 많은 밤을 보냈다.

"그리고 서명해달라던가요?" 워들이 물었다.

"그랬다고 말할 수는 없어요." 로빈이 말했다. "그 사람이 클립보드를 내밀었고 저는 아무 생각 없이 서명했어요."

"클립보드에 뭐라고 적혀 있었나요?"

"그냥 송장 같았는데……."

그녀는 잘 기억해보려고 눈을 감았다. 생각해보니 송장은 노트북으로 합성한 것처럼 어설펐다. 그녀는 그 사실을 말했다.

"소포를 기다리고 있었나요?" 워들이 물었다.

로빈은 결혼식에 쓰려 했던 일회용 카메라 이야기를 했다.

"클립보드를 돌려받은 다음에 그 사람은 어떻게 했나요?"

"오토바이를 타고 떠났어요. 채링크로스 로드 쪽으로 갔어요."

노크 소리가 들렸고, 이퀸시 경사가 아까는 다리 아래에 있었지만 지금은 증거 봉투에 담긴 쪽지를 가지고 다시 나타났다.

"법의학 팀이 왔어요." 그녀가 워들에게 말했다. "이 쪽지가 상자 안에 있었어요. 엘라코트 양에게 어떤 의미인지 알려주시면 좋겠습니다."

워들은 비닐 봉투에 든 쪽지를 들어 살피면서 얼굴을 찌푸렸다.

"헛소리인데요." 그가 이렇게 말하고 쪽지를 소리 내어 읽었다. "'거둬들이네, 사지를, 팔다리를, 목을(a harvest of limbs, of arms and of legs, of necks)—'"

"'—목이 돌아간 백조처럼(that turn like swans).'" 스트라이크가 끼어들었다. 그는 오븐이 딸린 레인지에 기대 있었는데 쪽지를 읽기에는 너무 먼 거리였다. "갈망하거나 기도하듯이(as if inclined to grap or pray)."

세 사람이 일제히 그를 보았다.

"노래 가사예요." 스트라이크가 말했다. 로빈은 그의 표정이 마음에 들지 않았다. 로빈은 그 말들이 그에게 어떤 의미, 어쩌면 나쁜 의미를 가진다는 것을 알 수 있었다. 그는 감정을 억누르는 듯한 목소리로 해명했다. "블루 오이스터 컬트라는 밴드의 노래 〈미스트리스 오브 더 새먼 솔트(Mistress of the Salmon Salt)〉의 마지막 절이에요."

이퀸시 경사가 가늘게 그린 눈썹을 치켜떴다.

"누구요?"

"70년대에 인기 있던 록 밴드예요."

"그 밴드를 잘 아나 봐?" 워들이 물었다.

"이 노래를 알아." 스트라이크가 말했다.

"누가 이걸 보냈는지 짚이는 데가 있어?"

스트라이크는 망설였다. 세 사람의 시선 속에서, 혼란스러운 이미지와 기억이 빠른 속도로 머릿속을 훑고 지나갔다. 낮은 목소리가 말했다. '그녀는 죽고 싶어 했어. 그녀는 산화칼슘 같았지(She wanted to die. She was the quicklime girl).' 이리저리 엇갈린 은빛 흉터가 남은 열두 살 소녀의 가느다란 다리. 혐오로 가늘어진, 마치 페럿처럼 작고 검은 눈 한 쌍. 그 노란 장미 문신.

그리고 뒤처져 있던 기억—다른 사람이라면 가장 먼저 떠올렸을 수도 있지만—도 떠올랐다. 시신에서 성기를 절단해 경찰 정보원에게 우편으로 보낸 사건 기록의 기억이었다.

"누가 보냈는지 알겠어?" 워들이 다시 물었다.

"아마도." 스트라이크가 말했다. 그는 로빈과 이퀸시 경사를 힐끔 바라보았다. "자네하고만 이야기하고 싶어. 로빈에게 물어봐야 할 건 다 물었어?"

"두 사람 이름과 주소 같은 게 필요할 거야." 워들이 말했다. "버네사, 받아 적을 수 있어요?"

이퀸시 경사가 수첩을 가지고 다가갔다. 두 남자의 발소리가 멀어졌다. 다시 잘린 다리를 보고 싶은 생각은 전혀 없었지만, 로빈은 홀로 남겨지는 게 괴로웠다. 상자에는 '자신의' 이름이 적혀 있었다.

그 소름 끼치는 상자는 아직도 아래층 책상에 놓여 있다. 이퀸시 경사의 안내로 워들의 동료 두 명이 현장에 와 있었다. 경위와 스트라이크가 지나갈 때 한 명은 사진을 찍고, 또 한 명은 휴대전화로 통화를 하는 중이었다. 두 사람은, 명성을 얻는 과정에서 워들의 여러 동료를 물먹였던 스트라이크를 호기심 어린 눈길로 바라보았다.

스트라이크는 안쪽 사무실 문을 닫았고, 워들과 책상을 사이에 두고 마주 앉았다. 워들은 수첩을 새로운 페이지로 넘겼다.

"좋아. 도대체 누가 시체를 토막 내 우편으로 보내는 걸 좋아하는지 한번 들어보지."

"우선." 스트라이크가 잠시 망설인 뒤 말했다. "테렌스 맬리."

워들은 아무것도 적지 않고 펜 너머로 그를 바라보았다.

"디거라고 불리는?"

스트라이크가 고개를 끄덕였다.

"해링게이 갱단의?"

"디거라고 불리는 테렌스 맬리가 몇 명이나 되겠어?" 스트라이크가 참지 못하고 말했다. "그리고 몸을 토막 내서 보내는 버릇을 가진 사람이 몇 명이나 되겠어?"

"자네가 어떻게 디거랑 엮인 거지?"

"2008년에 성매매·마약 단속반과 공동 작업을 했어. 마약 조직 때문에."

"그자를 잡을 때?"

"맞아."

"오, 젠장." 워들이 말했다. "씨발, 그랬군. 그놈은 완전 미치광이야. 이제 막 출소했는데 런던의 매춘부 절반이랑 연결되어 있지. 차라리 템스 강물을 빼서 나머지 몸을 찾는 게 낫겠는데."

"맞아, 하지만 나는 익명으로 증언했어. 내가 증언했다는 걸 디거가 몰라야 돼."

"놈들도 다 방법이 있어." 워들이 말했다. "해링게이 갱단은, 무슨 빌어먹을 마피아 놈들 같아. 디거가 햇퍼드 알리의 성기를 이언 베빈에게 어떻게 보냈는지 들었어?"

"응, 들었어." 스트라이크가 말했다.

"그런데 그게 그 노래하고 무슨 상관이 있지? 뭘 거둬들인다고 그랬잖아."

"음, 나도 그게 마음에 걸려." 스트라이크가 느릿하게 말했다. "디거 같은 부류가 저지르기에는 좀 교묘해 보이거든. 그래서 이 세 사람 중 한 명이 아닐까 해."

4

Four winds at the Four Winds Bar,
Two doors locked and windows barred,
One door left to take you in,
The other one just mirrors it...

Blue Öyster Cult, 'Astronomy'*

"당신한테 잘린 다리를 보낼 만한 사람이 '네 명'이나 된다고요? 네 명요?"

스트라이크는 면도를 하면서, 싱크대 옆에 세워둔 둥근 거울로 로빈의 아연실색한 얼굴을 바라보았다. 경찰이 마침내 다리를 가져갔고, 스트라이크가 그날은 일을 하지 않겠다고 알린 터라 로빈은 그의 부엌 겸 거실에 놓인 작은 포마이카 탁자에서 두 번째로 받은 찻잔을 어루만지고 있었다.

"사실대로 말하면." 그가 까칠하게 자란 턱수염을 깎으며 말했다. "세 명뿐인 것 같소. 아무래도 워들에게 맬리 이야기를 한 건 실수 같아요."

"왜요?"

스트라이크는 로빈에게 자신과 그 전문 범죄자와의 짧은 인연을, 그러니까 그가 한 증언이 맬리의 마지막 복역 기간에 상당한 영향을

* '포윈즈 바에 부는 네 개의 바람,/두 개의 문이 잠기고 창문에는 창살,/남은 문 하나가 우릴 들이고,/다른 문은 그걸 비추고 있네…….', 블루 오이스터 컬트, 〈천문학〉.

끼쳤음을 이야기했다.

"이제 워들은 해링게이 갱단이 내 신원을 알아냈다고 생각할 텐데 나는 증언 이후 바로 이라크로 떠났고, 법정에서 증언한 특수수사대 수사관의 신원이 노출된 경우는 내가 알기로는 없어요. 게다가 그 노래 가사는 디거하곤 거리가 멀어요. 그자는 그런 정신적 사치를 즐기지 않지요."

"하지만 사람을 죽이고 시신을 훼손한 적은 있는 거죠?" 로빈이 물었다.

"내가 알기론 한 번이에요. 하지만 이 일을 저지른 사람이 꼭 누군가를 살인했다는 법은 없어요." 스트라이크가 망설였다. "시신에서 잘라냈을 수도 있어요. 병원에서 폐기한 걸 수도 있고요. 워들이 모두 확인할 겁니다. 법의학 팀이 살펴보기 전에는 알 수 있는 게 많지 않아요."

다리의 주인이 살아 있을 수도 있다는 끔찍한 가능성은 차마 언급하지 않았다.

뒤를 이은 침묵 속에 스트라이크는 싱크대의 수도꼭지 아래서 면도기를 헹구었으며, 로빈은 생각에 잠겨 창밖을 내다보았다.

"맬리 이야기는 '했어야' 했어요." 로빈이 스트라이크를 돌아보며 말했고, 그는 면도용 거울 속 그녀와 눈이 마주쳤다. "그 사람이 이미 무언가를 보낸 전력이 있다면— 그런데 그 사람이 '보낸' 게 정확히 뭐죠?" 그녀가 약간 불안해하며 물었다.

"남자 성기요." 스트라이크가 말했다. 그는 얼굴을 씻고 수건으로 닦은 뒤 말을 이었다. "그래요, 그 말이 맞을지도 몰라요. 하지만 생각할수록 맬리는 아닌 것 같아요. 잠깐. 셔츠를 갈아입어야 해요.

당신이 비명을 질렀을 때 단추 두 개를 뜯어버렸거든요."

"죄송해요." 로빈이 힘없이 대꾸했고, 스트라이크는 침실로 들어갔다.

그녀는 차를 홀짝이면서 자신이 앉아 있는 곳 주위를 둘러보았다. 스트라이크의 다락방에 들어온 것은 처음이었다. 대개는 메시지를 전하거나, 몹시 바쁘고 잠이 부족한 나날이 이어질 때 그를 깨우려고 문을 두드렸을 뿐이다. 부엌 겸 거실은 아주 작았지만 깨끗했고 잘 정리되어 있었다. 개성을 드러내는 것은 거의 없었다. 짝이 안 맞는 머그잔, 가스레인지 화구 옆에 잘 개어둔 싸구려 행주 하나, 사진도 없고 장식품이라고는 붙박이 가구에 붙여놓은, 어린아이가 그린 군인 그림이 전부였다.

"저건 누가 그린 거죠?" 로빈이 새 셔츠로 갈아입고 나타난 스트라이크에게 물었다.

"조카 잭이요. 나를 좋아해요. 이유는 모르겠지만."

"그거 은근히 자랑 같은데요?"

"아니에요. 나는 아이들과 대화하는 법을 몰라요."

"그러니까 아까 말한 그 '세 사람' 다 직접 만난 적이—" 로빈이 다시 입을 열었다.

"한잔하고 싶네요." 스트라이크가 말했다. "토트넘으로 갑시다."

길에서는 이야기할 수가 없었다. 도로의 구덩이에서 여전히 공기 착암기가 내는 굉음이 들려왔기 때문이다. 하지만 스트라이크가 로빈 옆에서 걷고 있었기에 형광색 옷을 입은 인부들이 휘파람이나 야유를 보내지 않았다. 마침내 스트라이크가 가장 좋아하는 인근 펍에 도착했다. 그곳은 금박을 입혀 화려하게 장식한 거울, 짙은 나무 벽, 반짝이는 황동 맥주 펌프, 둥근 색유리 지붕, 그리고 발랄한 미인을 그린 펠릭스 더용의 그림으로 장식되어 있었다.

스트라이크는 둠바 맥주 한 잔을 주문했다. 로빈은 알코올을 마실 수가 없어서 커피를 마시기로 했다.

"그래서?" 스트라이크가 둥근 지붕 아래의 높은 테이블로 돌아오자 로빈이 물었다. "그 세 사람이 누군가요?"

"잘못 짚은 걸 수도 있어요. 잊지 마요." 스트라이크가 맥주를 홀짝이며 말했다.

"네, 알겠어요." 로빈이 물었다. "그들이 누군가요?"

"뼛속까지 나를 미워할 이유가 충분한 악당들이죠."

스트라이크의 머릿속에는 다리에 흉터가 있는 깡마른 열두 살 소녀가 겁에 질려 한쪽이 처진 안경 너머로 그를 살펴보는 모습이 떠올랐다. 오른쪽 다리던가? 기억나지 않았다. '오 제발, 그 아이가 아니기를…….'

"누구냐니까요." 로빈이 인내심을 잃고 다시 물었다.

"두 사람은 군 출신이에요." 스트라이크는 수염 자국이 꺼끌꺼끌한 턱을 어루만지며 말했다. "둘 다 완전히 미쳤고 폭력적이라서—"

그가 자기도 모르게 입을 크게 벌려 하품을 하느라 말을 멈추었다. 로빈은 설명이 이어지기를 기다리다가, 그가 어젯밤에 새 여자 친구와 데이트를 했는지 궁금해졌다. 전직 바이올리니스트이면서 지금은 라디오 스리의 진행자인 엘린은 북유럽계로 보이는 금발 미인인데, 로빈이 볼 때는 세라 셰드록의 미인 버전 같았다. 처음부터 엘린이 싫었던 이유 중 하나가 바로 이것 때문이라고 그녀는 생각했다. 또 하나는 엘린이 로빈을 스트라이크의 비서라고 부르는 걸 직접 들었기 때문이었다.

"미안해요." 스트라이크가 말했다. "어제 칸 업무와 관련해서 메모를 기록해두느라 늦게까지 깨 있었어요. 피곤하네요."

그는 시계를 보았다.

"아래층에 가서 뭘 좀 먹을까요? 배가 고파요."

"조금 있다가요. 아직 12시도 안 됐어요. 난 그 사람들에 대해 알고 싶어요."

스트라이크는 한숨을 쉬었다.

"좋아요." 누군가 화장실에 가려고 지나가자 그가 목소리를 낮추었다. "한 명은 도널드 랭, 국경 수비대 출신." 페럿 같은 눈과 응집된 혐오, 장미 문신이 그의 머릿속에 다시 떠올랐다. "내가 종신형을 안겨줬죠."

"그렇다면—"

"10년 살고 나왔어요." 스트라이크가 말했다. "2007년부터 자유로워졌죠. 랭은 보통 미친 게 아니에요. 그냥 짐승이에요, 약삭빠르고 잔혹한 짐승. 내 생각에 그는 진짜 소시오패스예요. 난 수사 영역이 아니었던 일로 놈에게 종신형을 안겼어요. 본래 기소 내용으로는 무죄 방면될 예정이었지요. 랭은 나를 뼛속까지 미워할 이유가 충분합니다."

하지만 스트라이크는 랭이 무슨 일을 했는지, 자신이 왜 그 사건을 수사했는지는 말하지 않았다. 로빈은 그의 말투에서 때때로, 그리고 특수수사대 시절의 이력을 말할 때면 꽤 자주, 그가 말하고 싶어 하지 않는 선이 있다는 것을 감지했다. 그러면 그녀는 더 캐묻지 않았다. 마지못해 그녀는 도널드 랭 주제도 포기했다.
"또 한 명은 누구죠?"
"데저트 랫의 노엘 브록뱅크예요."
"데저트 뭐요?"
"제7 기갑 여단요."
스트라이크의 말수가 점점 줄더니 표정도 우울해졌다. 로빈은 그가 배고파서 그런 건지—그는 규칙적으로 식사해야 평온을 유지하는 사람이었다—아니면 달리 더 불길한 이유가 있어서 그런 건지 알 수 없었다.
"그럼 식사하러 갈까요?" 로빈이 물었다.
"그럽시다." 스트라이크가 맥주잔을 비우고 일어섰다.
지하의 아늑한 식당에는 붉은 카펫이 깔렸고 벽에는 그림 액자가 가득했으며 세컨드 바와 나무 테이블이 있었다. 그들이 첫 손님이었다.
"노엘 브록뱅크 이야기를 하다 말았어요." 스트라이크는 피시 앤드 칩스를 고르고, 로빈은 샐러드를 주문한 뒤 이야기를 재촉했다.
"그래요, 그자도 내게 원한을 품을 이유가 충분한 사람이죠." 스트라이크가 냉랭하게 말했다. 도널드 랭 이야기도 하기 싫었지만, 브록뱅크 이야기는 더 하기 싫은 기색이었다. 스트라이크는 오래도록 로빈 등 뒤의 허공을 바라보며 침묵하다가 입을 뗐다. "브록뱅크는 머리가 온전치 않아요. 어쨌건 그자의 주장으로는 그래요."
"당신이 그자를 감옥에 넣었나요?"
"아뇨." 스트라이크가 말했다.
그의 표정이 험악해졌다. 로빈은 기다렸지만, 브록뱅크에 대해 더 알아낼 수 없어서 이렇게 물었다.

"그리고 또 한 명은요?"

이번에는 스트라이크가 아예 대답을 하지 않았다. 로빈은 그가 혹시 자기 말을 못 들었나 싶었다.

"누군—?"

"말하고 싶지 않아요." 그가 부루퉁하게 말했다.

스트라이크는 새 맥주잔을 바라보며 인상을 썼지만, 로빈은 굴하지 않았다.

"누군지 몰라도 다리를 보냈다고요." 그녀가 말했다. "'저'한테 말이에요."

"알았어요." 스트라이크가 망설이다가 겨우 말했다. "그 사람 이름은 제프 휘태커예요."

로빈은 충격에 몸이 떨렸다. 스트라이크에게 제프 휘태커를 어떻게 아느냐고 물을 필요도 없었다. 한 번도 그에 대해 이야기한 적은 없지만, 그녀는 이미 알고 있었다.

코모란 스트라이크의 젊은 시절에 대한 자료는 인터넷에 넘쳐났고, 그의 수사 성과에 대한 언론 보도에서 끝없이 재탕되었다. 그는 록 스타와 이른바 사생팬인 여자 사이에서 태어난 사생아였다. 어머니는 스트라이크가 스무 살 때 마약 과다 투여로 사망했다. 제프 휘태커는 그녀보다 훨씬 어린 두 번째 남편이었고, 그녀를 살해한 혐의로 기소되었지만 무죄판결을 받았다.

그들은 음식이 나올 때까지 말없이 앉아 있었다.

"왜 샐러드만 먹어요? 배 안 고파요?" 스트라이크가 자기 접시를 비우면서 물었다. 로빈이 생각했던 대로 탄수화물이 들어가자 그의 기분이 훨씬 나아졌다.

"결혼식 때문에요." 로빈이 짧게 대답했다.

스트라이크는 아무 말도 하지 않았다. 그녀의 몸매에 대해 이야기하는 것은 그들의 관계를 위해 그 스스로 정한 경계를 넘어서는 것이었다. 그는 처음부터 그녀와 너무 가까워져서는 절대 안 된다고 정해놓았다. 어쨌거나 그는 그녀가 너무 여위어간다고 생각했다. 그가 볼 때 (이런 생각조차 경계를 넘는 것이었지만) 그녀는 살이 약간 붙은 편이 보기 좋았다.

"아예 말 안 해주실 거예요?" 몇 분 더 침묵이 흐른 뒤 로빈이 물었다. "그 노래와 당신의 관계요."

그는 잠시 음식을 우물거리고, 맥주를 더 마시고, 둠바 맥주 한 잔을 더 주문한 뒤에 말했다. "우리 어머니가 그 노래 제목을 몸에 문신했어요."

그 문신을 어디에 새겼는지는 말하고 싶지 않았다. 그 생각 자체를 하기가 싫었다. 하지만 먹고 마시고 나니 기분이 조금 누그러들었다. 그는 로빈이 그의 과거에 대해 병적인 호기심을 드러낸 적이 한 번도 없으니, 오늘 이렇게 정보를 요청하는 것이 정당하다고 여겼다.

"어머니가 가장 좋아하는 노래였거든요. 블루 오이스터 컬트는 어머니가 가장 좋아하는 밴드였고요. 사실 '좋아한다'는 말로는 부족해요. 완전히 집착했으니까."

"어머니가 좋아하신 밴드는 데드비츠 아니었어요?" 로빈이 무심코 물었다. 스트라이크의 아버지는 데드비츠의 리드 싱어였다. 그들은 그의 아버지 이야기를 한 적이 없었다, 둘 중 어느 누구도.

"그래요." 스트라이크의 얼굴에 미소 비슷한 것이 떠올랐다. "내 아버지 조니는 레다에게 그저 그런 두 번째였죠. 어머니는 블루 오이스터 컬트의 리드 싱어 에릭 블룸을 원했지만 뜻을 이루지 못했어요. 어머니에게서 벗어난 몇 안 되는 사람 중 하나였죠."

로빈은 뭐라고 대답해야 할지 알 수 없었다. 누구나 볼 수 있는 인터넷에 어머니의 장대한 남성 편력이 널려 있는 사람의 심정이 도무지 짐작되지 않았다. 맥주가 새로 나오자 스트라이크는 벌컥벌컥 들이켠 뒤 말을 이었다.

"내 이름도 에릭 블룸 스트라이크가 될 뻔했어요." 그의 말에, 로빈은 물을 마시다가 사레가 들렸다. 그녀가 냅킨에 대고 기침하는 모습을 보면서 그가 웃었다. "솔직히 말해서 코모란이 더 나을 것도 없죠. 코모란 블루—"

"'블루'?"

"블루 오이스터 컬트요, 내 이야기 듣고 있어요?"

"아아." 로빈이 말했다. "거기에 대해선 아무 말씀도 하지 않으셨잖아요."

"당신이라면 말하겠어요?"

"그건 무슨 뜻이에요? 〈미스트리스 오브 더 새먼 솔트(Mistress of the Salmon Salt)〉?"

"나도 몰라요. 그 사람들 가사는 괴상해요. 무슨 공상 과학 같고, 말도 안 되는 내용들이에요."

그의 머릿속에서 노랫소리가 울렸다. '그녀는 죽고 싶어 했어. 그녀는 산화칼슘 같았지(She wanted to die. She was the quicklime girl).'

그는 맥주를 더 들이켰다.

"블루 오이스터 컬트의 노래를 들어본 적이 없는 것 같아요." 로빈이 말했다.

"아니요, 들어봤어요. 〈죽음을 두려워하지 마(Don't Fear the Reaper)〉." 스트라이크가 말했다.

"주— 뭐라고요?"

"그 밴드의 초대박 히트 곡이에요. 〈죽음을 두려워하지 마〉."

"아, 알아요."

순간 로빈은 노래 제목이 그가 자신에게 건네는 말인 줄 알고 깜짝 놀랐다.

한동안 말없이 음식을 먹다가 로빈은 더 이상 질문을 참을 수 없게 되었다. 그래서 겁먹은 것처럼 들리지 않도록 애쓰면서 물었다.

"왜 다리를 저한테 보냈을까요?"

스트라이크는 이미 그 생각을 하고 있었다.

"나도 생각해봤는데." 그가 말했다. "무언의 협박 같아요. 그러니까 무언가 밝혀질 때까지—"

"저는 일을 그만두지 않아요." 로빈이 힘주어 말했다. "집에 있지 않을 거예요. 매튜는 제가 그만두길 원하지만."

"남자 친구하고 이야기했군요?"

그녀는 스트라이크가 워들을 데리고 아래층에 가 있을 때 전화를 했다.

"네, 매튜는 제가 거기 서명했다고 화가 났어요."

"걱정돼서 그런 거겠죠." 스트라이크가 성의 없이 말했다. 그는 그동안 매튜를 몇 번 만났는데 만날수록 더 싫어졌다.

"걱정하는 게 아니에요." 로빈이 말했다. "그냥 이제 제가 그만둬야 한다고 생각해요. 무서워서 견딜 수 없을 거라고요. 하지만 전 안 그만둬요."

매튜는 그 소식에 질겁했지만, 그러면서도 목소리에 희미한 만족감이 실려 있는 게 느껴졌다. 요란하기만 하고 실속은 하나도 없는 사설탐정과 일한다는 게 얼마나 어리석은 결정이었는지 이제 너도 알겠지, 하는 속내가 느껴졌다. 스트라이크가 밤낮없이 일을 시키니까 네가 집 대신 사무실에서 택배를 받는 거잖아. ("아마존이 택배를 집으로 보내지 않아서 내가 다리를 받은 게 아니라고!" 로빈이 발끈해서 말했다.) 물론 진짜 문제는 스트라이크가 약간 유명해져 친구들 사이에서 큰 관심을 끈다는 데 있었다. 회계사라는 매튜의 직업은 그만한 관심을 끌지 못했다. 그에 대한 분노와 질투는 점점 더 깊어져 선을 넘기 일쑤였다.

스트라이크는 바보가 아니었기에, 로빈과 매튜 사이를 흔들어서 나중에 로빈이 후회할지도 모르는 그 어떤 일도 부추기지 않았다.

"내가 아니라 로빈에게 보낸 건 나중에 결정한 일이에요." 그가 말했다. "처음에는 내 이름을 적었어요. 당신 이름을 알고 있다는 사실을 보여주어 나를 걱정하게 만들거나, 당신이 겁먹고 나를 떠나게 만들려고 했겠죠."

"음, 저는 겁먹고 떠나진 않을 거예요." 로빈이 말했다.

"로빈, 지금 영웅심 자랑할 때가 아니에요. 그가 누구든지 간에, 나에 대해 많은 걸 안다고 전하고 있어요. 로빈의 이름을 알고, 오늘 아침에는 당신이 어떻게 생겼는지도 정확히 알아냈어요. 아주 가까이에서요. 그게 마음에 걸려요."

"당신은 저의 대(對)감시 능력이 대단하다고 생각하지 않는 게 확실해요."

"그 빌어먹을 최고의 훈련 과정에 당신을 보낸 사람." 스트라이크가 말했다. "그리고 칭찬이 과한 성적표를 코밑에 들이밀고 읽게 한 사람이 바로 나예요—"

"그러면 저의 자기방어가 쓸모없다고 생각하시는 거네요."

"눈으로 본 적이 없고, 배웠다는 말만 들었으니까요."

"할 수 있는 일과 할 수 없는 일에 대해 제가 거짓말한 적 있나요?" 로빈이 모욕당한 듯이 물었고, 스트라이크는 그런 적 없다는 것을 인정해야 했다. "좋아요! 앞으로 각별히 조심하겠어요. 수상한 움직임을 감지하는 법은 당신이 가르쳐주셨죠. 어쨌거나 저를 집에 돌려보내실 순 없어요. 함께 진행하는 사건들이 있잖아요."

스트라이크는 한숨을 쉬고서 손등에 털이 잔뜩 난 두 손으로 얼굴을 문질렀다.

"해가 진 뒤에는 아무것도 하지 말아요." 그가 말했다. "그리고 호신용 경보기를 가지고 다녀요. 좋은 걸로."

"좋아요." 그녀가 말했다.

"어쨌건 로빈은 다음 주 월요일부터 래드퍼드 건을 맡을 거예요." 그가 그 사실에 안도하며 말했다.

래드퍼드는 부유한 사업가로, 회사에 아르바이트생을 가장한 조사원을 심어서 의심스러운 중역의 범죄행위를 밝혀내고 싶어 했다. 그 일은 로빈이 할 수밖에 없었다. 스트라이크는 떠들썩했던 두 번째 살인 사건으로 얼굴이 더 팔렸기 때문이다. 그는 세 번째 맥주잔을 비우면서, 로빈의 근무 기한을 연장해달라고 래드퍼드를 설득할 수 있을지 궁금해졌다. 다리를 보낸 미치광이가 잡힐 때까지, 날마다 오전 9시부터 오후 5시까지 대궐 같은 오피스 빌딩에서 일하는 게 안전할 것 같았다.

로빈은 탈진과 욕지기를 느꼈다. 말다툼, 잠을 설친 밤, 잘린 다리를 보고 받은 끔찍한 충격, 게다가 이제 집에 가면 왜 자신이 그렇게 위험하고 봉급도 적은 일을 그만두지 않는지 전부 다시 설명해야 했다. 한때 그녀의 가장 큰 위안이자 응원군이던 매튜가 이제는 헤쳐가야 할 장해물이 되었다.

문득, 상자에 담겨 있던 차가운 다리의 이미지가 원치 않는데도 다시 떠올랐다. 언제쯤 그 생각을 떨치게 될까. 다리에 스쳤던 손끝이 불쾌하게 저릿했다. 그녀는 무릎 위에 놓인 손을 자신도 모르게 꽉 움켜쥐었다.

5

Hell's built on regret.
Blue Öyster Cult, 'The Revenge of Vera Gemini'
Lyrics by Patti Smith*

스트라이크는 로빈이 안전하게 지하철에 타는 모습을 지켜본 뒤 사무실로 돌아왔고, 그녀의 책상 앞에 홀로 앉아 생각에 잠겼다.

그는 훼손된 시신을 많이 보았다. 공동묘지에서 썩어가는 시신, 사고 난 도로변의 시신, 잘린 팔다리, 뭉개진 살, 으스러진 뼈. 부자연스러운 죽음은 특수수사대, 즉 영국 헌병대 사복 근무 부서의 업무였기에 그와 동료들은 농담으로 반응하는 경우도 많았다. 그런 방법으로 절단되고 훼손된 시신을 대하는 충격을 다스렸다. 특수수사대에서 씻기고 염해 경건하게 관에 안치한 시신은 사치였다.

상자. 매우 평범해 보이는 두꺼운 판지 상자에 다리가 들어 있었다. 어디서 왔는지, 이전 수취인이 누구인지 알려주는 흔적은 아무것도 없었다. 모든 것이 너무 계획적이고, 너무 치밀하고, 너무 깔끔했다. 그래서 그는 불안해졌다. 다리보다 그 불쾌한 목적 때문에. 그가 간담이 서늘해진 건 그 조심스러움, 꼼꼼함, 거의 임상처럼 보

* '지옥은 후회를 딛고 서 있지.'. 블루 오이스터 컬트, 〈쌍둥이자리 베라의 복수〉, 패티 스미스 작사.

이는 냉정한 '작업 수법' 때문이었다.

스트라이크는 손목시계를 봤다. 저녁에 엘린과 데이트 약속이 있었다. 두 달 된 여자 친구 엘린은 그랜드 마스터 체스 대회에서나 볼 법한 벼랑 끝 전술로 이혼소송을 진행하고 있었다. 별거 중인 남편은 아주 부자였는데, 스트라이크는 리젠트 공원이 내려다보이고 바닥에 목재가 깔린 널찍한 그녀의 아파트에 가보고서야 그 사실을 깨달았다. 양육 합의에 따라 그녀는 다섯 살 된 딸이 집에 없는 밤에만 스트라이크를 만날 수 있었고, 밖에 나갈 때면 조용하고 이름 없는 레스토랑들을 골라 데이트했다. 엘린이 다른 사람을 만난다는 사실을 별거 중인 남편에게 알리고 싶어 하지 않았기 때문이다. 그런 상황이 스트라이크와 잘 맞았다. 남들은 평범하게 여가를 즐길 밤에 그는 자주 다른 사람의 바람피우는 애인이나 배우자를 미행해야 했고, 이 일은 연애를 할 때마다 계속 문제가 되었다. 그리고 그는 엘린의 딸과 가까워지고 싶은 특별한 욕심도 없었다. 그가 로빈에게 거짓말한 것이 아니었다. 그는 아이들과 대화하는 법을 몰랐다.

그는 휴대전화를 집어 들었다. 저녁 식사를 하러 가기 전에 할 수 있는 일이 몇 가지 있었다.

첫 번째 전화는 음성 사서함으로 연결되었다. 그는 특수수사대 동료였던 그레이엄 하데이커에게 전화해달라고 메시지를 남겼다. 하데이커가 지금 어디에 배치되어 있는지는 몰랐다. 마지막으로 연락했을 때는 독일에서 전출될 예정이었다.

실망스럽게도 두 번째 전화 역시 받지 않았다. 인생의 경로가 하데이커와는 거의 반대로 흘러간 옛 친구였다. 스트라이크는 비슷한 내용의 메시지를 남기고 전화를 끊었다.

그는 로빈의 의자를 앞으로 당겨 앉아 컴퓨터를 켜고는 멍한 눈으로 홈페이지를 쳐다보았다. 아무리 떨쳐버리려고 해도 머릿속에 어머니의 벌거벗은 모습이 가득 찼다. 거기 문신이 있는 걸 누가 알았을까? 물론 그녀의 남편, 또 그녀의 인생을 스쳐간 수많은 남자 친구 그리고 그들이 시시때때로 거주한 무단 점거지나 더러운 공동체에서도 누군가 어머니의 나신을 보았을 수 있다. 그리고 아까 토트넘 펍에서 어떤 가능성이 떠올랐지만, 로빈에게 말할 내용은 아닌 듯했다. 레다가 어느 시점에 자신의 누드 사진을 찍어두었을 수도 있다는 생각이었다. 아주 레다다운 일이었다.

그의 손가락이 키보드 위에서 멈추었다. 그는 '레다 스트라이크누'까지 쳤다가 분노에 차서 검지로 삭제 키를 눌러 한 글자씩 지워버렸다. 정상적인 남자라면 가고 싶지 않은 곳, 인터넷 검색 기록으로 남기고 싶지 않은 곳이 있다. 하지만 불행히도 다른 사람에게 시킬 수도 없는 일이었다.

그는 텅 빈 검색창과 무심하게 깜박이는 커서를 바라보다가 평소의 독수리 타법으로 '도널드 랭'이라고 쳤다.

도널드 랭이라는 이름을 가진 사람은 특히 스코틀랜드에 아주 많았기에, 그는 랭이 감옥에 있는 동안 집세를 내고 투표한 사람을 지워나갔다. 랭의 대략의 나이를 염두에 두고 주의 깊게 초점을 좁혀보니, 2008년에 코비에서 로렌 맥노턴이라는 여자와 함께 산 남자가 나왔다. 로렌 맥노턴은 지금 그곳에 혼자 사는 것으로 등록되어 있었다.

그는 랭의 이름을 지우고 그 자리에 '노엘 브록뱅크'를 쳤다. 도널드 랭보다는 검색 결과가 적었지만, 이번에도 역시 비슷한 장벽에 부닥쳤다. 2006년에 맨체스터에서 혼자 살던 N. C. 브록뱅크란 사람이 있었는데, 그 사람이 스트라이크가 찾는 사람이라면 아내와 헤어졌다는 뜻이었다. 스트라이크는 그게 좋은 일인지 나쁜 일인지 알 수 없었다…….

로빈의 의자에 몸을 푹 묻고서, 스트라이크는 신원 미상의 잘린 다리를 받은 사건이 앞날에 어떤 영향을 미칠지 생각해보았다. 경찰이 곧 사건을 공개하겠지만, 워들은 만약 기자회견이 잡히면 미리 귀띔해주겠다고 했다. 이토록 엽기적인 사건은 언제나 뉴스거리가 되고, 더욱이 이 사건은 다리가 그의 사무실로 배달되었다는 사실 때문에 세간의 이목이 더 쏠릴 것이며, 이는 그를 기쁘게 하는 일이 아니었다. 코모란 스트라이크는 요즘 뉴스거리로서 가치가 있었다. 런던 경찰청 바로 코앞에서 살인 사건을 두 건 해결했기 때문이다. 물론 탐정이 해결하지 않았어도 세간의 관심이 높았을 텐데 첫 번째 사건은 희생자가 아름다운 젊은 여성이었고, 두 번째 사건은 기이한 의식(儀式)에 따라 살해되었기 때문이다.

스트라이크는 힘들게 일군 이 사무실에 다리 사건이 어떤 영향을 미칠지 궁금했다. 그 영향이 심각할 거라는 느낌을 지울 수 없었다. 인터넷 검색은 잔인한 척도가 된다. 머지않아 '코모란 스트라이크'를 검색하면 유명 사건 두 건을 해결한 자랑스러운 기사가 아니라 절단된 신체 부위를 받았다는 끔찍한 기사, 누군가에게 그토록 지독한 원한을 샀다는 기사가 위에 뜰 것이다. 스트라이크는 대중의 속성을, 다는 아니라 해도 자신의 밥줄이 되는 불안과 공포와 분노에 휩싸인 부류의 속성은 잘 알았기에, 그들이 잘린 다리를 받는 사업체에 매력을 느끼지 못할 거란 걸 당연히 예견했다. 최상의 경우

잠재 고객은 그와 로빈에게 무언가 문제가 있다고 생각할 것이다. 최악의 경우에는 그들이 무모하거나 무능해서 그런 곤경에 빠졌다고 생각할 것이다.

그는 컴퓨터를 끄려다가 마음을 바꾸고, 어머니의 누드 사진을 찾을 때보다 더욱 찜찜한 마음으로 '브리트니 브록뱅크'를 쳤다.

페이스북과 인스타그램에 몇 명이 있었다. 그들은 그가 들어본 적 없는 회사에서 일하며 셀피(selfie) 속에서 환히 웃었다. 그는 이미지를 살펴보았다. 대부분 20대였다. 그녀도 이제 그 또래일 것이다. 흑인을 제외해도 갈색 머리, 금발, 붉은 머리, 예쁜 얼굴, 안 예쁜 얼굴, 웃는 표정, 우울한 표정, 멍한 표정 가운데 자신이 찾고 있는 사람이 누구인지 알 수 없었다. 안경을 쓴 사람은 아무도 없었다. 그 아이도 허영심이 생겨 안경을 쓴 채로는 사진을 찍지 않게 되었나? 시력 교정 수술을 받았나? 어쩌면 SNS를 안 할지도 모른다. 그 아이가 이름을 바꾸고 싶어 했던 기억이 떠올랐다. 아니, 어쩌면 그 아이의 흔적이 없는 이유가 좀 더 근본적인 것, 그러니까 죽었기 때문인지도 몰랐다.

그는 다시 시계를 보았다. 가서 옷을 갈아입어야 할 시간이었다.

'그 아이일 리가 없어.' 그는 이어서 기도하듯 되뇌었다. '제발 그 아이가 아니기를.'

만약 그녀라면, 그의 잘못이었기 때문이다.

6

Is it any wonder that my mind's on fire?
Blue Öyster Cult, 'Flaming Telepaths'*

그날 저녁 퇴근길에 로빈은 전에 없이 신경이 곤두서서 지하철 안의 모든 남자를 그 섬뜩한 소포를 자신에게 건넨 검은 가죽옷의 남자와 비교했다. 싸구려 정장 차림을 한 여위고 젊은 동양 남자가 그녀와 세 번째로 눈이 마주치자 기대를 안고 미소를 보냈다. 그 뒤로 로빈은 휴대전화에 시선을 고정하고서, 스트라이크와 마찬가지로 언제 다리가 뉴스에 나올지 인터넷이 연결될 때마다 BBC 웹사이트를 뒤졌다.

퇴근하고 40분이 지났을 때, 그녀는 집 근처 지하철역과 가까운 대형 슈퍼마켓 웨이트로즈에 갔다. 집 냉장고가 거의 비어 있었다. 매튜는 장 보는 일을 싫어하고(지지난번에 싸울 때는 그가 부정했지만), 또 그녀가 가계 수입에 3분의 1도 기여하지 않으므로 자신이 좋아하지 않는 그런 일상적인 일이라도 해야 한다고 생각할 게 분명했다.

정장 차림의 독신 남성들이 데워 먹기만 하면 되는 즉석식품을 바

* '내 마음이 타오르는 것이 어디 놀라운 일인가?', 블루 오이스터 컬트, 〈타오르는 텔레파시 능력자들〉.

구니와 카트에 담았다. 여성 직장인들은 식구들을 위해 빨리 조리할 수 있는 파스타를 집어 들었다. 빽빽 울어대는 아주 작은 아기를 유모차에 태운, 지쳐 보이는 젊은 엄마가 비틀거리는 나방처럼 진열대 사이를 누볐다. 바구니에는 당근 한 봉지뿐이었다. 진열대 사이를 천천히 거니는데 로빈의 마음이 이상하게 불안했다. 검은 가죽옷의 남자와 닮은 사람은 어디에도 없었고, 으슥한 곳에 숨어서 로빈의 다리를 자르려는 사람도 없었다. '내 다리를 자르려는…….'

"비켜요!" 한 중년 여자가 소시지에 손을 뻗으며 신경질적으로 말했다. 로빈이 미안하다고 말하고서 옆으로 비켜섰는데 놀랍게도 자신의 손에 닭의 넓적다리 살이 들려 있었다. 그것을 카트에 재빨리 던져 넣고서 얼른 슈퍼마켓 반대편 끝에 있는 주류 코너로 갔다. 그곳은 비교적 조용했다. 거기서 휴대전화로 스트라이크에게 전화를 걸었다. 벨이 두 번 울리고 그가 받았다.

"괜찮아요?"

"네, 물론요—"

"어디예요?"

"웨이트로즈요."

키가 작고 머리가 벗겨진 남자가 로빈 바로 뒤쪽의 셰리 진열대를 살피고 있었는데, 시선이 딱 그녀의 가슴 높이였다. 그녀가 옆으로 비켜서자 그도 따라 움직였다. 로빈이 노려보자 그는 얼굴을 붉히며 자리를 떠났다.

"아, 웨이트로즈는 안전할 겁니다."

"음." 로빈이 대머리 남자의 등에서 시선을 떼지 않은 채 말했다. "저기, 상관없을지도 모르지만, 생각난 게 있어요. 지난 몇 달 사이에 이상한 편지를 두 통 받았잖아요."

"사이코 편지?"

"그러지 말아요."

로빈은 늘 그 표현에 반대해왔다. 스트라이크가 두 번째 유명 사건을 해결한 뒤로 그들에게 기이한 편지가 상당수 날아들었다. 그나마 제일 조리 있는 부류는 스트라이크가 큰돈을 벌었을 거라는 가정 아래 돈을 요구하는 부류였다. 그다음으로는 스트라이크가 복수해주었으면 하는 특이한 개인적인 원한을 가진 부류, 어떤 어이없는 가설을 증명하기 위해 깨어 있는 시간을 다 바치는 듯한 부류가 있으며, 요구와 바람이 종잡을 수 없을 만큼 뒤죽박죽 섞이는 바람에 정신질환이 있다는 것 말고는 전하는 바가 아무것도 없는 부류가 있고, 마지막으로 ("'이건' 좀 웃기네요"라고 로빈이 말했는데) 남녀 불문하고 스트라이크에게 매력을 느끼는 소수가 드문드문 있었다.

"로빈 앞으로 온 거?" 스트라이크가 갑자기 심각해져서 물었다.

"아뇨, 당신한테 온 거요."

그가 다락방을 돌아다니는 소리가 들렸다. 아마 오늘 밤 엘린과 데이트를 할 것이다. 그는 연애 이야기는 하지 않았다. 그때 엘린이 불쑥 사무실에 들르지 않았다면 로빈은 그녀의 존재 자체를 몰랐을 것이다. 어느 날 갑자기 그가 결혼반지를 끼고서 출근하지만 않는다면.

"무슨 편지요?"

"자기 다리를 자르고 싶다던 소녀 있잖아요. 조언을 구한다면서."

"뭐라고?"

"자기 다리를 자르고 싶어 했다고요." 로빈이 또박또박 말하자,

근처에서 로제 와인을 고르던 여자가 깜짝 놀랐다.

"오, 제기랄." 스트라이크가 중얼댔다. "이런데도 사이코 편지라고 부르지 말라니. 그러니까 그 여자가 용케 그 일을 해냈고, 그걸 내게 알려주려고 했다는 건가요?"

"그 편지가 연관된 건가 싶어서요." 로빈이 마음을 다스리며 말했다. "자기 신체 일부를 잘라내고 '싶어 하는' 사람도 있어요. 알려진 현상이에요. 뭐더라…… 어쨌건 '사이코'라고 하진 않아요." 그녀가 그의 반응을 예상해 덧붙이자 그가 웃음을 터뜨렸다. "그리고 또 있어요. 발신인이 이니셜로만 된, 아주 긴 편지요. 당신의 다리 얘길 계속하면서 보상해주고 싶댔어요."

"보상할 거면 남자 다리를 보냈어야죠. 여자 다리라니, 내 꼴이 얼마나 멍청해 보이겠어요—"

"그러지 말아요." 그녀가 말했다. "농담하지 말아요. 어떻게 웃음이 나와요?"

"난 어떻게 안 웃긴지를 모르겠는데요." 하지만 그의 말투는 다정했다.

그녀는 익숙한 드르륵 소리에 이어 찔렁 소리를 들었다.

"사이코 서랍을 여신 거죠?"

"'사이코 서랍'이라고 부르지 말아요, 로빈. 편지를 보낸 정신 질환자분들께 예의가 아니에요—"

"내일 뵐게요." 그녀는 자신도 모르게 웃으면서 말했고, 그의 웃음소리를 들으며 전화를 끊었다.

슈퍼마켓을 돌아다니다 보니 하루 종일 맞서 싸운 피로가 새삼 몰려왔다. 무엇을 먹을지 결정하는 일이 특히 힘들었다. 누군가 작성한 목록대로만 쇼핑한다면 마음이 편할 것 같았다. 빨리 조리되는 것만 골라 담는 직장인 엄마들처럼, 로빈은 포기하고서 파스타만 잔뜩 골랐다. 계산대에 줄을 서니 바로 앞에 울다 지쳐 잠이 든 아기와 아기의 엄마가 서 있었다. 아기는 유모차 밖으로 두 주먹을 살짝 내민 채 눈을 꼭 감고서 죽은 듯 자고 있었다.

"귀엽네요." 로빈이 여자를 위로해주고 싶은 마음에 말을 꺼냈다.

"잠들면요." 여자가 힘없이 미소 지었다.

집에 돌아오니 로빈은 완전히 기진맥진해졌다. 놀랍게도 매튜가 좁은 현관에 서서 그녀를 기다리고 있었다.

"'내'가 장 봤는데!" 두 손에 불룩한 쇼핑백 네 개를 들고 들어서는 그녀를 보며 그가 말했는데, 목소리에 자기 노력이 훼손된 데 대한 실망감이 담겨 있었다. "웨이트로즈에 갈 거라고 문자 보냈잖아!"

"못 봤어." 로빈이 말했다. "미안해."

아마 스트라이크와 통화하는 사이 문자가 온 모양이었다. 그들이 같은 시간대에 거기 있었는지 몰라도, 그녀는 슈퍼마켓에 머문 시간의 절반 가까이를 주류 코너에서 어슬렁거렸다.

매튜가 다가와 두 팔을 뻗어 로빈을 안았지만, 그녀는 그 관대한 몸짓에 화가 났다. 그렇긴 하지만 언제나처럼 검은 정장에 황갈색 머리를 뒤로 매끈하게 빗어 넘긴 그가 아주 잘생겼다는 건 인정해야 했다.

"무서웠지." 그가 속삭이자 따뜻한 입김이 그녀의 머리에 닿았다.

"무서웠어." 그녀가 그의 허리를 안으며 말했다.

그들은 평화롭게 파스타를 먹었고, 세라 셰드록이나 스트라이크나 자크 버거 이야기는 한마디도 꺼내지 않았다. 곱슬머리를 찬양한 사람은 자신이 아니라 세라라는 걸 매튜에게 반드시 알리고야 말겠다는 그날 아침의 포부는 사라졌다. 그리고 매튜가 미안한 마음을 담아 말하자 로빈은 성숙한 관용에 보상이라도 받은 것 같은 느낌이 들었다.

"나는 저녁을 먹고 나서 일을 좀 해야겠어."

"괜찮아." 로빈이 말했다. "나도 일찍 자고 싶었어."

그녀는 저칼로리 코코아를 마신 뒤 《그라치아》지를 들고 침대에 들었지만 집중이 되지 않았다. 10분 뒤 일어나 노트북을 가져다가 구글에서 제프 휘태커를 검색했다.

전에 이미 위키피디아에 들어가 스트라이크의 과거를 샅샅이 훑으며 죄책감을 느꼈던 적이 있지만, 이번에는 그때보다 좀 더 주의 깊게 읽었다. 글은 익숙한 주의 사항으로 시작했다.

> 이 문서에는 논란의 여지가 있습니다.
> 이 문서는 정확한 출처 확인이 더 필요합니다.
> 이 문서에는 확증되지 않은 내용이 있을 수 있습니다.

제프 휘태커

제프 휘태커(1969년 출생)는 음악가로, 1970년대의 슈퍼그루피 레다 스트라이크와 결혼한 뒤 1994년 그녀를 살인한 혐의로 기소된 것으로 가장 유명하다.[1] 휘태커는 기사 작위를 받은 랜돌프 휘태커 경의 손자다.

생애

휘태커는 조부모의 손에서 자랐다. 10대 시절 그를 낳은 어머니 퍼트리샤 휘태커는 조현병을 앓고 있었다.[출처 필요] 휘태커의 아버지는 알려져 있지 않다.[출처 필요] 휘태커는 고든스타운 스쿨에서 교직원을 칼로 위협한 뒤 퇴학당했다.[출처 필요] 그는 퇴학당한 뒤 사흘간 조부가 자신을 창고에 가두었다고 주장하지만 조부는 그 사실을 부인했다.[2] 휘태커는 가출해서 한동안 떠돌이 생활을 했다. 그는 또한 공동묘지 인부로 일했다고 주장한다.[출처 필요]

음악 활동

휘태커는 1980년대 말과 1990년대 초에 리스토러티브 아트, 데블하트, 네크로맨틱 등 일련의 스래시 메탈 밴드에서 기타리스트와 작사가로 활동했다.[3][4]

사생활

휘태커는 1991년에 조니 로커비와 릭 팬토니의 전 여자 친구인 레다 스트라이크를 만났다. 당시 레다는 레코드 회사에서 네크로맨틱의 계약 관련 일을 하고 있었다.[출처 필요] 휘태커와 스트라이크는 1992년에 결혼했고, 그해 봄 아들 스위치 라베이 블룸 휘태커가 태어났다.[5] 하지만 휘태커는 1993년에 약물 남용 문제로 네크로맨틱에서 쫓겨났다.

레다 휘태커가 1994년 약물 과다 투여로 죽었을 때, 휘태커가 살인 혐의로 기소되었지만 증거 부족으로 무죄판결을 받았다.[6][7][8][9]

1995년에 휘태커는 폭행과 당시 조부모가 양육하던 아들의 납치 미수로 다시 체포되었다. 그리고 조부에 대한 폭행으로 집행유예를 선고받았다.[출처 필요]

1998년에 휘태커는 동료를 칼로 위협하고 3개월 형을 선고받았다.[10] [11]

2002년에 휘태커는 시신 방치로 투옥되었다. 당시 동거하던 캐런 에이브러햄이 심장마비로 사망했을 때 휘태커는 그 시신을 둘이 함께 살던 집에 한 달 동안 방치했다.[12][13][14]

2005년에 휘태커는 크랙 코카인 거래로 투옥되었다.[15]

로빈은 그 글을 두 번 읽었다. 그날 밤은 집중이 잘 안 되었다. 정보가 두뇌에 흡수되지 않고 그 표면을 미끄러져 나가는 것 같았다.

휘태커의 이야기 가운데 몇 가지가 아주 이상했다. 왜 시신을 한 달 동안 방치했을까? 또 살인 혐의를 받을까 봐 두려웠던 걸까? 아니면 다른 이유가 있었나? 시신, 팔다리, 죽은 살덩이…… 그녀는 코코아를 홀짝이며 얼굴을 찌푸렸다. 코코아의 맛이 향료를 넣은 먼지처럼 느껴졌다. 날씬한 몸으로 웨딩드레스를 입어야 한다는 압박감 때문에 그녀는 한 달 전부터 제대로 된 코코아를 먹지 못했다.

그녀는 머그잔을 침대 옆 장식장에 내려놓고 손을 키보드로 다시 가져가 이미지 검색창에 '제프 휘태커 재판'이라고 쳤다.

화면을 가득 채운 수많은 사진에 서로 다른 휘태커 두 사람이 보였다. 8년 간격을 두고 다른 법정에 출두한 휘태커의 모습이었다.

아내를 살해한 혐의로 기소된 젊은 휘태커는 드레드록 머리를 뒤로 묶고 있었다. 검은 정장을 말쑥하게 차려입고 사진기자들 위로 우뚝 솟은 장신의 휘태커는 확실히 어떤 비도덕적인 매력이 있었다. 광대뼈가 높고 피부는 칙칙했으며, 미간이 넓은 두 눈은 부리부리했다. 마약에 전 시인이나 이교도 사제 같았다.

동거녀의 시신을 방치하여 기소된 휘태커에게는 방랑자 같은 매력이 사라졌다. 몸이 불고 삭발에 가까운 스포츠머리에 턱수염이 있었다. 변하지 않은 건 미간이 넓은 두 눈과 굴하지 않는 오만함뿐이었다.

로빈은 사진들을 천천히 스크롤해 내려갔다. 곧 '스트라이크의 휘태커'는 법정에 드나든 다른 휘태커들과 섞여들었다. 제프 휘태커라는 이름을 가진 선량한 얼굴의 미국 흑인이 옆집 개가 자기 집 잔디밭에 여러 번 배설하게 내버려뒀다고 이웃을 고소했다.

왜 스트라이크는 옛 의붓아버지(이 말은 좀 이상했다. 그는 스트라이크보다 겨우 다섯 살 많기 때문이다)가 자신에게 다리를 보냈을 거라고 생각했을까? 로빈은 스트라이크가, 자기 어머니를 죽였다고 생각하는 그를 언제 마지막으로 봤을지 궁금했다. 상사에 대해 모르는 것이 너무도 많았다. 그는 과거에 대해 말하는 걸 좋아하지 않았다.

로빈은 다시 키보드에 손가락을 얹고서 '에릭 블룸'을 쳤다.

가죽옷을 입은 그 70년대 록 스타를 보고 가장 먼저 든 생각은 머리카락이 스트라이크와 똑같다는 것이었다. 똑같이 숱 많고 검은 곱슬머리였다. 그러자 자크 버거와 세라 셰드록이 떠올라서 기분이 나빠졌다. 그녀는 스트라이크가 용의자로 언급한 다른 두 남자에 대해서도 찾아보고 싶었지만, 이름이 기억나지 않았다. 도널드 뭐였더라? 그리고 비읍으로 시작하는 특이한 이름이었는데……. 그녀는 평소 기억력이 좋은 편이었다. 스트라이크도 그 점을 자주 칭찬했다. 그런데 왜 기억이 안 나지?

하지만 기억이 난다 해도 어쩔 것인가? 어디 사는지도 모르는 두 사람을 노트북으로 찾는 일은 불가능했다. 탐정 사무소에서 일하는 동안 로빈은 가명을 쓰고, 무단 점거 지역이나 단기 셋집에 살고, 선거인명부에 등록하지 않은 사람들은 전화번호부의 촘촘하지 않은 그물망을 쉽게 빠져나간다는 사실을 잘 알게 되었다.

로빈은 얼마간 더 생각에 잠겼다가 스트라이크를 배신하는 듯한 죄책감을 느끼며 검색창에 '레다 스트라이크'를 치고, 더 큰 죄책감 속에 '누드'를 쳤다.

흑백사진이었다. 젊은 레다가 두 팔을 머리 위로 올린 자세였고, 검고 풍성한 긴 머리카락이 가슴 위로 흘러내렸다. 섬네일 버전으로도 세모꼴의 음모 위쪽에 새겨진 꼬불꼬불한 글씨가 보였다. 어떻게든 죄책감을 덜고 싶었던 그녀는 이미지를 조금이나마 흐릿하게 만들려고 눈을 가늘게 뜨고서 풀사이즈 그림을 불러왔다. 사진을 확대하고 싶지 않았고, 또 그럴 필요도 없었다. '미스트리스(Mistress of)'라는 글씨가 똑똑히 보였다.

옆집 화장실 팬이 윙윙 돌았다. 죄책감에 깜짝 놀란 로빈은 보고 있던 페이지를 닫아버렸다. 최근에 매튜는 그녀에게서 노트북을 빌리는 버릇이 생겼는데, 몇 주 전에는 스트라이크에게 보낸 그녀의 메일을 읽고 있었다. 그 일을 떠올리고는 다시 인터넷 창을 열어 웹사이트 방문 기록을 삭제하고 설정을 바꾼 다음 잠시 생각하다가 비밀번호를 '죽음을두려워하지마'로 바꾸었다. 그는 아무것도 할 수 없을 것이다.

코코아를 부엌 싱크대에 버리려고 일어서다가 '디거'라고 불리는 테렌스 맬리를 찾아보지 않았다는 게 떠올랐다. 물론 그녀나 스트라이크보다는 경찰이 그 런던 깡패를 훨씬 쉽게 찾을 것이다.

'상관없어.' 그녀는 잠기운 속에 다시 침대로 돌아가며 생각했다. '맬리는 아니니까.'

7

Good to Feel Hungry*

물론, 그가 남들처럼 그 감각을 지녔다면—그의 어머니는 그 말을 입에 달고 살았다. 더러운 년("넌 태어날 때부터 그 감각이 없었어. 썩을 놈")—남들에게 다 있는 그 감각이 있었다면 다리를 건네준 바로 다음 날 비서를 뒤따라가지는 않았을 것이다. 하지만 언제 또 기회가 올지 알 수 없었기에 유혹을 물리치기가 몹시 힘들었다. 그녀를 또 미행하고픈 충동, 그녀가 선물을 열어본 지금 어떤 모습을 하고 있을지 보고 싶은 충동이 너무도 컸다.

그는 내일부터 자유를 크게 침해받을 것이었다. '그것'이 집에 있을 것이고 '그것'은 옆에 있으면 늘 그의 관심을 재촉하기 때문이었다. '그것'을 행복하게 해주는 일은 중요했다. '그것'이 돈을 벌기 때문만은 아니었다. 멍청하고 못생기고 애정을 구걸하는 '그것'은 자신이 그를 지켜준다는 사실도 몰랐다.

그는 그날 아침 '그것'을 출근시킨 뒤 집을 나서 비서의 집 근처 역

* 〈허기진 느낌이 좋아〉, 블루 오이스터 컬트, 〈숨겨진 거울의 저주(Curse of the Hidden Mirror)〉 앨범의 수록곡.

에서 그녀를 기다렸는데, 이는 현명한 결정이었다. 비서는 그날 출근하지 않았기 때문이다. 그는 다리가 도착한 사건이 비서의 일정을 뒤흔들 거라 생각했는데, 그 생각은 옳았다. 그는 거의 항상 옳았다.

그는 사람을 뒤따라가는 법을 알았다. 오늘도 중간에 어떤 시점에서는 비니 모자를 쓰고, 또 어떤 시점에서는 모자를 벗었다. 티셔츠만 입고 있다가 재킷을 걸쳤다가 재킷을 뒤집어 입기도 했다. 선글라스도 썼다 벗었다 했다.

그에게 비서의 가치는—그러니까 그녀를 손에 넣을 수만 있다면 그 어떤 여자보다도 높았는데—그가 스트라이크에게 하려는 일을 그녀를 통해 할 수 있다는 데 있었다. 스트라이크에게 복수—영원히 끝나지 않을 잔혹한 복수—를 하려는 그의 야심은 점점 더 커져서 이제 인생 최대의 야심이 되었다. 그는 언제나 그랬다. 자신을 스쳐 지나가는 사람은 표시를 해두었다가, 기회가 되면 어느 시점에—때로 몇 년이 걸리더라도—대가를 치르게 만들었다. 코모란 스트라이크는 그에게 어떤 인간보다도 큰 해를 끼쳤으니, 이제 그에 상응하는 대가를 치를 것이다.

그는 오랫동안 스트라이크의 종적을 몰랐는데, 어느 날 갑자기 그 자식이 뉴스를 탔다. 놈은 영웅이었다. '그'가 열망하던 지위였다. 그 새끼를 찬양하는 기사들을 꾸역꾸역 보고 있자니 마치 산(酸)을 들이켜는 것 같았지만, 그는 닥치는 대로 기사들을 집어삼켰다. 최대한 피해를 주려면 표적을 잘 알아야 했다. 그는 코모란 스트라이크에게 최대한의 고통—그러니까 인간을 뛰어넘는 고통. 왜냐하면 그 자신이 인간을 뛰어넘었기 때문이다—을 주고자 했다. 그것은 어둠 속에서 칼로 갈비뼈를 찌르는 수준이 아니다. 아니, 스트라이크는 더 천천히 낯설고 두렵고 고통스럽고 파멸적인 고통을 받게 될 것이다.

그리고 그가 그랬다는 것을 아무도 모를 것이다. 어떻게 알겠는가? 그는 벌써 세 번이나 감쪽같이 수사망을 피했다. 세 여자가 죽었지만, 아무도 실마리를 잡지 못했다. 덕분에 그는 아무런 두려움 없이 오늘 자 《메트로》를 읽을 수 있었다. 잘린 다리에 대한 히스테릭한 기사는 그에게 긍지와 만족감만 안겨주었고, 거기서 피어오르는 두려움과 혼란의 냄새는 향기롭기 짝이 없었다. 그것은 늑대를 감지한 양 떼들의 불안한 울음소리 같았다.

그는 비서가 잠시 인적 없는 길로 접어들기만을 바랐다……. 하지만 런던은 하루 종일 사람들로 들끓었고, 그는 답답함과 경계심 속에 런던정경대학 근처에서 비서를 지켜보았다.

그녀는 누군가를 감시하는 중이었는데, 그 표적이 누구인지는 쉽게 알 수 있었다. 백금빛의 붙임 머리를 한 그 표적은 오후 세네 시쯤이 되자 비서를 뒤에 달고서 토트넘코트 로드로 거슬러 갔다.

비서는 표적이 들어간 랩댄싱 클럽 맞은편의 술집으로 향했다. 그는 따라 들어갈까 잠시 고민했지만, 오늘은 그녀가 지독할 만큼 주변을 경계했기에 술집 맞은편의 싸구려 일식집 창가에 자리를 잡고 그녀가 나오기를 기다렸다.

결국 그렇게 될 거야, 그는 선글라스 낀 눈으로 번잡한 도로를 내다보며 생각했다. 나는 저 여자를 잡을 거야. 그 생각에 집중해야 했다. 그날 저녁 그는 '그것'에게 돌아가야 했고, 거기서 반 토막의 삶, 거짓된 삶을 살아야 했지만 '그것'은 진정한 그가 비밀리에 활동하고 숨 쉴 공간을 만들어주었다.

얼룩과 먼지로 뒤덮인 런던의 창문에 그의 숨김 없는 표정이 비쳤다. 여자들을 꾀어 매력과 칼에 굴복시킬 때 쓰는 세련된 가면을 벗어던진 모습이었다. 그 가면 아래 사는 짐승이 표면으로 떠올랐다. 그 짐승이 원하는 것은 오직 하나, 지배력을 확립하는 것이었다.

8

I seem to see a rose,
I reach out, then it goes
Blue Öyster Cult, 'Lonely Teardrops'*

스트라이크가 잘린 다리를 받았다는 소식이 뉴스를 탄 뒤 그가 예견한 대로 오랜 지인인 〈뉴스 오브 더 월드〉의 도미닉 컬페퍼가 화요일 아침 일찍부터 성을 내며 그에게 전화했다. 그 기자는 스트라이크가 자신에게 바로 연락하지 않은 합당한 이유가 있을 거라고는 생각지 못했고, 더 나아가 스트라이크에게 후한 답례를 제안했음에도 사건의 향후 전개에 대한 지속적인 정보 제공을 거절당했다. 컬페퍼는 전에 스트라이크에게 돈을 주고서 일을 맡긴 적이 있었는데, 그 일이 마무리되었을 때 스트라이크는 두 번 다시 컬페퍼의 돈을 받는 일은 없을 거라고 생각했다. 컬페퍼는 즐거운 사람이 아니었다.

스트라이크와 로빈은 오후 세네 시가 되어서야 통화했다. 등에 배낭을 맨 스트라이크가 붐비는 히스로 급행열차에서 전화를 걸었다.

"어디 있어요?" 그가 물었다.

* '장미가 눈앞에 보여서/손을 뻗으니 사라지네', 블루 오이스터 컬트, 〈외로운 눈물방울〉.

"스피어민트 리노 맞은편 펍에요. 이름은 코트예요. 당신은 어디에 있어요?" 그녀가 말했다.

"공항에서 돌아가는 중이에요. 스토커 아빠가 비행기를 탔거든요. 후유, 고마워라."

스토커 아빠는 부유한 국제금융가로, 스트라이크는 아내의 의뢰를 받아 그를 감시하고 있었다. 그들 부부는 지독한 양육권 분쟁을 치르고 있었다. 이제 남편이 시카고로 떠났으니 스트라이크는 며칠 동안 그가 새벽 4시에 아내의 집 앞에 차를 세우고 야간 투시경으로 어린 아들들의 창을 훔쳐보는 일을 관찰하지 않아도 되었다.

"금방 갈게요." 스트라이크가 말했다. "거기 그대로 있어요. 플래티넘이 누구랑 눈이 맞아 나가지 않는다면."

플래티넘은 러시아 경제를 공부하는 학생이면서 랩댄서였다. 의뢰인은 그녀의 남자 친구였다. 스트라이크와 로빈은 그 남자를 의심남이라고 불렀다. 금발의 여자 친구를 조사하는 일이 벌써 두 번째고, 또 연인이 어디서 어떻게 자신을 배신하는지 알아내는 게 취미인 것 같았기 때문이다. 로빈은 의심남이 불쾌한 한편 딱하기도 했다. 그는 플래티넘을 지금 로빈이 감시하는 클럽에서 만났고, 로빈과 스트라이크는 그녀가 현재 의심남에게 주고 있는 사랑을 다른 남자에게도 주는지 알아내야 했다.

그런데 신기한 점은, 의심남은 이 사실을 별로 믿지도 좋아하지도 않는 것 같지만, 이번에는 그가 이례적일 만큼 순정파 여자 친구를 찾은 것 같다는 점이었다. 몇 주 동안 플래티넘을 미행한 결과 로빈은 그녀가 책을 읽으며 혼자 점심을 먹고 친구들과 그다지 어울리지 않는, 조용한 부류의 사람이라는 것을 알게 되었다.

"아무리 봐도 플래티넘은 학비 때문에 클럽에서 일하는 게 분명하다고요." 로빈이 일주일의 미행 끝에 화를 내며 스트라이크에게 말했다. "자기 여자 친구에게 다른 남자가 치근대는 게 싫으면, 왜 경제적으로 도움을 주지 않는 거죠?"

"플래티넘이 다른 남자들 앞에서 랩댄스를 춘다는 점이 가장 매력적일 테니까요." 스트라이크가 참을성 있게 대답했다. "나는 오히려 의심남이 이런 타입의 여자를 찾는 데 이렇게 오래 걸렸다는 게 놀라워요. 그의 취향에 완벽하게 들어맞잖아요."

스트라이크는 이 일을 의뢰받고서 클럽에 갔다가 레이븐(Raven)이라는 다소 엉뚱한 이름을 가진 슬픈 눈의 갈색 머리 여자에게 플래티넘의 감시를 맡겼다. 레이븐은 하루에 한 번씩 연락하면서, 그 러시아 아가씨가 손님에게 전화번호를 주거나 지나친 관심을 보이는 즉시 알려주기로 했다. 클럽의 규칙에 따르면 신체 접촉이나 2차 성매매는 금지였지만, 의심남("한심한 친구"라고 스트라이크는 말했다)은 자기가 그녀와 함께 저녁 식사를 하고 그녀의 침대에 드는 많은 남자 중 한 명이라고 믿었다.

"우리가 왜 감시해야 하는지 아직도 모르겠어요." 로빈이 다시 한 번 전화에 대고 한숨을 쉬었다. "어디서든 레이븐의 전화를 받을 수 있잖아요."

"왜 그런지 알잖아요." 스트라이크가 지하철에서 내릴 준비를 하며 말했다. "그는 사진을 좋아해요."

"하지만 맨날 출근하고 퇴근하는 사진뿐이라고요."

"상관없어요. 그 정도면 돼요. 게다가 그자는 조만간 애인이 어느 러시아 부자를 만나서 클럽을 떠날 거라 믿고 있어요."

"이런 일이 추잡하다고 느껴지지는 않으세요?"

"직업인데 어쩌겠어요?" 스트라이크는 개의치 않고 말했다. "금방 가요."

로빈은 꽃무늬와 금박 벽지에 에워싸인 채 기다렸다. 브로케이드* 의자, 서로 어울리지 않는 전등갓들이 거대한 플라스마 TV에서 나오는 축구, 코카콜라 광고와 매우 대조되었다. 페인트칠은 요즘 유행하는 회색빛 도는 베이지색으로 해놓았다. 최근 매튜의 누나가 거실에 칠한 색이기도 했다. 로빈은 그 색이 우울해 보였다. 위층으로 가는 계단의 나무 난간 때문에 클럽 입구를 보는 그녀의 시야가 약간 가려졌다. 밖에서는 끊임없이 이어지는 자동차 행렬이 왼쪽과 오른쪽으로 물밀듯이 흘러들었고, 빨간색 2층 버스들도 계속 지나쳐 가는 바람에 클럽 앞을 보는 그녀의 시야가 좁아졌다.

스트라이크가 짜증 난 얼굴로 들어왔다.

"래드퍼드 일을 못 하게 됐어요." 그가 로빈이 앉은 높은 창가 테이블에 배낭을 내려놓으며 말했다. "방금 전화 왔어요."

"말도 안 돼!"

"그래요. 래드퍼드 말로는 당신이 중요한 뉴스거리가 돼서 사무실에 심을 수가 없대요."

언론은 그날 아침 6시부터 다리 기사를 내보냈다. 워들은 스트라이크와 약속한 대로 미리 언질을 주었고, 덕분에 그는 며칠 입을 옷을 챙겨 새벽같이 다락방을 빠져나올 수 있었다. 기자들이 사무실 앞에 진을 칠 게 뻔했고, 또 이번이 처음도 아니었다.

* 다채로운 무늬가 도드라지도록 수놓은 직물.

"그리고." 스트라이크가 맥주잔을 들고 돌아와 높은 의자에 앉으며 말했다. "칸 일도 못 하게 됐어요. 신체 부위를 받지 않아도 되는 탐정 사무소로 옮기겠대요."

"아, 젠장." 로빈이 덧붙였다. "그런데 뭐가 재미있으신 거죠?"

"아무것도 아니에요." 그는 그녀가 '젠장'이라고 말할 때마다 귀엽다는 느낌이 든단 말은 하고 싶지 않았다. 그녀의 발음에 요크셔 억양이 묻어나왔기 때문이다.

"둘 다 괜찮은 일이었는데!" 로빈이 말했다.

스트라이크도 동의하며 스피어민트 리노를 바라보았다.

"플래티넘은 어때요? 레이븐이 연락했어요?"

방금 레이븐한테 전화가 왔었으므로 로빈은 평소처럼 아무 일도 없었다고 스트라이크에게 일러줄 수 있었다. 플래티넘은 손님들에게 인기가 많아 그날 이미 랩댄스를 세 번 추었고, 영업장 규칙대로 품행에 아무런 문제가 없었다.

"기사 좀 읽었어요?" 스트라이크가 근처 테이블에 누가 버리고 간 《미러》지를 가리키며 물었다.

"인터넷으로만요." 로빈이 말했다.

"제보를 기대해봅시다. 이제 누군가는 분명 자기 다리가 없어진 걸 알아차렸을 테니까." 스트라이크가 말했다.

"하하." 로빈이 말했다.

"아직 너무 이른가요?"

"네." 로빈이 냉랭하게 말했다.

"어젯밤에 인터넷을 좀 뒤졌어요." 스트라이크가 말했다. "브록뱅크가 2006년에 맨체스터에 머물렀을 가능성이 있어요."

"그게 그 사람인지 어떻게 알아요?"

"몰라요. 하지만 나이도 비슷하고 미들네임 이니셜도 같아요—"

"그 사람 미들네임도 기억해요?"

"기억해요." 스트라이크가 말했다. "하지만 아직도 거기 있을 것 같지는 않아요. 랭도 그렇고요. 2008년 코비에 있었던 건 분명한데, 다른 데로 갔어요. 그런데……." 스트라이크가 길 건너편을 보며 덧붙였다. "위장 재킷을 걸치고 선글라스를 낀 저 녀석은 언제부터 저 식당에 있었나요?"

"한 30분 됐어요."

스트라이크가 보기에 그 남자는 유리창 두 개와 도로 하나를 가로질러 자신을 바라보는 것 같았다. 어깨가 넓고 다리가 길어서 식당의 은색 의자가 작아 보였다. 지나는 자동차와 행인이 유리창에 반사되어 확실치 않지만, 수염이 제법 텁수룩해 보였다.

"안은 어떻죠?" 로빈이 무거운 금속 차양에 덮인 스피어민트 리노의 양 여닫이문을 가리키며 물었다.

"스트립 클럽 말이에요?" 스트라이크가 깜짝 놀라 되물었다.

"아뇨, 일식집요." 로빈이 비꼬는 투로 말했다. "당연히 스트립 클럽이죠."

"무난해요." 질문을 정확히 이해하지 못한 그가 말했다.

"어떻게 생겼어요?"

"사방이 황금색에 거울이 가득하고 조명이 흐릿해요." 그녀가 호기심 어린 표정으로 바라보자 스트라이크가 말했다. "가운데 있는 봉에서 춤을 춰요."

"랩댄스는 안 춰요?"

"그건 방에서 따로 춰요."

"여자들은 뭘 입고 있어요?"

"몰라요. 많이는 안 입어요—"

그의 휴대전화가 울렸다. 엘린이었다.

로빈은 고개를 돌려 테이블에 놓인 돋보기 같은 걸 만지작거렸지만, 사실 그건 플래티넘을 찍는 소형 카메라였다. 처음에 스트라이크에게서 이걸 넘겨받았을 때는 신기하기 짝이 없었으나, 그 흥분은 사라진 지 오래였다. 그녀는 스트라이크와 엘린의 대화를 듣지 않으려 애쓰면서 토마토 주스를 입에 물고 창밖을 내다보았다. 그는 여자 친구와 통화할 때는 늘 사무적이었지만, 사실 그게 누구든 스트라이크가 다정하게 속삭이는 모습을 상상하기란 어려웠다. 매튜는 기분이 좋으면 그녀를 '로브시' 또는 '로시포시'라고 불렀다. 요즘은 드문 일이었지만.

"닉과 일사네 집에서……." 스트라이크가 말하는 중이었다. "좋아. 아니, 그래…… 응…… 알았어……. 당신도."

그가 전화를 끊었다.

"거기서 지내실 거예요?" 로빈이 물었다. "닉과 일사네 집에서?"

그들은 스트라이크의 오랜 친구였다. 사무실에 두어 번 들렀을 때 로빈과 만난 적이 있고 좋은 사람들이라고 느꼈다.

"네, 원하는 만큼 있으라네요."

"엘린 씨 집에서 지내면 되잖아요?" 로빈은 답을 듣지 못할 각오로 물었다. 스트라이크가 사생활과 직장 생활 사이의 선을 지키는 걸 좋아한다고 알고 있었기 때문이다.

"안 좋을 거예요." 스트라이크가 말했다. 그 질문이 기분 나쁜 것 같지는 않았지만 더 설명하지도 않았다. "깜박했네." 그가 건너편 일식집을 다시 쳐다보면서 덧붙였다. 위장 재킷과 선글라스의 남자는 이제 자리에 없었다. "이걸 샀어요."

여성용 호신 경보기였다.

"이미 갖고 있어요." 로빈이 코트 주머니에서 경보기를 꺼내 보여주었다.

"그렇군요. 하지만 이게 더 좋아요." 스트라이크가 설명했다. "경보음이 120데시벨이 넘고, 지워지지 않는 붉은 잉크가 나와요."

"제 건 140데시벨인데요."

"그래도 이게 더 좋다고 생각해요."

"기계는 자기가 고른 게 무조건 좋다는 남자의 흔한 허세인가요?"

그는 웃으면서 맥주잔을 비웠다.

"가볼게요."

"어디로 가세요?"

"섕커를 만나러요."

그녀에게는 낯선 이름이었다.

"가끔 나한테 런던 경찰과 거래할 정보를 귀띔해주는 친구예요." 스트라이크가 설명했다. "전에 경찰 정보원을 칼로 찌른 사람이 누군지 알려준 녀석 기억해요? 그 조폭에게 나를 갱단원으로 추천했던 사람?"

"아, 그 사람." 로빈이 말했다. "이름은 알려주지 않으셨어요."

"휘태커가 어디 있는지 찾아내려면 섕커한테 물어보는 게 최선이에요." 스트라이크가 설명했다. "디거 맬리에 대한 정보도 알고 있을지 몰라요. 그쪽 사람들 몇몇하고 알거든요."

그는 눈을 찌푸리고서 길 건너편을 바라보았다.

"그 위장 재킷을 잘 지켜봐요."

"걱정이 너무 많은 거 아니에요?"

"젠장, 맞아요. 걱정이 많아요, 로빈." 그가 지하철역까지 가는 길에 피우려고 담배를 꺼내며 말했다. "누가 우리한테 빌어먹을 다리를 보냈잖아요."

9

One Step Ahead of the Devil*

의족을 단 스트라이크가 길 건너편 펍 코트로 들어가는 모습을 본 것은 예상치 못한 보너스였다.

마지막으로 만난 뒤로 놈은 뚱뚱한 병신이 되어 있었다. 어리바리한 신병처럼 배낭을 매고, 자신에게 다리를 보낸 남자가 겨우 45미터쯤 떨어져 앉아 있는 것도 모른 채 느긋하게 길을 걸었다. 참으로 대단한 탐정이라지! 그는 술집으로 들어가 귀여운 비서를 만났다. 그는 그녀와 그 짓을 하는 게 분명했다. 어쨌든 그러길 바랐다. 그럼 그녀에게 저지를 일이 훨씬 더 만족스러울 것이다.

그가 그렇게 선글라스를 낀 채로 술집 창가에 앉아 있는 스트라이크를 바라보는데, 스트라이크가 자기 쪽을 돌아보는 것 같았다. 물론 길 건너여서 얼굴을 알아볼 수는 없을 것이다. 스트라이크와의 사이에 유리창 두 개가 있었고 게다가 자신은 선글라스도 끼었으니까. 하지만 멀리서 본 스트라이크의 어떤 태도와 스트라이크가 자

* 〈악마보다 한 걸음 앞〉. 블루 오이스터 컬트, 〈숨겨진 거울의 저주〉 앨범의 수록곡.

신을 똑바로 바라보았다는 사실이 그를 긴장시켰다. 그들은 도로를 사이에 두고서 마주 보았고, 양방향으로 지나가는 자동차들이 자꾸 시야를 가렸다.

그는 잠자코 기다렸다가 2층 버스 세 대가 꼬리를 물고 도로를 막아서자 슬그머니 식당 유리문을 나가 옆길로 들어섰다. 위장 재킷을 뒤집어 입으니 온몸에 아드레날린이 돌았다. 안감 안쪽에는 칼들이 숨겨져 있었다. 그것을 버릴 수가 없었다. 그는 두 번째 모퉁이를 돌면서, 전속력으로 달리기 시작했다.

10

With no love, from the past.
Blue Öyster Cult, 'Shadow of California'*

자동차 행렬이 멈추지 않아서 스트라이크는 한참을 기다린 뒤에야 맞은편 인도를 살피면서 토트넘코트 로드를 건널 수 있었다. 일식집 창 안을 들여다보았지만, 위장 재킷을 걸친 사람은 보이지 않았고, 셔츠나 티셔츠를 입은 사람들 가운데서도 선글라스의 남자와 체격이나 체형이 비슷한 사람은 없었다.

스트라이크는 재킷 주머니 안에서 진동하는 휴대전화를 꺼냈다. 로빈이 문자메시지를 보냈다.

걱정 마세요.

스트라이크는 웃으면서 코트 창 쪽으로 손을 흔들어 작별 인사를 한 다음 지하철로 갔다.

로빈이 말한 대로 그는 걱정이 너무 많았다. 다리를 보낸 미치광

* '지난날의, 사랑 없이.', 블루 오이스터 컬트, 〈캘리포니아의 그림자〉.

이가 벌건 대낮에 자리에 앉아 로빈을 관찰할 확률이 얼마나 되겠는가? 하지만 위장 재킷을 입은 덩치 큰 남자의 고정된 시선도, 그가 선글라스를 끼었다는 사실도 마음에 걸렸다. 시야가 가려졌을 때 그가 사라진 건 우연일까 아니면 의도한 것일까?

문제는 스트라이크가 의심하고 있는 세 사람이 현재 어떤 모습인지 정확히 알 수 없다는 것이었다. 브록뱅크를 마지막으로 본 것이 8년 전, 랭은 9년 전, 휘태커는 16년 전이었다. 그사이에 살이 쪘거나 빠졌을 수도, 머리가 벗겨졌을 수도, 수염을 길렀을 수도 있고, 불구가 되었을 수도 아니면 이전에는 없던 근육을 키웠을 수도 있었다. 스트라이크 자신은 그사이 다리 하나를 잃었다. 어느 누구도 감출 수 없는 단 한 가지는 바로 키였다. 스트라이크가 염두에 둔 세 사람 모두 키가 180센티미터이거나 훌쩍 넘었고, 위장 재킷의 남자도 의자에 앉아 있었지만 그렇게 보였다.

스트라이크가 토트넘코트 로드 역을 향해 걷고 있는데 주머니에서 전화가 울렸다. 꺼내보니 기쁘게도 그레이엄 하데이커였다. 그는 길을 막지 않으려고 옆으로 비켜서며 전화를 받았다.

"오기?" 스트라이크의 전직 동료가 말했다. "대체 무슨 일이야, 친구? 왜 사람들이 자네한테 다리를 보내는 거지?"

"지금 독일에 있는 게 아닌가 봐." 스트라이크가 말했다.

"에든버러야, 여기 있은 지 6주 됐어. 방금 《스코츠먼》에서 자네 기사를 읽었어."

영국 헌병 특수수사대는 에든버러 성에도 사무실이 있었다. 35부, 높은 부서였다.

"하디, 부탁 하나만 들어줘." 스트라이크가 말했다. "두어 명에 대한 내부 정보가 필요해. 노엘 브록뱅크 기억나?"

"잊을 수가 있나? 내 기억이 맞다면 제7 기갑 여단이었잖아."

"맞아. 또 한 사람은 도널드 랭이야. 내가 자네를 만나기 전에 알던 사람이지. 국경 수비대에 있었어. 나하고는 키프로스에서 만났고."

"사무실에 돌아가서 알아볼게, 친구. 지금 갈아엎은 들판 한복판에 있거든."

아는 사람들에 대한 담소는 러시아워의 소음 때문에 중단되었다. 하데이커는 군 기록을 살펴보고서 전화하겠다고 했고, 스트라이크는 지하철을 타러 갔다.

30분 뒤 화이트채플 역에 내리니 그곳에서 만나기로 한 사람에게서 문자가 와 있었다.

미안해 번슨 오늘은 안 돼 전화할게

실망스럽고 곤란했지만 놀랍지는 않았다. 스트라이크가 마약이나 현금 다발을 가지고 다니지 않고 협박이나 매질이 통하지 않는다는 점을 생각하면, 섕커가 만날 시간과 장소를 잡아준 것은 그를 대단히 존경한다는 표시였다.

하루 종일 걸어서 무릎이 아파왔지만, 지하철역 바깥에는 앉을 데가 없었다. 스트라이크는 지하철 입구 옆 노란 벽돌담에 기대어 섕커의 번호를 눌렀다.

"아, 괜찮아, 번슨?"

섕커를 왜 섕커라 부르는지 잊은 것처럼 그는 섕커가 자기를 왜 번슨이라 부르는지도 잊었다. 그들은 열일곱 살에 만났고, 관계가 제법 깊었지만, 10대들의 흔한 우정과는 달랐다. 사실 평범한 우정이 아니라 강요된 형제애에 더 가까웠다. 스트라이크는 자기가 죽으면 섕커는 분명 슬퍼하겠지만, 홀로 시신 곁에 남으면 귀중품을 모두 털어 갈 것이라 확신했다. 다른 사람들은 이해 못 하겠지만, 섕커가 그러는 이유는 단지 모르는 사람보다는 자기가 지갑을 갖는 게 죽은 스트라이크도 기뻐할 거라 생각하기 때문이었다.

"바빠, 섕커?" 스트라이크가 담배에 불을 붙이며 물었다.

"응, 번슨, 오늘은 시간이 안 나. 무슨 일이야?"

"휘태커를 찾고 있어."

"이제 아주 끝내려고?"

섕커의 말투가 달라졌는데, 섕커가 누군지 그리고 어떤 사람인지 모르는 이라면 놀랄 만한 일이었다. 섕커나 그 무리에게 원한을 확실히 끝내는 방법은 살인뿐이고, 그 결과 그는 성인이 된 뒤로 인생의 절반을 교도소에서 보냈다. 스트라이크가 보기엔 섕커가 30대 중반이 되도록 살아 있다는 게 놀라운 일이었다.

"그냥 그자가 어디 있는지 알고 싶어." 스트라이크가 마음을 다스리며 말했다.

섕커가 다리 사건을 들었는지 의문이었다. 섕커가 사는 세상에서 뉴스란 남의 일이고 소문을 통해서나 듣는 것이었다.

"한번 알아볼게."

"보수는 언제나와 같아." 유용한 정보에 대한 보수를 섕커와 미리 정해둔 스트라이크가 말했다. "그리고, 섕커?"

이 오랜 친구는 대화가 끝나면 말도 없이 전화를 끊어버리는 버릇이 있었다.

"또 뭐?" 섕커의 목소리가 먼 데서 들렸다. 대화가 끝났다고 여긴 그가 휴대전화에서 귀를 뗐을 거라 생각한 스트라이크가 옳았다.

"응." 스트라이크가 말했다. "디거 맬리."

전화기 저편의 침묵은 스트라이크가 섕커의 본모습을 잊지 않듯 섕커 또한 스트라이커의 본모습을 잊지 않았음을 똑똑히 알려줬다.

"섕커, 이건 그 누구도 아닌, 너와 내 일이야. 맬리한테 내 이야기 한 적 없지?"

잠시 뒤에 섕커가 그가 낼 수 있는 가장 무시무시한 목소리로 말했다.

"씨발, 내가 왜 얘기해?"

"어쨌건 확인해야 했어. 만나면 사정을 얘기해줄게."

위험한 침묵이 계속되었다.

"섕커, 내가 어디다 네 존재에 대해 알린 적 있어?" 스트라이크가 물었다.

전보다 짧은 침묵, 그런 뒤 섕커는 평소 목소리로 돌아와 스트라이크에게 말했다.

"그래, 좋아, 휘태커라고? 알아볼게, 번슨."

전화가 끊겼다. 섕커는 작별 인사를 하지 않았다.

스트라이크는 한숨을 쉬고서 또 다른 담배에 불을 붙였다. 여기까지 온 게 허탕이 되었다. 벤슨 앤드 헤지스 담배를 다 태우는 대로 지하철을 타고 돌아갈 것이다.

지하철역 입구의 콘크리트 광장은 건물들 뒷면에 둘러싸여 있었다. 거대한 검은색 총알 모양의 거킨 빌딩이 멀리 지평선에서 반짝였다. 스트라이크가 가족과 함께 화이트채플에 잠시 살던 20년 전에는 없던 건물이다.

주변을 둘러보아도, 스트라이크는 귀향이나 향수 같은 감정이 느껴지지 않았다. 이 콘크리트 땅, 이 특징 없는 건물 뒷면은 기억에 없었다. 지하철역조차 아주 조금 익숙할 따름이었다. 어머니와 함께한 인생의 특징이라 할 끝없는 이사와 소동은 각각의 장소에 대한 기억을 흐릿하게 만들었다. 때때로 그는 여기가 어떤 쪽방에 살 때 다닌 구멍가게인지, 어떤 무단 점거 숙소에 인접한 술집인지도 기억하지 못했다.

그는 지하철로 돌아갈 작정이었지만, 자기도 모르게 17년 동안 피해온 런던의 한 장소를 향해 걷고 있었다. 어머니가 죽은 건물이었다. 레다가 마지막으로 머물렀던 무단 점거 숙소는 화이트채플 역에서 1분도 안 걸리는 풀본 스트리트의 낡은 건물 2층에 있었다. 걷다 보니 스트라이크는 여러 가지 기억이 떠올랐다. 물론 그는 고등학교 시절 철로 위에 놓인 이 철제 다리를 건너다녔다. 캐슬메인 스트리트도 기억났다……. 그리고 거기 살던 혀짤배기 여학생도…….

풀본 스트리트 끝에 이른 그는 기이한 이중상(二重像)을 경험하며 걸음을 늦추었다. 그가 일부러 잊으려 해서 더 희미해진 기억이 눈앞의 장면과 흐릿하게 겹쳐졌다. 건물들의 벗겨진 흰 석고벽은 그의 기억만큼이나 추레했지만, 상점들은 처음 보는 것이었다. 그곳을 보고 있으니 마치 기억이 뒤틀리고 변형된 꿈속에 돌아온 것 같았다. 물론 런던의 빈민가에 영원한 것은 없었다. 유행 따라 영세 업체가 생겨났다가 시들고 사라졌다. 싸구려 간판이 붙었다가 떨어졌다. 사람들은 지나가고 떠나갔다.

그는 한때 살았던 무단 점거 숙소의 문을 알아보는 데 1, 2분이 걸렸다. 번지수를 잊었기 때문이다. 아시아 옷도 팔고 서양 옷도 파는 작은 가게 옆에서 드디어 찾아냈다. 예전에는 서인도제도 사람이 하던 슈퍼마켓이었을 것이다. 놋쇠 우편함을 보니 아픈 기억들이 되살아났다. 사람들이 드나들 때마다 문에서 요란하게 덜그럭거리던 그 우편함.

'젠장, 젠장, 젠장…….'

다 피운 담뱃불로 또 다른 담배에 불을 붙이면서 그는 노점이 늘어선 화이트채플 로드로 힘차게 다시 걸어 나갔다. 싸구려 옷, 색이 촌스러운 온갖 플라스틱 제품이 더 많이 보였다. 스트라이크는 어디로 갈지 생각하지 않고서 발길이 가는 대로 걸음을 빨리 옮겼지만, 길거리 풍경이 그의 기억을 더 끄집어냈다. 저 당구장은 17년 전에도 있었다……. 벨 주물 공장도……. 둥지에서 잠든 뱀이라도 밟은 것처럼 기억들이 꿈틀꿈틀 깨어나서 그의 발꿈치를 깨물었다.

마흔 살이 가까워지자 어머니는 연하의 남자들을 만나기 시작했는데, 그중에서도 휘태커가 가장 어렸다. 어머니가 그와 잠자리를 갖기 시작했을 때 그는 스물한 살이었다. 휘태커를 처음 집에 데려왔을 때 그녀의 아들은 열여섯 살이었다. 그 뮤지션은 그때도 찌든 얼굴이었다. 미간이 넓고 눈 밑이 퀭했지만 눈동자만은 강렬한 담갈색이었다. 검은 드레드록 머리는 어깨까지 내려왔다. 그는 한 벌의 티셔츠와 청바지만 입고 살아서 풍기는 냄새가 지독했다.

화이트채플 로드를 걸어 내려가는 발걸음과 보조를 맞추어 그의 머릿속에는 익숙한 구절이 맴돌았다.

'뻔히 보이는 곳이 더 숨기 편하다. 뻔히 보이는 곳이 더 숨기 편하다.'

물론 사람들은 그의 이런 태도를 두고서 강박감에 쫓기는 거라고, 편견에 사로잡힌 거라고, 집착하는 거라고 말할 것이다. 그가 상자에 든 다리를 보았을 때 자기도 모르게 휘태커를 떠올린 것은 휘태커가 어머니를 살해하고도 처벌받지 않았다는 사실을 늘 마음에 품고 있었기 때문이라고 할 것이다. 스트라이크가 휘태커를 의심하는 이유를 설명한다 해도, 아마도 그들은 그렇게 변태적이고 가학적이며 허세에 전 사람은 여자의 다리를 자를 수도 있다는 그의 견해를 비웃을 것이다. 사악한 자들은 폭력욕과 지배욕이 겉으로 드러나지 않도록 잘 감춘다는 잘못된 믿음이 얼마나 뿌리 깊은지 스트라이크는 잘 알았다. 그들이 그걸 누구나 볼 수 있도록 팔찌처럼 몸에 두르고 다녀도, 남을 잘 믿는 대중은 웃으면서 그걸 짐짓 악한 체하는 포즈라고 부르거나 거기서 기이한 매력을 느낀다.

레다는 레코드 회사의 접수 직원으로 일하다가 휘태커를 만났다. 그녀는 록 역사의 작지만 살아 있는 증인으로서 회사의 안내 데스크에서 토템 비슷한 역할을 했다. 휘태커는 일련의 스래시 메탈 밴드에서 기타리스트와 작사가로 활동했으나 연기하는 듯한 행동, 약물 남용, 폭행으로 계속 방출당했다. 그는 음반 계약을 따내러 갔다가 레다를 만났다고 주장했다. 하지만 레다는 경비원들이 쫓아내려는 것을 말리다가 처음 만났다고 스트라이크에게 털어놓았다. 그녀가 그를 집에 데려왔고, 휘태커는 떠나지 않았다.

열여섯 살의 스트라이크는 휘태커가 가학적이고 악마적인 것을 뻔뻔하게 애호하는 게 진심인지 연출인지 구분하지 못했다. 그가 아는 거라곤 자기가 휘태커를 본능적으로 혐오한다는 것뿐이었는데, 그건 그동안 레다가 만났다가 헤어진 수많은 애인에게서 느꼈던 모든 감정을 초월하는 것이었다. 무단으로 거주한 숙소에서 저녁이면 그는 어쩔 수 없이 휘태커의 입 냄새를 맡아가며 숙제를 해야 했다. 거의 그를 맛보는 느낌이었다. 휘태커는 10대의 스트라이크에게서 어른 대접을 받으려 했지만—그가 퍼붓는 욕설과 비난 속에는, 레다의 학력이 낮은 친구들의 환심을 사고 싶을 때면 주도면밀하게 감추는 명료함이 있었다—스트라이크는 언제나 반박하고 응수할 준비가 되어 있었고, 또 휘태커와 달리 약에 취하지 않았고, 아니면, 적어도 대마초를 간접 흡연한 정도로만 취했다는 이점이 있었다. 레다가 듣지 않는 곳에서, 휘태커는 중단된 학업을 계속 이어가려는 스트라이크의 결심을 자주 비웃었다. 휘태커는 키가 크고 강단이 있었으며, 거의 아무것도 안 하는 사람치고는 놀라울 만큼 근육이 발달했다. 스트라이크는 그때 이미 180센티미터가 넘었고, 동네 클럽에서 권투를 했다. 둘 사이의 긴장감 때문에, 둘이 함께 있으면 연기 자욱한 공기가 더욱 답답해졌고, 폭력의 위험도 늘 따라붙었다.

휘태커는 협박과 성희롱과 조롱으로 스트라이크의 이부동생 루시를 집에서 영원히 내쫓아버렸다. 그는 벌거벗은 채 문신을 잔뜩 새긴 몸통을 긁으며 집 안을 돌아다녔고, 그 모습에 쩔쩔매는 열네 살 소녀를 비웃었다. 어느 날 밤, 루시는 길모퉁이 전화박스로 달려가 콘월에 사는 외삼촌 부부에게 자신을 데리러 와달라고 부탁했다. 그들은 차를 몰고 세인트모스에서 밤새 달려와 새벽에 무단 거주 임시 숙소에 도착했다. 루시는 작은 여행 가방에 간소하게 짐을 꾸려놓았다. 그러곤 다시 어머니와 함께 살지 않았다.

테드 외삼촌과 조앤 외숙모는 문간에 서서 스트라이크에게도 함께 가자고 애원했다. 그는 거절했는데, 조앤이 설득할수록 휘태커를 이기고야 말겠다는, 어머니와 그 단둘만 남겨두지 않겠다는 결심을 굳혀갔다. 그 무렵 휘태커에게서 마치 살인을 쾌락의 진수로 여기는 듯한 발언을 자주 들었다. 그때는 휘태커가 진심이었다고 믿지 않았지만 그가 폭력을 휘두를 수 있는 인간이라는 것은 알고 있었으며, 또 그가 다른 무단 거주자들을 위협하는 모습도 보았다. 한번은—레다는 믿지 않았지만—선잠을 깨웠다는 이유로 고양이를 두들겨 패려는 모습도 보았다. 스트라이크는 응징하겠다고 고래고래 욕하면서 고양이를 쫓는 휘태커의 손에서 무거운 장화 한 짝을 빼앗았다.

길을 따라 점점 더 빨리 걷자 의족이 고정된 무릎이 쓸리기 시작했다. 마술을 부린 듯 오른편에 내그스 헤드 펍이 홀연히 나타났다. 납작한 사각형 벽돌 건물이었다. 문 앞에서 검은 옷을 입은 문지기를 보았을 때에야 내그스 헤드가 랩댄싱 클럽으로 바뀌었다는 사실이 떠올랐다.

"젠장." 그가 중얼거렸다.

맥주를 즐길 때 반라의 여자들이 주위를 맴도는 건 싫지 않았지만, 그런 곳의 어처구니없는 술값은 용납할 수 없었다. 더군다나 하루에 고객 두 명을 잃었을 때는.

그래서 그는 그 옆 스타벅스에 들어가서 빈자리를 찾아 쓰린 다리를 올려놓고는 큰 컵에 담긴 블랙커피를 우울하게 저었다. 푹 꺼지는 흙빛 소파, 큰 컵 가득한 거품, 깨끗한 유리 계산대 뒤에서 조용히 능률적으로 일하는 젊은이들. 그 모습이 휘태커의 악취 나는 유령을 물리쳐줄 것 같았지만, 그래도 그는 좀처럼 머릿속에서 떠나지 않았다. 스트라이크는 모든 기억이 되살아나는 걸 막을 수 없었다…….

레다 모자와 함께 사는 동안, 휘태커가 10대 시절 저지른 비행과 폭력 이력은 영국 북부의 사회 복지 부서에서만 알고 있었다. 그가 과거 이야기를 많이 하긴 했지만, 겹겹이 덧칠을 해서 앞뒤가 안 맞을 때도 있었다. 그가 살인 혐의로 체포된 뒤에야 과거의 사람들이 나타나 진실을 밝혔다. 어떤 이들은 그 이야기를 언론에 팔려 했고, 어떤 이들은 그에게 복수하고자 했으며, 또 어떤 이들은 각자 두서없이 그를 옹호하려 했다.

그는 부유한 중상층 집안에서 태어났는데, 열두 살 때까지 가장이자 기사 작위를 받은 외교관이 친부인 줄 알았다. 열두 살이 되어서야 런던에서 몬테소리 교사로 일하는 줄 알았던 누나가 자신의 친모이고, 그녀가 알코올과 약물에 중독되어 가족에게 버림받아 가난하고 불결하게 살고 있다는 사실을 알게 되었다. 이미 분노를 잘 통제하지 못하는 문제아였던 휘태커는 그때부터 완전히 비뚤어졌다. 기숙학교에서 쫓겨나자 지역 갱단에 들어가 곧 우두머리가 되었는데, 그 시기는 어느 소녀의 목에 칼을 들이대고서 친구들로 하여금 윤간하게 한 일로 교정 시설에 들어가며 끝이 났다. 열다섯 살이 되자 그는 자잘한 범죄 흔적을 남기며 런던으로 달아났고 마침내 생모를 찾는 데 성공했다. 하지만 짧고 열광적인 재회는 곧 서로를 향한 폭력과 증오로 발전했다.

"이거 쓰시는 거예요?"

키 큰 청년이 스트라이크를 내려다보며 말했다. 스트라이크가 다리를 올려놓은 의자의 등받이를 이미 손으로 잡고 있었다. 그는 로빈의 약혼자 매튜를 떠올리게 했다. 갈색 곱슬머리의 말끔한 미남이었다. 스트라이크는 끙 소리를 내며 다리를 내리고 고개를 저었다. 그러고는 청년이 의자를 가지고 예닐곱 명의 일행에게 돌아가는 모습을 지켜보았다. 여자들이 아주 기뻐했다. 청년이 의자를 내려놓고 옆에 앉자 여자들이 허리를 펴고서 밝게 웃었다. 청년이 매튜를 닮아서인지, 아니면 자기 의자를 가져가서인지, 아니면 스트라이크에게 더러운 놈을 알아보는 안목이 있어서인지, 스트라이크는 그가 마음에 들지 않았다.

커피가 아직 남았지만 방해를 받아 화가 난 스트라이크는 몸을 일으켜 밖으로 나갔다. 화이트채플 로드를 따라 돌아가는데 빗방울이 하나둘 떨어졌다. 담배를 다시 물면서 그는 이제 파도처럼 밀려드는 기억을 그냥 저항 없이 받아들였다.

휘태커는 병적일 만큼 남의 이목을 갈구했다. 그는 레다의 관심이 직장이나 아이들, 친구들 때문에 잠시라도 자신을 떠나는 걸 참지 못했고, 그녀가 소홀하다고 느낄 때마다 다른 여자를 유혹했다. 휘태커를 병균처럼 싫어한 스트라이크마저도 그가 그 무단 거주지를 거쳐 간 거의 모든 여자에게 강하게 섹스어필했다는 사실을 인정하지 않을 수 없었다.

가장 최근에 몸담았던 밴드에서 쫓겨난 뒤에도, 휘태커는 스타병을 앓고 있었다. 그는 기타 코드를 세 개 알았고, 굳이 숨기지 않고 모든 종이에 《사탄의 성서》*를 대량으로 인용해 가사를 썼다. 스트라이크는 레다와 휘태커가 잠자는 매트리스 위에 놓여 있던 별표와

* 미국의 라베이가 사탄주의 개념을 정리하며 1969년에 쓴 책.

염소 머리 모양이 새겨진 검은 표지를 기억했다. 휘태커는 미국의 컬트 지도자 찰스 맨슨의 인생과 경력에 대해 아주 잘 알았다. 맨슨의 앨범 〈거짓말: 사랑과 공포의 숭배〉 복제 레코드판이 직직거리며 돌아가는 소리가 스트라이크의 16세 때의 사운드트랙이었다.

휘태커가 레다를 만났을 때 그는 그녀의 전설을 익히 들어 알고 있었고, 그녀가 있었던 파티며 같이 잔 남자들에 대해 듣고 싶어 했다. 그는 그녀를 통해서 유명인과 연결되었는데, 스트라이크는 휘태커가 가장 열망하는 게 명성이란 사실을 알고 있었다. 그는 그가 경애하는 맨슨과 조니 로커비 같은 록 스타를 도덕적으로 구분하지 않았다. 둘 다 대중의 의식에 영원한 흔적을 남겼다. 하지만 더 성공한 것은 맨슨 쪽이었다. 그의 전설은 유행 따라 흔들리지 않기 때문이었다. 악은 언제나 매혹적인 법이었다.

하지만 레다의 명성만이 휘태커를 매혹한 것은 아니었다. 그의 연인은 돈 많은 두 록 스타의 아이를 낳아 양육비를 받고 있었다. 레다의 숙소에 들어오면서 휘태커는 레다가 그토록 남루하게 사는 것은 그녀의 생활 방식일 뿐, 어딘가에 스트라이크와 루시의 아버지들—조니 로커비와 릭 팬토니—이 쏟아부은 돈이 쌓여 있을 거란 인상을 분명하게 받았다. 그는 진실을 이해하거나 믿지 못하는 것 같았다. 레다의 형편없는 돈 관리 능력과 낭비벽 때문에 그녀가 돈을 쓰지 못하도록 두 남자가 묶어놓았던 것이다. 시간이 지나면서 휘태커는 레다가 자신에게 돈을 쓰지 않는다며 악의에 찬 혼잣말과 비난을 더 자주 내뱉었다. 그가 탐낸 펜더 스트라토캐스터 기타와, 그렇게 더럽게 살면서도 뜬금없이 욕심낸 장 폴 고티에 벨벳 재킷을 사주지 않자 어처구니없는 소동이 일었다.

그는 압박의 강도를 높여, 황당하고 금방 들통날 거짓말을 일삼았다. 병원에서 응급치료를 받아야 한다는 둥, 1,000파운드를 빚진 남자가 자기 다리를 부러뜨린다며 협박한다는 둥. 레다는 때로 재미있어했고 때로 짜증을 냈다.

"자기야, 난 돈 없어." 그녀는 말했다. "정말이야, 자기야. 돈 없어, 있으면 줬겠지, 안 그래?"

레다는 스트라이크가 대학에 지원한 열여덟 살에 임신했다. 그는 당황했지만 그때조차 어머니가 휘태커와 결혼할 거라고는 생각하지 않았다. 그녀는 누군가의 아내가 되는 게 싫다고 아들에게 늘 말해왔다. 10대에 한 첫 결혼은 2주 만에 도피로 끝났다. 휘태커도 결혼할 스타일은 아닌 것 같았다.

하지만 그 일은 일어나고야 말았다. 휘태커가 묘하게 숨겨진 돈을 만지려면 방법은 그것뿐이라고 생각한 게 분명했다. 결혼식은 비틀스 멤버 두 명이 결혼한 메릴러본 등기소에서 올렸다. 휘태커는 폴 매카트니처럼 문 앞에서 사진이 찍힐 거라 상상한 모양이지만, 아무도 관심이 없었다. 그의 환하게 웃던 신부가 죽고 나서야 사진기자들이 벌 떼처럼 법원 앞에 우글거렸다.

스트라이크는 문득 자신이 별생각 없이 앨드게이트 이스트 역까지 걸어왔다는 것을 깨달았다. 이 길은 무의미한 우회의 연속이었다고 스스로를 책망했다. 화이트채플에서 돌아가는 열차를 탔으면 지금쯤 닉과 일사네 집으로 가고 있을 것이다. 그런데 엉뚱한 방향으로 서둘러 와버려서 꼼짝없이 러시아워의 지하철에 갇히게 되었다.

큰 덩치에 배낭이 더해지니 주변 승객들은 속으로 불평을 삭여야 했지만 스트라이크는 알아차리지 못했다. 주변 사람보다 머리 하나가 더 큰 그는 손잡이를 잡고서 어두운 창문에 비친 자신의 모습을 바라보며, 그 시절의 마지막이자 최악이었던 대목을 떠올렸다. 휘태커는 법정에서 무죄를 주장했다. 경찰은 아내의 팔에 주삿바늘이 꽂힌 날 그의 알리바이가 허술하고, 헤로인의 출처와 레다의 약물 남용 이력에 대한 그의 진술이 오락가락한다고 보았다.

같은 건물에 살던 무단 거주자 여럿이 레다와 휘태커의 혼란스럽고 폭력적인 관계를 증언했다. 레다는 헤로인 계통 약물을 하지 않았다는 점, 휘태커의 협박과 외도, 살인과 돈에 대해 그가 떠벌린 이야기, 레다의 시신을 발견하고도 전혀 슬픈 기색이 없었다는 점. 그들은 휘태커가 멍청하게 히스테리를 부리다 레다를 죽인 게 틀림없다고 거듭 주장했다. 하지만 피고 측은 증언의 신빙성을 쉽게 깎아내렸다.

법정에 선 옥스퍼드 대학생인 스트라이크는 아주 색달라 보였다. 판사는 스트라이크에게 호의적인 눈빛을 보냈다. 정장에 넥타이를 매지 않았으면 위협적이었을 거구이지만 어쨌건 그는 말끔하고 논리가 정연했으며 지적이었다. 검찰은 그에게 법정에 출두해 휘태커가 레다의 재산에 얼마나 집착했는지 답변해달라고 했다. 스트라이크는 조용한 법정에서 휘태커가 자기 머릿속에만 들어 있는 엄청난 재산에 손대려 시도한 일 그리고 그를 사랑한다는 증거로 유언장에 자기 이름을 넣어달라고 레다에게 자꾸만 졸라댄 일을 이야기했다.

휘태커는 아무 표정 없이 황금색 눈으로 그를 바라보았다. 증언 마지막 즈음 스트라이크와 휘태커의 눈길이 마주쳤다. 휘태커는 입꼬리를 살짝 올리며 조롱하는 미소를 지었다. 그리고 앞 의자 등받이에 대고 있던 검지를 살짝 들어 옆으로 그었다.

스트라이크는 그게 무슨 뜻인지 잘 알았다. 오로지 자신에게 보내는 메시지로, 이미 익숙해진 동작을 조그맣게 한 것이었다. 휘태커는 자기를 거스른 사람의 목을 겨냥해 허공에서 손을 가로로 긋는다.

"네놈은 대가를 치르게 될 거야!" 휘태커는 광기에 찬 황금색 눈을 크게 뜨고 말하곤 했다. "대가를 치르게 될 거라고!"

그는 깔끔하게 차려입었다. 돈 많은 가족 중 누군가가 좋은 변호사를 구해주었다. 깨끗이 씻고 정장을 차려입고는 조용하고 예의 바른 목소리로 모든 것을 부인했다. 그는 말을 맞추고 법정에 나타났다. 본모습을 드러내려고 검찰이 한 갖은 노력—낡은 레코드플레이어의 찰스 맨슨, 침대 위에 놓인 《사탄의 성서》, 취해서 내뱉었던 쾌락적인 살인에 대한 이야기—을 휘태커는 약간 어이없다는 듯 반박했다.

"제가 말씀드릴 수 있는 건…… 제가 음악가라는 점입니다, 판사님." 그는 어느 순간 이렇게 말했다. "어둠 속에 시가 있습니다. '고인'은 누구보다 그 사실을 잘 알았습니다."

그는 신파조로 말을 마치고 건성으로 흐느꼈다. 피고 측 변호사가 서둘러 진정할 시간이 필요한지 물었다.

그때 휘태커는 용감하게 고개를 젓고 나서 레다의 죽음에 관해 금언 같은 발표를 했다.

"그녀는 죽고 싶어 했어요. 그녀는 산화칼슘이었으니까(She wanted to die. She was the quicklime girl)."

어린 시절과 청소년기에 그 노래를 너무 많이 들은 스트라이크 말고는 어느 누구도 그 말이 무슨 소린지 알아듣지 못했을 것이다. 휘태커는 〈미스트리스 오브 더 새먼 솔트(Mistress of the Salmon

Salt)〉의 가사를 인용했다.

그는 무죄판결을 받았다. 부검 결과는 레다가 헤로인 상습 투여자가 아니라고 나왔지만, 평판이 불리했다. 그녀는 다른 약물을 남용했다. 그녀는 파티 걸로 악명이 높았다. 누군가의 죽음이 뜻밖에 일어난 일인지 아닌지 구분하는 게 일인 이 곱슬한 가발을 쓴 남자들 생각에 그녀는 따분한 인생에서 쾌락을 추구하다 더러운 매트리스에서 죽어도 전혀 이상하지 않은 여자였다.

법원 앞 계단에서 휘태커는 고인이 된 아내의 전기를 쓰겠다고 선언하고는 사라졌다. 그 책은 세상에 나오지 않았다. 레다와 휘태커의 아들은 휘태커의 오랫동안 고통받은 조부모가 입양했고, 그 뒤로 스트라이크는 그를 두 번 다시 보지 못했다. 스트라이크는 조용히 옥스퍼드를 떠나 군대에 들어갔다. 루시는 대학에 갔고 인생은 계속 흘러갔다.

휘태커는 주기적으로 신문에 등장했고, 그때마다 늘 어떤 범죄와 연관되어 레다의 자녀들이 관심을 안 가질 수가 없었다. 물론 휘태커는 1면 기사는 못 되었다. 그는 그저 유명인과 동침해 유명해진 사람과 결혼했던 남자일 뿐이었다. 그에게 쏠린 이목은 희미한 반향의 반향이었다.

“그 똥 덩어리는 내려가지도 않아.” 스트라이크가 말했을 때 루시는 웃지 않았다. 그녀는 불쾌한 일을 거친 유머로 넘기는 걸 로빈보다도 더 싫어했다.

피곤하고 배가 점점 고파지고 지하철이 흔들리고 무릎도 아파서, 스트라이크는 우울했고 또 무엇보다 자신에게 화가 났다. 여러 해 동안 그는 결연히 미래만 바라보았다. 과거는 바꿀 수 없다. 있었던 일을 부정하지는 않지만, 빠져 있을 필요는 없었다. 거의 20년 전의 거주지를 찾아가서 덜거덕거리는 우편함을 떠올리고, 겁먹은 고양이의 비명을 돌이키고, 봉긋한 소매가 달린 드레스를 입고 관 속에 누운 창백한 어머니를 되새길 필요가 없었다…….

'이 빌어먹을 멍청아.' 스트라이크는 닉과 일사의 집에 가려면 열차를 몇 번 갈아타야 하는지 지하철 노선도를 살피면서 생각했다. '다리를 보낸 건 휘태커가 아니야. 넌 그냥 그자한테 화낼 구실을 찾는 거야.'

다리를 보낸 사람은 치밀하고 용의주도했다. 그가 20년 전쯤에 알던 휘태커는 혼란스럽고 성미 급하고 변덕스러운 사람이었다.

하지만…….

'네놈은 대가를 치르게 될 거야…….'

'그녀는 산화칼슘이었으니까(She was the quicklime girl)…….'

"이런 씨발!" 스트라이크가 큰 소리로 욕을 내뱉었고, 주변 사람들이 깜짝 놀랐다.

갈아탈 역을 지나쳤다는 사실을 방금 깨달았다.

11

Feeling easy on the outside,
But not so funny on the inside.
Blue Öyster Cult, 'This Ain't the Summer of Love'*

스트라이크와 로빈은 그 뒤로 이틀 동안 번갈아 플래티넘을 미행했다. 스트라이크는 일부러 근무시간에 구실을 만들어 로빈을 만나서는 아직 낮이라 지하철에 사람이 많을 때 귀가하라고 고집을 부렸다. 목요일 저녁에는 플래티넘이 늘 의심의 눈초리로 그녀를 바라보는 의심남에게 안전히 돌아갈 때까지 뒤를 쫓았고, 그 뒤에는 여전히 언론의 눈을 피해 머물고 있는 완즈워스의 옥타비아 스트리트로 돌아갔다.

스트라이크가 탐정 일을 하면서 친구 부부인 닉과 일사네 집으로 피신 온 것은 이번이 두 번째였다. 그들의 집은 스트라이크가 어느 정도 편하게 지낼 수 있는 유일한 장소였지만, 그래도 이 맞벌이 부부의 집은 이상하리만큼 익숙해지지 않았다. 사무실 위층의 다락방이 아무리 비좁아도 거기에서는 마음대로 드나들고, 감시 일을 마치고 돌아오는 새벽 2시에 먹고, 동거인이 깰까 봐 걱정할 필요 없

* '겉으로는 편안해도/속으로는 그렇게 재미있지 않아.', 블루 오이스터 컬트, 〈지금은 사랑의 여름이 아니야〉.

이 철제 계단을 쿵쿵 오르내릴 완전한 자유가 있었다. 이제는 간간이 식사 자리에 참석해야 한다는 무언의 압력을 느꼈고, 새벽에 잠깐 냉장고에서 뭔가를 꺼낼 때—그래도 좋다고 흔쾌히 허락받았는데도—비사교적 인간이 된 느낌이 들었다.

한편 스트라이크는 굳이 군 생활의 가르침 없이도 이미 깔끔하고 정리 정돈을 잘했다. 혼란스럽고 불결했던 어린 시절이 정반대의 성향을 키웠다. 일사는 스트라이크가 집 안을 돌아다닐 때 흔적을 남기지 않는다는 사실을 이미 언급했다. 하지만 소화기 내과 의사인 닉은 지나간 자리마다 흘린 물건들과 닫다 만 서랍들로 흔적을 남겼다.

스트라이크는 덴마크 스트리트의 지인들에게서 아직도 사진기자들이 사무실 문 앞을 어슬렁거린다고 전해 들었기에 주말까지 닉과 일사네 손님방에 있어야겠다고 체념했다. 손님방은 벽이 온통 흰색이고, 자신의 진정한 운명을 기다리듯 약간 침울한 분위기였다. 그들은 몇 년 동안 아이를 갖는 데 실패했다. 스트라이크는 그 일이 어떻게 되어가는지 결코 묻지 않았고 특히 닉은 그의 자제에 감사하는 것 같았다.

그는 둘과 오랫동안 알고 지냈는데, 일사와는 인생 대부분을 알고 지냈다. 금발에 안경을 쓴 일사는 스트라이크가 아는 곳 중 가장 고향이라 부를 만한 콘월 주의 세인트모스 출신이었다. 둘은 같은 초등학교에 다녔다. 그가 테드와 조앤의 집에 다시 갈 때마다—성장기 내내 자주 그랬는데—일사의 어머니와 조앤이 오랜 동창이라는 사실에서 그들의 우정이 다시금 싹트곤 했다.

모래색의 머리가 20대부터 벗겨지기 시작한 닉은 스트라이크가 졸업한 해크니의 종합중등학교에서부터 친구였다. 닉과 일사는 런던에서 있었던 스트라이크의 열여덟 살 생일 파티에서 만나 1년 동안 데이트를 하다가 서로 다른 대학에 진학하면서 헤어졌다. 20대 중반에 다시 만났는데, 그때 일사는 다른 변호사와 약혼한 상태였고 닉은 동료 의사와 사귀고 있었다. 몇 주 안에 두 관계가 모두 끝났고 1년 뒤 닉과 일사는 결혼했다. 스트라이크가 신랑 들러리를 섰다.

스트라이크는 밤 10시 반에 그들 집으로 돌아왔다. 현관문을 닫자 거실에 있던 닉과 일사가 맞아주더니 포장해 온 카레가 많이 남았으므로 먹으라고 했다.

"이게 뭐야?" 스트라이크가 거실을 빙 두른 작은 유니언잭 깃발들과 수많은 메모지, 커다란 비닐 봉투에 든 200개는 됨 직한 빨강, 하양, 파랑 플라스틱 컵을 보고 어리둥절해져서 물었다.

"왕실 결혼식 날 거리에서 파티를 하기로 했어." 일사가 말했다.

"어이쿠 맙소사." 스트라이크가 접시에 미지근한 마드라스*를 수북이 담으며 어이없다는 듯 말했다.

"재미있을 거야! 너도 와."

스트라이크가 던진 시선에 그녀는 킬킬거렸다.

"오늘 어땠어?" 닉이 스트라이크에게 테넌츠 캔 맥주를 건네며 물었다.

"별로였어." 스트라이크가 감사히 라거를 받으며 말했다. "일거리가 또 하나 줄었어. 이제 남은 고객은 둘뿐이야."

닉과 일사는 안타깝다는 듯한 소리를 냈다. 그가 카레를 떠 입에

* 인도의 마드라스(지금의 첸나이)라는 도시의 이름을 딴 붉은 카레.

넣는 동안 우정 어린 침묵이 이어졌다. 지치고 의기소침해져서 집으로 돌아오며 스트라이크는 우려했던 대로 잘린 다리를 받은 사건이 힘들게 일군 그의 사업에 직격탄을 날렸다는 사실을 계속 떠올렸다. 그의 사진은 이제 인터넷과 신문에서 닥치는 대로 끔찍한 사건과 연관되어 확산되고 있었다. 신문에서는 이 기회를 핑계 삼아 그 역시 다리가 하나뿐이라는 사실을 온 세상에 떠들어댔다. 스트라이크는 그 사실이 부끄럽지 않았지만, 광고할 생각도 없었다. 기이하고 뒤틀린 것의 냄새가 이제 그에게 따라붙었다. 그는 오염되었다.

"다리에 관한 새 소식은 없어?" 스트라이크가 상당한 양의 카레를 먹어치우고 라거 캔을 절반 정도 비웠을 때 일사가 물었다. "경찰이 뭐 알아낸 것 없어?"

"내일 밤 워들을 만나서 알아볼 거야. 하지만 별거 없는 것 같아. 계속 그 갱에게만 신경을 쓰고 있거든."

그는 닉과 일사에게, 위험한 데다 복수심에 불타서 다리를 보냈을 법한 세 사람에 대해 자세히 말하지는 않았지만, 전에 신체 부위를 잘라서 우편으로 보낸 범죄자와 엮인 적이 있다는 사실은 말했다. 당연히 그들도 그가 범인이라는 워들의 견해에 즉시 동조했다.

수년 만에 처음으로, 그 집의 편안한 녹색 소파에 앉아서 스트라이크는 닉과 일사가 제프 휘태커를 만난 적이 있다는 사실을 떠올렸다. 스트라이크의 열여덟 살 생일 파티는 화이트채플의 벨 펍에서 열렸다. 그때 어머니는 임신 6개월째였다. 외숙모의 얼굴에는 불만과 억지 미소가 뒤섞여 있었고, 언제나 평화의 사도인 테드 외삼촌은 약에 취한 게 분명한 휘태커가 디스코 음악을 끄고 자작곡을 부르자 분노와 경멸을 감추지 못했다. 스트라이크는 그때 가졌던 분노와 모든 것을 버리고 옥스퍼드로 도망치고 싶었던 열망을 기억했지만, 어쩌면 닉과 일사는 그런 것은 기억 못 할지도 모른다. 그날 밤 그들은 서로의 매력에 깊이 빠져서 다른 것은 안중에도 없었기 때문이다.

"로빈이 걱정이겠네." 일사가 질문이 아니라 단언하듯 말했다.

스트라이크는 입안 가득 난을 넣은 채로 그렇다고 중얼거렸다. 그는 지난 나흘 동안 그 일에 대해 생각했다. 이건 궁지에 빠진 것이고 로빈은 아무 잘못이 없는데도 무방비로 취약점이 되어 있었는데, 수신인을 바꾼 걸 보면 그놈도 그걸 알았던 게 분명했다. 직원이 남자였다면 이렇게 걱정되지는 않았을 것이다.

스트라이크는 지금껏 로빈이 자신에게 엄청난 자산임을 잊은 적이 없었다. 그녀는 그의 덩치와 험악한 인상에 입을 닫으려는 다루기 힘든 목격자들을 설득할 수 있었다. 그녀의 매력과 편안한 태도는 의심을 누그러뜨리고, 문을 열어주었으며, 스트라이크가 가는 길을 수백 번에 걸쳐 매끄럽게 닦아주었다. 그녀에게 빚을 졌다는 걸 그는 알고 있었다. 지금은 다리를 보낸 사람이 잡힐 때까지 그녀가 조용히 물러나서 숨어 지내기만을 바랐다.

"나는 로빈이 좋아." 일사가 말했다.

"누구나 로빈을 좋아해." 스트라이크가 두 번째로 입에 난을 넣고서 말했다. 그 말은 사실이었다. 여동생 루시, 사무실에 전화한 친구들, 고객들 모두가 스트라이크에게 함께 일하고 있는 여성이 마음에 든다는 말을 잊지 않았다. 하지만 일사의 목소리에서 희미하게나마 무언가를 캐물으려는 기색이 느껴져서, 스트라이크는 로빈에 대한 이야기에 사적인 뉘앙스는 담지 않기로 했다. 이어진 일사의 질문이 그 생각이 옳았음을 확인해주었다.

"엘린이랑 어떻게 되어가고 있어?"

"잘되고 있어." 스트라이크가 말했다.

"아직도 전남편에게는 비밀이야?" 일사의 질문에 희미하게 가시가 박혀 있었다.

"엘린이 별로 마음에 안 들지?" 스트라이크가 그녀를 놀리려고 별안간 적진에 돌진하며 질문을 던졌다. 그는 일사와 가까워졌다 멀어졌다 하며 30년을 알아왔다. 그녀는 예상대로 허둥지둥하며 부인했다.

"좋아해— 그러니까, 어떤 사람인지는 잘 모르지만 어쨌건, 네가 행복한 거, 그게 중요해."

스트라이크는 그쯤에서 일사가 로빈 이야기를 그만둘 거라고 생각했지만—친구들 중에 이런 이야기를 한 사람이 일사가 처음은 아니었다. 로빈하고 사이가 아주 좋은걸? 혹시 두 사람……? 한 번이라도 생각……?—일사는 변호사였기에 일련의 질문을 쉽게 포기하지 않았다.

"로빈이 결혼식을 미뤘다며? 날짜를 다시 잡—"

"응." 스트라이크가 말했다. "7월 2일이야. 주말 끼고 휴가를 냈는데 요크셔에 가서 결혼식 준비를 한대. 화요일에 돌아올 거야."

그는 매튜와 예상 밖의 동맹을 맺어서는 로빈에게 금요일과 월요일에 휴가를 써야 한다고 주장했고, 이제 그녀가 400킬로미터쯤 떨어진 고향에 있다고 생각하니 안심이 되었다. 그녀는 워들을 만나러 쇼어디치에 있는 펍 올드 블루 라스트에 함께 가지 못한다는 데 실망했지만, 스트라이크가 보기에는 휴가 생각에 안도하는 기미도 조금 있었다.

일사는 로빈이 여전히 스트라이크가 아닌 다른 사람과 결혼할 작정이라는 데 기분이 언짢은 듯했으나, 그녀가 무슨 말을 할 겨를도 없이 스트라이크의 휴대전화가 울렸다. 특수수사대의 옛 동료 그레이엄 하데이커였다.

"미안." 그가 닉과 일사에게 말하고서, 카레 접시를 내려놓고 일어섰다. "중요한 전화야— 하디!"

"통화 가능해, 오기?" 하데이커가 물었고, 스트라이크는 현관문을 향해 걸어갔다.

"이제 가능해." 스트라이크가 세 걸음 만에 좁은 마당 끝까지 가서는 산책도 하고 담배도 피울 겸 어두운 길거리로 나서며 말했다. "뭘 좀 알아냈어?"

"솔직히 말하자면……." 하데이커가 스트레스를 받은 목소리로 말했다. "아무래도 자네가 직접 와서 보는 게 좋겠어. 골칫거리 준위가 한 명 있거든. 처음부터 사이가 별로 안 좋았어. 내가 여기서 뭘 유출했다는 걸 그 여자가 낌새라도 채면—"

"내가 가는 건 괜찮고?"

"아침 일찍 와. 나는 그 문서를 컴퓨터에 띄워놓고 있을 테니. 부주의하게 말이야."

하데이커는 이전에도, 엄밀히 말하자면 금지된 정보를 스트라이크에게 준 적이 있었다. 그는 이제 막 35부로 이동했다. 그가 자기 자리를 위태롭게 하고 싶지 않아 해도 놀랍지 않았다.

그는 길을 건너, 맞은편 집 정원의 낮은 담장에 앉아 담뱃불을 붙이고서 물었다. "스코틀랜드까지 갈 만한 가치가 있는 거야?"

"그건 자네가 뭘 원하느냐에 달렸지."

"옛 주소, 가족 관계, 내과나 정신의학 기록이면 좋아. 브록뱅크는 의병제대를 했지, 2003년?"

"맞아." 하데이커가 말했다.

뒤쪽에서 무슨 소리가 들려 일어나 돌아보니, 담장 주인이 쓰레기를 버리고 있었다. 60대로 보이는 체구가 작은 남자였는데, 스트라이크의 키와 덩치를 보자 짜증스러워하던 표정이 예의 바른 미소로 바뀌어가는 게 가로등 불빛 아래 보였다. 스트라이크는 그 자리를 떠나 나무와 산울타리 이파리들이 봄바람에 흔들리는 주택가를 지나쳤다. 곧 또 한 커플의 잇따른 결혼을 축하하는 장식용 깃발이 내걸릴 것이다. 로빈의 결혼식이 바로 이어질 테니.

"랭에 대해서는 별거 없는 거로군." 스트라이크의 목소리에 어렴풋하게 추궁이 배어 있었다. 랭은 브록뱅크보다 군 경력이 짧았다.

"없어. 그런데 빌어먹을, 그 친구 정말 대단하던걸." 하데이커가 말했다.

"글래스하우스를 나간 뒤에 어디로 갔어?"

글래스하우스는 콜체스터에 있는 영창으로, 법을 어긴 군인이 민간 교도소로 이관되기 전에 거치는 곳이었다.

"엘름리 교도소. 그 뒤로는 아무런 정보도 없어. 보호관찰국에 기록을 물어봐야 돼."

"그렇겠지." 스트라이크가 별이 총총한 하늘로 연기를 내뿜으며 말했다. 그가 이제 어떤 종류의 경찰도 아니라는 사실을 그도, 하데이커도 알았다. 그에게는 더 이상 일반 시민 이상으로 보호관찰국의 기록을 이용할 권리가 없었다. "그런데 랭은 스코틀랜드 어느 지방 출신이야, 하디?"

"멜로즈. 입대할 때 가족 연락처란에 어머니를 적었어. 찾아봤지."

"멜로즈라." 스트라이크가 생각에 잠겨 반복했다.

그는 남은 두 고객을 생각했다. 한 명은 여자 친구가 바람났다는 걸 증명하려 애쓰면서 쾌감을 얻는 돈 많은 바보였고, 또 한 명은 별거 중인 남편이 두 아들을 스토킹한다는 증거를 모으려고 돈을 주는 부유한 부인이자 엄마였다. 애들 아빠는 지금 시카고에 있고, 앞으로 24시간 동안 플래티넘의 동선은 아무도 추적할 수 없을 것이다.

물론 그가 혐의를 둔 세 사람 전부 다리와 상관없을 가능성, 모든 게 그의 상상일 가능성도 있었다.

'거둬들이네, 사지를(a harvest of limbs)…….'

"에든버러에서 멜로즈까지 얼마나 되지?"

"차로 한 시간에서 한 시간 반 정도."

스트라이크는 담배를 배수로에 던졌다.

"하디, 내가 일요일 밤에 기차 침대칸을 잡고서 자네 사무실에 일찌감치 들렀다가 차로 멜로즈에 가서 랭이 가족에게 돌아갔는지 어쨌는지 알아볼 수도 있을 것 같아. 아니면 그가 지금 어디에 있는지 물어보든가."

"좋아. 언제 오는지 알려주면 기차역으로 데리러 가지. 아니면, 오기." 하데이커는 더 너그러운 제안을 했다. "자네가 그날 돌아오기만 한다면 내 차를 빌려줄게."

스트라이크는 궁금해하는 친구들과 식은 카레가 있는 곳으로 바로 돌아가지 않았다. 그는 담배를 새로 피워 물고서 조용한 거리를 거닐며 생각을 했다. 그러다가 일요일 저녁에 엘린과 사우스뱅크

센터의 음악회에 가기로 한 약속이 떠올랐다. 그녀는 클래식에 대한 그의 무관심을 미온적인 수준보다 더 높이고 싶어 했다. 시계를 보았다. 전화해서 취소하기에는 너무 늦었다. 내일 잊지 말고 전화해야 했다.

집으로 돌아가면서, 그의 생각이 다시 로빈에게로 되돌아갔다. 그녀는 이제 두 달 반 남은 결혼식에 대해 말을 아꼈다. 그녀가 워들에게 일회용 카메라를 주문했다고 말했을 때 스트라이크는 로빈이 매튜 컨리프 부인이 될 날이 머지않았음을 실감했다.

'아직 시간이 있어.' 그는 생각했다. 무엇을 위한 시간인지는 그 자신에게도 밝히지 않았다.

12

...the writings done in blood.
Blue Öyster Cult, 'O.D.'D On Life Itself'*

많은 남자들에게는 풍만한 금발 미녀의 뒤를 따라 런던을 돌면서 돈 버는 일이 막간의 즐거움으로 보일지 모르겠지만, 스트라이크는 플래티넘을 미행하는 일이 완전히 지겨워졌다. 그는 호턴 스트리트를 몇 시간 배회했는데, 이 시간제 랩댄서가 그곳에 있는 런던정경대학의 유리와 철제로 만들어진 구름다리 복도를 지나 이따금 도서관에 갔기 때문이다. 스트라이크는 오후 4시 근무에 맞추어 스피어민트 리노로 향하는 그녀를 뒤따랐다. 여기서, 그는 플래티넘에게서 떨어졌다. 그녀가 부적절한 행동을 하면 레이븐이 연락을 줄 것이고, 또 그는 6시에 워들과 만나기로 되어 있었다.

그는 약속 장소인 펍 옆 가게에서 샌드위치를 먹었다. 휴대전화가 한 번 울렸지만, 여동생인 걸 보고 음성 사서함으로 넘겼다. 조카 잭의 생일이 얼마 남지 않은 듯했으나, 지난번 파티 이후 아이들 생일 파티에는 절대 가고 싶지 않았다. 루시 또래 엄마들의 넓은 오지

* '……피로 쓴 글들.', 블루 오이스터 컬트, 〈삶 자체의 과다 복용〉.

랄과 길길이 날뛰고 떼쓰는 아이들의 고막을 찢을 듯한 비명을 잊을 수 없었다.

올드 블루 라스트는 쇼어디치 지역 그레이트 이스턴 스트리트 끝에 자리했다. 끝이 뭉툭하고 인상적인 3층 벽돌 건물로, 뱃머리처럼 곡선으로 이루어져 있었다. 스트라이크의 기억에 그곳은 스트립 클럽이자 매춘 업체였다. 종합중등학교 동창 한 명은 거기서 엄마뻘 되는 여자에게 동정을 잃었다고 했다.

문 안쪽의 간판이 올드 블루 라스트가 음악을 위한 곳으로 재탄생했음을 알렸다. 스트라이크가 보니, 그날 저녁 8시부터 이즐링턴 보이스 클럽, 레드 드레이프스, 인 골든 티어스, 네온 인덱스의 라이브 공연을 즐길 수 있었다. 그는 입꼬리를 살짝 비틀고 나무 바닥을 깐 어두운 바로 들어갔다. 바 안쪽에 있는 거대한 앤티크 거울에는 지난 시대의 페일 에일을 광고하는 금박 글씨들이 새겨져 있었다. 높은 천장에 매달린 둥근 유리 램프가 젊은 남녀들을 비추었다. 학생이 많아 보였고, 대부분 스트라이크가 따라갈 수 없는 최신 유행의 옷을 입고 있었다.

스트라이크의 어머니는 대형 스타디움에서 공연하는 밴드들을 좋아했지만, 어린 그를 데리고 이런 공연장에도 자주 갔었다. 어머니의 친구가 있는 밴드들은 이런 데서 한두 차례 공연한 뒤 불화로 해체했다가 재결성하고 석 달 뒤에 다른 클럽에서 공연하곤 했다. 스트라이크는 워들이 올드 블루 라스트로 약속 장소를 잡았다는 데 놀랐다. 이전까지 두 사람은 런던 경찰청 바로 옆의 페더스에서만 술을 마셨기 때문이다. 하지만 바에서 혼자 맥주잔을 들고 서 있는 워들을 만나자 곧 그 이유를 알게 되었다.

"집사람이 이즐링턴 보이스 클럽을 좋아해. 퇴근 후에 여기서 만나기로 했어."

스트라이크는 워들의 아내를 만난 적이 없고, 또 별로 생각해본 적도 없지만 아마도 플래티넘(워들은 늘 인공 선탠을 하고 노출이 심한 여자들에게 눈길을 주었기 때문이다)과, 그가 아는 런던 경찰의 유일한 아내인 헬리를 섞어놓은 인물일 거라고 생각했다. 헬리의 주요 관심사는 그녀의 아이들, 집 그리고 외설스러운 소문이었다. 워들의 아내가 스트라이크는 들어본 적도 없는 인디 밴드의 팬이라니, 비록 벌써부터 그 밴드를 싫어하게 될 것 같았지만 예상보다 흥미로운 느낌이 들었다.

"어떻게 되고 있어?" 스트라이크가 갈수록 더 바빠지는 바텐더에게서 맥주 한 잔을 받아낸 뒤 물었다. 그들은 서로 묻지 않고도 함께 바를 떠나 마지막 남은 2인용 테이블로 갔다.

"법의학 팀이 다리를 살펴봤어." 자리에 앉자 워들이 말했다. "다리 주인은 10대 중반에서 20대 중반 사이의 여자고, 다리는 죽은 다음에 잘렸어. 하지만 피의 응고 상태로 봐서 죽은 지 오래된 건 아니야. 잘라낸 뒤에는 로빈에게 넘겨질 때까지 냉장고에 보관했어."

10대 중반에서 20대 중반이라. 스트라이크의 계산에 따르면, 브리트니 브록뱅크는 지금 스물한 살일 것이다.

"나이를 좀 더 정확히 알 순 없대?"

워들은 고개를 저었다.

"그 이상은 힘들 거야. 왜?"

"말했잖아. 브록뱅크한테 의붓딸이 있었다고."

"브록뱅크라." 워들이 막연하게 따라 말했는데, 그건 그가 브록뱅크를 기억하지 못한다는 뜻이었다.

"내가 다리를 보냈을 가능성이 있다고 말한 사람 중 하나야." 스트라이크가 답답한 마음을 감추지 못하고서 말했다. "전직 데저트랫. 장신에 검은 머리. 만두귀—"

"그래, 알았어." 워들이 바로 화를 내며 말했다. "난 이름은 잘 기억 못 해, 친구. 브록뱅크, 위팔에 문신이 있다고 했지."

"그건 랭이야." 스트라이크가 말했다. "랭은 내가 10년 동안 감옥에 살게 만든 스코틀랜드인이야. 브록뱅크는 나 때문에 뇌에 손상을 입었다고 하는 사람 중 하나고."

"아, 그래."

"그자의 의붓딸 브리트니는 다리에 오래된 흉터가 있었어. 그것도 말했고."

"그래그래, 기억나."

스트라이크는 튀어 나가려는 독설을 맥주로 삼켰다. 맞은편에 앉은 사람이 워들이 아니라 옛 특수수사대 동료 그레이엄 하데이커라면 그가 한 말을 훨씬 더 진지하게 받아들였을 것이다. 워들과의 관계는 처음부터 긴장이 따랐고, 최근에는 경쟁도 약간 곁들여졌다. 스트라이크는 지금까지 만난 다른 어떤 런던 경찰들보다 워들의 수사력을 높게 평가했지만, 워들은 아직도 스트라이크의 추리보다는 자신의 추리에 더 깊이 신경 쓰고 있었다.

"종아리의 상처에 대해서는 뭐래?"

"오래되었다고 하더군. 살해되기 전에 생긴 거라고."

"젠장." 스트라이크가 말했다.

법의학 팀이 보기엔 그 오래된 흉터가 특별히 흥미롭진 않았을 테지만, 그에게는 아주 중요했다. 이것이 바로 그가 두려워하던 것이었다. 기회만 있으면 스트라이크를 놀리려 드는 워들조차 그의 걱정에 공감 같은 걸 느끼는 듯했다.

"이봐, 친구." 그가 말했다. (이것도 새로운 일이었다.) "브록뱅크가 아니야. 범인은 맬리야."

스트라이크는 처음부터 이 일을 두려워했다. 맬리의 이름을 언급하면 워들이 그 악명 높은 갱단원을 처치할 생각에 스트라이크가 말한 다른 용의자들은 제쳐두고 그를 쫓을 거라는 것.

"증거는?" 스트라이크가 퉁명스럽게 물었다.

"해링게이 갱단은 런던과 맨체스터에서 동유럽 출신 매춘부들을 움직이고 있어. 성매매·마약 단속반에 물어봤지. 지난주에 바로 이 동네의 매춘 업소를 급습해서 우크라이나 소녀 둘을 빼냈어." 워들은 목소리를 더욱 낮추었다. "여경들이 진술을 받았어. 한 친구가 모델이 되려고 영국에 왔다가 끝내 그 일에 적응하지 못했대. 두드려 패도 그랬다는군. 그러다가 디거가 2주일 전 그 여자의 머리채를 끌고 집 밖으로 나갔는데, 그 뒤로 아무도 그 여자를 못 봤다는 거야. 물론 디거도."

"그런 일쯤이야 디거한텐 다반사지." 스트라이크가 말했다. "그렇다고 다리가 그 여자 거란 건 아니야. 맬리가 내 이름을 말하는 걸 들었대?"

"들었대." 워들이 당당하게 말했다.

스트라이크는 마시려던 맥주잔을 내려놓았다. 긍정하는 대답을 기대한 건 아니었다.

"들었다고?"

"단속반이 그 업소에서 빼낸 여자 중 한 명이 얼마 전에 디거가 자네 이야기를 하는 걸 들었대."

"나에 대해 뭐라고?"

워들은 긴 이름을 말했다. 스트라이크가 작년 말에 일을 좀 해준 부유한 러시아 카지노 소유주의 이름이었다. 스트라이크는 인상을 찌푸렸다. 그가 아는 한, 자신이 그 러시아인을 위해 일했다는 걸 디거가 알 확률은 그의 마지막 복역이 스트라이크가 제출한 증거 때문이었다는 것을 알 확률만큼이나 적었다. 스트라이크가 이 새로운 정보를 통해 알아낸 사실은 그 러시아 고객이 불건전한 무리와 어울리고 있다는 것이었고, 그것은 이미 감지했던 터이기도 했다.

"그러면 내가 아르자마스체프의 돈을 받는 일이 디거에게 어떤 영향을 미치는 거지?"

"글쎄, 어디서부터 말할까?" 워들이 말했고, 스트라이크는 그 폭넓은 정보를 가진 듯한 태도가 사실은 모호함을 가리고 있다고 느꼈다. "갱단은 아주 많은 일에 관여하고 있어. 어쨌든 그 사람은 자네와 관계된 사람 중 잘린 신체를 보낸 이력이 있는 자야. 또 자네가 젊은 여자의 다리를 받기 직전에 어떤 젊은 여자와 사라졌어."

"그렇게 말하니 설득력 있군." 스트라이크는 전혀 설득되지 않았다는 투로 말했다. "랭, 브록뱅크와 휘태커에 대해서는 알아낸 게 있어?"

"물론." 워들이 말했다. "그 세 사람의 소재지를 추적시켰지."

스트라이크는 그 말이 사실이길 바랐지만, 워들과의 우호적 관계를 해칠지도 모를 의문은 제기하지 않았다.

"그리고 그 택배 배달원의 CCTV도 있어." 워들이 말했다.

"그래, 어떤데?"

"자네 직원의 관찰력이 예리하더군." 워들이 말했다. "혼다 오토바이가 맞아. 번호판은 가짜고. 옷차림은 로빈이 설명한 대로야. 남서쪽, 그러니까 진짜 택배 창고 쪽으로 갔어. 마지막으로 CCTV에 찍힌 곳은 윔블던이야. 그 뒤로는 사람도 오토바이도 흔적도 없이 사라졌지만 번호판이 가짜니 뭐, 알 수 없지."

"가짜 번호판이라." 스트라이크가 말했다. "정말로 치밀한 계획이로군."

펍에 사람들이 몰려들고 있었다. 보아하니 밴드는 2층에서 공연하는 듯했다. 사람들이 2층으로 가는 문 앞으로 밀려들었고, 스트라이크는 마이크를 세팅하는 익숙한 금속성 소음을 들었다.

"자네한테 줄 게 하나 더 있어." 스트라이크가 열의 없이 말했다. "로빈한테 약속했어. 자네한테 복사본을 주겠다고."

그는 그날 동트기 전 사무실에 다녀왔다. 언론은 그가 사무실에 드나드는 모습을 포착하는 걸 포기했다. 하지만 맞은편 기타 가게 지인이 전날 저녁에도 근처에 사진기자들이 어슬렁거렸다고 알려줬다.

워들은 편지 복사본 두 부를 약간 관심 있는 표정으로 들여다봤다.

"지난 두 달 사이에 온 거야." 스트라이크가 말했다. "로빈이 자네한테도 보여줘야 한다고 그래서. 한 잔 더 하겠어?" 그가 워들의 빈 잔을 가리키며 물었다.

워들이 편지를 읽는 동안 스트라이크는 맥주 두 잔을 더 사러 갔다. 그가 돌아왔을 때 워들은 아직도 RL이라고 서명한 편지를 들고 있었다. 스트라이크는 다른 편지를 들고 읽었다. 동글동글한 여학생 글씨체로 또박또박 쓴 편지였다.

……나는 다리가 없어져야 진정한 나 자신이 되고 진정 완벽해져요. 그것은 내 것이 아니며 또 영원히 내 것이 아니란 걸 아무도 몰라요. 우리 가족은 다리를 자르고 싶어 하는 내 소망을 이해하지 못해요. 다 헛된 망상이라고 해요. 하지만 탐정님은 이해하시겠죠…….

'잘못 짚었어.' 스트라이크는 그렇게 생각하며 편지 사본을 다시 테이블에 내려놓고, 다리를 자르는 방법에 대한 스트라이크의 조언이 행여 엉뚱한 데로 가지 않도록 셰퍼즈 부시라고 최대한 또렷하게 또박또박 적어놓은 주소를 보았다. 이름은 켈시라고 적었지만 성은 없었다.

워들은 아직도 두 번째 편지를 읽으며 흥미로움과 역겨움이 뒤섞인 소리를 냈다.

"이런 제기랄. 자네도 이거 '읽었어'?"

"아니." 스트라이크가 말했다.

젊은 사람들이 계속 들어왔다. 30대 중반이 그와 워들 둘뿐인 것은 아니었지만, 가장 나이가 많은 축에 속할 것은 분명했다. 그는 1940년대 신인 여배우처럼 가늘고 검게 그린 눈썹, 진홍색 립스틱, 이마 위로 동그랗게 만 연한 청색의 염색 머리를 한 예쁘고 핼쑥한 어린 여자가 일행을 찾아 두리번거리는 모습을 보았다. "사이코 편지는 로빈이 읽고 나서, 필요하면 나한테 내용을 요약해주거든."

"'당신의 다리가 잘려나간 부분을 마사지해주고 싶어요.'" 워들이 소리 내서 읽었다. "'당신의 인간 목발이 되고 싶어요. 나는—' 오, 젠장. 말도 안 돼. 이건 대체—"

그는 편지를 뒤집었다.

“‘RL’이라. 주소를 읽을 수 있겠어?”

“아니.” 스트라이크가 눈살을 찌푸려 쳐다보곤 말했다. 필적이 너무 조밀해서 읽기 힘들었다. 알아볼 수 없는 주소에서 그나마 읽은 건 ‘월섬스토’뿐이었다.

“바에 있을 거라고 했는데 어떻게 된 거야, 에릭?”

담청색 머리와 진홍색 립스틱의 젊은 여자가 술을 들고서 그들이 있는 테이블에 나타났다. 그녀는 40년대풍 여름 원피스 위에 가죽 재킷을 입고 있었다.

“미안, 일 이야기를 하느라고.” 워들이 놀라지 않으며 말했다. “에이프릴, 이쪽은 코모란 스트라이크. 이쪽은 내 아내야.”

“안녕하세요.” 스트라이크가 큼직한 손을 내밀며 말했다. 워들의 아내가 이런 모습일 줄은 미처 상상도 못 했다. 그리고 이유는 알 수 없지만 어쩐지 워들이 좋아졌다.

“아, ‘당신’이군요!” 에이프릴이 스트라이크를 보며 환하게 웃었고, 워들은 테이블 위의 편지 사본을 접어 주머니에 넣었다. “코모란 스트라이크 씨! ‘당신’ 이야기는 많이 들었어요. 같이 밴드 공연을 보실 건가요?”

“그러진 않을 것 같습니다.” 스트라이크가 기분 나쁘지 않게 말했다. 그녀는 아주 예뻤다.

에이프릴은 그를 보내고 싶지 않은 듯했다. 다른 친구들이 올 거라고 그녀가 말했는데 아니나 다를까, 몇 분 지나지 않아 여섯 명이 더 왔다. 남자와 동행하지 않은 여자가 둘 있었다. 스트라이크는 그들에게 함께 2층으로 올라가자고 했고, 작은 무대가 설치된 2층에는 이미 사람들로 가득했다. 스트라이크의 질문에 에이프릴은 자신은 스타일리스트고 오늘 잡지 화보를 촬영했다고, 또 벌레스크* 댄서로—그녀는 이 이야기를 아주 가볍게 했다—아르바이트도 한다고 이야기했다.

"벌레스크요?" 스트라이크가 목청껏 소리쳐 물었다. 다시 마이크 세팅 소음이 방 위쪽에 울리면서 술꾼들이 항의의 고함을 내질렀기 때문이다. '그렇다면 스트립쇼를 한다는 거야?' 그가 어리둥절해하는데, 에이프릴이 친구 코코—토마토처럼 빨강 머리를 하고서 그에게 미소를 보내며 손가락을 꼼지락거리는—도 벌레스크 댄서라고 말했다.

그들 일행은 친한 듯했고, 남자들도 매튜가 스트라이크를 만날 때마다 내비치는 뻣뻣한 까다로움을 드러내지 않았다. 그는 라이브 공연이 정말로 오랜만이었다. 키가 작은 코코는 앞이 잘 안 보인다면서 누군가 자기를 들어 올려줬으면 좋겠다고 말했다…….

하지만 이즐링턴 보이스 클럽이 무대에 오르자 스트라이크는 저도 모르게 생각하고 싶지 않았던 때와 사람들을 떠올리고 말았다. 공중에 떠도는 퀴퀴한 땀 냄새, 기타를 튕기고 조율하는 익숙한 소리, 관객들의 합창. 그러나 리드 싱어의 자태와 여성적인 몸짓이 휘태커를 연상시키지만 않았더라면 그는 그 모든 걸 참아낼 수 있었을 것이다.

네 소절이 연주되었을 때 스트라이크는 자리를 떠나고 있었다. 기타 위주로 구성된 그 인디 록 밴드에는 아무런 문제가 없었다. 연주 솜씨가 좋았고 휘태커와 닮은 불운에도 불구하고 그 리드 싱어는 괜찮은 보컬이었다. 하지만 그는 이런 환경을 너무도 자주 겪었다. 그

* 스트립쇼가 위주인 버라이어티쇼.

때는 벗어날 수 없었지만, 오늘 밤에는 평화와 맑은 공기를 찾아 자유롭게 움직일 수 있고, 그는 그 특권을 행사하기로 했다.

그는 워들에게 소리쳐 작별 인사를 하고 에이프릴에게 손을 흔들며 웃은 뒤—그녀는 윙크와 손짓으로 답했다—떠났다. 그의 덩치는 이미 땀에 젖어 헐떡이는 사람들 틈에 수월하게 길을 냈다. 그는 이즐링턴 보이스 클럽이 첫 곡을 끝냈을 때 문 앞에 닿았다. 쏟아지는 갈채가 함석지붕에 떨어지는 우박 소리 같았다. 잠시 후 그는 안도감에 젖어, 쌩쌩 지나가는 자동차 소음 가득한 도로를 성큼성큼 걸어갔다.

13

In the Presence of Another World.
Blue Öyster Cult, 'In the Presence of Another World'*

토요일 오전, 로빈은 어머니와 함께 가족의 낡은 차 랜드로버를 몰고 고향인 소도시 매셤을 떠나 웨딩드레스 수선을 맡긴 해러게이트의 드레스점으로 갔다. 2월의 결혼식에 입으려고 만든 드레스를 7월에 입게 되었으니 수선을 해야 했다.

"살이 더 빠졌네." 나이 지긋한 디자이너가 등판에 핀을 꽂아 내려가면서 말했다. "더 이상 빠지면 안 될 것 같은데. 이 드레스는 곡선미를 강조하는 거니까."

로빈은 1년도 더 전에 엘리 사브의 드레스를 조금 참고해서 이 천과 디자인을 골랐다. 엘리 사브의 드레스는 6개월 후에 있을 오빠 스티븐의 결혼식 비용도 반을 부담해야 하는 부모님에게는 감당하기 힘든 가격이었다. 이 특가 제품조차 로빈이 스트라이크에게서 받는 봉급으로는 불가능했을 것이다.

탈의실의 조명은 사람을 돋보이게 했지만, 금테 두른 거울에 비

* '또 다른 세상 앞에서.', 블루 오이스터 컬트, 〈또 다른 세상 앞에서〉.

친 로빈의 얼굴은 너무 창백했고, 눈빛도 무거우며 피곤해 보였다. 그녀는 드레스의 어깨끈을 없애기로 한 게 잘한 일인지 확신이 서지 않았다. 애초에 그 드레스를 좋아한 이유 중 하나가 긴 소매가 있어서였기 때문이다. 어쩌면 드레스 생각을 너무 오래 해서 피곤한 걸 수도 있겠다는 생각이 들었다.

탈의실에서 새 카펫과 광택제 냄새가 났다. 로빈의 어머니 린다는 디자이너가 시폰 천을 접고 당기며 핀을 꽂는 모습을 지켜보았지만, 거울 속 모습에 낙담한 로빈은 크리스털 티아라와 조화가 놓인 한쪽 모퉁이 스탠드에 시선을 집중했다.

"말해봐, 우리가 머리 장식은 결정했던가?" 자기 일에 대해 말할 때도 간호사들처럼 '우리'라는 말을 즐겨 쓰는 디자이너가 물었다. "겨울 결혼식 때는 티아라 쪽으로 마음이 기울었지, 안 그래? 끈 없는 드레스에는 꽃을 시도해봐도 좋을 것 같아."

"꽃도 좋죠." 린다가 탈의실 구석에서 말했다.

모녀는 서로를 많이 닮았다. 린다의 가늘었던 허리는 이제 굵어졌고, 색이 바란 붉은 금발은 머리 위에 대충 올려져 있었지만, 린다의 청회색 눈동자만은 딸과 똑같았다. 둘째 아이를 바라보는 예리하고 걱정 어린 시선이 로빈과 어찌나 비슷한지 스트라이크가 봤다면 재밌어했을 것이다.

로빈은 조화가 달린 머리 장식을 여러 개 써봤지만, 어느 것도 마음에 들지 않았다.

"그냥 티아라가 좋을 것 같아요." 그녀가 말했다.

"아니면 생화는 어떠니?" 린다가 말했다.

"그래요." 로빈은 카펫 냄새와 거울에 갇힌 자신의 창백한 모습에서 얼른 달아나고 싶어 이렇게 말했다. "가서 플로리스트에게 부탁해보죠."

그녀는 몇 분 동안 탈의실에 혼자 있게 되어 기뻤다. 드레스를 벗고 다시 청바지와 스웨터로 갈아입으면서 왜 자기 기분이 가라앉았는지 분석해보려 했다. 스트라이크와 워들의 만남에 동행하지 못한 건 아쉬웠지만, 한편으로는 잘린 다리를 건넸던 검은 옷의 사내에게서 멀어지길 고대하지 않았던가.

하지만 달아났다는 느낌은 없었다. 그녀와 매튜는 북부행 기차에서 또 한 번 다투었다. 여기, 제임스 스트리트의 탈의실에서도 그녀는 수많은 걱정에 휩싸여 있었다. 사건 의뢰가 줄어든 것, 스트라이크가 더 이상 자신을 고용할 수 없으면 어떻게 하나와 같은 두려움. 그녀는 옷을 다 입고서 휴대전화를 보았다. 스트라이크의 메시지는 없었다.

15분 후 그녀는 미모사와 백합이 꽂힌 양동이 사이에서 짤막한 대답을 내뱉었다. 플로리스트는 로빈의 머리에 이 꽃 저 꽃을 갖다 대며 법석을 떨다가 긴 장미 줄기에 맺혀 있던 초록빛의 차가운 물방울을 그녀의 크림색 스웨터에 떨어뜨리고 말았다.

"베티스로 가자."

마침내 화관을 맞추자 린다가 말했다.

베티스는 온천 도시 해러게이트의 유서 깊은 티 룸이었다. 바깥에는 꽃바구니들이 걸리고, 검은색과 금색으로 장식된 유리 덮개 아래 손님들이 줄 서 있었다. 안에는 예쁜 차 통으로 만든 램프와 장식용 찻주전자, 푹신한 의자 그리고 영국식 자수를 수놓은 유니폼 차림의 웨이트리스들이 있었다. 로빈은 어린 시절부터 그곳 유리 진열대 안에 줄지어 늘어선 돼지 모양의 마지팬* 과자를 구경하는 걸 좋아했고, 어머니가 특별한 통에 담긴, 술이 살짝 들어간 호화로운 프루트케이크를 사는 모습을 지켜보는 것도 좋아했다.

하지만 오늘, 그녀는 창가에 앉아 아이들이 만든 것 같은 기하학적 모양의 원색 점토 화단을 내다보면서, 곁들여 먹을 음식은 거절하고 차만 주문한 다음 또다시 휴대전화를 들여다보았다. 아무 메시지도 없었다.

"괜찮니?" 린다가 물었다.

"네." 로빈이 말했다. "그냥 새 소식이 있나 궁금해서요."

"무슨 소식?"

"다리에 대해서요." 로빈이 대답했다. "어제 스트라이크가 워들을 만났거든요. 런던 경찰요."

"아." 린다가 말했고, 차가 나올 때까지 두 사람 사이에 침묵이 흘렀다.

린다는 베티스에서 만든 커다란 스콘 가운데 하나인 팻 라스칼을 주문했다. 그녀는 팻 라스칼에 버터를 바르고서 물었다.

"너하고 코모란이 그 다리를 보낸 사람을 직접 찾으려는 거야?"

어머니의 목소리에 깃든 뉘앙스를 느끼고서 로빈은 말을 조심조심 골랐다.

"경찰이 뭘 하고 있는지 궁금해서요, 그뿐이에요."

"음." 린다가 스콘을 씹으며 로빈을 바라봤다.

로빈은 시무룩해 있는 것이 미안했다. 웨딩드레스가 그렇게 비싼

* 아몬드나 아몬드 반죽, 설탕, 달걀흰자로 만든 말랑말랑한 과자로, 동물 모양으로 굽거나 케이크에 씌워 장식한다.

데도 감사한 마음을 보이지 못했다.

"무뚝뚝하게 굴어서 죄송해요."

"괜찮아."

"그냥, 제가 거기서 일하는 걸 매튜가 너무 싫어해요."

"그래, 어젯밤에 들었어."

"이런, 엄마, 미안해요!"

로빈은 부모님이 깨지 않도록 충분히 목소리를 낮춰 싸웠다고 생각했다. 그들은 매셤으로 오는 길에 싸웠고, 분쟁을 잠시 멈추고서 그녀의 부모님과 저녁을 먹었으며, 린다와 마이클이 잠자리에 든 뒤 거실에서 다시 싸웠다.

"코모란의 이름이 자주 나오더구나. 혹시 매튜가?"

"매튜는 '걱정하고' 있는 게 아니에요." 로빈이 말했다.

매튜는 로빈의 직장을 장난처럼 여겼지만, 일이 심각해지면—예를 들어 누가 잘린 다리를 보낼 때처럼—걱정하기보다 화를 냈다.

"뭐, 걱정을 하지 않는다니, 걱정을 해야지." 린다가 말했다. "누가 너한테 죽은 여자의 몸 일부분을 보냈어, 로빈. 또 매튜가 전화해서 네가 뇌진탕으로 입원했다고 알려온 것도 그리 오래되지 않았지. 너더러 거길 그만두라는 게 아니야!" 린다는 로빈의 원망 어린 표정에도 굴하지 않고서 말을 이었다. "네가 그 일을 좋아하는 걸 알아, 어쨌든!" 그녀는 팻 라스칼의 반을 뚝 떼어 로빈의 저항 없는 손에 쥐여줬다. "내가 물어보고 싶은 건 매튜가 걱정하는지 아닌지가 아니야. 매튜가 질투하느냐를 묻는 거야."

로빈은 진한 베티스 블렌드 차를 입에 댔다. 사무실에 이 차 티백을 사 가고 싶다는 생각이 희미하게 들었다. 일링의 웨이트로즈에는 이렇게 좋은 차가 없었다. 스트라이크는 진한 차를 좋아했다.

"맞아요, 매튜는 질투하고 있어요." 마침내 그녀가 말했다.

"이유가 없진 않을 텐데?"

"당연히 없죠!" 로빈이 발끈해서 말했다. 배신당한 기분이었다. 어머니는 언제나 그녀의 편이었다, 언제나.

"화낼 필요 없어." 린다가 흔들림 없이 말했다. "네가 잘못된 일을 했을 거란 말이 아니니까."

"네, 좋아요." 로빈은 자기도 모르게 스콘을 먹으며 말했다. "정말 아무 일도 없거든요. 그 사람은 직장 상사일 뿐이에요."

"하지만 친구이기도 하지." 린다가 넌지시 말했다. "네 말을 들어보면."

"맞아요." 로빈이 말했고, 이어 해명이 필요한 것 같아 덧붙였다. "하지만 평범한 우정하고는 달라요."

"왜?"

"그 사람은 개인적인 이야기는 안 해요. 전혀요."

딱 하루, 스트라이크가 몸도 가누지 못할 만큼 술에 취했던 그날 저녁을 빼면—그 뒤로 둘은 그때 일에 대해 거의 이야기하지 않았다—그가 스스로 자기 사생활을 알린 경우는 사실상 없다시피 했다.

"어쨌건 사이가 좋은 거지?"

"네, 아주 좋아요."

"남자들은 자기 여자가 다른 남자하고 사이가 좋은 걸 잘 못 참아."

"그러면 어떻게 해요? 여자하고만 일해요?"

"아니." 린다가 말했다. "내 말은, 매튜는 분명히 위협을 느낀다는 거야."

때로 로빈은 자신이 더 많은 남자를 만나보지 않고 매튜와 진지한 관계가 된 것을 어머니가 안타까워한다는 느낌이 들었다. 그녀는 외딸이었기에 어머니와 가까웠다. 티 룸에서 찻잔이 달그락거리는 소리에 둘러싸여 있다 보니, 어머니가 지금도 늦지 않았으니 원한다면 결혼을 취소하라고 말하는 게 아닌가 하는 생각이 들었다. 피곤하고 우울했지만, 그리고 지난 몇 달 동안 두 사람 사이가 위태롭기는 했지만 그녀는 매튜를 사랑했다. 드레스도 만들었고, 교회도 예약했고, 피로연 비용도 대부분 지불했다. 이제는 남은 길을 묵묵히 나아가 결승점을 통과해야만 했다.

"나는 스트라이크에게 마음 없어요. 그리고 그 사람은 애인이 있어요. 엘린 토프트를 만나고 있어요. 라디오 스리 진행자요."

그녀는 이 정보가, 요리나 정원 일을 할 때 자주 라디오를 틀어놓는 어머니의 관심을 돌려주길 바랐다.

"엘린 토프트? 지난밤에 TV에 나와서 낭만주의 작곡가 이야기를 한 그 금발 미녀?" 린다가 물었다.

"아마 맞을 거예요." 로빈은 열의 없이 대꾸하며, 어머니의 관심을 성공적으로 돌렸는데도 다른 이야기로 넘어갔다. "랜드로버를 없애실 거라고요?"

"그래. 팔아봐야 한 푼도 못 받을 거야, 확실히. 거의 폐차니까." 그러다 린다가 갑자기 생각난 듯 말했다. "아니면 너희가 가져갈래? 일 년 치 세금이 남아 있고, 어쩐 일인지 안전 검사는 항상 통과하니까 말이야."

로빈은 스콘을 씹으며 생각했다. 매튜는 차가 없는 걸 늘 불평했다. 그리고 그건 그녀의 벌이가 시원치 않아서라고 했다. 그는 자기

매형이 끄는 A3 카브리올레가 부러워서 몸살이 날 지경이었다. 젖은 개 냄새와 웰링턴 부츠 냄새가 밴 낡은 랜드로버를 보면 다른 감정을 느끼겠지만, 바로 그날 새벽 1시에 매튜가 집 거실에서 또래 친구들의 봉급이 얼마나 될지를 하나하나 나열하다가 그중 로빈의 벌이가 제일 바닥일 거라고 확신에 차 말하던 모습이 떠올랐다. 로빈은 복수심에 사로잡혀서, 약혼자에게 이렇게 말하는 자기 모습을 떠올렸다. "하지만 우리한테 랜드로버가 생겼어, 매튜, 이제 아우디를 사려고 돈 모을 필요 없다고!"

"업무에 도움이 될 것 같아요." 그녀가 큰 소리로 말했다. "런던 밖으로 나갈 때요. 스트라이크가 차를 빌리지 않아도 되겠네요."

"음." 린다가 무심코 반응했지만, 두 눈은 로빈의 얼굴에 고정되어 있었다.

차를 몰고 집에 돌아가 보니 매튜가 예비 장인과 함께 식탁에 음식을 차리고 있었다. 그는 집에 있을 때보다 로빈의 부모님 댁에 있을 때 부엌일을 더 많이 도왔다.

"드레스 어땠어?" 그가 화해를 제안하는 듯한 목소리로 물었다.

"좋았어." 로빈이 말했다.

"자세히 말해주면 부정 타는 거야?" 그의 말에 그녀는 웃지 않았다. "어쨌거나 분명 예뻤을 거야."

그녀는 마음이 누그러져서 손을 뻗었고, 그는 윙크하며 로빈의 손가락을 꽉 움켜잡았다. 그때 린다가 식탁에 매시트포테이토를 내려놓으며, 두 사람에게 낡은 랜드로버를 주었다고 말했다.

"네?" 매튜는 얼빠진 표정으로 말했다.

"항상 차가 있었으면 좋겠다고 했잖아." 로빈이 어머니를 대신해

변호했다.

"그랬지. 그건 그렇지만, 그 랜드로버를 런던에서?"

"안 돼?"

"스타일이 구겨지거든." 신문을 들고 막 들어온 로빈의 남동생 마틴이 말했다. 그는 그날 오후에 열리는 그랜드 내셔널*의 경주마들을 살펴보고 있었다. "누나한테는 딱인데. 누나가 호팔롱**이랑 랜드로버를 타고 비포장도로를 달려 살인 현장으로 가는 모습이 눈에 선한걸."

매튜의 사각턱이 굳었다.

"입 다물어, 마틴." 쏘아붙인 로빈이 남동생을 노려보며 식탁에 앉았다. "그 사람 앞에서도 호팔롱이라고 불러보시지."

"그 사람은 웃어넘길 것 같은데." 마틴이 대수롭지 않다는 듯 말했다.

"왜 너랑 동료라서?" 로빈이 차가운 목소리로 말했다. "너나 스트라이크나 둘 다 목숨도 부상도 두려워하지 않는 전쟁 영웅이라서?"

마틴은 엘라코트 4남매 가운데 유일하게 대학에 가지 않았고, 또 유일하게 부모님과 살았다. 그래서 자신이 조금이라도 낮게 평가될 기미가 보이면 예민해졌다.

"씨발, 그게 무슨 소리야? 나더러 군대에 가라는 거야?" 마틴이 불같이 화를 냈다.

"마틴!" 린다가 심하게 나무랐다. "누나한테 무슨 말버릇이니?"

* 1839년부터 매년 영국 리버풀에서 개최되는 장애물 경마.
** 1935년부터 1948년까지 66편이 방영된 당시 최고 인기의 TV 서부극 시리즈 〈호팔롱 캐시디〉의 주인공 호팔롱은 한쪽 다리를 전다.

"누나가 형은 왜 아직도 다리가 둘이냐고 뭐라고 안 해?" 마틴이 매튜에게 물었다.

로빈은 나이프와 포크를 떨구고서 주방에서 나갔다.

잘린 다리의 이미지가 다시 떠올랐다. 생명이 꺼진 살덩이에서 튀어나온 하얗고 반짝이는 정강뼈, 남이 보기 전에 씻든지 페디큐어를 칠하려 했을 듯한 약간 더러운 발톱…….

그리고 지금 그녀는 그 상자를 받은 다음 처음으로 울음을 터뜨렸다. 계단의 낡은 카펫 무늬가 부예져서 자기 방문 손잡이를 더듬어 찾았다. 방을 가로질러 침대로 가서는 깨끗한 이불 위로 엎어졌다. 어깨가 흔들리고 가슴이 들썩거렸으며, 흐느끼는 소리를 죽이려고 두 손으로 젖은 얼굴을 감쌌다. 아무도 따라오지 않길 바랐다. 아무 말도 하고 싶지 않았다. 그냥 지난 한 주간 일하면서 꾹꾹 눌러두었던 감정을 혼자서 내보내고 싶었다.

스트라이크의 몸에 대한 동생의 농담은 잘린 다리에 대한 스트라이크의 농담과 판에 박은 듯 똑같았다. 한 여자가 끔찍하고 참혹하게 살해됐는데 어느 누구도 로빈만큼 신경 쓰지 않는 것 같았다. 죽음과 손도끼는 모르는 여자를 살덩어리로, 풀어야 할 문제로 해체했는데 어쩌면 그녀, 로빈 말고는 그 다리의 주인이 일주일 전까지 살아 숨 쉬며 그 다리로 움직였을지도 모른다는 걸 아무도 기억하지 않는 듯했다…….

10분을 운 뒤 기진맥진해진 그녀는 돌아누워서 눈물이 흐르는 눈을 뜨고 도움이라도 구하듯 지난날의 방을 둘러보았다.

세상에 안전한 공간이라고는 오직 이 방뿐이던 시절이 있었다. 대학을 자퇴하고 돌아온 뒤 석 달 동안, 그녀는 밥을 먹을 때도 방 밖으로 나가지 않았다. 그때는 열여섯 살에 시도한 인테리어가 실패로 돌아간 탓에 방 벽이 강렬한 분홍색이었다. 그때도 그 벽이 좋아 보이지는 않았지만, 아버지에게 다시 페인트칠을 부탁하고 싶지 않아서 최대한 수많은 포스터로 요란한 색깔을 가렸다. 침대 발치에는 데스티니스 차일드의 커다란 사진이 있었다. 로빈이 매튜를 따라 런던으로 가버리자 린다는 그 벽을 부드러운 연녹색 벽지로 도배했지만, 아직도 로빈의 눈에는 데스티니스 차일드의 멤버인 비욘세, 켈리 롤런드, 미셸 윌리엄스가 앞을 빤히 바라보는 〈서바이버〉 앨범 표지 사진이 생생하게 떠올랐다. 그 이미지는 그녀 인생 최악의 시기와 영원히 연결되어 있었다.

지금은 사진을 껴 넣은 액자 두 개만 벽에 걸려 있었다. 하나는 고등학교 마지막 날 대학 준비 과정 동급생과 찍은 사진이고(뒤편에 매튜가 보였다. 그해 최고의 미남이었던 매튜는 웃기는 표정을 짓는 것도, 바보 같은 모자를 쓰는 것도 싫어했다) 또 하나는 로빈이 열두 살 때 앵거스라는 이름의 하일랜드 조랑말을 타고 있는 사진이었다. 털이 텁수룩한 데다 힘과 고집이 센 그 짐승은 삼촌의 농장에 살았고, 로빈은 악동 같은 그 녀석을 사랑했다.

눈물도 기력도 다 사라지자 그녀는 눈을 깜박여 남은 눈물을 털고서 손바닥 둔덕으로 젖은 얼굴을 닦았다. 아래층 부엌에서 사람들 목소리가 희미하게 들렸다. 어머니가 틀림없이 매튜에게 로빈을 잠시 혼자 있게 두라고 말했을 것이다. 로빈은 매튜가 귀담아들었길 바랐다. 남은 주말을 잠으로 보내고 싶었다.

한 시간 뒤, 그녀가 아직도 더블베드에 누워 정원의 라임 나무 꼭대기를 멍하니 바라보고 있는데, 매튜가 노크를 하더니 차 한 잔을 들고 들어왔다.

"어머니께서 이걸 갖다 주라고 하셔서."

"고마워." 로빈이 말했다.

"다 같이 그랜드 내셔널을 볼 거야. 마틴은 밸러브리그스에게 돈을 많이 걸었대."

로빈의 고통이나 마틴의 무신경한 농담에 대해서는 아무 말도 없었다. 매튜는 마치 그녀가 부끄러운 일을 했지만 자기가 거기서 빠져나오게 도와주겠다는 듯이 굴었다. 그는 여자의 다리를 보고, 거기 손이 닿음으로써 그녀가 어떤 충격을 받았는지 전혀 모르는 게 분명했다. 아니, 그저 엘라코트가와 일면식도 없는 스트라이크의 이름이 또 한 번 주말의 대화에 등장해서 심사가 뒤틀렸을 뿐이다. 럭비 경기장에서 세라 셰드록과 겪은 일이 다시 시작된 것이었다.

"말들이 죽어나가는 모습을 보고 싶지는 않아." 로빈이 말했다. "그리고 할 일도 있어."

그는 그녀를 잠깐 내려다보다가 나갔는데, 나가면서 문을 좀 세게 닫아 도로 문이 열렸다.

로빈은 일어나 앉아 머리를 매만지고 숨을 깊이 들이쉰 뒤 노트북이 있는 화장대로 갔다. 짬을 내 사건을 조사하겠다며 집에 노트북을 가져와 약간 미안한 마음이 있었다. 하지만 매튜의 생색내는 태도에 그런 마음이 싹 사라졌다. 그래, 넌 보고 싶으면 경마를 봐. 나는 더 중요한 일이 있어.

그녀는 침대로 돌아와 등 뒤에 베개를 여러 개 포갠 뒤 노트북을 열고 즐겨찾기 해둔 웹사이트들을 훑었다. 그녀는 아무에게도, 심지어 스트라이크에게도 그 사이트들에 대해 이야기하지 않았다. 그도 이건 시간 낭비라고 말할 것이다.

그녀는 이미 몇 시간을 들여, 서로 연결되었지만 개별적인 두 가지 방향의 조사를 수행하고 있었다. 스트라이크더러 워들에게 보여주라고 한 편지 두 통—다리를 없애고 싶다는 젊은 여자의 편지와 스트라이크의 다리 절단부를 마사지해주고 싶다고 해서 로빈의 속을 뒤집은 편지—에서 구상했다.

로빈은 예전부터 인간 심리에 관심이 깊었다. 비록 중퇴했지만, 대학교에서도 심리학을 공부했다. 스트라이크에게 편지를 보낸 젊은 여자는 아마 신체 통합 정체성 장애, 그러니까 BIID인 것 같았다. 이는 건강한 신체 일부를 없애고 싶어 하는 심신장애였다.

로빈은 인터넷으로 과학 논문 몇 건을 읽고서, BIID 사례는 수가 매우 적을뿐더러 정확한 원인도 알려지지 않았음을 알게 되었다. 관련 사이트들을 방문해보니 이미 많은 사람이 이 장애를 앓는 이들을 몹시 싫어한다는 걸 알 수 있었다. 게시판에는 이 BIID 환자들이 남들은 불운이나 질병 때문에 떠안게 되는 고통스러운 상태를 선망하고, 그렇게 엽기적이고 혐오스러운 방식으로 관심을 얻고자 하는 데 분노하는 글이 많았다. 그리고 역시 분노에 찬 반격들도 있었다. 당신은 정말로 그 환자들이 BIID를 '원했다'고 생각하는가? 트랜스에이블(transabled), 그러니까 신체 마비나 수족 절단을 갈망하는 일이 얼마나 힘든지 이해하지 못하는가? 로빈은 스트라이크가 BIID 환자들의 글을 읽으면 어떻게 생각할지 궁금했다. 별로 공감할 것 같지는 않았다.

아래층 거실 문이 열리면서 중계방송 소리가 잠깐 들렸고, 아버지가 초콜릿색의 늙은 래브라도 개한테 방귀 뀌지 말고 나가라 말하는 소리, 마틴이 웃는 소리가 들렸다.

안타깝게도, 지친 로빈은 스트라이크에게 다리 자르는 데 필요한 조언을 해달라고 편지 쓴 소녀의 이름을 떠올리지 못했지만, 카일리 아니면 그와 비슷한 이름이었던 것 같긴 했다. 가장 활발한 BIID 사이트를 천천히 스크롤해 내려가면서, 로빈은 그 이름과 이어질 만한 사용자 이름을 찾아보았다. 기이한 집착을 가진 10대 소녀가 사이버공간이 아니라면 어디에서 그 환상을 나눈단 말인가?

매튜가 나가면서 빼꼼 열려 있던 방문이 훌렁 열리더니 쫓겨난 래브라도 라운트리가 뒤뚱뒤뚱 걸어 들어왔다. 녀석은 귀를 쓰다듬어 달라며 침대 옆에 엎드렸다. 한동안 꼬리로 바닥을 탕탕 두드리더니 이내 씨근덕거리며 잠이 들었다. 로빈은 라운트리의 코골이 소리를 들으며 게시판을 뒤졌다.

갑자기 그녀는 스트라이크와 일하기 시작한 뒤로 자주 맛본 짜릿한 흥분을 느꼈다. 의미가 있을지, 또는 결정적으로 중요할지 알 수 없는 한 조각 정보를 찾았을 때 경험하는 순간적인 기쁨이었다.

Nowheretoturn: 캐머런 스트라이크에 대해 아는 사람?

로빈은 숨을 참고 그 글을 클릭했다.

W@nBee: 다리가 하나밖에 없는 탐정? 알아요, 전직 군인이죠.

Nowheretoturn: 그 사람이 스스로 다리를 잘랐다고 들었는데.

W@nBee: 아니, 아프가니스탄에서 다쳤어요.

그게 다였다. 토론방 글을 더 확인해봤지만, Nowheretoturn은 더 묻지도, 두 번 다시 나타나지도 않았다. 이런 건 아무런 의미도 없었다. 어쩌면 사용자 이름을 바꿨을 수도 있다. 로빈은 사이트를 샅샅이 뒤졌다는 확신이 들 때까지 찾아보았지만, 스트라이크라는 이름은 나오지 않았다.

흥분은 물러갔다. 편지 발신인과 Nowheretoturn이 같은 사람이라고 해도 스트라이크가 스스로 다리를 잘랐다는 믿음은 이미 편지에 드러나 있었다. 자발적으로 몸을 훼손했을 거라는 소망을 내걸 만한 유명인은 그리 많지 않았다.

이제 아래층 거실에서 응원의 함성이 터져 나왔다. BIID 게시판을 나온 로빈은 두 번째 방향으로 조사를 시작했다.

그녀는 탐정 사무소에서 일하며 자신의 비위가 꽤 강해졌길 바랐다. 하지만 클릭 몇 번 만에 쉽게 들어가진 아크로토모필리악—신체가 절단된 이들에게 성적 매력을 느끼는 사람—의 세계를 처음 접하고 나서 느낀, 위가 쪼그라드는 듯한 오싹함은 인터넷 창을 닫은 뒤에도 오랫동안 남아 있었다. 그녀는 방금 한 남자(아무래도 남자일 것 같았다)가 자기의 가장 자극적인 성적 환상이 두 팔은 팔꿈치 위에서, 두 다리는 무릎 위에서 잘린 여자라고 토로한 글을 읽었다. 그 사람은 팔다리가 어디에서 잘렸는가에 특히 집착하는 것 같았다. 두 번째 남자(여자일 리가 없었다)는 어렸을 때부터 자신과 자신의 가장 친한 친구가 동시에 다리가 잘리는 상상을 하며 자위를 했다. 어디를 보든 자기 팔다리가 잘리는 것, 신체가 잘려 나간 자들의 제한된 움직임, 로빈이 보기에 신체 결속의 극단적인 발로로 장애를 바라보는 글이 넘쳐났다.

아래층에서 그랜드 내셔널 캐스터의 독특한 비음이 섞인 목소리가 숨 가쁘고 알아듣기 힘들게 이어지고 동생이 내지르는 응원의 함성이 커져가는 가운데, 로빈은 스트라이크에 대한 언급이 또 있는지, 그리고 이 이상성욕과 폭력 사이에 어떤 관계가 있는지 게시판을 더 뒤졌다.

그 게시판에서 신체 절단의 환상을 부르짖는 사람들 가운데 폭력이나 고통에 흥분하는 사람은 없는 것 같았다. 친구와 함께 다리가 잘리는 성적 환상을 품은 남자조차 그 점은 분명히 밝혔다. 다리를 자르는 행위는 잘린 신체를 갖기 위한 조건일 뿐이었다.

스트라이크가 다리를 절단했기 때문에 성적 매력을 느끼는 사람이 그에게 여자의 다리를 잘라 보낼까? 매튜라면 충분히 가능하다고 여길 거란 생각이 들자 쓴웃음이 나왔다. 매튜는 신체가 잘려 나간 사람에게 매력을 느끼는 변태라면 남의 신체를 훼손할 수 있을 거라고, 아마 정말로 그럴 거라고 생각할 것이다. 하지만 RL의 편지를 떠올려보면, 그리고 다른 아크로토모필리악들이 인터넷에서 하는 말들을 살펴보면, RL이 스트라이크에게 '보상해준다'고 한 일은 그에겐 다리가 절단된 것보다 더 내키지 않는 일일 가능성이 높아 보였다.

물론 RL이 아크로토모필리악이고 또 사이코패스일 수도 있었다…….

"와! 만세! 500파운드다!" 마틴이 소리쳤다. 현관 쪽에서 규칙적인 쿵쿵 소리가 들리는 걸로 보아, 마틴이 거실에서는 승리의 춤을 끝까지 출 수 없다고 여긴 듯했다. 잠에서 깬 라운트리가 벌떡 일어나 기운 없이 짖었다. 그런저런 소음들 때문에 매튜가 방문을 여는 소리를 듣지 못했다. 반사적으로 그녀는 허겁지겁 마우스를 클릭해서 아크로토모필리아 사이트들에서 빠져나왔다.

"왔어?" 그녀가 말했다. "밸러브리그스가 이겼나 봐."

"응." 매튜가 말했다.

그날 들어 두 번째로 그가 손을 내밀었다. 그녀는 노트북을 옆에 내려놓았고, 매튜는 그녀를 잡아 일으켜 세운 뒤 끌어안았다. 그의 체온이 전해지자 안도감이 온몸에 퍼지면서 마음이 차분해졌다. 또 하룻밤을 싸우고 싶지는 않았다.

그러더니 그가 물러섰다. 그의 눈길이 로빈 어깨 너머의 무언가에 닿아 있었다.

"저게 뭐야?"

그녀가 노트북을 내려다보았다. 하얗게 빛나는 화면 한가운데 어떤 단어의 정의가 커다란 네모 상자 안에 적혀 있었다.

아크로토모필리아(Acrotomophilia) 「명사」
신체 절단자와 섹스를 하거나 그에 대한 환상을 통해 성적 만족을 얻는 이상성욕.

짧은 침묵이 흘렀다.

"말이 몇 마리나 죽었어?" 로빈이 불안한 목소리로 물었다.

"두 마리." 매튜가 대답하고서 방을 나갔다.

14

...you ain't seen the last of me yet,
I'll find you, baby, on that you can bet.
Blue Öyster Cult, 'Showtime'*

일요일 저녁 8시 반에 스트라이크는 유스톤 역 앞에 서서 에든버러까지 아홉 시간이나 되는 기차 여행을 앞두고 마지막 담배를 태웠다.

엘린은 그가 저녁 음악회에 가지 못해 실망했지만 그 대신 둘은 오후 대부분을 침대에서 보냈고, 그것은 스트라이크에게 아주 즐거운 대안이었다. 엘린은 침실 밖에서는 아름답고 침착하고 다소 냉정해 보였으나, 침실 안에서는 아주 적극적이었다. 그의 기억으로 남은 선정적인 장면과 소리—그의 입술 아래 젖은 새하얗고 매끈한 피부, 크게 벌어져 신음하는 파리한 입술—가 니코틴의 싸한 맛을 끌어 올렸다. 엘린이 사는 고급 아파트 클래런스 테라스에서는 담배를 피울 수 없었다. 그녀의 어린 딸이 천식을 앓았기 때문이다. 그 대신 스트라이크는 섹스가 끝난 뒤 졸음과 싸우며, 그녀가 출연해 낭만주의 작곡가들에 대해 이야기한 프로그램 녹화본을 침실 TV로 봐야 했다.

* '……너는 내 마지막 모습을 보지 못했어./내가 널 찾을 거야. 그건 장담해.', 블루 오이스터 컬트, 〈쇼타임〉.

"자기는 베토벤 같아." 카메라가 베토벤의 대리석 흉상을 클로즈업할 때 그녀가 생각에 잠겨서 말했다.

"코가 망가진 베토벤." 스트라이크가 말했다. 전에 그런 말을 들은 적이 있었다.

"그런데 '왜' 스코틀랜드에 가야 해?" 엘린은 스트라이크가 침대에 앉아 다시 의족을 다는 모습을 바라보며 물었다. 그녀의 침실도 크림색과 흰색으로 꾸며졌지만, 그가 지내는 일사와 닉네 손님방처럼 우울한 엄격함은 없었다.

"단서를 추적하는 거야." 스트라이크가 말했지만, 그건 과장이라는 걸 잘 알고 있었다. 그의 의심만 빼면 도널드 랭, 노엘 브록뱅크와 잘린 다리를 연결하는 고리는 아무것도 없었다. 그러나 왕복 교통비가 거의 300파운드나 되는데도, 그는 거기 가기로 한 결정을 후회하지 않았다.

그는 의족 뒤축으로 담배꽁초를 비벼 끄고 역으로 들어가 슈퍼마켓에서 먹을 것을 산 뒤 야간열차에 올랐다.

접이식 개수대와 좁은 침대로 이루어진 객실은 아주 좁았지만, 군생활 중에는 이보다 불편한 잠자리도 많이 겪었다. 그는 그저 190센티미터가 넘는 거구가 간신히나마 침대에 들어간다는 사실이 기쁠 따름이었다. 어쨌건 의족을 떼고 나면 공간이 좁은 편이 돌아다니기에는 더 편했다. 스트라이크의 유일한 불만은 객실이 너무 덥다는 점이었다. 그의 다락방은 어지간한 여자들은 너무 춥다고 혀를 내두를 만한 온도를 유지했다. 물론 그가 집에 여자를 데려와 재운 적이 있다는 뜻은 아니었다. 엘린은 그 집을 본 적도 없었다. 여동생 루시는, 요즘 오빠가 돈을 잘 번다는 환상에 빠져 있는데 그 환상을 깨뜨리고 싶지 않아서 한 번도 부르지 않았다. 생각해보니 거기 들어왔던 여자는 로빈이 유일했다.

기차가 덜컹거리며 출발했다. 벤치와 기둥 들이 차창 밖으로 지나갔다. 스트라이크는 침대에 주저앉아서 베이컨 바게트 포장을 뜯어 한 입 크게 베어 물며 그의 집 식탁에 앉아 창백한 얼굴로 덜덜 떨던 로빈을 떠올렸다. 그녀가 잠재적 피해로부터 벗어나 고향 매셤에서 안전하게 지내고 있다는 사실이 만족스러웠다. 적어도 걱정 하나는 덜 수 있었다.

그가 처한 지금 이 상황은 아주 익숙했다. 다시 군에 돌아가서 최소 비용으로 영국을 종단해 에든버러의 특수수사대를 찾아가는 듯한 느낌도 들었다. 하지만 그는 거기 배치된 적이 없었다. 그가 알기로 특수수사대가 자리한 성채는 에든버러 시내 중심부의 거친 바위 언덕에 있었다.

얼마 후 그는 덜커덩거리는 복도를 지나 화장실에 다녀온 뒤 트렁크 팬티만 남긴 채 옷을 모두 벗고서 얇은 이불 위에 누워 잠, 아니 선잠을 청했다. 좌우로 흔들리는 건 쾌적했지만, 실내가 덥고 열차가 자주 속도를 바꾸는 탓에 그는 자꾸만 잠에서 깼다. 아프가니스탄에서 그가 타고 가던 바이킹이 폭발한 이후—그 일이 그의 한쪽 정강이와 두 동료의 생명을 앗아갔다—스트라이크는 다른 사람이 운전하는 차를 타는 게 힘들어졌다. 지금 보니 이런 경미한 공포증이 기차에도 적용되고 있었다. 그의 객차와 반대 방향으로 지나가는 기관차의 기적 소리에 놀라 세 번이나 깼다. 기차가 곡선 철로를 지나느라 살짝 기울 때면 그는 육중한 장갑차가 중심을 잃고 구르다가 부딪치고 박살 나던 순간의 공포가 떠올랐다…….

기차는 5시 15분에 에든버러 웨이벌리 역에 들어섰지만, 조식은 6시에야 나왔다. 스트라이크는 직원이 객차를 돌아다니며 쟁반을 나눠주는 소리에 잠이 깨었다. 스트라이크가 한 발로 서서 문을 열자, 제복 차림의 청년이 깜짝 놀라 비명을 질렀다. 그의 눈은 스트라이크 뒤에 놓인 의족에 닿아 있었다.

"죄송합니다." 그가 의족과 스트라이크의 다리를 번갈아 보면서 억양이 강한 글래스고 말씨로 말했다. 승객이 자기 다리를 잘랐을 리가 없었다. "실수했습니다!"

스트라이크는 재미있어하며 쟁반을 받고서 문을 닫았다. 밤새 잠을 설쳤더니 다시 데워 나온 질긴 크루아상보다 담배 한 대가 더 간절해져서, 그는 커피를 벌컥벌컥 삼키고 다리를 다시 단 다음 옷을 입고서 쌀쌀한 스코틀랜드 새벽 속으로 서둘러 나왔다.

기차역은 심연의 바닥에 있는 듯한 기이한 느낌을 안겨주었다. 유리 천장 밖으로 고지대에 우람하게 선 어두운 고딕 건물들이 보였다. 그는 하데이커가 데리러 나오기로 한 택시 승차장을 발견했고, 그곳의 차가운 금속 벤치에 앉아 배낭을 발밑에 내려놓고서 담배를 피웠다.

하데이커는 20분이 지나서야 나타났다. 그 순간 스트라이크는 지독한 불안감을 느꼈다. 렌트비를 절약할 수 있다는 데 감사한 나머지 무례하게 보일까 봐 차종을 묻지 않았던 것이다.

'미니라니, 빌어먹을 미니…….'

"오기!"

그들은 군인 시절에 했던, 포옹과 악수가 섞인 미국식 인사를 했다. 하데이커는 172센티미터 정도의 키에 친근한 얼굴을 한 수사관으로, 숱이 적은 회갈색 머리칼의 사내였다. 스트라이크는 이 평범해 보이는 외모 때문에 그가 수사할 때 얼마나 예리한지가 잘 드러나지 않는다는 사실을 알고 있었다. 둘은 브록뱅크를 체포할 때 함께 일했는데, 나중에 그 때문에 겪은 고초를 생각하면 같이 일한 것만으로도 깊은 유대감을 느끼지 않을 수 없었다.

스트라이크가 몸을 접어 미니 자동차에 오르는 모습을 보고서야 하데이커는 차종을 알려줬어야 했다는 사실을 깨달은 듯했다.

"자네가 한 덩치 한다는 걸 잊었군." 그가 말했다. "이 차 몰고 다닐 수 있겠어?"

"그럼." 스트라이크는 조수석 좌석을 최대한 뒤로 밀면서 말했다. "빌려주는 게 어디야."

그래도 오토매틱 차량이긴 했다.

작은 자동차는 역을 꼬불꼬불 빠져나와서 유리 지붕 바깥으로 보이던 검댕처럼 새까만 건물들을 향해 언덕을 올라갔다. 이른 아침이라 대기는 서늘한 잿빛이었다.

"시간이 지나면 갤 거야." 하데이커가 말했고, 그들은 자갈이 깔린 로열 마일*을 달리며 타탄**은 물론 뒷발로 선 사자가 그려진 스코틀랜드 왕실 깃발을 파는 가게, 식당과 카페, 유령 관광*** 광고판을 지나갔다. 오른쪽으로 뻗어 내려간 좁은 골목길들이 언뜻언뜻 스쳐 갔다.

언덕 꼭대기에 이르자 성이 시야에 들어왔다. 하늘을 배경으로 곡

* 영국 스코틀랜드의 수도 에든버러에 있는 구시가지 거리. 고풍스러운 중세 건물들이 밀집해 있다.
** 스코틀랜드 전통 직물로, 굵기가 서로 다른 서너 색의 선을 바둑판처럼 엇갈려 놓은 무늬가 있다.
*** 스코틀랜드는 유령 전설들로 유명해서 이를 관광 상품화한 것이 많다.

선 석벽들에 둘러싸인 성채는 어둡고 위압적이었다. 하데이커는 문장이 새겨진 문을 비껴 우회전했다. 그 문 주변에는, 입장 줄의 맨 앞쪽에 서고 싶어 하는 관광객들이 벌써부터 자리를 지키고 있었다. 하데이커는 나무로 지은 부스에 이름을 대고 통행증을 보여준 뒤 분출암에 판 입구로 향했다. 조명등으로 비춘 입구 안쪽은 두꺼운 전력선이 잔뜩 깔린 터널로 이어졌다. 터널을 빠져나오니 도시 위로 우뚝 솟은 성가퀴에 대포들이 배치되어 있었다. 거기서는 안개에 둘러싸인 금빛 도시의 첨탑과 지붕 들 너머 포스 만까지 내다보였다.

"좋네." 스트라이크가 더 잘 보려고 대포들 앞으로 다가가면서 말했다.

"나쁘지 않지." 하데이커가 스코틀랜드의 수도를 덤덤하게 내려다보며 말했다. "이쪽이야, 오기."

그들은 나무로 만든 옆문을 열고 성안으로 들어갔다. 스트라이크는 하데이커를 따라 널돌이 깔린 서늘하고 좁은 복도와 층계참 두 개를 지났는데, 스트라이크의 오른쪽 무릎 관절로는 쉽지 않았다. 벽에는 예장을 갖춘 빅토리아 시대 군인들 그림이 불규칙한 간격으로 걸려 있었다.

그렇게 한 층을 올라 어느 문을 여니 바닥에는 허름한 자주색 카펫이 깔리고 벽은 병원 같은 녹색인, 사무실이 죽 늘어선 복도가 나타났다. 스트라이크는 이곳에 처음 와봤지만, 풀본 스트리트의 무단 점거 구역에서는 절대 느낄 수 없던 친근함이 느껴졌다. 이것은 그의 지난날의 삶이었다. 주인 없는 책상에 앉아 곧바로 일을 시작할 수도 있을 것 같았다.

벽에는 포스터들이 붙어 있었다. 수사관에게 골든아워—단서와 정보가 가장 풍부해서 그걸 모으기에도 가장 쉬운 사건 직후의 짧은 시간—의 중요성과 그때 뭘 수행해야 하는지 알려주는 포스터가 하나 있었고, 다른 건 금지 약물들의 사진이었다. 수사 중인 사건의 업데이트와 기한 등—'전화와 DNA 분석 기다리는 중' 'SPA 3번 서식 필요'—을 적어놓은 화이트보드도 있었고, 휴대용 지문 채취기가 든 금속 상자도 있었다. 분석실 문은 열려 있었다. 높은 금속 테이블에는 플라스틱 증거 봉투에 담긴 베개가 있었는데, 베개는 짙은 갈색의 핏자국으로 뒤덮여 있었다. 그 옆의 두꺼운 종이 상자에는 술병들이 들어 있었다. 피가 있는 곳에는 항상 알코올이 있었다. 구석에는 벨 스카치위스키의 빈 병 하나가 붉은 군모를 떠받치고 있었다. 그 모자 때문에 육군 헌병대에 '붉은 모자'라는 별명이 붙었다.

그들과 반대 방향으로 가던 가는 세로줄 무늬의 정장을 입은 짧은 금발의 여자가 다가왔다.

"스트라이크."

그는 그녀를 얼른 알아보지 못했다.

"에마 대니얼스에요. 2002년에 캐터릭에서 만났죠." 그녀가 웃으며 말했다. "우리 하사를 게으른 멍청이라고 부르셨어요."

"아, 맞아요." 그가 말하자, 하데이커가 킬킬거렸다. "정말로 게으른 멍청이였으니까. 머리를 잘랐군요."

"수사관님은 유명해지셨고요."

"딱히 그런 것 같지는 않네요." 스트라이크가 말했다.

복도 저편 사무실에서 셔츠 바람의 젊은이가 고개를 내밀었다. 그들의 대화에 흥미를 느낀 모양이었다.

"가야겠어요, 에마." 하데이커가 씩씩하게 말했다. "사람들이 자네를 보면 관심을 보일 줄 알았어." 스트라이크에게 이렇게 말하며 자기 방으로 데리고 들어가 문을 닫았다.

방은 창문이 바위 쪽으로 나 있어서 약간 어두웠다. 그 방도 바깥의 복도와 마찬가지로 바닥에 허름한 자주색 카펫이 깔리고 벽이 옅은 녹색이었지만, 하데이커의 아이들 사진과 큰 맥주잔 컬렉션이 분위기를 밝혀주었다.

"좋아, 오기." 하데이커가 키보드를 두드리더니, 스트라이크가 자기 책상 앞에 앉도록 뒤로 물러섰다. "그자를 찾았어."

특수수사대는 민·관·군의 기록을 전부 열람할 수 있었다. 컴퓨터 모니터에 노엘 캠벨 브록뱅크의 얼굴 사진이 떠 있었다. 스트라이크와 만나기 전, 그러니까 폭행 사건으로 한쪽 눈이 꺼지고 한쪽 귀가 부풀기 전의 모습이었다. 검은 스포츠머리, 길고 좁은 얼굴, 푸르스름한 턱 부분과 유난히 넓은 이마. 스트라이크는 브록뱅크를 처음 만났을 때 그 길쭉한 두상과 삐딱한 이목구비를 보고 바이스* 에 넣고서 누른 것 같다고 생각했다.

"프린트할 수는 없어, 오기." 스트라이크가 바퀴 달린 컴퓨터 의자에 앉자 하데이커가 말했다. "하지만 화면을 사진 찍는 건 돼. 커피 줘?"

"차가 있으면 차로. 고마워."

하데이커는 나가면서 조용히 문을 닫았고, 스트라이크는 휴대전화 카메라로 컴퓨터 화면을 찍었다. 잘 찍힌 사진이 나오자 화면을

* 기계공작에서 공작물을 끼워 고정하는 기구.

아래로 스크롤해서 브록뱅크의 기록을 전부 살피며 생년월일 같은 그의 인적 사항을 메모했다.

브록뱅크는 스트라이크가 태어난 해의 크리스마스에 태어났다. 입대 시 주소는 배로인퍼니스였다. 그랜비 작전—사람들에게는 제1차 걸프 전쟁으로 알려진—에 참여하기 직전, 딸이 둘 있는 군인 미망인과 결혼했는데, 두 딸 중 하나가 브리트니였다. 보스니아에서 복무할 때 아들이 태어났다.

스트라이크는 계속 메모하면서 기록을 훑어 내렸고, 마침내 브록뱅크가 부상으로 군 경력을 끝낸 시점에 이르렀다. 하데이커가 머그잔 두 개를 들고 돌아왔고, 스트라이크는 고맙다고 말한 뒤 디지털 파일을 꼼꼼히 읽어나갔다. 여기엔 브록뱅크의 기소 경력이 기록되어 있지 않았다. 스트라이크와 하데이커는 그 사건을 함께 조사했으며, 둘 다 브록뱅크의 유죄를 확신했다. 결국 그가 법의 처벌을 피했다는 사실은 스트라이크의 군 경력에서 손꼽힐 만큼 유감스러운 일이었다. 브록뱅크에 대한 기억 중 가장 생생한 건 그의 표정이었다. 그는 들짐승처럼 사나운 표정으로 깨진 맥주병을 들고서 스트라이크에게 달려들었다. 키도 스트라이크와 비슷하거나 어쩌면 더 컸다. 그가 스트라이크의 주먹에 맞고 벽에 부딪혔을 때 마치 자동차가 허술한 군대 막사에 충돌하는 것 같은 소리가 났다고 하데이커가 나중에 말했다.

"군인연금을 짭짤하게 받고 있군." 브록뱅크가 전역한 뒤로 연금을 수령한 몇 개의 주소를 옮겨 적으며 스트라이크가 말했다. 첫 주소는 고향인 배로인퍼니스였다. 그다음에는 맨체스터에서 1년 조금 안 되게 머물렀다.

"하." 스트라이크가 조용히 말했다. "그러니까 그게 정말 너였구나. 이 후레자식."

맨체스터를 떠난 뒤 브록뱅크는 마켓 하버러로 갔다가 배로인퍼니스로 돌아갔다.

"이건 뭐지, 하디?"

"정신감정 보고서." 하데이커가 말했다. 그는 벽 앞의 낮은 의자에 앉아서 자신의 서류를 들여다보고 있었다. "그건 정말 보면 안 되는 거야. 그걸 거기 띄워놓다니 내가 진짜 경솔했어."

"진짜 경솔했지." 스트라이크는 그의 말에 동의하고서 보고서를 열었다.

하지만 정신감정 보고서에 스트라이크가 모르는 내용은 별로 없었다. 브록뱅크는 병원에 입원한 뒤에야 알코올의존증이라는 사실이 밝혀졌다. 그의 증상 중 어떤 것이 알코올 때문이고, 어떤 것이 외상 후 스트레스 장애 때문이고, 어떤 것이 외상성 뇌 손상 때문인지를 두고 의사들이 많은 논의를 했다. 스트라이크는 글을 읽으면서 몇몇 단어들의 뜻을 검색해보았다. 실어증—적절한 단어를 찾지 못하는 것, 구음 장애—말을 잘하지 못하는 것, 감정 표현 불능증—자신의 감정을 알아차리지 못하는 것.

건망증은 그 시절 브록뱅크에게 아주 편리한 수단이었다. 이런 고전적인 증상들을 꾸며내는 게 그에게 얼마나 어려웠을까?

"사람들이 고려하지 못한 부분이 있지." 외상성 뇌 손상을 입은 몇 명을 알고, 또 좋아하는 스트라이크가 말했다. "바로 그놈이 처음부터 개자식이었다는 것."

"맞아." 하데이커가 커피를 마시며 일을 계속했다.

스트라이크는 브록뱅크의 파일을 닫고 랭의 파일을 열었다. 전직 국경 수비대원 도널드 랭의 사진은 스트라이크가 기억하는 모습과 정확히 일치했다. 처음 만났을 때 그는 겨우 스무 살이었다. 넓은 어깨, 하얀 피부, 이마를 덮은 앞머리, 페럿처럼 작고 검은 눈.

스트라이크는 자신의 손으로 끝낸 랭의 짧은 군 이력을 똑똑히 기억했다. 멜로즈에 있는 그의 어머니 집 주소를 적은 뒤 나머지 부분을 대충 읽고 첨부된 정신감정 보고서를 열었다.

'반사회성과 경계성 인격 장애의 강한 징후……. 타인에게 지속적으로 위해를 가할 위험…….'

누가 사무실 문을 세게 두드려서 스트라이크는 보고서를 닫고 의자에서 일어섰다. 하데이커가 문 앞으로 가기도 전에 치마 정장을 입은 엄격한 인상의 여자가 나타났다.

"팀프슨 사건에 대해 전해줄 것 없나요?" 그녀가 하데이커를 향해 소리쳤지만, 눈으로는 스트라이크를 향해 의심을 던졌다. 아마 스트라이크가 거기 있는 걸 이미 알았던 듯했다.

"난 이만 갈게, 하디." 스트라이크가 지체 없이 말했다. "오랜만에 만나서 정말 반가웠어."

하데이커는 준위에게 스트라이크를 소개하고 그와 스트라이크의 인연을 간략히 설명한 뒤 그를 배웅했다.

"난 오늘 늦게까지 여기 있을 거야." 문 앞에서 악수를 할 때 하데이커가 말했다. "차를 언제 돌려줄 수 있을지 알게 되면 전화 줘. 잘 다녀와."

돌계단을 조심조심 내려가면서 스트라이크는 특수수사대에서 하데이커와 함께 익숙한 일과와, 본부의 명령에 따라 일했을 수도 있었다는 생각이 들었다. 군은 그가 다리 한쪽을 잃었어도 내보내고 싶어 하지 않았다. 전역을 후회한 적은 없었지만, 갑자기 과거 생활에 잠시 몸담고 나니 어쩔 수 없이 향수가 느껴졌다.

두꺼운 구름 틈새로 내리비치는 희미한 햇빛 속으로 걸어 나가면서, 그는 자기 지위가 예전과 다르다는 것을 그 어느 때보다 절실히 느꼈다. 이제 불합리한 상사의 명령, 이 바위 언덕 사무실에 묶인 생활에서 벗어났을 뿐만 아니라 영국군의 힘과 지위도 없었다. 오로지 주소 몇 개만 들고서 로빈에게 여자의 다리를 보낸 사람을 찾아 나서는, 어쩌면 부질없는 노력으로 판명 날지도 모를 일을 재개하려 할 때, 그는 완전히 혼자였다.

15

Where's the man with the golden tattoo?
Blue Öyster Cult, 'Power Underneath Despair'*

예상했던 대로, 좌석의 위치를 아무리 조정해도 미니를 운전하는 일은 불편하기 짝이 없었다. 그는 오른발이 없어서 왼발로 액셀러레이터를 밟아야 했다. 그러다 보니 비좁은 공간에서 그의 몸이 아주 괴상하게 뒤틀렸다. 스코틀랜드의 수도에서 멜로즈로 가는 조용하고 곧은 A7 도로에 안전하게 오르기 전까지는 미니를 운전하는 법을 생각하느라 11년 전 권투경기에서 처음 만난 국경 수비대 이병 도널드 랭에 대해 생각할 겨를이 없었다.

그날 저녁 둘은 신병 500명이 울부짖는 삭막하고 어두운 체육관에서 만났다. 그는 그때 헌병대 소속의 코모란 스트라이크 상병으로, 탄탄한 근육질 몸에 튼튼한 두 다리를 자랑하며 연대 대항 권투경기에 나섰다. 랭을 응원하는 사람이 스트라이크를 응원하는 사람보다 세 배나 많았다. 개인적인 것은 아니었다. 원래 헌병은 인기가 없었다. 붉은 모자가 케이오당해서 쓰러지는 모습을 보는 것이 그

* '황금 문신의 사나이는 어디 있는가?', 블루 오이스터 컬트, 〈절망 아래 깔린 힘〉.

날 밤 사람들이 기대하는 아름다운 결말이었다. 덩치 큰 두 사람의 시합이 그날 밤의 마지막 경기였다. 관중의 함성이 또 하나의 맥박처럼 링 위에 선 두 선수의 핏줄 속에서 꿈틀거렸다.

상대 선수의 눈은 작고 까만 데다 머리는 짧고 여우 털처럼 검붉은 색이었다. 노란 장미 문신이 왼쪽 위팔 전체에 새겨져 있었다. 목은 좁은 턱보다 훨씬 두꺼웠고, 털 없이 매끈한 가슴은 아틀라스 대리석상의 근육 같았으며, 하얀 팔과 어깨에 가득 퍼진 주근깨가 각다귀에 물린 자국처럼 도드라져 보였다.

그들은 4라운드까지 대등하게 싸웠다. 발은 젊은 랭이 더 빨랐지만, 기술은 스트라이크가 한 수 위였다.

5라운드에 스트라이크는 몸을 피하고 얼굴을 공격하는 척하다가 신장 쪽을 강타해서 랭을 쓰러뜨렸다. 랭이 바닥에 쓰러지자 그를 응원하던 무리는 일순 조용해졌다가 코끼리 울음 같은 야유를 퍼부었다.

랭은 주심이 '식스'를 카운트했을 때 일어났지만 바닥에 쓰러지면서 자제력을 잃은 듯했다. 펀치를 마구잡이로 날리고 방어 자세인 클러치를 풀지 않아서 심판에게 경고를 받았으며, 종이 울린 뒤에 잽을 날려서 두 번째 경고를 받았다.

6라운드가 1분 정도 지났을 때 스트라이크는 상대의 기술이 허술한 틈을 타 이미 코피를 쏟는 랭을 로프로 몰고 갔다. 심판이 둘을 떼어놓았다가 다시 경기를 재개시켰을 때 랭은 문명화된 행동 방식의 마지막 남은 가면마저 벗어던지고 그에게 박치기를 시도했다. 심판이 제지하려 했지만 랭은 이미 이성을 잃었다. 스트라이크는 간신히 급소를 피했으나, 어느새 랭은 팔로 그를 붙들고서 이로 얼굴을 물었다. 심판의 고함이 희미하게 들렸고, 랭의 추잡한 폭력은 열광하던 관중의 함성을 일순간 불안한 웅성거림으로 돌변시켰다. 심판이 랭에게 소리치며 두 사람을 떼어놓았지만, 랭은 아무 소리도 들리지 않는 듯 그저 스트라이크에게 달려들었고, 스트라이크는 옆으로 피해 랭의 배에 강타를 날렸다. 랭은 허리를 꺾고 숨을 헐떡이다가 바닥에 무릎을 꿇었다. 스트라이크는 썰렁한 박수 속에 링을 떠났다. 물린 광대뼈 근처에서 피가 흘렀다.

제3 공수부대의 병장에 뒤이어 2위로 대회를 마친 스트라이크는 2주일 뒤에 올더숏 기지에서 전출 명령을 받았지만, 그 전에 랭이 경기 중 규율 위반과 폭력 행사로 근신 처분을 받았다는 소식을 들었다. 처벌이 약해 보이긴 했으나, 상관이 랭의 탄원을 받아들였다고 했다. 약혼녀의 유산 소식에 깊이 상심한 상태로 링에 올랐다며 선처를 부탁한다는 탄원이었다.

그때도, 그러니까 지금 스트라이크가 빌린 자동차 미니로 머나먼 지방 도로를 달리게 만든 새로운 사실들을 알기 훨씬 전에도, 그는 그 매끈하고 우유처럼 하얀 피부의 짐승에게 태아가 죽은 일쯤은 아무런 의미도 없었을 거라고 느꼈다. 얼굴에 난 랭의 앞니 자국은 그가 영국을 떠날 때까지 남아 있었다.

3년 후 스트라이크는 강간으로 고소된 사건을 수사하러 키프로스에 갔다. 취조실에서 두 번째로 도널드 랭과 마주쳤는데, 그사이에 그는 몸집이 불고 문신이 늘었으며, 키프로스의 태양에 주근깨가 더 심해지고, 움푹한 눈가에는 주름도 자글자글해져 있었다.

당연한 일이지만, 랭의 변호사는 자신의 의뢰인이 악연으로 남은 사람에게 수사받는 것을 거부했고, 그래서 스트라이크는 마약 범죄 수사를 위해 키프로스에 들어온 동료와 업무를 바꾸었다. 그런데 일주일 뒤, 그 동료와 술자리를 가졌는데 놀랍게도 그는 랭의 이야기에 설득되어 있었다. 그에 따르면 랭은 피해자로 지목된 웨이트리스와 술에 취한 상태로 엄벙덤벙 합의하고 섹스를 했는데, 그 소문이 남자 친구의 귀에 들어가자 여자가 마음을 바꾸었다는 것이다. 폭행을 증언해줄 증인은 없지만 웨이트리스는 랭이 칼끝으로 위협했다고 주장했다.

"정말 헤픈 여자더라고." 특수수사대의 동료는 피해자라고 주장하는 여자를 그렇게 평가했다.

스트라이크는 반박할 처지가 아니었지만, 랭이 예전에도 수백 명이 보는 앞에서 폭행과 규율 위반을 저질러놓고 상관을 설득한 적이 있다는 사실을 기억해냈다. 스트라이크가 랭이 한 말과 태도에 대해 자세히 묻자, 동료는 그가 야무지고 호감 가는 성격이며 삐딱한 유머 감각이 있다고 말했다.

"규율에 더 복종했으면 좋았겠지만." 랭의 서류를 검토한 수사관이 말했다. "강간범 같지는 않아. 고향 여자와 결혼했고, 여기 와서 같이 살고 있어."

스트라이크는 뜨거운 태양 아래, 자신의 마약 사건으로 돌아갔다. 그런데 2주일 뒤 그는 '군인 냄새'를 지우려고 수염을 텁수룩하게 기른 채 연기 자욱한 고미다락의 마룻바닥에 누워 있다가 기이한 이야기를 하나 들었다. 스트라이크의 단정치 못한 생김새와 꼭 예수가 신었을 법한 샌들, 헐렁한 바지와 두꺼운 손목에 잡다하게 찬 팔찌 덕분에, 약에 취한 젊은 키프로스 마약상은 그가 영국 헌병일 거라고 전혀 의심하지 않았다. 그는 스트라이크와 어깨를 나란히

하고 느긋하게 앉아 마리화나를 들고는 키프로스 섬에서 대마초뿐만 아니라 약물을 거래했던 군인 이름 몇몇을 털어놓았다. 젊은 상인의 억양이 강해서 스트라이크는 그가 말해주는 이름, 또는 가명을 외우는 데 급급해 '두눌룽'이라는 이름을 처음 들었을 때도 아는 사람이라고는 생각지 못했다. 그러다 그 군인이 아내를 묶어놓고 학대한다는 이야기를 듣고서야 두눌룽이 도널드 랭이라는 것을 깨달았다. "미쳤어." 황소 같은 눈망울의 청년이 심드렁하게 말했다. "여자가 도망치려 하거든." 스트라이크는 가벼워 보이는 질문을 신중하게 던져서 그 이야기는 청년이 랭에게서 직접 들은 것임을 알아냈다. 반은 재미로, 반은 그 청년에게 자신이 어떤 사람인지 알려서 겁을 주기 위해 말했던 것 같았다.

다음 날 스트라이크는 정오의 햇볕에 푹푹 익고 있는 시포스 영지를 찾아갔다. 그곳은 키프로스의 군인 주거 지역 가운데 가장 오래된 곳으로, 흰색 페인트칠이 되어 있고 약간 추레했다. 스트라이크는 강간 혐의를 교묘히 빠져나간 랭을 범죄 현장에서 잡기 위해 집으로 직접 찾아갔다. 초인종을 눌렀지만 멀리서 아기 울음소리만 들릴 뿐이었다.

"그 집 여자는 광장공포증 같아요." 이 말을 하려고 수다스러운 이웃집 여자가 급히 달려 나왔다. "좀 이상해. 여자가 정말 부끄러움을 많이 타거든."

"남편은요?" 스트라이크가 물었다.

"도니? 아, 멋진 친구지." 이웃이 유쾌하게 말했다. "오클리 상병 흉내를 얼마나 잘 내는지 몰라! 아주 똑같다니까. 정말 재미있어."

다른 군인의 집에 허락 없이 들어가는 건 많은 규칙이 개입된 복잡한 일이었다. 스트라이크는 문을 마구 두드렸지만 대답이 없었다. 아기 울음소리는 계속 들렸다. 그는 집 뒤쪽으로 갔다. 창문의 커튼이 전부 내려져 있었다. 뒷문을 두드렸다. 역시 아무 반응도 없었다.

자기 행동을 정당화해줄 유일하면서도 타당한 이유는 아기 울음소리였다. 그게 영장 없이 강제 침입한 데 대한 충분한 이유가 되지 않을지도 몰랐다. 스트라이크는 본능이나 직감에 지나치게 의존하는 사람을 경계했지만, 그 집에 문제가 있는 건 분명해 보였다. 그는 이상한 것과 사악한 것에 대한 감각이 정교하게 연마되어 있었다. 사람들이 영화에서나 볼 일을 성장기 내내 직접 겪었기 때문이다.

문이 잠겨 있어서 그가 어깨로 두 번 밀쳤다. 부엌에서 고약한 냄새가 났다. 여러 날 동안 쓰레기를 버리지 않은 것 같았다. 그는 집 안으로 들어갔다.

"랭 부인?"

아무 대답이 없었다. 아기의 아주 미약한 울음소리는 위층에서 들렸다. 그는 계속 랭 부인을 부르며 계단을 올라갔다.

큰 침실의 문이 열려 있었다. 방 안은 어둑어둑했다. 악취가 진동했다.

"랭 부인?"

그녀는 알몸이었다. 한쪽 손목이 침대 머리 나무판에 묶여 있었고, 피가 잔뜩 묻은 시트로 몸의 일부를 가리고 있었다. 아기는 기저귀만 차고서 여자 옆에 누워 있었다. 발육이 더딘 데다 건강하지 않아 보였다.

그가 구급차를 부르려고 휴대전화를 더듬어 찾으면서 그녀를 풀어주러 방을 가로지르는데, 여자가 갈라진 목소리로 말했다.

"안 돼……. 가……. 나가……."

스트라이크는 좀처럼 이런 일에 겁내지 않았다. 잔학한 남편은 여자에게 초자연적인 존재가 되어 있었다. 스트라이크가 피투성이에 부어오른 손목을 푸는 바로 그 순간에도 여자는 그냥 가라고 애원했다. 랭은 자신이 돌아왔을 때에도 아기가 울고 있으면 여자를 죽이겠다고 협박했다. 여자는 랭이 전지전능한 힘을 발휘하지 않는 미래를 상상할 수 없는 듯했다.

도널드 랭은 아내에게 저지른 일로 16년 형을 받았고, 거기에는 스트라이크의 증언이 결정적인 역할을 했다. 끝까지 랭은 모든 것을 부인했다. 아내가 자기 스스로 손목을 묶었다고, 그런 걸 좋아한다고, 원래 변태적이고 아기도 방치했다고, 자기를 모함하려 한다고, 모두 꾸며낸 일이라고 주장했다.

그 일은 그에게 남은 가장 더러운 기억 중 하나였다. 강해지는 햇살 아래 초록으로 반짝이는 언덕들 사이로 미니를 몰고 가면서 그 기억을 되새기자니 기분이 이상했다. 스트라이크는 이런 경치에 익숙하지 않았다. 화강암 지대, 구불구불 이어지는 언덕의 광막함이 이질적인 웅장함을 안겨주었다. 그는 어린 시절의 상당 기간을 소금기 어린 해변에서 보냈다. 이곳은 삼림지대와 강이 있는 곳으로, 그가 자란 세인트모스와는 다른 방식으로 신비롭고 비밀스러웠다. 유서 깊은 밀수 역사를 지닌 세인트모스에는 알록달록한 집들이 해변까지 어지럽게 이어져 있었다.

장관을 이룬 구름다리를 오른편에 두고 지나치면서 그는 사이코

패스들에 대해 생각했다. 그들은 어디에나 있었다. 허물어진 공동 주택, 빈민가, 무단 거주지뿐 아니라 이곳, 고요하고 아름다운 곳에도. 랭 같은 부류는 쥐와 비슷했다. 어딘가 있다는 건 알지만, 막상 마주치기 전까지는 어느 누구도 깊게 생각하지 않는다.

성(城) 모양을 한 소형 구조물 두 개가 도로 양옆에서 보초를 서고 있었다. 스트라이크가 도널드 랭의 고향으로 달려갈 때, 태양은 눈부신 빛을 쏟아내었다.

16

So grab your rose and ringside seat,
We're back home at Conry's bar.
Blue Öyster Cult, 'Before the Kiss'*

시내 중심가 어느 상점의 유리문 안쪽에 마른 행주가 걸려 있었다. 지역 명소가 검은 선으로 그려져 있었지만, 스트라이크의 관심을 끈 것은 도널드 랭의 힘 있는 위팔에 새겨진 것과 똑같은 노란 장미들이었다. 그는 차를 세우고 행주 가운데에 적힌 시를 읽었다.

여기는 우리의 도시	(It's oor ain toon)
세상 어디에도 없을	(It's the best toon)
최고의 도시.	(That ever there be:)
멜로즈에 건배하자,	(Here's Tae Melrose,)
스코틀랜드의 보석,	(Jem o'Scotland,)
자유인들의 도시.	(The toon o'the free.)

그는 암적색 아치가 담청색 하늘 위로 우뚝 솟은 수도원 옆 주차

* '그러니 장미를 들고 링 옆자리에 앉아/우리는 콘리의 바에 돌아왔어.', 블루 오이스터 컬트, 〈키스하기 전에〉.

장에 차를 댔다. 수도원 너머 동남쪽 방향으로 에일든 언덕의 세 봉우리가 보였다. 스트라이크가 지도에서 눈여겨보았던 그 언덕은 스카이라인에 극적인 요소를 더해주었다. 스트라이크는 인근 커피숍에서 베이컨 롤을 사서 바깥 테이블에서 먹은 뒤 담배를 피우며 그날 들어 두 번째로 진한 차를 마셨다. 그러고는 16년 전, 그러니까 랭이 군에 입대할 때의 주소지였던 와인드(Wynd)를 찾아 도보로 나섰는데 그걸 어떻게 읽는지는 확신이 들지 않았다. 윈드라고 읽나 아니면 와인드라고 읽나?

햇빛에 잠긴 멜로즈는 활기차 보였다. 스트라이크는 경사진 중심가를 지나 중앙 광장까지 올라갔다. 꼭대기에, 유니콘을 새긴 기둥이 화단에 서 있었다. 인도의 둥근 돌에는 오래된 로마식 지명인 트리몬티움(Trimontium)이 새겨져 있었다. 인근의 세(triple) 봉우리를 가리키는 게 분명했다.

그는 와인드를 놓친 것 같았다. 휴대전화로 찾은 지도에 따르면 그 길은 중심가에서 뻗어 나갔다. 그는 되돌아가 오른쪽에 나 있는 아주 좁은 길을 보았다. 그저 사람 하나가 지나다닐 정도였으며, 어둑한 안마당으로 이어졌다. 랭의 고향 집 현관은 밝은 파란색이고 앞에 좁은 계단이 있었다.

스트라이크가 문을 두드리자 즉시 검은 머리의 미녀가 응답했는데, 랭의 어머니라고 하기엔 너무 젊었다. 스트라이크가 이곳에 온 이유를 설명하자, 여자는 부드럽고 매력적인 억양으로 대답했다.

"랭 부인요? 이사 간 지 10년도 넘었어요."

그러고는 그가 낙심할 겨를도 없이 덧붙였다.

"지금은 딩글턴 로드에 사세요."

"딩글턴 로드요? 여기서 먼가요?"

"저쪽으로 조금만 가면 돼요." 그녀가 오른쪽 뒤편을 가리켰다. "번지수는 모르겠네요. 죄송합니다."

"아닙니다, 도와주셔서 감사합니다."

좁고 지저분한 통로를 지나 햇빛 가득한 광장으로 돌아오면서, 스트라이크는 예전에 랭이 권투장에서 그의 귀에 외설스러운 말을 속삭였을 때를 빼면 그가 말하는 걸 들어본 적이 없다는 사실이 떠올랐다. 그는 신원을 감추고 마약 사건을 조사했기에 그 턱수염을 기른 채로는 군 본부에 드나들 수 없었고, 랭이 체포된 뒤에는 다른 사람들이 심문을 맡았다. 나중에 마약 수사를 성공적으로 마무리 짓고서 다시 말쑥하게 면도했을 때, 스트라이크는 법정에서 랭에게 불리한 증언을 했지만, 랭이 아내를 묶어놓고 폭행한 혐의를 전면 부인할 때는 비행기를 타고서 키프로스를 떠나고 있었다. 마켓 스퀘어를 지나가는데, 스트라이크는 도널드 랭의 보더스* 사투리 덕분에 사람들이 도니 랭을 쉽게 믿고 용서하고 좋아할 수 있었던 게 아닌가 하는 생각이 들었다. 광고업자들은 성실하고 정직한 이미지를 주기 위해 스코틀랜드 사투리를 쓴다는 글을 전에 어디선가 읽은 것 같았다.

그때까지 그가 본 유일한 펍은 딩글턴 로드로 가는 길에 지나온 길 약간 안쪽에 있었다. 멜로즈는 노란색을 좋아하는 듯했다. 그 술집도 벽은 하얀색이지만, 문과 창문은 강렬한 레몬색과 검은색이었다. 콘월 출신인 스트라이크에게는 바다에서 멀리 떨어진 도시의

* 스코틀랜드 남부에 있는 주. 멜로즈가 위치해 있다.

술집 이름이 '십 인(Ship Inn)'이라는 게 재미있었다. 그가 딩글턴 로드에 걸어가 보니, 길이 다리 밑을 구불구불 지나 가파른 언덕 위로 까마득히 뻗어 있었다.

'멀지 않다'는 것은 상대적인 말이었다. 스트라이크는 정강이와 발을 잃은 뒤 자주 그 사실을 깨달았다. 오르막길을 10분 정도 걷자 그는 수도원 주차장으로 돌아가서 미니를 타고 오지 않은 것을 후회하기 시작했다. 그는 길에서 만난 여자들에게 두 번에 걸쳐 랭 부인의 집을 아느냐고 물었지만 그들은 예의 바르고 친절하게 모른다고 대답했다. 그는 조금 땀을 흘리며 죽 늘어서 있는 하얀 단층집을 터덜터덜 지나가다가, 반대편에서 오는 노인을 만났다. 그는 트위드 재질의 납작한 모자를 쓰고, 검정 얼룩무늬의 보더 콜리 개를 산책시키고 있었다.

"실례합니다." 스트라이크가 말했다. "혹시 랭 부인이 사는 곳을 아시나요? 번지수를 잊어서요."

"랭 부인?" 개를 산책시키던 노인이 반백의 두툼한 눈썹 아래로 스트라이크를 훑어보며 물었다. "알지, 우리 옆집인걸."

'이런, 감사할 데가.'

"저기 세 블록을 더 가면." 노인이 손으로 가리키며 말했다. "동전을 던지면서 소원을 비는 우물이 있는데, 바로 그 뒷집이오."

"고맙습니다." 스트라이크가 말했다.

랭 부인의 집을 향해 걸어가는데, 노인이 자리에 서서 스트라이크를 계속 지켜보고 있었다. 보더 콜리가 내리막길로 끌고 가도 꼼짝하지 않았다.

랭 부인의 단층집은 깨끗하고 썩 괜찮아 보였다. 정원에는 디즈니

만화풍의 귀여운 동물 석상들이 잔디밭 곳곳에 서서 화단 너머를 내다보고 있었다. 현관문은 건물의 옆쪽으로 나 있었는데, 그늘이 져 있었다. 문 손잡이에 손을 올리고서야 그는 어쩌면 몇 초 안에 도널드 랭을 마주하게 될지도 모른다는 생각이 들었다.

문을 두드리고 1분이 족히 지나는 동안, 개와 산책하던 노인이 길을 되짚어 와서는 부인의 집 대문 앞에서 스트라이크를 빤히 바라보는 것 말고는 아무 일도 벌어지지 않았다. 스트라이크는 노인이 주소를 일러준 것을 후회하고서, 이 덩치 큰 남자가 부인에게 해를 끼치지는 않을지 살펴보러 온 건가 생각했지만, 그게 아니었다.

"집에 있어." 스트라이크가 다시 한 번 노크를 할지 말지 생각하고 있는데 노인이 말했다. "하지만 두렸어."

"네?" 스트라이크가 두 번째로 노크를 하면서 물었다.

"두렸어. 매쳐버렸다고."

노인이 스트라이크에게 몇 걸음 더 다가왔다.

"정신이 나갔어." 그가 잉글랜드인을 배려해 알아듣기 쉽도록 바꿔 말했다.

"아, 네." 스트라이크가 말했다.

그때 문이 열리면서 작고 늙고 주름이 자글자글하고 안색이 좋지 않은 노파가 진청색의 실내복 차림으로 나타났다. 노파는 어딜 향하는지 모를 악의에 차서 스트라이크를 노려보았다. 노파의 턱에 뻣뻣한 수염 몇 가닥이 돋아 있었다.

"랭 부인이십니까?"

노파는 아무 말 없이 그를 바라보았다. 그는 그 눈을 알았다. 충혈되고 눈빛은 흐렸지만 한때 아주 초롱초롱하고 페럿 같았을 것이다.

"랭 부인, 아드님 도널드를 찾아왔습니다."

"안 돼." 노파가 놀라울 만큼 맹렬하게 말했다. "안 돼."

그러더니 안으로 들어가서 문을 쾅 닫았다.

"젠장." 스트라이크가 중얼거렸다. 로빈이 생각났다. 그녀라면 이 작은 노파에게 훨씬 더 수월히 말을 건넸을 것이다. 그는 멜로즈에 자기를 도와줄 다른 사람이 없을까 생각하며 돌아서다가—그는 192.com*에서 랭씨 성을 가진 다른 사람들을 찾아보았다—개를 산책시키는 노인과 다시 마주쳤다. 노인은 현관문 앞까지 따라왔는데, 조심스럽지만 흥분한 표정이었다.

"당신 그 탐정이지?" 그가 물었다. "이 집 아들을 감옥에 넣은?"

스트라이크는 깜짝 놀랐다. 처음 보는 스코틀랜드 노인이 자기를 알아볼 줄은 전혀 몰랐다. 이른바 그의 유명세는 낯선 이들이 알아보는 것을 기준으로 하자면 아주 미미한 수준이었다. 날마다 런던 거리를 돌아다녀도 누구 하나 아는 척하지 않았고, 사건 수사와 관련해서 그를 만나거나 그의 이름을 듣는 경우가 아니라면 사람들은 스트라이크가 그 유명한 사건들을 해결한 탐정이라는 사실을 잘 몰랐다.

"그래, 그 사람이야!" 노인이 더 흥분해서 말했다. "집사람하고 나는 마거릿 버니언의 친구거든." 그리고 어리둥절한 스트라이크의 얼굴에 대고 설명했다. "로나의 어머니 말이야."

스트라이크는 방대한 기억 속에서 랭 아내의 정보, 그러니까 피 묻은 시트 아래 침대에 묶여 있던 젊은 여자의 이름이 로나였다는

* 사람, 회사 등을 찾는 영국의 웹사이트.

사실을 끄집어내는 데 몇 초가 걸렸다.

"마거릿이 신문에서 선생을 보고 우리한테 말해줬어. '이 사람이야, 우리 로나를 구한 사내 말이야!' 선생이 아주 잘했지? 시끄러워, 월리!" 그는 산책을 조르는 보더 콜리를 향해 호통을 쳤다. "아, 그래. 마거릿은 선생 소식이라면 놓치지 않았어. 신문 기사를 다 읽었지. 그 모델을 죽인 사람도 선생이 찾았잖아. 또 작가도! 마거릿은 선생이 자기 딸을 구해준 일을 평생 잊지 않고 있어, 평생."

스트라이크는 어물거리며, 그렇게 생각해준 마거릿에게 고맙다는 뜻을 전하려고 했다.

"그런데 왜 랭 부인을 만나려고 하는 거지? 도니 놈이 또 무슨 사고라도 쳤어?"

"그 사람을 찾고 있습니다." 스트라이크가 모호하게 말했다. "혹시 그 친구가 멜로즈에 돌아왔나요?"

"어, 아니, 아닐걸. 몇 년 전에 어머니를 보러 온 적은 있지만, 그 뒤로 여기 왔는지는 모르겠어. 여긴 작은 동네니까 돌아왔다면 소식이 들렸겠지, 안 그래?"

"그러면 그 버니언 부인이라고 하셨나요? 혹시 그분이?"

"선생을 만나면 아주 좋아할 거야." 노인이 들떠서 말했다. "안 돼, 월리." 그가 대문 쪽으로 가자며 세게 잡아당기는 보더 콜리를 타박했다. "내가 전화를 해주지. 다닉에 사니까. 옆 마을이야. 전화해줄까?"

"그러면 고맙겠습니다."

그래서 스트라이크는 노인과 함께 옆집으로 가 작고 티끌 하나 없는 거실에 앉아 잠시 기다렸고, 노인은 점점 더 칭얼대는 개를 뒤로

하고 흥분해서는 전화에 대고서 빠르게 지껄였다.

"이리로 온다는군." 노인이 손으로 송화기를 가리고서 말했다. "여기서 만나는 게 어때? 나는 아무 상관없어. 마누라가 차도 끓여 줄 거야—"

"고맙습니다만 다른 일들도 좀 있어서요." 스트라이크는 거짓말을 했다. 이 수다스러운 입회인 앞에서 인터뷰를 성공적으로 이끌어낼 수 있을지 의심스러웠다. "십 인에서 점심을 함께하는 게 어떤지 여쭤주시겠습니까? 한 시간 뒤에?"

콜리가 자꾸 산책을 보채는 것이 스트라이크에게 유리하게 작용했다. 두 남자는 집을 나와 함께 언덕을 내려갔다. 개가 계속 목줄을 세차게 잡아당겨서 스트라이크는 가파른 내리막길을 더 빠르게 걸어야 했다. 도와준 노인과는 마켓 광장에서 작별 인사를 했다. 노인은 쾌활하게 손을 흔들며 트위드 강 쪽으로 갔고, 이제 약간 절뚝이는 스트라이크는 '십 인'에 가기 전까지 시간을 때우러 시내 중심가를 돌아다녔다.

도로 끝에 검은색과 강렬한 노란색 건물이 또 하나 있었는데, 그 건물을 보자 스트라이크는 십 인이 왜 그런 색깔인지 깨달았다. 여기에도 노란 장미가 있었으며, 안내판에 '멜로즈 럭비 클럽'이라 적혀 있었다. 스트라이크는 멈춰 서서 두 손을 주머니에 찔러 넣고 낮은 담장 너머로 매끈하고 평평하게 펼쳐진 푸른 벨벳 같은 경기장을 바라보았다. 나무로 둘러싸인 그곳에서 노란 럭비 골대가 햇빛에 반짝였다. 오른쪽에 관중석이, 그 너머로 완만한 언덕 지대가 있었다. 경기장은 다른 어떤 숭배의 장소 못지않게 관리가 잘되어 있었으며, 그렇게 작은 도시치고는 놀라울 만큼 시설이 훌륭했다.

스트라이크는 벨벳 같은 잔디를 내다보다가 휘태커가 그들의 무단 점거지 구석에서 악취와 담배 연기 속에 자신의 인생을 이야기하고, 레다가 옆에 누워 입을 벌리고서 그 이야기를 듣던 기억이 떠올랐다. 지금 생각하니 레다는 새끼 새처럼 휘태커의 헛소리를 참 잘 믿고 또 재미있어했다. 레다는 그가 다닌 고든스타운 스쿨이 앨커트래즈 감옥과 다를 바 없다고 보았다. 그녀의 여린 시인이 스코틀랜드의 엄혹한 겨울에 진흙과 빗속을 뒹군 일은 정말로 무도하기 짝이 없었다.

"럭비라니, 자기. 세상에, 불쌍해라…… '당신'이 럭비를 하다니!"

그리고 열일곱 살의 (마침 권투 클럽에서 입술이 부어올라 온) 스트라이크가 숙제를 하면서 조용히 웃자, 휘태커는 비틀비틀 일어나 런던 토박이를 흉내 낸 불쾌한 말투로 소리쳤다.

"왜 웃는 거야, 이 더러운 새끼야!"

휘태커는 비웃음을 참지 못했다. 그는 아첨을 갈망했다. 찬양하지 않는다면 그에게 힘이 있다는 증거로서 공포나 증오는 용납했지만, 조롱은 상대가 우월하다는 증거였기에 참지 못했다.

"럭비 이야기가 나오니까 신났구나, 쥐방울 새끼. 벌써 장교가 된 것 같지? 돈 많은 저 새끼 아버지한테 말해서 고든스타운에 보내버려!" 휘태커가 레다에게 소리쳤다.

"진정해, 자기!" 그녀가 휘태커에게 말했다가, 조금 엄격한 목소리로 다시 말했다. "안 돼, 코모란!"

스트라이크는 일어서서, 몸에 단단히 힘을 준 뒤 공격할 준비를 마쳤다. 스트라이크가 휘태커를 정말로 치려고 한 것은 그때가 유일했지만, 어머니가 끼어들어서 반지 낀 여윈 손을 두 사람의 들썩이는 가슴에 갖다 댔다.

스트라이크가 눈을 깜박이자 햇빛 속의 경기장, 순수한 분투와 열광의 공간이 다시금 또렷이 보였다. 풀, 잔디 냄새가 풍겼고, 옆의 도로에서 따뜻한 고무 냄새가 났다. 그는 천천히 돌아서서 다시 십 인으로 걸음을 돌렸다. 술 한 잔이 간절했지만, 지독한 잠재의식은 아직 그를 놓아주지 않았다.

매끈한 럭비 경기장을 보니 다른 기억도 떠올랐다. 검은 머리와 검은 눈동자의 노엘 브록뱅크가 깨진 맥주병을 손에 들고 그에게 달려드는 모습이었다. 브록뱅크는 크고 강하고 빨랐다. 럭비의 플랭커* 같았다. 스트라이크는 깨진 병의 유리 조각이 목에 닿는 순간 자신의 주먹이 병 옆으로 튀어 나갔던 일을 기억했다—

머리뼈바닥골절, 이것이 진단명이었다. 귀에서 피가 나왔다. 뇌가 심각하게 손상되었다.

"젠장, 젠장, 젠장." 스트라이크가 발걸음에 맞추어 중얼거렸다.

'랭, 그래서 네가 여기 있는 거야. 랭.'

그는 십 인의 문 위에 걸린, 빛나는 노란 돛을 단 금속 갤리언선 아래를 지나 안으로 들어갔다. 실내의 간판에는 '멜로즈 유일의 펍'이라고 적혀 있었다.

그는 곧바로 조용한 자리를 찾았다. 따뜻한 색조, 반짝이는 유리와 황동, 갈색과 빨강색과 녹색의 조각보 같은 카펫, 따뜻한 복숭아색 벽과 노출된 석조. 멜로즈가 사랑하는 스포츠는 펍 어느 곳에서나 그 위력을 발휘했다. 곧 있을 경기 일정을 적은 칠판, 몇 대나 되

* 공격진 후방 측면 포지션.

는 대형 플라스마 TV, 그리고 더는 꽉 찬 방광을 무시할 수 없을 때에도 트라이*의 순간을 놓치지 않도록 소변기 위에 (스트라이크는 몇 시간 만에 소변을 보았다) 작은 벽걸이 TV가 걸려 있었다.

그는 하데이커의 차로 다시 에든버러에 돌아가야 했기에 존 스미스 맥주를 반 잔만 사서 바와 마주 보는 가죽 소파에 앉았다. 그러고는 마거릿 버니언이 늦지 않길 바라며 코팅된 메뉴판을 살폈다. 이제야 배가 고픈 걸 깨달았기 때문이다.

그녀는 겨우 5분 늦게 십 인에 나타났다. 스트라이크는 로나의 얼굴이 잘 기억나지 않았고, 버니언 부인은 한 번도 본 적이 없었지만, 부인은 두려움과 기대가 서린 얼굴로 도어 매트에 잠시 멈춰 서서 그를 바라보았다.

스트라이크가 일어나자 그녀는 큼지막한 검은 핸드백 끈을 두 손으로 부여잡고 비틀거리며 다가왔다.

"당신이군요." 그녀가 숨을 헐떡이며 말했다.

부인은 예순 살쯤에 작고 연약해 보이는 체구였으며, 금속 테 안경을 썼다. 뽀글뽀글하게 파마한 금발 아래 얼굴이 불안해 보였다.

스트라이크는 큰 손을 내밀어 부인과 악수했다. 부인의 차갑고 가녀린 손이 약간 떨렸다.

"그 애 아버지는 오늘 하윅에 가서 못 와요. 전화했더니 로나를 구해주신 일은 절대 잊지 않을 거라고 전해달라네요." 부인이 단숨에 말했다. 그녀는 스트라이크가 앉은 소파의 옆자리에 앉아 존경과 두려움이 담긴 표정으로 그를 바라보았다. "저희는 잊지 않았어요.

* 럭비에서 상대편의 골라인 안에 공을 찍어 득점을 올리는 것.

신문에서 탐정님 기사를 읽었어요. 다리 일은 저희도 안타까워요. 탐정님 덕분에 로나가! 우리 로나가—"

부인의 눈에 눈물이 차올랐다.

"정말 너무 고마워서……."

"저도 기쁘게 생각합니다—"

부인의 딸이 벌거벗겨진 채 피범벅이 되어 침대에 묶여 있는 걸 발견한 것이 기쁜 일이었을까? 피해자가 겪은 일을 친지들에게 설명하는 것이 이 일의 가장 힘든 점 가운데 하나였다.

"—그러니까 따님에게 도움을 드릴 수 있어서요."

버니언 부인은 검은 핸드백 맨 아래에서 손수건을 찾아 코를 풀었다. 그녀는 혼자서는 절대 술집에 가지 않고, 동행한 남자가 주문해 주지 않는다면 바에서 술을 사 마시지 않는 세대인 게 분명했다.

"뭘 좀 드시죠."

"오렌지 주스면 돼요." 그녀가 눈을 훔치며 힘겹게 말했다.

"식사도 하셔야죠." 대구로 만든 피시 앤드 칩스를 주문할 작정인 스트라이크가 강력히 권했다.

그가 바에 주문하고 돌아오자 부인은 그에게 멜로즈에 무슨 일로 왔는지 물었고, 그제야 그녀가 왜 그렇게 불안해하는지 깨달았다.

"그놈이 돌아온 건 아니죠? 도니 말예요. 돌아왔나요?"

"제가 아는 한은 아닌 것 같습니다." 스트라이크가 말했다. "어디 있는지 저도 모릅니다."

"그놈이 그 일과 관련 있다고 보시나요?"

부인의 목소리가 작아져 속삭임이 되었다.

"신문에서 읽었어요……. 누가 탐정님 사무실로 그, 그—"

"네." 스트라이크가 말했다. "그 사람이 그 일과 관련이 있는지 없는지는 모르지만 어쨌건 그를 찾고 싶습니다. 출소한 뒤 자기 어머니를 만나러 이리 돌아왔다던데요."

"아, 4, 5년 전에, 왔었죠." 마거릿 버니언이 말했다. "무작정 찾아와서 단층집 안으로 밀고 들어갔어요. 랭 부인은 그때 알츠하이머를 앓고 있었죠. 부인은 아들을 막지 못했지만, 이웃 사람들이 도니의 형들에게 전화했고, 형들이 와서 도니를 쫓아냈어요."

"아, 그래요?"

"도니가 막내거든요. 형이 넷이나 돼요. 모두 억센 남자들이죠." 버니언 부인이 말했다. "다섯 형제 모두가요. 셀커크에 사는 제이미가 차를 타고 달려와서 도니를 쫓아냈어요. 정신을 못 차릴 정도로 두드려 팼다더군요."

그녀는 약간 떨며 오렌지 주스를 삼키고 말을 이었다.

"다 들었어요. 우리 친구 브라이언이—탐정님이 조금 전에 만난 사람요—길에서 싸움이 벌어진 걸 봤거든요. 네 명이 한 명에게 맞섰고, 모두 고래고래 소리를 질렀대요. 누군가 경찰을 불렀고요. 제이미도 주의 조치를 받았지요. 그런 건 신경 쓰지 않았지만요." 버니언 부인이 말했다. "도니의 형들은 도니가 자기들이나 어머니에게 가까이 오는 걸 원치 않았거든요. 그래서 동네에서 쫓아냈어요."

"저는 겁이 났어요." 부인이 말을 이었다. "로나 때문에요. 출소하면 로나를 찾을 거라고 늘 말해왔으니까요."

"그랬습니까?" 스트라이크가 물었다.

"아, 네." 마거릿 버니언이 괴로운 얼굴로 말했다. "그놈이 그러리란 걸 우리 모두 알았어요. 로나는 글래스고로 이사해 여행사에 취직했어요. 그놈은 계속 로나를 찾아다녔어요. 6개월 동안 그 아이는 도니가 나타날까 봐 겁먹고 살았는데 어느 날엔가 정말로 나타난 거예요. 어느 밤 로나의 아파트에 찾아왔는데, 그놈은 병을 앓고 있었어요. 예전의 그놈이 아니었죠."

"병을 앓았다고요?" 스트라이크가 날카롭게 물었다.

"정확히는 기억이 안 나는데, 무슨 관절염이었던 것 같아요. 로나 말로는 살도 많이 쪘다고 하더군요. 놈이 밤에 로나의 아파트에 나타났어요. 로나를 추적했던 거죠. 그런데 천만다행이에요." 버니언 부인이 열렬하게 말했다. "약혼자와 함께 있었거든요. 이름은 벤이에요." 부인은 탄력 잃은 뺨에 홍조를 띠며 자랑스럽게 덧붙였다. "벤은 '경찰'이랍니다."

부인은 스트라이크가 그 소식을 특히 더 좋아할 거라고 생각하는 듯이 말했다. 그러니까 위대한 수사 세계의 동지로서.

"지금은 결혼했어요." 버니언 부인이 말했다. "아이는 없어요. 왜냐면, 아시다시피."

갑자기 눈물이 터져 나와서 부인의 안경 아래로 쏟아져 내렸다. 두 사람 앞의 테이블에 동물 내장이라도 쏟아진 듯, 10년 전의 공포가 새삼 되살아났다.

"—랭이 로나를 칼로 찔렀어요." 버니언 부인이 속삭였다.

부인은 스트라이크가 의사나 성직자라도 되는 듯, 자신을 짓누르는데도 친구들에게는 말하지 못했던 비밀을 털어놓았다. 그는 이미 최악의 상황을 알고 있었기 때문이다. 그녀가 다시 손수건을 찾아 네모난 검은 백을 더듬을 때, 스트라이크는 피가 넓게 물든 시트와 결박을 풀어보려 몸부림치다 피부가 벗겨진 로나의 손목이 떠올랐다. 버니언 부인이 그의 머릿속을 들여다보지 못해 다행이었다.

"놈이 몸에 칼을 박았고, 의사들이, 되돌려보려 했지만—"

버니언 부인이 덜덜 떨며 숨을 훅 들이쉴 때 그들 앞에 음식 두 접시가 놓였다.

"하지만 로나와 벤은 즐겁게 살아요." 그녀가 꺼진 두 뺨을 손수건으로 계속 찍고, 안경을 들어 눈물을 닦으면서 몹시 흥분해 속삭였다. "그리고 독일, 독일 셰퍼드를 키, 키우지요."

스트라이크는 배가 고팠지만, 로나 랭의 이야기를 들은 직후라 음식에 손을 댈 수가 없었다.

"두 사람 사이에 아기가 있었죠?" 그는 피투성이가 되어 탈수증상이 나타난 엄마 옆에서 힘없이 울던 아기를 떠올리고 물었다. "지금은 아마 열 살 정도 되었죠?"

"주, 죽었어요." 부인이 속삭였고, 눈물이 턱 아래로 툭 떨어졌다. "돌연사였어요. 늘 아팠어요, 그 아이. 도니가 잡혀가고 이틀 뒤에 그렇게 됐어요. 그리고 그, 그, 도니는, 감옥에서 로나에게 전화해서, 네가 아기를 죽였다고, 아기를, 죽였다고, 출소하면 널 죽이겠다고—"

스트라이크는 흐느끼는 부인의 어깨에 잠시 큰 손을 갖다 댔다가 일어나서, 입을 벌린 채 그들을 바라보고 있는 여자 바텐더에게로 갔다. 브랜디는 참새처럼 연약한 부인에게 너무 강할 듯했다. 버니언 부인보다 약간 나이가 많은 스트라이크의 외숙모 조앤은 포트와인에 약효가 있다고 믿었다. 스트라이크는 포트와인 한 잔을 주문해서 부인에게 가져다주었다.

"여기, 이걸 드세요."

그러자 난감하게도 부인은 다시 눈물을 쏟았지만, 젖은 손수건을 한참 눈에 대고 있다가 떨면서 말했다. "정말 친절하시군요." 포트와인을 홀짝이다가, 약간 숨이 막혔는지 한숨을 내쉬고, 눈을 깜박이며 그를 바라보았다. 두 눈이 새끼 돼지처럼 분홍색으로 물들어 있었다.

"랭이 로나의 집에 다녀간 뒤 어디로 갔는지 알고 계시나요?"

"네." 부인이 나직이 말했다. "벤이 보호관찰국을 통해 알아봤어요. 일단 게이츠헤드로 간 것 같은데, 아직 거기 있는지는 잘 모르겠어요."

'게이츠헤드'. 스트라이크는 인터넷에서 찾은 도널드 랭의 주소지를 떠올렸다. 게이츠헤드에서 코비로 옮겨 간 것인가? 아니면 둘은 다른 사람인가?

"어쨌건." 버니언 부인이 말했다. "그 뒤로는 두 번 다시 로나와 벤을 귀찮게 하지 않았어요."

"당연하죠." 스트라이크가 나이프와 포크를 집어 들면서 말했다. "경찰과 독일 셰퍼드가 있으니까요. 그자는 바보가 아니에요."

부인은 그 말에 용기와 위안을 얻은 것 같았고, 눈물 속에 희미한 미소를 띠고서 마카로니 치즈를 조금씩 먹기 시작했다.

"두 사람은 어린 나이에 결혼했죠." 스트라이크는 랭에 대한 어떤 이야기든 듣고 싶어 말을 꺼냈다. 교우 관계나 습관을 알려줄 수 있는 그 어떤 이야기라도.

부인은 고개를 끄덕이고 침을 삼킨 뒤 말했다.

"너무 어렸죠. 로나가 도니랑 처음 사귀었을 때가 겨우 열다섯 살이었는데, 우리는 다 싫어했어요. 도니 랭에 대해서 들은 이야기가 많았으니까요. 영 파머스 디스코 클럽에서 도니가 자기를 덮쳤다고 하는 여자애가 있었어요. 하지만 그 일은 유야무야됐죠. 경찰들 말로는 증거가 부족하대요. 우리는 로나에게 도니는 안 된다고 몇 번이나 말했지만……." 부인이 한숨을 쉬었다. "그러니까 더 고집을 피우더라고요. 옛날부터 고집이 셌어요, 우리 로나는."

"강간으로 기소된 적이 있다고요?" 스트라이크가 물었다. 피시 앤드 칩스는 훌륭했다. 펍에 사람들이 많아졌고, 스트라이크는 이를 다행으로 여겼다. 바텐더의 관심이 그들에게서 떨어져 나갔기 때문이다.

"아, 네. 그 집안사람들이 워낙 거칠어요." 버니언 부인이 소도시 사람들 특유의 새침하고 젠체하는 태도로 말했다. 스트라이크가 어린 시절에 익히 경험한 태도였다. "형제가 전부 쌈박질을 하고 경찰서에 드나들었지만, 그중에서도 도니가 제일 나빴어요. 형들도 그 애를 싫어했지요. 사실 도니 어머니도 아들을 별로 좋아하지 않았을 거예요. 소문이 있었어요." 부인이 갑자기 비밀을 털어놓기로 작심한 듯 말했다. "그 집 아저씨의 아들이 아니라고요. 그 부부는 날마다 싸운 데다 랭 부인이 도니를 임신했을 즈음에는 별거 중이었거든요. 실은, 부인이 지역 경찰하고 사귀었다는 말이 있었어요. 사실인지 어쩐지는 몰라요. 경찰관은 떠났고, 랭 씨가 돌아왔지만 랭 씨는 도니를 좋아하지 않았죠. 그건 확실해요. 조금도 좋아하지 않았어요. 사람들 말로는 도니가 자기 아들이 아닌 걸 알기 때문이라고 했어요.

그리고 도니는 그 집 식구들 중에서도 특히 더 거칠었어요. 덩치 큰 사내애였죠. 주니어 세븐스에 들어갔는데—"

"세븐스요?"

"럭비 팀 세븐스요." 그녀가 말했다. 이 작고 점잔 빼는 부인조차 스트라이크가 멜로즈에서는 스포츠라기보다 종교에 가까운 럭비 이야기를 바로 알아듣지 못하는 데 놀란 표정이었다. "하지만 사람들이 쫓아냈어요. 규율을 전혀 따르지 않았거든요. 그런데 도니가 쫓겨난 다음 주에 '누군가' 그린야즈를 훼손했어요. 저기 경기장요." 부인이 다시 한 번 스트라이크의 무지에 답해줬다.

포트와인은 부인을 수다쟁이로 만들었다. 이제 부인은 정신없이 말을 쏟아냈다.

"그래서 럭비 대신 권투를 시작했죠. 그런데 그 애는 말재주가 좋았어요, 암, 그렇고말고요. 로나가 그 애와 처음 사귈 때—로나는 열다섯 살이고 도니는 열일곱 살이었죠—어떤 사람들은 나한테 사실 도니는 나쁜 애가 아니라고 말했어요, 암요." 부인은 믿을 수 없다는 스트라이크의 표정에 고개를 끄덕이며 말했다. "도니를 잘 모르는 사람들은 그 애한테 넘어갔어요. 도니 랭은 마음만 먹으면 사람들의 호감을 살 줄 아는 놈이지요.

물론 월터 길크리스트는 그렇게 생각하지 않았죠. 월터는 도니를 잘랐거든요. 농장에 늘 지각을 했대요. 그랬더니 '누군가가' 그 집 헛간에 불을 질렀대요. 아, 도니가 했다고 밝혀지지는 않았어요. 경기장을 훼손한 것도 도니라고 밝혀지지는 않았지만, 심증으로는 확실해요.

로나는 도무지 말을 듣지 않았어요. 자기가 그 애를 안다고 생각했죠. 그가 오해받는다나 어쩐다나 했어요. 우리더러 편견에 사로잡혔고 편협하댔어요. 도니는 입대하고 싶어 했어요. 나는 속이 다시원했지요. 그 애가 떠나면 로나가 잊기를 바랐어요.

그런데 도니가 돌아왔어요. 로나는 임신했다가 유산했어요. 그러고는 나한테 화를 냈죠. 왜냐하면 내가 차라리 잘……."

부인은 거기서 말끝을 흐렸지만, 스트라이크는 무슨 말인지 짐작할 수 있었다.

"그 뒤로 그 애는 나와 아예 말을 하지 않았고, 도니가 다음 휴가를 나왔을 때 집을 나가서 결혼했어요. 그 애 아빠와 나는 부르지도 않고요." 그녀가 말했다. "같이 키프로스로 갔죠. 하지만 도니는 우리 집 고양이를 죽였어요."

"뭐라고요?" 스트라이크가 놀라서 말했다.

"그놈 짓이 분명해요. 그놈과 로나가 결혼하기 전 마지막으로 얼굴을 봤을 때, 우리는 로나에게 정말 끔찍한 실수를 저지르는 거라고 말했어요. 그날 밤 퍼디가 없어졌어요. 이튿날 뒤뜰에서 찾았지요, 죽은 퍼디를. 수의사 말로는 목을 졸렸대요."

부인의 어깨 너머로 보이는 플라스마 TV에서 진홍색 유니폼을 입은 디미타르 베르바토프 선수가 풀럼 전에서 골 세리머니를 하고 있었다. 사방에서 보더스 주 사투리가 들려왔다. 유리잔 부딪는 소리, 포크와 나이프가 짤그랑거리는 소리가 들리는 가운데 부인은 죽음과 폭력에 대한 이야기를 이어나갔다.

"그놈이 한 짓이 분명해요. 도니가 퍼디를 죽였어요." 부인이 정신없이 말했다. "그놈이 로나하고 아기한테 한 짓을 보세요. 그놈은 악마예요"

부인은 손으로 가방 손잡이를 만지작거리더니, 사진 한 뭉치를 꺼냈다.

"남편은 항상 말했어요. '왜 이걸 간직해? 태워버려.' 하지만 나는 언젠가 놈의 사진이 필요할 거라고 생각했어요. 여기요." 부인이 말하면서 스트라이크의 손에 사진들을 찔러 넣었다. "탐정님이 가지세요, 갖고 계세요. 게이츠헤드. 그다음에 그놈이 간 곳이에요."

나중에, 부인이 다시 한 번 눈물을 쏟아내고서 감사의 말을 전하고 떠난 뒤, 스트라이크는 돈을 내고 펍을 나와 아까 마을을 돌다가 본 정육점 '밀러즈 오브 멜로즈'로 갔다. 거기서 에든버러 역에서 파는 그 어떤 음식보다 맛있어 보이는 사슴 고기 파이를 사 먹었다.

황금색 장미들로 장식된 짧은 길을 지나 주차장으로 돌아가면서, 스트라이크는 다시 한 번 그 튼튼한 위팔에 새겨진 문신을 떠올렸다.

오랜 옛날, 농경지와 에일든 언덕의 세 봉우리에 둘러싸인 이 작고 사랑스러운 소도시는 도니 랭에게 의미가 있는 곳이었다. 하지만 그는 성실한 농장 일꾼도, 팀 플레이어도 될 수 없었고, 규율과 정직한 노력을 중시하는 그 어떤 곳에도 자리를 잡을 수 없었다. 멜로즈가 헛간에 불을 놓은 자, 고양이를 죽인 자, 럭비 경기장을 훼손한 자를 내뱉었기에 랭은 많은 이에게 구원 또는 징벌이 되는 군대로 도피했다. 그 길이 감옥으로 이어졌고, 감옥이 그를 다시 토해내자 집으로 돌아가려 했지만, 아무도 그를 반기지 않았다.

게이츠헤드는 도널드 랭을 따뜻하게 맞아주었을까? 거기서 코비로 옮겨 간 걸까? 스트라이크는 몸을 접어 하데이커의 미니에 올라타면서 궁금해졌다. 아니면 이 장소들은 모두 런던과 스트라이크를 향해 가는 길목의 정거장이었을 뿐일까?

17

The Girl That Love Made Blind*

화요일 아침이다. '그것'이 길고 힘든 밤을 보냈다며 잠이 들었다. 물론 그는 눈곱만큼도 신경 쓰지 않았지만, 겉으로는 신경 쓰는 척했다. '그것'에게 가서 누우라 했고, 숨소리가 깊어졌을 때 잠시 '그것'을 바라보며 목 졸라 죽이는 상상을 했다. '그것'이 눈을 번쩍 뜨고 숨을 헐떡이는 모습, 얼굴이 자줏빛으로 천천히 변하는 모습…….

'그것'이 깨어나지 않을 게 분명해지자, 그는 조용히 방을 나가 재킷을 입고, 이른 아침 속으로 '비서'를 찾아 나섰다. 여러 날 만이었지만 그녀의 집 앞 지하철역으로 가기에는 너무 늦었다. 덴마크 스트리트 입구에 숨어 있는 것이 최선이었다.

그는 멀리서도 그녀를 알아보았다. 밝고, 약간 붉은색이 도는 웨이브 진 금발은 눈에 잘 띄었다. 저 허영심이 잔뜩 낀 년은 남의 눈길을 좋아하는 게 분명했다. 안 그러면 머리에 뭘 뒤집어쓰든지 머

* 〈사랑에 눈먼 여자〉. 블루 오이스터 컬트, 〈이매지노스(Imaginos)〉 앨범의 수록곡.

리를 짧게 자르든지 염색을 할 것이다. 하지만 사람들 모두 관심을 바란다. 그건 분명한 사실이다. 모두가 그렇다.

그녀가 다가올 때, 다른 사람의 기분을 귀신같이 파악하는 그의 본능이 변화를 감지했다. 그녀는 어깨를 움츠리고서 가방과 커피와 휴대전화를 움켜쥔 채 땅바닥을 보고 걸었으며, 주변의 인부 무리에는 전혀 신경 쓰지 않았다.

그는 반대 방향으로 걸어서 그녀의 곁을 지나쳤다. 자동차 매연과 먼지가 가득 찬 북적이는 거리만 아니었다면 그녀의 향수 냄새까지 맡을 수 있을 만큼 가까웠다. 그녀에게 그는 차량 진입 방지 기둥이었을지도 모른다. 눈에 띄지 않게 지나갈 의도였는데도 그 사실에 약간 짜증이 났다. 그는 그녀를 선택했는데 그녀는 그에게 무심했기 때문이다.

하지만 한 가지 사실은 알아냈다. 그녀는 몇 시간 운 얼굴이었다. 그는 여자들이 언제 그런 모습이 되는지 잘 알았다. 무수히 보아왔다. 퉁퉁 붓고 빨개지고 축 늘어진 얼굴로 눈물을 쏟으며 징징거렸다. 모두 다 그랬다. 그들은 불쌍한 척하고 싶어 한다. 그 입을 닫게 하려면 죽일 수밖에.

그는 돌아서서 덴마크 스트리트까지 짧은 거리를 따라갔다. 저런 상황에 놓인 여자는 공포에 질리지 않거나 압박감이 덜할 때와는 비교도 할 수 없을 만큼 다루기 쉬워졌다. 이럴 때면 그와 같은 부류를 궁지에 몰 일상적인 방어 행동을 자주 잊기 때문이다. 열쇠를 손가락에 끼고, 손에 휴대전화를 들고, 주머니에 호신 경보기를 준비하고, 무리 지어 걷는 그런 일들을. 그들은 마음이 허해져서 다정한 말 한 마디와 친절히 들어주는 태도에 감동한다. 그가 '그것'을 차지한 방법이다.

언론이 가망이 없다고 보고 결국 8일 뒤에 철수한 덴마크 스트리트로 접어들자 그는 걸음을 빨리했다. 그녀는 건물의 검은 문을 열고 안으로 들어갔다.

여자가 다시 나올까? 아니면 하루 종일 스트라이크와 함께 지낼까? 그는 둘이 섹스하는 사이이길 진심으로 바랐다. 아마 그럴 것이다. 늘 단둘이 한 사무실에 있는데, 그럴 수밖에 없었다.

그는 다른 건물 출입구로 들어가서 휴대전화를 꺼내 들고는 24번지의 2층 창문을 바라보았다.

18

I've been stripped, the insulation's gone.
Blue Öyster Cult, 'Lips in the Hills'*

로빈이 스트라이크의 사무실에 처음 출근한 날은 약혼하고 처음 맞은 아침이었다. 오늘 사무실 문을 열면서, 그녀는 손에 낀 새 사파이어 반지를 내려다보다가 난데없이 사무실에서 스트라이크가 튀어나와 철제 계단 아래로 날아갈 뻔했던 일이 떠올랐다.

이제 로빈의 손가락에는 반지가 없었다. 요 몇 달 반지를 꼈던 자리가 아주 예민하게 느껴졌다. 마치 낙인이 찍힌 것 같았다. 그녀는 갈아입을 옷과 세면도구가 든 작은 여행 가방을 들고 있었다.

'여기서 울 순 없어. 여기서 울면 안 돼.'

그녀는 기계적으로 평범한 하루의 일과를 시작했다. 코트를 벗어 가방과 함께 문 옆의 못에 걸고, 주전자에 물을 채워 불을 켜고, 여행 가방을 스트라이크의 눈에 띄지 않도록 책상 밑에 넣어두었다. 그녀는 하려고 한 일을 제대로 끝냈는지 자꾸만 확인했다. 스스로가 육체에서부터 분리된 것처럼, 가방이나 주전자의 손잡이를 통과

* '나는 벗겨졌어, 단열층이 사라졌지.', 블루 오이스터 컬트, 〈언덕 위의 입술〉.

할 것 같은 차가운 손가락을 가진 유령처럼 느껴졌다.

9년간 지속된 관계가 무너지는 데 나흘이 걸렸다. 그 나흘 동안 그들은 적의를 키우고 불평을 쏟고 비난을 던졌다. 돌아보면 어떤 것은 아주 하찮았다. 랜드로버, 그랜드 내셔널, 집에 노트북을 가져간 일. 일요일에 어느 쪽 부모님이 웨딩 카 비용을 댈지를 두고 가벼운 말다툼이 있었고, 이는 다시 한 번 그녀의 적은 벌이에 대한 언쟁으로 이어졌다. 월요일 아침, 런던에 돌아오기 위해 랜드로버에 오를 때 그들은 거의 말을 하지 않았다.

그리고 그날 밤 웨스트 일링에서는 이전의 모든 다툼을 시시한 것으로, 그러니까 모든 것을 파괴할 대지진을 경고하는 미진으로 만들어버린 폭발적인 말다툼이 터졌다.

스트라이크가 곧 내려올 것이다. 그가 위층 다락방에서 움직이는 소리가 들렸다. 불안하거나 무기력해 보일 수는 없었다. 이제 그녀에게는 일이 전부였다. 남의 집 방 한 칸을 빌려야 할 것이다. 스트라이크가 주는 쥐꼬리만 한 봉급으로는 다른 방법이 없었다. 그녀는 미래의 동거인을 상상해보려 했다. 기숙사로 돌아간 느낌일 것이다.

'지금은 생각하지 말자.'

그녀는 차를 준비하면서 마지막으로 웨딩드레스를 입어본 후에 산 베티스 티백을 들고 나오지 않았다는 사실을 깨달았다. 그 생각에 기분이 곤두박질쳤지만 강한 인내력으로 울음을 참으며 찻잔을 들고 컴퓨터 앞으로 갔다. 사무실을 비운 동안 답하지 못한 이메일들을 훑으려 했다.

그녀는 스트라이크가 스코틀랜드에서 이제 막 돌아왔다는 것을 알았다. 야간열차로 돌아왔다. 그가 출근하면 그녀의 붉고 부운 눈에 관심이 쏠리지 않도록 스코틀랜드 일을 물어볼 것이다. 오늘 아침 집을 나서기 전에 얼음과 찬물로 얼굴의 붓기를 가라앉히려 했지만 별 효과가 없었다.

그녀가 집을 나설 때 매튜가 앞을 가로막았다. 매튜도 끔찍해 보이기는 마찬가지였다.

“우리 이야기 좀 해. 이야기해야 해.”

‘이제 다 소용없어.’ 로빈은 그렇게 생각하며, 덜덜 떨리는 손으로 찻잔을 들어 올렸다. ‘이제는 하기 싫은 일은 안 해도 돼.’

하지만 그런 용감한 생각을 무너뜨리면서 예고 없이 뺨으로 뜨거운 눈물이 흘러내렸다. 로빈은 깜짝 놀라 눈물을 닦았다. 아직도 눈물이 남아 있다니. 그녀는 모니터로 시선을 돌리고, 청구서를 보내 달라는 고객에게 답장을 작성하기 시작했지만, 뭐라고 쓰는지도 거의 알 수 없었다.

바깥 계단에서 탕탕거리는 발소리가 나자 그녀는 얼른 정신을 추슬렀다. 문이 열렸다. 로빈이 고개를 들었다. 그곳에 서 있는 사람은 스트라이크가 아니었다.

원시적이고 본능적인 공포가 로빈을 덮쳤다. 그 낯선 사람이 왜 그런 공포를 안기는지 따져볼 시간은 없었지만, 딱 한 가지, 그가 위험하다는 것은 알 수 있었다. 그녀는 즉시 문 앞으로 갈 시간이 없으며, 호신용 경보기는 코트 주머니에 있고, 지금 당장 쓸 수 있는 최선의 무기는 왼손을 뻗으면 닿을 날카로운 편지 개봉 칼임을 머릿속으로 계산했다.

남자는 핼쑥하고 창백했는데 머리는 삭발했고 넓적한 코에는 주근깨가 몇 개 있었으며 입이 크고 입술이 두꺼웠다. 손목과 손가락마디 그리고 목에 문신이 가득했다. 미소 짓는 입 한구석에서 금니가 반짝였다. 윗입술 가운데서부터 광대뼈까지 흉터가 깊게 나 있어서 엘비스 프레슬리의 영원한 비웃음처럼 입이 위로 올라가 있었다. 헐렁한 청바지와 트레이닝복 상의 차림이었고 담배와 대마초의 퀴퀴한 냄새가 강하게 풍겼다.

"안녕하슈?" 그가 양옆으로 늘어뜨린 양손의 손가락을 맞부딪치면서 들어왔다. '딱딱, 따다닥.' "혼자 있는 겁니까, 응?"

"아니요." 그녀는 입이 바짝 마른 채로 말했다. 그가 더 가까이 오기 전에 편지 개봉 칼을 움켜잡고 싶었다. '딱딱, 따다닥'. "스트라이크 씨가 금방—"

"섕커!" 문간에서 스트라이크의 목소리가 났다.

낯선 이가 돌아섰다.

"번슨." 그가 손가락 맞부딪치는 것을 멈추더니 손을 내밀어 약간 과장해 스트라이크와 인사했다. "잘 지냈어?"

'오 하느님.' 로빈은 가슴을 쓸어내렸다. 왜 스트라이크는 이 남자가 온다고 말해주지 않았을까? 그녀는 스트라이크가 자기 얼굴을 보지 못하도록 얼른 이메일로 돌아갔다. 스트라이크가 섕커를 안쪽 사무실로 데리고 들어가 문을 닫을 때 그녀는 '휘태커'라는 말을 들었다.

평소 같으면 그녀도 저 안에 들어가길 바랐을 것이다. 로빈은 이메일 업무가 끝나자, 두 사람에게 커피를 마실 거냐고 물어야 할 것 같았다. 그녀는 먼저, 아무리 돈을 써 방향제를 사들여도 지독한 하수구 냄새가 사라지지 않는 계단 앞의 작은 화장실로 가 얼굴에 다시금 찬물을 끼얹었다.

그사이, 이미 스트라이크는 잠깐 본 로빈의 모습에 충격을 받았다. 그토록 창백한 얼굴과 그토록 붓고 충혈된 눈은 본 적이 없었다. 책상 앞에 앉아 섕커가 가져온 휘태커에 대한 정보를 들으려 할 때에도 '그 자식이 로빈에게 무슨 짓을 한 거지?' 하는 생각부터 들었다. 그리고 섕커에게 관심을 집중하기 전에 아주 잠시, 매튜에게 주먹을 멋지게 날리는 상상을 했다.

"얼굴이 왜 그 모양이야, 번슨?" 섕커가 맞은편 의자에 앉아 기지개를 켜고 열심히 손가락을 맞부딪치며 물었다. 섕커는 10대 시절부터 틱 장애가 있었고, 스트라이크는 그의 손가락을 멈추게 하려는 노력이 소용없다는 것을 알았다.

"피곤해서 그래. 두 시간 전에 스코틀랜드에서 왔거든." 스트라이크가 말했다.

"난 스코틀랜드에는 가본 적 없어." 섕커가 말했다.

스트라이크는 섕커가 평생 런던 밖에 나간 적이 있는지 어쩐지도 몰랐다.

"그래, 뭘 가지고 왔어?"

"아직도 그 바닥에 있어." 섕커가 이렇게 말하면서, 손가락 맞부딪치기를 멈추고 주머니에서 메이페어 담뱃갑을 꺼냈다. 그러고는 스트라이크에게 허락을 구하지도 않고서 싸구려 라이터로 담배 한 개비에 불을 붙였다. 스트라이크는 잠시 망설이다가 자신의 벤슨 앤드 헤지스 담배를 꺼내 라이터를 빌렸다. "연락책을 만났어. 그 괴짜가 그러길 캣퍼드에 있대."

"해크니는 떠난 거야?"

"거기 클론을 남겨둔 게 아니라면, 번슨. 나는 클론은 확인하지 않았어. 100파운드를 더 주면 가서 확인해보겠지만."

스트라이크는 흥미롭다는 듯 킁 소리를 냈다. 섕커를 과소평가하는 것은 위험하다. 가만히 있지 못하는 그는, 한때 온갖 불법 약물을 다 해본 듯이 보여 종종 지금도 약에 취해 있는 게 아니냐는 오해를 받았다. 사실 그는 하루 일과를 마치고 난 뒤의 그 어떤 사업가보다 예리하고 냉정했다. 고칠 수 없는 범죄 성향만 뺀다면.

"주소가 있어?" 스트라이크가 수첩을 꺼내면서 말했다.

"아직은 없어." 섕커가 말했다.

"일은 해?"

"사람들한테는 메탈 밴드의 로드 매니저라고 말한다더군."

"실제로는?"

"포주야." 섕커가 가감 없이 말했다.

노크 소리가 났다.

"커피 드릴까요?" 로빈이 물었다. 스트라이크는 그녀가 일부러 어두운 곳에 서 있다는 걸 깨달았다. 그의 시선이 그녀의 왼손에 닿았다. 약혼반지가 없었다.

"고마워." 섕커가 말했다. "설탕 둘."

"나는 차로 줘요, 고마워요." 스트라이크가 말하고 나서, 그녀가 나가는 모습을 바라보며 독일 술집에서 훔쳐 온 양철 재떨이를 섕커의 길어진 담뱃재 앞으로 내밀었다.

"그자가 포주인지 어떻게 알아?"

"그자랑 새끼 각시(brass)랑 같이 만난 친구가 있어." 섕커가 말했다. 스트라이크는 런던 토박이들이 쓰는 속어, 방금처럼 매춘부를 가리키는 말인 새끼 각시 같은 속어에 익숙했다. "휘태커가 그 여자랑 같이 산대. 아주 어려. 이제 막 법적으로 가능한 나이가 된 것 같아."

"그래." 스트라이크가 말했다.

그는 수사관으로 일할 때부터 매춘업을 다양하게 접해왔지만 이 경우에는 느낌이 또 달랐다. 이 사람은 그의 전 의붓아버지였다. 어머니가 사랑하고, 낭만적 감정을 품고, 아이까지 낳았던 사람이었다. 그는 방에서 다시 휘태커의 악취를 맡는 기분이었다. 그의 더러운 옷, 짐승 같은 냄새.

"캣퍼드라." 그가 다시 말했다.

"그래, 원한다면 계속 살펴볼게." 섕커가 재떨이를 무시하고 바닥에 재를 털면서 말했다. "이 일은 얼마짜리지, 번슨?"

그들은 섕커의 사례금을 놓고 협상을 시작했다. 분위기는 유쾌했지만 섕커가 사례 없이는 아무 일도 하지 않는다는 사실을 알았기에 근본적으로는 진지했다. 그러는 동안 로빈이 커피를 가져왔다. 빛을 정면으로 받으니 얼굴이 형편없었다.

"중요한 이메일들에 답을 보냈어요." 그녀가 왜 그러느냐고 묻는 듯한 그의 눈길을 못 본 체하며 말했다. "이제 나가서 플래티넘 일을 할게요."

섕커는 몹시 궁금해하는 표정을 지었지만, 아무도 설명해주지 않았다.

"괜찮아요?" 섕커가 옆에 있어서 스트라이크는 그렇게만 물었다.

"네, 괜찮아요." 로빈이 미소를 지으려 애쓰면서 말했다. "나중에 봐요."

"'플래티넘 일을' 한다고?" 바깥문이 닫히는 소리가 나자 섕커가 물었다.

"백금(platinum)과는 상관없는 일이야." 스트라이크가 말하고 나서 등받이에 기대 창밖을 내다보았다. 트렌치코트 차림의 로빈이 건물 밖으로 나가서 덴마크 스트리트 저편으로 사라졌다. 비니 모자를 쓴 덩치 큰 남자가 맞은편 기타 가게에서 나와 같은 방향으로 갔지만, 마침 스트라이크는 섕커의 말에 고개를 돌린 상태였다.

"누가 너한테 빌어먹을 다리를 보냈다며, 번슨?"

"응." 스트라이크가 말했다. "다리를 잘라서 상자에 넣어 직접 배달했어."

"좆같은 일이네." 섕커가 말했다. 그는 충격받는 일이 드물었다.

오늘 전한 정보와 또 휘태커에 대한 더 세밀한 정보를 약속한 대가로 섕커가 돈뭉치를 들고 떠난 뒤 스트라이크는 로빈에게 전화했다. 그녀는 전화를 받지 않았지만, 지금 통화하기 어려운 곳에 있다면 이상한 일은 아니었다. 그는 문자를 보냈다.

나랑 만날 수 있는 곳에 가서 연락 줘요

그런 뒤 자기 몫의 메일 작업과 청구서 처리를 하러, 그녀가 비우고 간 의자에 앉았다.

하지만 기차 침대칸에서 두 번째 밤을 보냈더니 집중하기가 어려웠다. 5분 후에 휴대전화를 확인했으나 로빈에게서는 답이 오지 않았다. 그는 차를 한 잔 더 만들려고 일어섰다. 머그잔을 입술에 가져가는데, 섕커와 작별 인사를 할 때 악수하며 옮아 온 대마초 냄새가 희미하게 풍겼다.

생커는 본래 캐닝 타운 출신이지만, 20년 전 화이트채플에 사는 친척이 라이벌 갱단과 분쟁에 휘말렸다. 생커는 기꺼이 친척을 도와주러 갔으나 입에서 뺨까지 상처를 깊게 입고 피를 철철 흘리며 풀본 스트리트의 배수로에 홀로 처박히고 말았다. 그 흉터가 지금까지도 보기 흉하게 남았다. 그런 그를, 저녁 늦게 리즐라*를 사 갖고 돌아오던 레다 스트라이크가 발견했다.

아들 또래의 소년이 피를 흘리며 배수로에 처박혀 있는 모습을 본 레다는 그냥 지나칠 수 없었다. 그 소년이 손에 피 묻은 칼을 들고, 욕을 퍼붓는 데다, 틀림없이 약에 취해 있다는 것도 중요하지 않았다. 생커는 여덟 살 때 어머니가 돌아가신 이후 처음으로 누군가 자신을 씻겨주며 말을 걸고 있는 걸 느꼈다. 경찰이 올까 봐 걱정돼서(생커는 그를 공격한 사람의 넓적다리를 칼로 찔렀다) 그가 구급차를 부르지 못하게 하자, 레다는 할 수 있는 유일한 방법을 택했다. 그를 그들의 무단 점거지로 데려와 직접 돌보았다. 반창고를 잘라 깊은 상처에 바늘땀처럼 서투르게 붙였고, 담뱃재가 잔뜩 들어간 엉망진창인 요리를 해주었으며, 어리둥절해하는 아들에게 생커를 재울 매트리스를 구해 오라고 했다.

레다는 처음부터 생커를 잃어버렸던 조카처럼 돌보았고, 그 대가로 생커는 사랑하는 어머니를 잃은 상처 입은 소년만이 보일 수 있는 애정을 바쳤다. 상처가 나은 뒤에는 오고 싶으면 언제든지 들르라는 그녀의 진심 어린 초대를 이용했다. 생커는 그녀와 말할 때

* 말린 담배와 필터, 얇은 두루마리 종이를 따로 구입해 직접 말아 피우는 담배를 만들 때 필요한 두루마리 종이의 상표.

면 다른 어떤 사람과 말할 때와도 달랐고, 실제로 그는 아마도 레다의 결점을 찾을 수 없는 유일한 사람이었을 것이다. 그의 어머니에게 느낀 존경심이 아들에게까지 이어졌다. 두 소년은 어떤 점에서는 극과 극으로 달랐지만, 휘태커를 향해 조용하고도 강렬한 반감을 느낀다는 점에서 유대가 더욱 깊어졌다. 휘태커는 레다의 인생에 끼어든 이 새로운 요소를 맹렬하게 질투했으나, 스트라이크에게 하듯이 경멸 어린 태도를 취하지는 못했다.

스트라이크는 휘태커가 섕커에게서 자신이 겪은 결핍, 그러니까 자제력 결핍을 똑같이 보았을 것이라 확신했다. 휘태커도 알고 있었듯이, 10대 의붓아들은 당연히 그가 죽기를 바랐다. 하지만 어머니에게 고통을 주지 않으려고, 법을 존중하려고 그리고 자신의 앞날을 망칠 일은 하지 않겠다는 결심으로 스스로를 억눌렀다. 그러나 섕커는 그런 자제력이 없었고, 그가 이 분열된 가족과 함께 거주한 오랜 기간 동안에는 휘태커의 폭력 성향이 아슬아슬하게나마 억제되었다.

실제로 섕커가 그들의 무단 점거 숙소에 규칙적으로 드나들어준 덕택에 스트라이크는 안심하고 대학으로 떠날 수 있었다. 그는 섕커와 헤어질 때 마음속의 두려움을 차마 말로 옮기지 못했지만, 섕커는 이해했다.

“걱정 마, 번슨. 걱정 마.”

그래도 그가 늘 거기 있을 수는 없었다. 레다가 죽던 그날, 섕커는 정기적인 약물 관련 일로 출장을 떠나 있었다. 그 일이 있고 난 뒤로 스트라이크와 섕커가 만났을 때 섕커가 보인 슬픔과 자책과 눈물은 결코 잊을 수 없는 것이었다. 섕커가 켄티시 타운에서 볼리비아산

코카인을 더 나은 가격으로 흥정하는 동안, 레다 스트라이크는 아주 더러운 매트리스 위에서 천천히 굳어갔다. 부검 결과, 무단 점거지의 다른 주민이 그녀가 깊이 잠든 줄 알고 깨우려 했을 때는 숨이 멎은 지 족히 여섯 시간은 지난 뒤였다.

스트라이크와 마찬가지로 섕커도 처음부터 휘태커가 그녀를 죽였다고 믿었는데, 슬픔과 즉각 응징하려는 그의 욕구가 얼마나 대단했던지 섕커가 무슨 짓을 저지르기 전에 수감된 게 휘태커에게는 다행일 정도였다. 평생 헤로인에 손댄 적 없는 모성적인 여인에 대해 증언하려고 증인석에 섰을 때 섕커는 어리석게도 "저 개새끼가 그랬어!" 하고 소리치며 휘태커를 향해 가로대를 기어오르려 했고, 결국 인정사정없이 법정 밖으로 쫓겨났다.

오래전에 묻어둔, 다시 꺼내봐도 여전히 불쾌한 냄새가 가시지 않는 기억을 떨쳐내면서, 스트라이크는 뜨거운 차를 한 모금 마시고 다시 휴대전화를 확인했다. 로빈에게서는 여전히 소식이 없었다.

19

Workshop of the Telescopes*

그날 아침 두 번째로 비서를 본 순간 그는 그녀가 정상이 아니며 균형이 깨졌다는 것을 알아챘다. 런던정경대학 식당 개릭에 앉아 있는 그녀를 보라. 오늘은 예쁘지 않다. 눈은 충혈된 채 퉁퉁 부었고, 얼굴에는 핏기가 없다. 그가 옆에 가 앉아도 이 멍청한 년은 알아차리지 못할 것이다. 몇 테이블 떨어진 자리에서 노트북을 들여다보는 은색 머리 계집애에게 집중하느라 남자를 경계할 여력이 없었다. 아주 좋았다. 그녀는 곧 그를 알아차릴 것이다. 그의 모습은 그녀가 지상에서 마지막으로 본 광경이 될 것이다.

오늘은 꽃미남처럼 보이지 않아도 되었다. 그는 슬픔에 빠진 여자들에게는 결코 성적으로 접근하지 않았다. 도움이 필요할 때는 우연히 만난 친척 아저씨 같은 친구가 되었다. '남자가 다 그렇지는 않아. 그놈한테는 네가 과분했어. 내가 집까지 같이 가줄게. 아니, 태워다 줄게.' 자신이 페니스가 달린 남자라는 걸 잊게만 하면 여자들

* 〈망원경 작업장〉. 블루 오이스터 컬트, 〈망원경 작업장〉 앨범의 수록곡.

을 마음껏 요리할 수 있었다.

그는 복닥거리는 식당에 들어가 계산대에 몰래 숨어들어 커피를 사고서는 비서의 뒷모습을 볼 수 있는 구석 자리에 앉았다.

그녀의 약혼반지가 보이지 않았다. 흥미로웠다. 그녀가 양쪽 어깨에 번갈아 걸머지고 와서 책상 밑에 숨겨둔 여행 가방이 새롭게 보였다. 일링의 집이 아닌 다른 곳에서 자려는 걸까? 이번에는 인적 없는 거리, 가로등 없는 지름길, 쓸쓸한 지하도를 지나가게 되는 것인가?

그의 첫 번째 살인이 그랬다. 기회만 잡으면 나머지는 간단했다. 그는 그 장면을 슬라이드 쇼처럼 기억했다. 아주 짜릿하고 새로웠기 때문이다. 그것은 그가 살인을 예술로 연마하기 전, 그것 자체를 게임으로 즐기기 전의 일이었다.

그 여자는 검은 머리였고 뚱뚱했다. 같이 있던 친구는 막 고객의 차를 타고 떠났다. 차에 타고 있는 남자는 자신이 고른 여자만이 그날 밤 생존하리라는 사실을 알지 못했다.

그때까지 그는 칼을 주머니에 넣은 채 차를 몰고 거리를 돌아다녔다. 그러다 여자가 혼자, 완벽하게 혼자라는 게 확실해지자 다가가 차를 세우고 조수석 창밖으로 여자에게 말을 건넸다. 그걸 요청할 때는 입이 바짝 말랐다. 여자는 그가 제시한 가격에 동의하고, 차에 탔다. 그들은 가로등이나 행인 때문에 방해받지 않을 막다른 골목까지 갔다.

요청한 일을 끝내고, 여자가 매무새를 다듬으려 할 때 그는 바지 지퍼도 올리지 않은 채로 주먹을 날려 여자를 차 문으로 밀치고서 그녀의 머리를 창문에 쾅쾅 찧어댔다. 여자가 찍소리 할 겨를도 없이 그는 칼을 꺼냈다.

칼이 살에 박히는 소리, 그의 손에 쏟아지는 뜨끈한 피. 여자는 비명도 지르지 못한 채 헉하고 숨을 쉬고 신음하며 좌석에 주저앉았고, 그는 칼로 계속 찔러댔다. 그는 여자의 목에서 금 펜던트를 잡아뜯었다. 그때는 궁극의 트로피—그러니까 여자의 일부—를 취하는 건 생각도 못 했고, 그 대신 옆자리에서 단말마의 고통으로 경련하는 여자의 옷에 손을 닦았다. 그는 공포감과 고양감에 떨며 골목을 후진했고 시신을 태운 채 도시를 빠져나갔다. 제한속도를 엄수했으며, 몇 초마다 백미러를 보았다. 며칠 전에 보아둔 장소가 있었다. 인적 없는 시골 땅에 풀이 제멋대로 자란 배수로였다. 그가 여자를 도랑 안으로 굴려 넣자 철썩하고 얕은 물 위에 묵직한 게 떨어지는 소리가 났다.

그는 아직 그 펜던트를 간직했고, 다른 기념품도 몇 개 있었다. 그것들은 그의 보물이었다. 비서에게서는 무엇을 가져올까?

근처에서 중국인 소년이 태블릿으로 글을 읽고 있었다. 《행동 경제학》. 쓸데없는 심리학 나부랭이였다. '그'는 심리학자를 만난 적이 있었다, 강제 사항이었다.

"어머니 이야기를 해보세요."

작고, 머리가 벗겨진 남자가 문자 그대로 이렇게 말했다. 너무나 뻔해서 장난 같았다. 심리 상담가라는 이들은 똑똑한 사람이라고 한다. 그는 재미 삼아 따르는 척 그 머저리에게 어머니 이야기를 했다. 차갑고 이기적이고 엉망인 여자였다고. 그가 태어난 것을 불편하고 당혹스러워했으며, 그가 죽든 살든 아무런 상관도 하지 않을 거라고.

"아버지는요?"

"아버지는 없어요." 그가 말했다.

"본 적이 없다는 뜻인가요?"

침묵.

"누군지 모릅니까?"

침묵.

"아니면 그냥 싫어하는 건가요?"

그는 아무런 말도 하지 않았다. 따르는 척하는 게 지겨워졌다. 이런 수작에 넘어간다면 뇌가 없는 인간일 것이다. 하지만 그는, 다른 사람들은 뇌가 작동하지 않는다는 걸 오래전부터 알고 있었다.

어쨌건 그는 사실을 말했다. 아버지가 없다고. 그 역할을 수행한 사람—날마다 그를 두드려 팬 남자('엄격하지만 공정한 사람')—은 생물학적 아버지가 아니었다. 그가 가족에게서 겪은 것은 폭력과 거절뿐이었다. 동시에, 집은 그가 살아남는 법, 원하는 것을 얻는 법을 배운 곳이었다. 그는 늘, 식탁 밑에 웅크리고 있던 어린 시절에도 자신이 우월하다는 것을 알았다. 그렇다, 그 시절부터 그는 얼굴을 찡그리고 커다란 주먹을 휘두르며 덤벼들던 그 개자식보다 자신이 더 훌륭한 존재라는 것을 알고 있었다…….

비서가 일어섰다. 은색 머리 계집이 노트북을 케이스에 집어넣고서 식당을 나섰기 때문이다. 그는 단숨에 커피를 들이마시고 뒤를 따랐다.

그녀는 오늘 너무 쉬웠다, 정말이지 쉬웠다! 평소의 조심성을 다 버렸다. 은색 머리 계집에게도 제대로 신경 쓰지 못했다. 그는 두 여자와 같은 지하철 칸에 탔고, 비서를 등지고 섰지만 뉴질랜드 관광객들이 뻗은 팔 사이로 유리에 비친 그녀의 모습을 지켜보았다. 그녀가 지하철에서 내릴 때 뒤따라 사람들 사이로 숨어드는 일도 간단하기 짝이 없었다.

세 사람이 한 줄로 이동했다. 은색 머리 계집, 비서, 그가 나란히 계단을 올라 인도를 걷고, 이어 스피어민트 리노로 갔다……. 그는 이미 귀가가 늦었지만, 거기서 멈출 수는 없었다. 이전까지 비서는 해가 진 뒤로 밖에 머무는 일이 없었고, 그 여행 가방과 사라진 약혼반지는 지금이 거스를 수 없는 기회임을 말하고 있었다. '그것'에게 둘러댈 핑계만 만들면 되었다.

은색 머리 계집은 클럽 안으로 사라졌다. 비서는 걸음을 늦추고 보도 위에 어정쩡하게 멈추어 섰다. 그는 휴대전화를 꺼내 들고 어두운 문간에 숨어들면서 그녀를 관찰했다.

20

I never realized she was so undone.
Blue Öyster Cult, 'Debbie Denise'
Lyrics by Patti Smith*

로빈은 해 진 뒤로는 밖을 돌아다니지 않겠다고 했던 스트라이크와의 약속을 잊었다. 사실 해가 졌다는 것도 자동차 전조등이 옆을 스쳐 지나가고 상점 진열창에 불이 켜지는 걸 보고야 알았다. 플래티넘은 오늘 일정을 바꾸었다. 평소 같으면 이 시간에 청바지와 하이힐 부츠, 술 달린 스웨이드 재킷 차림으로 거리를 걷는 대신 벌써 몇 시간째 스피어민트 리노 클럽에서 모르는 남자들을 위해 반라로 빙빙 돌고 있었을 것이다. 아마도 근무시간을 바꾼 듯했지만, 어쨌든 지금부터는 안전하게 봉 춤을 출 것이다. 이제 남은 문제는 로빈이 어디서 밤을 보내느냐는 것이었다.

그녀의 휴대전화는 하루 종일 코트 주머니 속에서 진동했다. 매튜는 문자를 서른 통도 넘게 보냈다.

우리 이야기 좀 하자.

* '그녀가 그렇게 바보 같은 줄 나는 몰랐네.', 블루 오이스터 컬트, 〈데비 데니즈〉. 패티 스미스 작사.

전화해줘, 제발

로빈, 대화를 안 하면 문제를 해결할 수 없어.

하루가 저물어가는데도 그녀가 침묵을 깨지 않자, 그는 전화를 걸어오기 시작했다. 그러더니 문자의 어조가 달라졌다.

로빈, 내가 널 사랑하는 건 너도 잘 알잖아.
그 일은 죽도록 후회해. 과거를 바꿀 수 있다면 바꿨을 거야.
내가 사랑하는 건 너야, 로빈. 과거에도 현재에도 미래에도.

그녀는 답하지 않았고, 전화를 받지 않았고, 전화를 걸지도 않았다. 그녀가 아는 것이라곤 그저 그날 밤 그 집에 돌아갈 수 없다는 것뿐이었다. 내일이나 모레는 어떻게 될지 몰랐다. 그녀는 배가 고팠고, 지칠 대로 지쳤고 감각도 없었다.

오후가 다 갈 무렵에는 스트라이크도 매튜 못지않게 연락해왔다.

어디예요? 제발 전화 바람.

그녀는 문자로 답했다. 스트라이크와 이야기할 자신이 없었다.

통화는 힘들어요. 플래티넘이 아직 클럽에 안 갔어요.

그녀와 스트라이크는 항상 정서적 거리를 유지하는 사이였는데, 그의 친절과 맞닥뜨리면 눈물이 터질 것만 같았고, 조수로서 그가 마뜩잖아 할 약한 모습을 보이게 될까 봐 두려웠다. 거기에다 남은 사건이 별로 없고, 이 뇌리를 떠나지 않는 다리를 보낸 남자도 조심해야 하는 상황이므로 스트라이크의 입에서 집에서 쉬란 말이 나오도록 빌미를 주어선 안 됐다.

그는 답장에 만족하지 않았다.

빨리 전화 바람.

스트라이크가 이 문자를 보냈을 때 그녀는 지하철 가까이에 있어서 수신이 안 좋았고, 이후 플래티넘을 따라 지하철을 타고서 토트넘코트 로드 역으로 돌아오는 동안에는 수신이 아예 되지 않았다는 이유로 이 문자를 모른 척했다. 지하철역에서 나오며 보니 스트라이크가 또 한 차례 전화를 했고, 매튜 역시 새 문자를 보냈다.

오늘 밤 집에 오는지 알려줘. 걱정돼죽겠어. 네가 살아 있는지만이라도 알려줘. 더 안 바랄게.

"착각하지 마." 로빈이 중얼거렸다. "내가 너 때문에 자살이라도 할 줄 알고?"

이상할 만큼 익숙한 올챙이배의 남자가 양복 차림으로 스피어민트 리노의 덮개 지붕 조명이 비추는 로빈을 지나쳐 갔다. 의심남이었다. 로빈은 그가 자기만족에 빠져 자신에게 능글맞은 웃음을 날릴지 궁금했다.

그는 여자 친구가 다른 남자들 앞에서 춤추는 모습을 보러 들어

가려는 걸까? 자신의 성생활이 기록으로 남는 데 흥분을 느끼는 건가? 이 사람은 도대체 어떤 종류의 괴짜인 걸까?

로빈은 돌아섰다. 오늘 밤을 어떻게 보낼지 결정해야 했다. 100미터쯤 떨어진 어두운 출입구에서 비니 모자를 쓴 덩치 큰 남자가 휴대전화에 대고 입씨름하는 모습이 보였다.

플래티넘이 없어서 로빈도 할 일이 없었다. 어디에서 잘 것인가? 그녀가 어정쩡하게 서 있는데, 몇몇 청년이 일부러 바짝 다가와 지나갔고 그중 한 명이 여행 가방을 툭 건드렸다. 링크스* 냄새와 맥주 냄새가 났다.

"거기 의상이 들어 있는 거지, 자기?"

그녀는 자신이 랩댄싱 클럽 앞에 서 있다는 사실을 깨달았다. 자기도 모르게 스트라이크의 사무실 방향으로 돌아서는데 전화가 울렸다. 그녀는 무심결에 전화를 받았다.

"도대체 어디 있던 겁니까?" 스트라이크의 성난 목소리가 그녀의 귀에 꽂혔다.

매튜가 아니라서 다행이라고 생각할 겨를도 없이 그가 말했다.

"하루 종일 전화를 얼마나 했는지 알아요? 지금 어디예요?"

"토트넘코트 로드요." 그녀가 여전히 놀려대는 남자들에게서 빠른 속도로 벗어나며 말했다. "플래티넘이 이제 막 들어갔어요. 그리고 의심—"

"내가 어두워지기 전에 집에 들어가라고 하지 않았나요?"

"여기는 밝아요." 로빈이 말했다.

* 데오드란트 브랜드.

그녀는 근처에 트래블로지 호텔이 있는지 기억해보려 했다. 깨끗하고 저렴한 곳이 필요했다. 무엇보다 저렴해야 했다. 그녀는 매튜와 공동 계좌를 썼는데, 이제는 넣은 금액보다 더 쓰지 않기로 결심했기 때문이다.

"괜찮아요?" 스트라이크가 덜 공격적으로 물었다.

로빈은 울컥 목이 메었다.

"괜찮아요." 그녀가 최대한 힘을 주어 말했다. 자신은 전문가다워야 했다. 스트라이크가 원하는 사람이 되어야 했다.

"나 아직 사무실이에요." 그가 말했다. "토트넘코트 로드라고 했죠?" 그가 말했다.

"그만 끊어야겠어요, 죄송해요." 곤란해진 로빈이 긴장된 목소리로 말하곤 전화를 끊어버렸다.

울음이 터질 것 같아서 전화를 끊지 않을 수 없었다. 스트라이크가 바로 만나러 오겠다고 할 것 같았고, 그를 만나면 모든 걸 이야기하게 될 텐데, 그런 일은 할 수 없었다.

갑자기 얼굴 위로 눈물이 주룩 흘러내렸다. 이제 그녀에게는 아무도 없었다. 하! 그녀는 마침내 인정했다. 주말에 함께 식사한 사람들, 럭비 경기장에 같이 간 사람들 모두가 매튜의 친구, 매튜의 동료, 매튜의 오래된 대학 친구였다. 그녀 자신에게는 스트라이크 말곤 아무도 없었다.

"아, 이런." 그녀는 코트 소매로 눈과 코를 닦으며 말했다.

"아가씨 괜찮아?" 출입구에서 이가 다 빠진 떠돌이가 물었다.

로빈은 바의 직원들이 자신을 안다는 것, 여자 화장실이 익숙하다는 것, 그리고 매튜가 와본 적 없는 곳이라는 점을 제외하면 자신이 왜 토트넘 펍에 왔는지 알 수 없었다. 그녀는 조용한 구석 자리에서 저렴한 숙소를 찾고 싶을 뿐이었다. 그리고 그녀답지 않게 술도 마시고 싶었다. 화장실에서 얼굴에 찬물을 끼얹은 뒤, 그녀는 레드 와인을 한 잔 사서 테이블로 가 다시 휴대전화를 꺼냈다. 또 스트라이크의 전화가 와 있었다.

바의 남자들이 자신을 보고 있었다. 로빈은 눈물에 젖은 채 옆에 여행 가방을 둔 자신의 모습이 어떻게 보일지 알았다. 하지만 그건 그녀가 어떻게 할 수 없는 일이었다. 그녀는 휴대전화에 '**토트넘코트로드 근처 트래블로지**'라고 입력하고서 느린 응답을 기다리며, 사실상 거의 빈속에 레드 와인을 조금 빨리 흘려 넘겼다. 아침도 안 먹고, 점심도 걸렀다. 플래티넘이 공부하던 학생 식당에서 포테이토칩 한 봉지와 사과 하나를 먹은 것이 전부였다.

하이 홀번에 트래블로지가 있었다. 거기면 될 것이다. 밤을 지낼 곳을 정하자 마음이 약간 편해졌다. 바에 있는 남자들의 눈길을 피하면서 그녀는 두 잔째 와인을 사러 갔다. 어쩌면 어머니에게 전화를 해야 할지도 모른다는 생각이 갑자기 들었지만, 그런 생각은 또 다시 눈물이 차오르는 느낌만 들게 했다. 그녀는 린다의 애정과 실망을 마주할 자신이 없었다, 아직은.

비니 모자를 쓴 덩치 큰 남자가 펍에 들어왔지만, 로빈은 자기가 아주 작은 빌미라도 보여 바에 앉아 있는 기대에 찬 남자들이 다가올까 봐 결연히 자신의 변화와 와인에만 주의를 기울였다.

와인을 두 잔째 마시니 마음이 더 느긋해졌다. 여기, 바로 이 바에서 스트라이크가 엄청 취해 걷지도 못했던 일이 떠올랐다. 그에게서 개인사를 들은 건 그날 밤이 유일했다. 아마도 그래서 자신이 여기에 끌렸을 거라고, 그녀는 고개를 들어 화려한 유리의 둥근 지붕을 올려다보며 생각했다. 이곳은 사랑하는 사람에게 배신당했을 때 술을 마시러 오는 곳이었다.

"혼자신가요?" 어떤 남자의 목소리가 들렸다.

"일행을 기다리고 있어요." 그녀가 말했다.

고개를 들어보니 어떤 남자의 모습이 조금 흐릿하게 보였다. 뻣뻣한 금발에 빛바랜 파란색 눈동자를 가진 남자였는데, 그녀의 말을 믿지 않는 게 분명했다.

"같이 기다리면 안 될까요?"

"안 돼, 꺼져." 다른 목소리, 익숙한 목소리가 들렸다.

스트라이크가 왔다. 거대한 덩치가 찡그리며 낯선 이를 노려보자, 그가 주뼛주뼛 친구들에게 돌아갔다.

"여기는 무슨 일이시죠?" 로빈이 물었다. 놀랍게도 와인 두 잔에 혀에 감각이 사라지고 말이 꼬였다.

"당신을 찾으러 왔어요." 스트라이크가 말했다.

"제가 여기 있는 건 어떻게—"

"난 탐정이에요. 몇 잔이나 마셨어요?" 그가 로빈의 술잔을 내려다보며 물었다.

"딱 한 잔요." 그녀의 거짓말에, 그는 바에 가서 와인 한 잔과 자신이 마실 둠바 맥주 한 잔을 주문했다. 그가 주문할 때 비니 모자를 쓴 덩치 큰 남자가 문밖으로 빠져나갔지만, 스트라이크는 금발 남자에게 더 신경 썼다. 그는 아직도 로빈을 눈여겨보고 있었고, 스트라이크가 술 두 잔을 들고서 테이블로 가 무거운 표정으로 맞은편에 앉았을 때에야 그녀를 포기하는 것 같았다.

"무슨 일이죠?"

"아무것도 아니에요."

"무슨 소리. 얼굴이 거의 죽어가는 꼴인데."

"뭐." 그녀가 와인을 길게 들이켜고서 말했다. "요즘 워낙 사기가 하늘을 찌를 것 같아서요."

스트라이크가 짧게 웃었다.

"그 여행 가방은 뭐죠?" 그러고는 그녀가 대답하지 않자 다시 물었다. "약혼반지는 어디 갔어요?"

그녀는 대답하려고 입을 열었지만 울음이 터져 나올 것 같아서 아무 말도 할 수 없었다. 잠시 마음을 다지고 와인을 또 한 모금 들이켠 뒤에 말했다.

"그게, 없었던 일이 됐으니까요."

"왜죠?"

"당신이 그러니까 신기하네요."

'난 취했어.' 그녀는 몸 밖에서 자신을 관찰하듯이 생각했다. '날 좀 봐. 겨우 와인 두 잔 반에 취했어. 먹지도 못하고 잠도 못 자서.'

"뭐가 신기하다는 거죠?" 스트라이크가 의아해져서 물었다.

"우리는 개인적인 일을 말하진 않잖아요……. 당신은 절대 개인적인 일을 얘기하지 않아요."

"바로 이 펍에서 내가 별소리를 다 한 적이 있는 것 같은데."

"딱 한 번요." 로빈이 말했다.

빰이 달아오르고 발음이 꼬이는 것으로 보아 스트라이크는 그녀가 지금 두 잔째가 아닐 거라고 생각했다. 신기하면서도 걱정된 그가 말했다.

"뭘 좀 먹어야 할 것 같군요."

"그게 제가 딱 당신한테 한 말이잖아요." 로빈이 말했다. "그날 밤…… 우리는 케밥을 먹었어요, 하지만 저는—" 그녀가 위엄 있게 말했다. "케밥이 싫어요."

"음." 스트라이크가 말했다. "여기는 런던이잖아요. 케밥 말고 다른 것도 있을 겁니다."

"포테이토칩이 좋아요." 로빈이 말하자, 스트라이크가 포테이토칩을 사 왔다.

"무슨 일인데요?" 그가 돌아와서 다시 물었다. 그녀가 포테이토칩 봉지를 뜯으려는 모습을 몇 초 동안 지켜보다가 직접 뜯어줬다.

"아무것도 아니에요. 오늘 밤 트래블로지에서 잘 거예요, 그게 다예요."

"트래블로지라."

"네, 근처에 하나 있어요……. 그러니까……."

그녀는 전원이 꺼진 휴대전화를 내려다보다가 어젯밤에 충전을 하지 않았다는 사실을 깨달았다.

"어디였는지 기억은 안 나지만." 그녀가 말했다. "신경 쓰지 마세요. 전 괜찮아요." 그러고는 코 풀 것을 찾아 여행 가방을 뒤졌다.

"그래요." 그가 무거운 목소리로 말했다. "얼굴을 보니 정말 안심이 되는군요."

"전 정말 괜찮아요." 그녀가 힘주어 말했다. "내일도 평소처럼 일할 거예요. 두고 보세요."

"내가 일 때문에 당신을 찾아왔다고 생각해요?"

"상냥하게 굴지 말아요!" 그녀는 신음하듯 말하고서 티슈에 얼굴을 묻었다. "참을 수 없어요. 평소처럼 행동하세요!"

"어떻게 하는 게 평소처럼 하는 거죠?" 그가 당황해서 물었다.

"퉁, 퉁명스럽고 말을 안 하고, 말을 안 하고—"

"내가 무슨 말을 하길 바라는 거예요?"

"특별한 건 없어요." 그녀는 거짓말했다. "그냥…… 어쨌건 공과 사를 구별해야죠."

"매튜하고 어떻게 된 건가요?"

"엘린하고는 어떻게 되고 있나요?" 그녀가 되물었다.

"그게 무슨 상관이죠?" 그가 어리둥절한 목소리로 물었다.

"똑같아요." 그녀가 모호하게 말하며 세 잔째 와인을 비웠다. "술을 한 잔 더—"

"이번에는 청량음료가 좋겠네요."

그녀는 그를 기다리는 동안 천장을 바라보았다. 연극 장면들이 그려져 있었다. 보텀과 티타니아가 요정들과 함께 뛰어노는 장면*이었다.

"엘린하고는 잘 지내고 있어요." 그가 돌아와 앉으며 말했다. 그녀의 문제가 뭔지 털어놓게 할 가장 쉬운 방법은 먼저 자기 이야기를 해주는 것이라 여겼다. "나하고 잘 맞아요, 조용히 만나는 게. 엘린은 딸이 있는데, 내가 딸과 가까워지는 걸 원하지 않아요. 이혼 과정이 복잡해서요."

"아." 로빈이 콜라 잔 위로 그를 바라보며 눈을 깜박였다. "두 분은 어떻게 만나셨나요?"

* 셰익스피어의 〈한여름 밤의 꿈〉 속 장면.

"닉과 일사를 통해서요."

"그 두 분은 그분을 어떻게 아셨는데요?"

"모르는 사이에요. 두 사람이 파티를 열었는데 그 파티에 엘린이 자기 오빠와 함께 왔어요. 오빠가 의사고, 닉과 같이 일하거든요. 그 전에는 닉하고 일사도 엘린을 만나본 적이 없었어요."

"아." 로빈이 다시 말했다.

그녀는 스트라이크의 사생활 이야기를 들으며 잠시 자기 문제를 잊었다. 아주 평범하고, 특별한 게 없었다! 파티가 있고, 파티에 참석하고, 금발 미인과 대화를 나눈다. 여자들은 스트라이크를 좋아했다. 지난 몇 달 동안 함께 일하면서 이 사실을 깨달았다. 처음 일하기 시작했을 때에는 그에게 무슨 매력이 있는 건지 이해되지 않았다. 그는 매튜와 너무도 달랐다.

"일사는 엘린을 좋아하나요?" 로빈이 물었다.

스트라이크는 로빈의 날카로운 질문에 놀랐다.

"아……. 네, 그럴 겁니다." 그는 거짓말로 대답했다.

로빈은 콜라를 홀짝였다.

"좋아요." 스트라이크가 겨우 조바심을 누르며 말했다. "이제 로빈 차례로군요."

"헤어졌어요." 그녀가 말했다.

그는 몸에 익은 심문 기법대로 침묵을 지켰고, 잠시 후 그 판단이 옳았음이 입증되었다.

"매튜가…… 무슨 이야기를 했어요." 그녀가 말했다. "어젯밤에."

스트라이크는 기다렸다.

"그런 일을 그냥 넘길 수는 없어요. 그렇게는 안 돼요."

그녀는 창백하고 침착했지만, 스트라이크는 그 말에 담긴 고통이 느껴질 지경이었다. 그래도 가만히 기다렸다.

"매튜가 다른 여자랑 잤어요." 그녀가 작고 긴장한 목소리로 이야기했다.

잠시 침묵이 이어졌다. 그녀는 포테이토칩 봉지를 들었다가 안이 빈 것을 보고 테이블에 떨어뜨렸다.

"제기랄." 스트라이크가 말했다.

그는 놀랐다. 매튜가 다른 여자와 잤다는 사실 때문이 아니라 그것을 인정했다는 사실 때문에. 그는 젊고 잘생긴 그 회계사가 자기 편의에 맞게 인생을 운용하는, 그러니까 필요하다면 각각의 영역을 완전히 분리해두는 사람이란 인상을 받았던 것이다.

"게다가 한 번도 아니었어요." 로빈이 계속 긴장한 목소리로 말했다. "몇 달 동안 그랬어요. 나도 아는 여자랑요. 세라 셰드록이라고, 매튜의 대학 친구예요."

"기가 막힌 일이군요." 그가 말했다. "이런 이야기를 듣게 되어 유감이에요."

그는 그녀가 당한 고통에 진정으로 안타까웠다. 그리고 그 이야기에 다른 어떤 감정들—그가 어리석고 위험하다고 여겨 꾹 눌러둔 감정들—이 깨어나서 고삐를 풀고 나가려 했다.

'바보 같은 생각 하지 마.' 그가 마음을 다졌다. '그건 절대 있을 수 없는 일이야. 모든 걸 망칠 거라고.'

"그 사람이 어쩌다 그 이야기를 했나요?" 스트라이크가 물었다.

그녀는 대답하지 않았지만, 질문을 들으니 그때의 장면이 끔찍하도록 선명하게 떠올랐다.

그들의 베이지색 거실은 성난 두 사람이 함께 있기에는 너무 좁았다. 그들은 요크셔에서 집까지, 매튜가 원하지 않는 랜드로버를 몰고 왔다. 오던 중 격분한 매튜는 스트라이크가 로빈에게 수작을 거는 건 시간문제라고, 또 로빈은 그런 상황을 반길 거라고 말했다.

"그 사람은 동료야, 그게 다라고!" 그녀가 싸구려 소파 옆에서 매튜에게 소리쳤다. 작은 여행 가방은 아직 현관에 놓인 채였다. "그 사람이 다리를 잃었기 때문에 내가 '끌린다'는 그 말도 안 되는 생각은—"

"정말 순진하시군!" 매튜가 소리쳤다. "침대로 유혹하기 전까지만 동료야, 로빈—"

"누굴 보고 그런 말을 하는 거야? 넌 지금 회사 동료한테 달려들 기회만 노리고 있는 거야?"

"빌어먹을. 당연히 난 아니지! 하지만 네가 그놈을 영웅 보듯 하잖아. 그놈은 남자고, 사무실에는 둘뿐이고—"

"그 사람은 내 '친구'야. 너하고 세라 셰드록도 '친구'지만 결코—"

그녀는 매튜의 표정을 보았다. 한 번도 본 적 없는 표정이 그림자처럼 그의 얼굴을 스치고 지나갔다. 그녀가 그토록 오랫동안 사랑한 높은 광대뼈와 날렵한 턱과 담갈색 눈 위로 죄책감이 미끄러졌다.

"잤어?" 그녀가 갑작스러운 의혹을 품고 물었다. "잤냐니까?"

그는 너무 오래 망설였다.

"아냐." 그가 힘주어 말했다. 멈췄던 필름이 다시 돌아가는 듯했다. "당연히 그런 일은—"

"잤구나." 그녀가 말했다. "세라하고 잤어."

그의 얼굴에 적혀 있었다. 그가 남녀 사이의 우정을 믿지 않았던 이유는 그에겐 그런 것이 없었기 때문이었다. 그와 세라는 함께 잔 사이였다.

"언제?" 그녀가 물었다. "설마…… '그때'였어?"

"아냐—"

그녀는 자신이 졌다는 걸 아는, 심지어 지고자 하는 남자의 힘없는 항변을 들었다. 그 사실이 하루 종일 그녀를 괴롭혔다. 어떤 면에서는, 그는 로빈에게 이 일에 대해 알리고 싶어 했다.

그녀가 분노하기보단 놀란 탓에 어리벙벙해져서 이상할 만큼 차분해지자, 그는 모든 것을 털어놓았다. 그래, '그때'였어. 나도 괴로웠어. 늘 괴로웠어. 하지만 그때 너는 나랑 잠자리를 갖지 않았고, 어느 날 세라가 나를 위로해줘서, 그러다 그만 통제력을 잃고—

"세라가 널 '위로'해줬다고?" 로빈이 되뇌었다. 마침내 놀라움과 당혹감에서 깨어나 분노가 찾아왔다. "세라가 '널' 위로해줬다고?"

"나한테도 힘든 시기였어, 너도 알잖아!" 그가 소리쳤다.

로빈이 스트라이크 앞에서 자기도 모르게 고개를 저었다. 다 지워내려고 했지만, 그 일을 떠올리자 얼굴이 다시 붉어지고 눈물이 차올랐다.

"뭐라고 그러셨어요?" 그녀가 당황해서 스트라이크에게 물었다.

"매튜가 어쩌다가 그 이야기를 털어놓았느냐고 물었습니다."

"몰라요. 싸우다가 그랬어요. 매튜가……." 그녀는 숨을 깊게 들이쉬었다. 빈속에 와인을 3분의 2병이나 비웠으니 매튜처럼 솔직해지는 것 같았다. "매튜는 당신과 내가 친구 사이라는 걸 믿지 않아요."

스트라이크에게는 별로 놀랍지 않은 말이었다. 그를 보는 매튜의 시선에는 의심이 가득했고, 그가 스트라이크에게 던진 몇 마디 말도 불안으로 흔들렸다.

"그래서." 로빈이 동요하며 말을 이었다. "제가 우리'는' 친구 사이일 뿐이라고 했어요. 네 오랜 친구 세라 셰드록도 여자지만 친구일 뿐이지 않느냐고 했죠. 그러다가 이야기가 나온 거예요. 매튜와 세라는 대학 시절에 제가…… 집에 가 있을 때 바람을 피웠어요."

"아주 옛날 일이군요?" 스트라이크가 말했다.

"7년 전 일이면 덮어둬야 하는 건가요?" 그녀가 따졌다. "매튜는 그 사실에 대해 줄곧 거짓말을 해왔고, 그 뒤로도 우리는 세라와 계속 만났는데도요?"

"내가 놀란 건." 그가 한 발짝 물러나 차분히 말했다. "그가 이제 와서 그 일을 털어놓았다는 겁니다."

"아." 로빈이 말했다. "매튜는 부끄러워했어요. 그 일이 일어난 시기 때문에."

"대학 시절요?" 스트라이크가 어리둥절해하며 물었다.

"제가 대학을 자퇴한 직후였어요." 로빈이 말했다.

"아." 스트라이크가 말했다.

그들은 지금껏 그녀가 왜 심리학과를 중퇴하고 매셤으로 돌아갔는지에 대해 얘기해본 적이 없었다.

로빈은 스트라이크에게 그 이야기를 할 생각이 없었다. 하지만 오늘 밤, 그런 결심은 허기와 피로 속에서 알코올의 작은 바다에 두둥실 떠 있었다. 그에게 말하는 게 뭐 그리 대수인가? 그 이야기를 하지 않으면 그는 아무런 맥락도 모를 것이고, 그녀에게 무엇을 하면 좋을지 조언도 해주지 못할 것이다. 그녀는 그를 의지하는 게 자신에게 도움이 된다는 것을 어렴풋이 깨달았다. 그녀가 좋건 싫건—

또 '그'가 좋아하건 싫어하건—스트라이크는 그녀에게 런던에서 가장 친한 친구였다. 지금까지는 이 사실을 직시한 적이 없었다. 그러나 알코올은 용기를 주고, 또 눈을 씻겨주었다. 인 비노 베리타스(*In vino veritas*)*라고 하지 않는가? 스트라이크도 이 말의 의미를 알 것이다. 그는 가끔 라틴어 구절을 읊는 이상한 버릇이 있었다.

"대학을 그만둔 건 제 '뜻'이 아니었어요." 로빈이 천천히 말했다. 머릿속이 어지러웠다. "하지만 무슨 일이 있었고, 그 뒤로 저한테 문제가 생겼어요……."

소용없었다, 설명이 되지 않았다.

"친구 기숙사에서 제 기숙사로 돌아가던 길이었어요." 로빈이 이야기했다. "그렇게 늦은 시간도 아니었어요……. 겨우 8시 정도였어요……. 하지만 지역 뉴스에서 그 사람을 주의하라는 경고를 했었는데—"

이 방법도 소용없었다. 너무 자세했다. 시시콜콜 밝히는 게 아니라 법정에서처럼 사실을 직설적으로 진술해야 했다.

로빈은 숨을 깊게 들이쉬고서 스트라이크의 얼굴을 바라봤다. 대강 짐작하는 표정이었다. 자세히 설명할 필요가 없었으므로 그녀가 부탁했다.

"포테이토칩 좀 더 가져다줄래요?"

그는 바에서 돌아와 말없이 포테이토칩을 건넸다. 그녀는 그의 표정이 마음에 들지 않았다.

"생각하려고 하지 마세요. 그래봤자 아무것도 달라지지 않는다고

* '술 속에 진실이 있다' '취중에 진실을 말한다'는 뜻.

요!" 그녀가 절박하게 말했다. "제 인생 가운데 20분이었을 뿐이에요. 그냥 사고죠. 제 의지가 들어간 일이 아니에요. 그 일로 제가 누군지 '규정'되지 않는다고요."

스트라이크가 보기에 이것은 로빈이 어떤 식으로든 자기를 다독이려고 끌어안은 구절이었다. 그는 이전에도 강간 피해자들을 만났다. 여자로서 이해할 수 없는 것을 이해해보려고 하는 말의 형태를 스트라이크는 알고 있었다. 이제야 로빈의 많은 부분이 이해가 되었다. 예를 들면 매튜에게 그렇게 오래 헌신한 것. 그는 고향 출신의 안전한 남자였다.

하지만 술에 취한 로빈은 스트라이크의 침묵에서 가장 두려운 것을 읽어냈다. 그가 그녀를 대등한 동료에서 피해자로 바라보게 되었다는 것.

"그건 전혀 중요하지 않아요!" 그녀가 맹렬하게 되뇌었다. "저는 변함없이 저예요!"

"맞아요." 그가 말했다. "하지만 그건 여전히 로빈에게 일어난 끔찍한 사건 가운데 하나예요."

"음, 맞아요……. 그래요……." 그녀가 누그러들어 중얼거렸다. 그러다 다시 불을 뿜었다. "제 증언으로 그놈을 잡았어요. 저는…… 당하는 동안 놈의 특징을 파악했어요. 귀 밑에 하얀 반점—백반이라고 하죠—이 있었고 한쪽 동공이 커진 채로 고정돼 있었어요."

포테이토칩을 세 봉지째 먹어대던 그녀가 이제 조금 수다스러워졌다.

"그놈이 저를 목 졸라 죽이려 했어요. 제가 늘어져서 죽은 척하자 놈은 달아났죠. 놈은 가면을 쓰고서 다른 여자 두 명을 공격했는데,

둘 다 경찰에게 그에 대해서 아무것도 말하지 못했어요. 제 증언으로 놈을 잡았어요."

"그건 놀랍지 않네요." 스트라이크가 말했다.

그녀는 이 대답이 만족스러웠다. 잠시 말없이 앉아 있는 동안 그녀는 포테이토칩을 마저 먹어치웠다.

"단지, 그 뒤로, 방 밖에 나가질 못했어요." 그녀는 언제 말이 없었냐는 듯이 말했다. "결국 학교가 절 집으로 돌려보냈죠. 처음에는 한 학기만 쉴 생각이었는데 전, 전 돌아가지 못했어요."

로빈은 허공을 바라보며 그 일에 대해 생각했다. 매튜는 그녀가 집에 머무르길 바랐다. 1년여 만에 광장공포증이 사라지자 그녀는 그의 대학이 있는 배스에 가서 그와 손을 맞잡고 부드러운 코츠월드석*으로 만든 주택들 사이를, 웅장한 리전시 크레센트**를, 나무들이 늘어선 에이번 강둑을 따라 걸었다. 그들이 매튜의 친구와 어울릴 때마다 세라 셰드록도 함께였는데 매튜의 농담에 자지러지고 그의 팔을 쓰다듬으면서, 고향에서 온 재미없는 여자 친구가 없는 동안 그들이 함께 즐겼던 좋은 시절로 대화를 이끌어갔다.

'세라가 나를 위로해줬어. 나한테도 힘든 시기였어!'

"그래요." 스트라이크가 말했다. "오늘 밤 당신이 지낼 곳을 알아봐야겠군요."

"트래블로지로 갈—"

"안 돼요. 그건 안 됩니다."

* 코츠월드 지역에서는 황색의 석회암으로 집을 짓는데 이 석회암을 코츠월드석이라고 한다.
** '리전시'는 조지 3세 시대에 그 장자(후의 조지 4세)가 섭정했던 1811~1820년까지의 기간을 가리키며, '크레센트'는 집이 죽 늘어서 있는 초승달 모양의 거리를 말한다.

익명의 사람들이 제지 없이 복도를 돌아다니고, 또 아무나 길을 가다 불쑥 들어올 수도 있는 곳에 그녀를 묵게 할 수는 없었다. 그가 과민한 걸 수도 있지만, 어쨌건 그녀의 비명이 여자들 파티의 소음에 묻히지 않을 곳을 찾아주고 싶었다.

"사무실에서 잘 수도 있어요." 로빈이 일어서려고 비틀거리며 말하자 그가 그녀의 팔을 잡았다. "그 간이침대가 아직—"

"사무실도 안 돼요." 그가 말했다. "좋은 곳을 한 군데 알아요. 외삼촌이랑 외숙모가 〈쥐덫〉이란 연극을 보러 왔을 때 묵은 곳이에요. 가방 이리 줘요."

전에도 로빈의 어깨에 팔을 두른 적이 있었지만 그때와 지금은 전혀 달랐다. 그때는 그녀가 그의 지팡이 노릇을 했다. 이번에는 겨우 일직선으로 걸을 수 있을 따름이었다. 그는 로빈의 허리를 더듬어 안정되게 받치고서 펍을 나섰다.

"매튜." 그들이 발걸음을 옮기자 그녀가 말했다. "매튜가 '싫어'할 텐데."

스트라이크는 아무 말도 하지 않았다. 그 모든 이야기를 들었지만, 그는 로빈과 달리 둘의 관계가 끝났다는 생각이 들지 않았다. 그들은 9년을 사귀었고, 매셤에는 웨딩드레스까지 준비되어 있었다. 그는 매튜에 대한 비판을 자제했다. 언젠가 둘이 다시 싸우게 될 때, 스트라이크가 매튜에 대해 한 말을 그녀가 매튜에게 할지도 몰랐다. 9년간 돈독해진 유대란 하룻밤에 끝날 것이 아니었다. 그는 자신이 아니라 로빈을 위해서 입을 다물었다. 매튜는 두렵지 않았다.

"그 남자는 누구였어요?" 말없이 100미터가량 걸었을 때 그녀가 졸린 목소리로 물었다.

"누구요?"

"오늘 아침에 온 남자요……. 저는 다리를 보낸 남자인 줄 알고 깜짝 놀랐어요."

"아…… 그 친구는 섕커예요. 내 오래된 친구죠."

"인상이 무섭던데요."

"섕커는 괜찮아요." 스트라이크가 장담했다. 그러고는 나중에 생각이 나서 덧붙여 말했다. "하지만 사무실에 혼자 둬서는 안 돼요."

"왜요?"

"손에 잡히는 건 다 집어 갈 테니까요. 섕커는 대가가 없으면 움직이지 않는 친구예요."

"언제 알게 된 친구예요?"

섕커와 레다의 이야기를 하다 보니 프리스 스트리트가 나왔다. 고요한 연립주택들이 위엄과 질서 속에 그들을 내려다보고 있었다.

"여기요?" 로빈이 입을 벌린 채 해즐릿츠 호텔을 올려다봤다. "안 돼요. 여기는 너무 비싸요!"

"내가 냅니다." 스트라이크가 말했다. "올해의 보너스라고 생각해요. 따지지 말고." 그가 덧붙이는데, 문이 열리면서 미소 띤 청년이 뒤로 물러서서는 그들을 안으로 들였다. "내 잘못 때문에 당신이 안전한 곳에서 지내야 하잖아요."

나무 패널을 두른 로비는 아늑하고 마치 가정집 같은 분위기가 났다. 출입문은 하나뿐이었으며, 밖에서는 열 수 없었다.

스트라이크는 청년에게 신용카드를 주고서 비틀거리는 로빈을 계단 발치로 데리고 갔다.

"내일 오전은 쉬어도 돼요. 쉬고 싶다면—"

"9시까지 나갈게요." 그녀가 입을 뗐다. "코모란, 정말로 고마, 고마—"

"됐어요. 잘 자요."

해즐릿츠의 문을 뒤로하고 나오니 고요한 프리스 스트리트가 그를 맞았다. 그는 두 손을 주머니에 푹 찔러 넣고 생각에 잠겨 길을 걸었다.

로빈이 강간당하고 죽임을 당할 뻔했다니. 기가 막혔다.

그녀는 8일 전에 어떤 개자식한테서 잘린 여자 다리를 받았는데도 과거 이야기는 한 마디도 하지 않았고, 또 특별히 휴가를 허락해 달라고 청하지도 않았으며, 어느 모로 보나 매일 일터에서 발휘하던 전문가의 모습에서 벗어나지 않았다. 그는 그녀의 과거도 알지 못하고서 좋은 호신 경보기를 가지고 다니게 했고, 해가 진 뒤에는 돌아다니지 말라고 했으며, 또 일과 중에 규칙적으로 그녀와 연락했다…….

스트라이크가 자신이 덴마크 스트리트 쪽이 아니라 반대 방향으로 걷고 있다는 걸 깨달은 순간, 20미터쯤 앞 소호 광장 구석에 숨어 있는 비니 모자를 쓴 남자를 보았다. 빨간 담뱃불이 휙 사라지더니 남자가 돌아서서 빠른 속도로 자리를 떠났다.

"이봐요!"

스트라이크가 걸음을 빨리했고 그의 목소리가 고요한 광장에 울려 퍼졌다. 하지만 비니 모자의 남자는 돌아보지 않았으며, 오히려 달리기 시작했다.

"어이! 이봐!"

스트라이크도 달리기 시작했다. 한 걸음 한 걸음을 디딜 때마다 무릎에 강렬한 통증이 일었다. 달아나던 남자가 뒤를 힐끔 돌아보더니 급하게 왼쪽으로 꺾어 들어갔고, 스트라이크도 전속력으로 뒤를 쫓았다. 칼라일 스트리트에 들어서자 스트라이크는 눈살을 찌푸리고서 그가 투칸 펍 앞에 모여 선 사람들 사이로 섞여들었는지를 살폈다. 헐떡거리며 술꾼들 앞을 지나 딘 스트리트와의 교차로에 이르자 제자리를 돌며 남자를 찾았다. 왼쪽, 오른쪽, 아니면 칼라일 스트리트를 따라 직진하는 것 가운데 하나를 선택해야 했고, 어느 길이든 비니 모자의 남자가 숨을 만한 출입구나 지하가 많았다. 그가 지나가는 택시를 잡았을 것 같지는 않았다.

"젠장." 스트라이크가 중얼거렸다. 의족과 닿는 부분이 아팠다. 스트라이크가 아는 사실은 그의 키와 덩치가 크다는 점, 검은 코트와 모자 차림이라는 점, 그리고 자신이 불렀을 때—그냥 시간을 묻거나 불을 빌리거나 길을 묻는 것일 수도 있었는데—달아났다는 의심스러운 점뿐이었다.

그는 선택을 내렸고, 오른쪽으로 방향을 꺾어 딘 스트리트로 걸어갔다. 양방향에서 차들이 쌩 소리를 내며 그를 지나쳤다. 스트라이크는 한 시간 가까이 일대를 배회하며 어두운 출입구와 움푹 팬 지하실을 살폈다. 바보짓이라는 걸 알았지만, 혹시, 정말로 혹시 다리를 보낸 자가 미행하는 거였다면, 그렇게 무모한 사람은 스트라이크가 어설프게 추적한다고 해서 로빈 곁을 떠나지는 않을 것이다.

스트라이크가 대개의 사람들보다 더 가까이 다가가자 침낭에서 잠을 자던 노숙자들이 그를 노려보았다. 그는 두 차례나 쓰레기통 뒤의 고양이들을 놀라게 했지만, 비니 모자를 쓴 남자는 어디에도 보이지 않았다.

21

...the damn call came,
And I knew what I knew and didn't want to know.
Blue Öyster Cult, 'Live for Me'*

다음 날 잠에서 깨어난 로빈은 머리가 지끈거리고 명치께가 답답했다. 하얗고 천이 사각거리는 낯선 베개를 베고서 몸을 뒤척이는데, 어젯밤 일들이 그녀에게 밀려들었다. 그녀는 고개를 흔들어 얼굴에 붙은 머리카락을 떼고는 일어나 앉아 주변을 둘러보았다. 브로케이드 커튼 틈새로 밝은 빛이 한 줄기 비쳐들자 나무 침대의 네 귀퉁이에 자리한, 조각이 새겨진 기둥 사이로 방 안의 희미한 윤곽이 보였다. 금빛이 섞인 어둠에 눈이 익숙해지자 로빈은 금색 액자에 담긴, 머튼촙 구레나룻**을 기른 뚱뚱한 신사의 초상화를 볼 수 있었다. 이곳은 도시에서 사치스러운 휴가를 즐기고 싶은 사람이 찾는 호텔이지, 여행 가방에 옷가지 몇 개만 급하게 챙겨 나온 사람이 숙취를 푸는 곳은 아니었다.

스트라이크가 그녀를 이 우아하고 고풍스러운 고급 호텔에 재운 이유가 오늘 중요한 대화를 하기 위해 선수를 친 거라면? '지금 당

* '그 빌어먹을 전화가 왔고,/난 알고 싶지 않은 것을 알게 되었어.', 블루 오이스터 컬트, 〈날 위해 살아줘〉.
** 귀 근처에서는 좁았다가 턱 근처에서 넓고 둥글어지는 양 갈비 고기(muttonchop) 모양의 수염.

신은 정서적으로 불안한 상태예요……. 일을 좀 쉬는 게 좋을 것 같아요.'

싸구려 와인을 3분의 2병 넘게 마시고 그에게 모든 것을 털어놓았다. 로빈은 나지막하게 신음하며 베개에 쓰러져서 두 팔로 얼굴을 감싸고는, 약하고 비참해질 때마다 되살아나는 기억에 굴복해버렸다.

강간범은 고무로 만든 고릴라 마스크를 썼다. 놈은 체중을 실은 한쪽 팔로 그녀를 제압해 목을 찍어 누른 채로 강간하면서 너는 죽을 거라고, 목을 졸라 죽여버릴 거라고 말했다. 로빈의 뇌는 극심한 공포의 비명을 지르는 텅 빈 새빨간 구멍이었고, 놈의 두 손은 올가미처럼 로빈의 목을 졸라댔다. 그녀의 생존은 죽은 척할 수 있느냐에 달려 있었다.

그 뒤로 로빈은 사실 자긴 그때 죽었다는, 자기 몸이 아니라는 느낌에 며칠, 아니 몇 주간 시달렸다. 스스로를 보호하는 유일한 방법은 육체와 자신이 연결된 것임을 부인하며 분리하는 것뿐이었다. 그녀는 오랜 시간이 지나서야 다시 자기 몸의 주인이 될 수 있었다.

남자는 법정에서 부드러운 목소리로 온순하게 "맞습니다, 재판장님" "아닙니다, 재판장님"이라고 말했다. 그는 별 특징 없는 중년의 백인 남성으로, 귀 밑의 하얀 부분만 빼면 얼굴 전체가 불그죽죽했다. 그는 마스크의 눈구멍으로 간신히 보이던, 옅고 빛이 바랜 눈을 지나치게 자주 깜박였다.

그가 저지른 일 때문에 로빈은 인생의 전망이 산산이 부서졌고, 학업도 중단하고서 매셤으로 돌아가야 했다. 고문 같은 법정 소송도 치렀는데, 대질심문은 애초의 폭행만큼이나 거대한 트라우마를 안겨주었다. 로빈이 먼저 섹스를 하자며 계단통으로 꾀었다고 남자가 항변했기 때문이다. 그의 장갑 낀 손이 어두운 곳에서 뻗어 나와 로빈을 계단 뒤로 끌고 가서는 입을 막은 뒤로 그녀는 몇 달이 지나도록 어떤 신체적 접촉도, 심지어 가족이 부드럽게 껴안는 포옹조차 견디지 못했다. 그녀의 첫사랑이자 유일하게 성적인 관계를 맺은 매튜와도 틀어져서 두 사람은 두려움과 죄책감을 안고 한 걸음 한 걸음 힘겨운 새 출발을 해야 했다.

로빈은 강제로 기억을 지워버리려는 듯 두 팔을 눈에 대고 꾹 눌렀다. 물론 이제 그녀는 그 시절의 매튜가 어땠는지 알게 되었다. 사심이 없는 너그러움과 이해심의 귀감이라고 생각했으나, 사실 그는 로빈이 매셤의 침대에 외로이 누워 몇 시간씩 멍하니 데스티니스 차일드만 바라보는 동안 배스의 기숙사에서 벌거벗은 세라와 뒹굴었다. 로빈은 호화롭고 조용한 해즐릿츠 호텔에 홀로 있으면서, 만약 자신이 행복하고 상처 입지 않았더라면 매튜가 자기를 버리고 세라에게 갔을까, 그녀가 학위를 마쳤더라면 매튜는 자연스럽게 멀어졌을까 하는 의문을 처음으로 가져보았다.

그녀는 팔을 내리고 눈을 떴다. 오늘은 눈물이 말랐다. 더 이상 흘릴 눈물이 없는 것 같았다. 더 이상 매튜의 고백이 안겨준 고통으로 괴롭지 않았다. 고통은 둔탁해졌고, 그보다 자신이 사무실에 피해를 끼쳤을지도 모른다는 더 절박한 공포가 그녀를 두렵게 했다. 어쩌자고 바보같이 스트라이크에게 자기 이야기를 한 걸까? 솔직해질 때 어떤 일이 벌어지는지 잘 알고 있지 않은가?

강간을 당하고 1년 뒤, 그러니까 광장공포증을 극복하고 체중이 거의 정상으로 돌아왔을 때, 다시 세상에 나가 잃어버린 시간을 벌

충하고 싶어졌을 때, 로빈은 범죄 수사와 관련된 일에 희미한 관심을 표현했다. 학위가 없고 최근에는 자신감도 박살 났기 때문에 수사관 같은 게 되고 싶다는 진정한 목소리를 내지는 않았다. 그건 다행이었다. 경찰 일과 손 닿는 일쯤을 경험해보고 싶다고 망설이며 말했을 뿐인데도 그녀가 아는 이들 모두가 말리려 했기 때문이다. 누구보다 이해심 많은 어머니조차 마찬가지였다. 그들은 로빈이 그런 생각을 하는 건 아직 마음의 병이 다 낫지 않았고, 그 일을 떨치지 못했기 때문이라고 보았다.

그건 사실이 아니었다. 그 소망은 강간당하기 오래전부터 품었던 것이다. 로빈은 여덟 살 때 오빠와 남동생에게 도둑 잡는 사람이 되겠다고 말했다가 엄청난 비웃음을 산 적이 있었다. 그녀가 여자고, 그들의 누이였기 때문이다. 로빈은 그들이 자기 능력을 판단해서가 아니라 남자 대학생들이 보이는 반사작용의 일종으로 반응했길 바랐지만, 어쨌건 그 후로는 시끄럽고 고집 센 남자 형제 세 명에게 수사 일에 관심 있다고 말하기가 조심스러워졌다. 심리학과를 선택한 것도 범죄 수사 프로파일링을 지망해서란 사실 역시 아무에게도 말하지 않았다.

그 목표는 강간범 때문에 좌절되었다. 그것은 그가 그녀에게서 빼앗아 간 것 중 하나였다. 극심한 고통에서 벗어나던 시기, 주변 사람들 모두 그녀가 다시 허물어지길 기다리는 듯 보이던 시기에는 그런 야심을 내세우기가 힘들었다. 무력감 때문에, 그리고 힘들었던 시절에 자신을 돌보고 사랑해준 가족에 대한 의무감 때문에 그녀는 평생의 야심을 내려놓았고 이에 모두가 만족했다.

그런데 임시직 소개소에서 그만 실수로 그녀를 탐정 사무소에 보낸 것이다. 그녀는 본래 일주일 동안 일할 예정이었지만, 아직도 떠나지 않았다. 기적 같았다. 행운도 따르긴 했지만, 그녀는 재능과 끈기로써 곤경에 처한 스트라이크에게 가치 있는 존재가 되었고, 마침내는 정체불명의 사람에게 쓰고 버리는 물건처럼 변태적 쾌락의 도구로 소비된 다음 폭행당하고 목이 졸리는 사건이 일어나기 전 품었던 꿈에 다가가게 되었다.

왜, '도대체 왜' 그 일을 스트라이크에게 말했을까? 그는 로빈이 과거를 털어놓기 전부터 그녀를 걱정해왔다. 그런데 이제는? 그녀가 이 일을 감당하기엔 너무 위태롭다 판단할 테고, 그러니 분명 옆으로 밀려나는 건 순식간일 것이다. 그녀는 그의 동료로서 의무를 다할 능력이 없었기 때문이다.

차분한 조지 왕조풍으로 장식한 방의 적막함과 견고함이 답답해졌다.

로빈은 무거운 이불을 떨치고 일어나서 기울어진 나무 마루를 지나, 샤워기 대신에 발 달린 욕조가 놓인 욕실로 갔다. 15분 후에 옷을 입는데 화장대 위에서 휴대전화가 울렸다. 다행히 어젯밤에는 잊지 않고 충전해두었다.

"여보세요." 스트라이크가 물었다. "좀 어때요?"

"좋아요." 그녀가 불안한 목소리로 말했다.

출근하지 말라는 전화일 거라고 그녀는 생각했다.

"워들이 막 전화했어요. 시신의 나머지를 찾았답니다."

로빈은 양손으로 휴대전화를 꽉 움켜잡고서 귀에 바짝 갖다 대며, 자수를 놓은 스툴에 털썩 주저앉았다.

"네? 어디서요? 누구예요?"

"만나서 얘기할게요. 경찰이 우리를 불렀어요. 9시까지 호텔 앞으로 갈게요. 아침 꼭 먹어요." 그가 덧붙였다.

"코모란!" 전화를 끊기 전에 그녀가 서둘러 불렀다.

"왜요?"

"그러면…… 저 계속 일해도 되는 건가요?"

잠시 침묵이 흘렀다.

"지금 무슨 소리를 하는 거죠? 당연한 거 아녜요?"

"아니, 그게…… 그러니까…… 달라진 건 없는 거죠?" 그녀가 말했다.

"시키는 대로 할 거예요?" 그가 물었다. "해 진 뒤에 밖에 있지 말라고 하면 이제부터 말 들을 거예요?"

"네." 그녀가 약간 떨면서 말했다.

"좋아요. 9시에 봐요."

로빈은 안도의 한숨을 깊이 내쉬었다. 끝나지 않았다. 스트라이크는 아직도 그녀를 원했다. 그녀가 화장대에 휴대전화를 두러 가는데, 전화를 보니 평생 받아본 것 중 가장 긴 문자메시지가 밤사이에 와 있었다.

로빈, 네 생각에 잠을 못 자고 있어. 내가 그 일을 얼마나 후회하는지 넌 모를 거야. 그런 일을 저지른 것에 대해서는 변명의 여지가 없어. 나는 스물한 살이었고, 지금 아는 것들을 그땐 몰랐어. 이 세상에 너 같은 사람은 없고, 또 내가 너만큼 사랑할 수 있는 사람도 없다는 걸. 그 뒤로는 너 말고 아무도 없었어. 나는 너하고 스트라이크 사이를 질투했어. 그런 일을 한 주제에 질투하느냐고 말할지 모르겠지만, 어쩌

면 마음 한구석으로 네가 나한테 과분하다고 생각해서 예민하게 굴었는지도 몰라. 지금 내가 확신할 수 있는 단 한 가지는 널 사랑하고 너와 결혼하고 싶다는 거지만 네가 원하지 않으면 그냥 받아들일게.

하지만 로빈, 제발 네가 무사한지만 알려줘, 제발.

키스를 보내며, 매튜.

로빈은 다시 화장대에 휴대전화를 올려놓고서 옷을 마저 입었다. 룸서비스로 크루아상과 커피를 주문했는데, 음식이 오자 먹을 것과 마실 것이 그토록 기분을 좋게 해준다는 데 깜짝 놀랐다. 아침을 먹고 나서 다시 한 번 매튜의 문자메시지를 읽었다.

어쩌면 마음 한구석으로 네가 나한테 과분하다고 생각해서 예민하게 굴었는지도 몰라.

이 부분은 감동적이었고, 평소의 매튜와는 크게 달랐다. 그는 무의식적인 동기 운운하는 건 다 궤변이라고 보았기 때문이다. 하지만 뒤이어 매튜가 그의 인생에서 세라를 떼어내지 않았다는 데 생각이 미쳤다. 세라는 매튜가 대학 시절에 절친하게 지낸 친구들 중 한 명이었다. 그녀는 매튜의 어머니 장례식에서 그를 따뜻하게 안아주었고, 더블데이트를 할 때도 계속 매튜에게 집적거리며 그와 로빈 사이를 흔들었다.

로빈은 잠시 속으로 곰곰이 생각한 뒤에 문자메시지에 답장을 보냈다.

난 잘 있어.

그녀가 평소처럼 말끔한 차림으로 해즐릿츠 호텔 문간에서 스트라이크를 기다리는데, 9시 5분 전에 검은 택시가 다가와 섰다.

스트라이크는 면도를 하지 않았고, 자라난 턱수염 때문에 턱이 지저분해 보였다.

"뉴스 봤어요?" 그녀가 택시에 타자마자 그가 물었다.

"아뇨."

"언론에 방금 나갔어요. 나오면서 TV로 봤어요."

그는 앞좌석과 뒷좌석 사이의 플라스틱 칸막이를 밀어서 닫았다.

"누구예요?" 로빈이 물었다.

"아직 공식적으로 신원을 밝히진 않았는데, 스물네 살의 우크라이나 여자로 추정하고 있어요."

"우크라이나요?" 로빈이 놀라서 물었다.

"그래요." 그가 망설이다가 말했다. "집주인 여자가 그 여자 집에서 냉장고에 있던 시신을 발견했어요. 오른쪽 다리가 없대요. 그 여자가 맞아요."

로빈의 입안에 남아 있던 치약 맛이 화학약품처럼 변했다. 크루아상과 커피가 배 속을 휘저었다.

"집이 어디인데요?"

"셰퍼즈 부시의 코닝엄 로드예요. 뭐 떠오르는 거 없어요?"

"아뇨. 나는 — 오, 이럴 수가. '오, 세상에'. 자기 다리를 자르고 싶다고 한 여자가 아마?"

"그런 것 같아요."

"하지만 이름이 우크라이나 사람 같지 않았는데요?"

"워들은 가명일지도 모른다고 생각해요. 그러니까 매춘할 때 쓰는 이름요."

그들을 태운 택시는 팰맬을 지나 뉴 스코틀랜드 야드*를 향했다. 신고전주의 양식의 흰색 건물들이 차창 양편으로 스쳐 지나갔다. 건물들은 엄숙하고, 고고하며, 나약한 인간들의 충격에도 끄떡없어 보였다.

"워들의 시나리오가 맞았어요." 오랜 침묵 끝에 스트라이크가 말했다. "워들은 디거 맬리와 함께 사라진 우크라이나 매춘부가 다리 주인일 거라고 말했거든요."

로빈은 그 이야기가 끝이 아니란 걸 알았기에, 그를 걱정스럽게 바라보았다.

"그 여자 집에 내가 보낸 편지가 있었어요." 스트라이크가 말했다. "내 이름으로 서명한 편지 두 통이."

"하지만 당신은 답장 안 했잖아요!"

"워들도 그게 가짜라는 걸 알아요. 이름 철자도 잘못 썼대요. 캐머론이라고. 하지만 어쨌건 나를 불러들였어요."

"편지에는 뭐라고 써 있대요?"

"전화로는 말해주지 않으려고 하더군요. 어쨌건 워들은 상당히 점잖게 행동하고 있어요." 스트라이크가 말했다. "그걸 가지고 법석을 떨진 않아요."

버킹엄궁전이 그들 앞에 우뚝 솟아 있었다. 빅토리아 여왕의 거대

* '런던 경찰청'의 별칭.

한 대리석상이 로빈의 혼란과 숙취를 굽어보다 시야에서 사라졌다.

"아마 경찰이 시신 사진을 보여주며 누군지 알아볼 수 있겠냐고 물어볼 거예요."

"네." 로빈은 자신이 느끼는 것보다 더 결연하게 대답했다.

"괜찮겠어요?" 스트라이크가 물었다.

"괜찮아요." 그녀가 말했다. "제 걱정은 하지 마세요."

"사실 오늘 아침에 워들한테 전화할 생각이었어요."

"왜요?"

"어젯밤 해즐릿츠에서 나오는데, 검은 비니 모자를 쓴 덩치 큰 남자가 옆길에서 어슬렁거리고 있었어요. 그의 행동 중에 맘에 들지 않는 부분이 있더군요. 한번 불러봤죠. 불이라도 빌려보려고. 그랬더니 달아났어요." 스트라이크의 말에, 로빈은 아무 말도 하지 않았다. "괜한 걱정도, 헛것을 본 것도 아니에요. 그자가 우리를 미행한 것 같으니까. 하나 더 말할게요. 내 생각엔, 내가 펍에 도착했을 때에도 거기 있었어요. 얼굴은 못 봤지만 나갈 때 뒤통수를 봤어요."

놀랍게도 로빈은 반박하지 않았다. 그 대신 인상을 쓰고 집중해 희미한 기억을 되살리려 했다.

"저도 어제…… 어디선가 비니 모자를 쓴 덩치 큰 남자를 보았어요……. 네, 토트넘코트 로드의 어느 건물 입구에서요. 하지만 얼굴은 그늘에 가려져 있었어요."

스트라이크는 숨을 죽이며 조그맣게 욕을 내뱉었다.

"하지만 저한테 일을 그만두라고 하지는 마세요." 로빈이 아주 높은 목소리로 말했다. "'제발'요. 저는 이 일이 정말 좋아요."

"만약 그 망할 놈이 로빈을 스토킹하고 있다면?"

그녀는 두려움 때문에 몸이 떨리는 걸 참을 수 없었지만, 그보다는 결연한 의지가 훨씬 더 컸다. 그가 누구든 이 짐승을 잡는 데 힘을 보탤 수 있다면, 그건 다른 어떤 일 못지않게 가치 있는 일일 것이다…….

"조심할게요. 호신용 경보기도 두 개나 있어요."

스트라이크는 안심하는 표정이 아니었다.

그들은 뉴 스코틀랜드 야드 앞에서 내렸고, 곧장 2층의 탁 트인 사무실로 향했다. 워들이 셔츠 바람으로 서서 부하들에게 무언가 이야기하고 있었다. 그러다 스트라이크와 로빈을 보자 바로 이야기를 마치고 두 사람을 작은 회의실로 데려갔다.

"버네사!" 스트라이크와 로빈이 타원형 테이블에 앉자 워들이 문 밖에 대고 소리쳤다. "그 편지 가지고 있어요?"

얼마 안 되어 이퀀시 경사가 타자로 친 편지 두 통과, 스트라이크가 올드 블루 라스트에서 워들에게 건네준 편지 사본을 비닐 봉투에 담아 왔다. 경사가 노트를 들고 워들 옆에 앉으면서 로빈에게 미소를 지어 보였는데, 이번에도 어이없을 만큼 깊은 위안이 되었다.

"커피나 다른 마실 것 좀 드릴까요?" 워들이 물었다. 스트라이크도 로빈도 고개를 저었다. 워들이 테이블 위 편지들을 스트라이크 앞으로 내밀었다. 그는 편지들을 읽고 나서 옆으로 밀어 로빈에게 주었다.

"내가 쓴 게 아니야." 스트라이크가 워들에게 말했다.

"나도 그렇게 생각해." 워들이 말했다. "엘라코트 양이 스트라이크 대신 편지를 보낸 것도 아니죠?"

로빈은 고개를 끄덕였다.

첫 번째 편지에서 스트라이크는 다리를 자르고 싶어 일부러 한쪽을 잘랐다고 시인했다. 아프가니스탄 IED* 이야기는 거짓말이었는데 켈시가 그 사실을 아는 줄 몰랐다고 고백하면서 다른 사람에게는 절대 말하지 말라고 애원했다. 그러더니 가짜 스트라이크는 그녀의 '혹'을 제거해주겠다면서 만날 시간과 장소를 정해달라고 했다.

두 번째 편지는 짧았다. 스트라이크가 4월 3일 저녁 7시에 그녀의 집으로 가겠다는 것이었다.

두 통 모두 검은 잉크로 굵게 '캐머런 스트라이크'라고 서명되어 있었다.

"이걸 보면……." 로빈이 편지를 다 읽자, 스트라이크가 두 번째 편지를 집어 들면서 말했다. "그 여자가 나한테 다시 편지를 보내서 시간과 장소를 정해준 것 같군."

"그게 내가 다음으로 하려던 질문이야." 워들이 말했다. "두 번째 편지를 받았어?"

스트라이크는 로빈을 보았고, 로빈은 고개를 저었다.

"좋아요." 워들이 말했다. "공식 기록을 위해 질문하겠습니다. 첫 번째 편지는 언제 왔죠?" 워들이 사본을 확인했다. "그러니까…… 켈시, 그녀가 보낸 편지 말이에요."

로빈이 대답했다.

"그 편지 봉투는 사이코—" 그 말에 스트라이크의 얼굴에 엷은 미소가 스쳤다. "아니, 필요 없는 편지를 보관하는 서랍에 있어요. 소인을 확인할 수 있을 거예요. 하지만 제 기억으로는 올 초에 왔어

* 급조 폭발물(Improvised Explosive Device).

요. 아마 2월쯤요."

"그래, 훌륭해요." 워들이 말했다. "사람을 보낼 테니 그 봉투를 전해주십시오." 그는 불안해 보이는 로빈에게 미소를 지었다. "걱정 마세요. 저는 당신을 믿습니다. 어떤 미친놈이 스트라이크를 모함하려고 해요. 도대체가 말이 안 돼요. 왜 여자를 흉기로 찔러 죽인 다음 다리를 잘라서 그걸 스트라이크의 사무실로 보내는 거죠? 그리고 왜 자기가 쓴 편지를 집에 뒀을까요?"

로빈도 미소로 답하려고 했다.

"흉기로 죽였어?" 스트라이크가 끼어들었다.

"직접적인 사망 원인은 아직 찾는 중이야." 워들이 말했다. "하지만 몸통에 깊은 자상이 두 개 있는데, 부검의들은 그게 다리를 잘라내기 전에 생긴 상처라고 말하더군."

로빈은 테이블 아래에서 주먹을 꽉 쥐었다. 손톱이 손바닥을 파고들었다.

"자, 이제." 워들이 말하자, 이퀸시 경사가 볼펜 끝을 딸깍 눌러 적을 준비를 했다. "두 분은 옥사나 볼로시나라는 이름을 아십니까?"

"아니." 스트라이크가 말했고, 로빈도 고개를 저었다.

"이게 희생자의 진짜 이름인 것 같습니다." 워들이 설명했다. "임차 계약서에 그 이름으로 서명했고, 집주인이 신분증을 봤다고 합니다. 말로는 학생이라고 했다더군요."

"'말로는'이라고요?" 로빈이 물었다.

"실제로 어떤 사람이었는지 조사 중입니다." 워들이 말했다.

'아, 맞아. 워들은 여자가 매춘부일 거라고 예상하지.' 로빈이 생각했다.

"그 여자는 영어를 잘했어. 편지를 보면 그래." 스트라이크가 말했다. "진짜 그 여자가 쓴 거라면."

로빈은 당황해서 그를 보았다.

"내 편지를 조작했다면 왜 그 여자의 편지는 조작하지 않았겠어요?" 스트라이크가 로빈에게 물었다.

"정말로 당신이 그 여자에게 연락하길 바랐다는 뜻이에요?"

"그래요. 내가 약속을 잡거나 어떤 기록을 남겨서 여자가 죽었을 때 죄를 뒤집어쓰게 하려는 거죠."

"버네사, 시신 사진을 볼 수 있는지 가봐요." 워들이 말했다.

이퀀시 경사가 회의실을 나갔다. 그녀의 몸가짐은 마치 모델 같았다. 로빈의 배 속이 공포로 뒤틀리는 듯했다. 워들이 로빈의 상태를 알아챈 듯 그녀를 보며 말했다.

"꼭 보지 않으셔도 됩니다. 만약 스트라이크가—"

"봐야 해." 스트라이크가 말했다.

워들은 깜짝 놀란 듯 보였고, 로빈은 드러내지 않으려 했지만, 혹시 스트라이크가 겁을 줘서 해 진 뒤 돌아다니지 말라는 약속을 지키게 하려는 건가 궁금증이 일었다.

"네." 그녀가 차분하게 말했다. "봐야 할 것 같아요."

"사진은, 불쾌할 겁니다." 워들이 평소와 달리 조심스럽게 말했다.

"다리를 받은 사람은 로빈이야." 스트라이크가 그에게 다시 일렀다. "로빈도 나 못지않게 그 여자를 봤을 확률이 있어. 내 파트너고, 우린 같은 일을 하니까."

로빈은 곁눈질로 스트라이크를 쳐다봤다. 그는 이전까지 다른 사람에게 그녀를 파트너라고 소개한 적이 없었다. 어쨌건 로빈이 듣는 데서는 그러지 않았다. 그는 그녀를 보지 않았다. 로빈은 다시 워들에게 주의를 돌렸다. 두려웠지만, 스트라이크가 자신을 직업상 동등한 입장에 놓은 지금, 무엇을 보게 되건 자신과 스트라이크를 실망시켜서는 안 된다는 결심이 섰다. 이퀸시 경사가 손에 사진 한 다발을 들고 돌아오자 로빈은 침을 꿀꺽 삼키고서 허리를 폈다.

스트라이크가 먼저 사진을 봤는데 반응이 영 고무적이지 않았다.

"오, 이런 젠장."

"머리의 보존 상태가 제일 좋아." 워들이 조용히 말했다. "냉동고에 넣어뒀거든."

시뻘겋게 달아오른 뜨거운 것에 손이 닿으면 본능적으로 떼어버리듯 로빈은 이제 고개를 돌리고, 눈을 감고, 사진을 뒤엎고 싶은 강렬한 충동과 싸워야 했다. 하지만 꾹 참고 스트라이크에게서 사진을 받아 보았다. 창자가 녹아내리는 것 같았다.

잘린 머리가 목 부분에 얹어진 채 카메라를 빤히 바라보고 있었다. 눈에 서리가 뒤덮여 눈동자 색깔을 알아볼 수 없었다. 입 구멍이 검게 벌어져 있었다. 갈색 머리는 뻣뻣하게, 드문드문 얼어 있었다. 뺨은 통통했고, 턱과 이마에는 여드름이 가득했다. 스물네 살도 되지 않은 듯했다.

"누군지 알아보시겠습니까?"

워들의 목소리가 깜짝 놀랄 만큼 가깝게 들렸다. 그녀는 잘린 머리를 바라보는 동안 아주 먼 길을 걸어온 듯한 느낌이었다.

"아뇨." 로빈이 말했다.

그녀는 사진을 내려놓고 스트라이크에게서 다음 사진을 건네받았다. 냉장고에 처박혀 부패되기 시작한 왼쪽 다리와 두 팔이었다. 머리 사진을 보고서 그보다 더 끔찍한 건 없을 거라며 마음을 단단히 먹은 로빈은 고통에 찬 신음 소리가 작게 새어 나가자 부끄러워졌다.

"네, 지독한 사진이에요." 이퀸시 경사가 조용히 말했다. 로빈은 눈빛으로 고마움을 전했다.

"왼쪽 손목에 문신이 있어요." 워들이 가리켜 보이며, 그들에게 세 번째 사진을 건넸다. 왼팔이 테이블 위에 놓인 사진이었다. 로빈이 이제 확연한 구토감을 느끼며 보니, 검은 잉크로 쓴 '1D'라는 글자가 보였다.

"몸통은 보실 필요 없습니다." 워들이 사진을 정리해서 이퀸시 경사에게 건네며 말했다.

"몸통은 어디 있었지?" 스트라이크가 물었다.

"욕조에 있었어." 워들이 말했다. "거기서 여자를 죽였어. 욕실에서. 완전히 도살장 같았지." 그는 망설였다. "잘라낸 게 다리만은 아냐."

로빈은 스트라이크가 또 무엇이 없어졌는지 묻지 않아줘서 고마웠다. 듣고 싶지 않았다.

"누가 발견했지?" 스트라이크가 물었다.

"집주인이." 워들이 말했다. "연로한 노파인데 우리가 간 직후에 기절했어. 심장마비 같아. 사람들이 해머스미스 병원으로 모시고 갔어."

"그분이 여자의 집에 간 이유가 뭐지?"

"냄새야." 워들이 말했다. "아래층에서 전화를 했대. 그래서 장

보기 전에 잠시 들러서 옥사나를 만나려고 했던 거지. 불러도 대답이 없어서 그냥 들어간 거야."

"아래층 사람들은 아무 소리도 못 들었대? 비명 같은 거?"

"학생들이 우글거리는 개조 주택이야. 전혀 도움 안 돼." 워들이 말했다. "시끄러운 음악에 온종일 학생들이 드나드니 뭐. 위층에서 무슨 소리가 들리지 않았냐고 묻자 다들 멍하니 입만 벌리더군. 집주인에게 전화한 여학생은 지금 히스테리 상태야. 이상한 냄새가 나자마자 바로 전화하지 않은 자신을 절대 용서하지 못할 거래."

"그래, 그랬으면 모든 게 달라졌을 텐데 말이야." 스트라이크가 말했다. "머리만 돌려놓았으면 멀쩡했을 거야."

워들이 웃었다. 이퀸시 경사마저 미소를 지었다.

로빈은 벌떡 일어섰다. 어젯밤에 마신 술과 오늘 아침에 먹은 크루아상이 배 속에서 요동쳤다. 작은 목소리로 양해를 구하고, 그녀는 밖으로 달려 나갔다.

22

I don't give up but I ain't a stalker,
I guess I'm just an easy talker.
Blue Öyster Cult, 'I Just Like To Be Bad'*

"고마워요. '이제야' 사람들이 왜 끔찍한 상황에서 농담을 하는지 이해하겠어요." 로빈이 한 시간 뒤에 반쯤은 기진맥진하고, 또 반쯤은 흥미롭다는 듯이 말했다. "이제 됐어요."

스트라이크는 회의실에서 농담했던 걸 후회했다. 20분 만에 화장실에서 돌아온 로빈의 얼굴은 새하얬고 조금 축축했다. 박하 향이 나는 걸로 보건대 이를 다시 닦은 것 같았다. 택시를 타는 대신 맑은 공기를 쐬며 브로드웨이를 따라 조금 걸어 가장 가까운 펍 페더스로 갔다. 그는 차를 주문했다. 개인적으로는 맥주를 마셔도 상관없었지만, 로빈은 피를 보았을 때 알코올을 들이켜는 게 자연스러운 일이라고 생각할 만한 경험이 없었기에 그가 맥주를 마시면 천하의 냉혈한이라고 생각할 것 같았다.

수요일 오전 11시 반의 페더스는 조용했다. 그들은 창가에서 조용히 이야기 중인 사복 경찰 두 명을 피해 뒤쪽의 테이블에 앉았다.

* '난 포기하지 않지만 스토커는 아니야./난 그냥 말이 많은 사람인 것 같아.' 블루 오이스터 컬트, 〈나는 그냥 나쁘게 사는 게 좋아〉.

"로빈이 화장실에 간 사이 워들에게 비니 쓴 친구 이야기를 했어요." 스트라이크가 로빈에게 말했다. "며칠 동안 덴마크 스트리트에 사복 경찰을 붙여서 감시하겠대요."

"기자들이 다시 올까요?" 로빈이 그제야 걱정스러워져서 물었다.

"안 그러길 바라야죠. 가짜 편지 이야기는 워들이 잘 단속할 거예요. 이야기가 새어 나가면 그 사이코 손아귀에서 놀아나는 거라고 보니까. 워들은 살인자가 날 모함하려 한다고 생각해요."

"당신은 그렇게 생각하지 않고요?"

"내 생각은 달라요." 스트라이크가 말했다. "그렇게 어설픈 친구가 아니에요. 이 일은 생각보다 더 괴상해요."

그는 입을 다물었고, 로빈도 그가 생각하는 걸 방해하지 않으려고 침묵을 지켰다.

"그건 테러예요." 스트라이크가 면도하지 않은 턱을 긁으며 천천히 말했다. "그놈은 우리를 겁주려 해요. 또 우리 인생을 최대한 망가뜨리려고도 하고요. 그리고 솔직히 성공하고 있잖아요? 경찰이 사무실에 오고, 우리가 불려 가기도 하니까. 고객도 다 잃고, 로빈은—"

"제 걱정은 하지 마세요!" 로빈이 재빨리 말했다. "걱정하시는 거 싫어요—"

"로빈, 제발요." 스트라이크가 발끈했다. "어제 우리 둘 다 그놈을 봤어요. 워들은 내가 로빈에게 휴가를 줘야 한다고 생각해요. 그리고 나는—"

"제발." 그녀는 이른 아침의 공포가 다시 밀려드는 것 같았다. "일을 그만두라고 하지는 마세요—"

"집에 들어가기 싫어서 살해당할 수는 없잖아요!"

그는 곧바로 후회했다. 그녀가 몸을 움찔했기 때문이다.

"집에 들어가기 싫어서 그러는 게 아니에요." 그녀가 중얼거렸다. "저는 이 일이 좋아요. 오늘 아침 일어나자마자 어젯밤 당신한테 그런 말을 한 게 너무 후회스러웠어요. 더는 이 일에 맞지 않는다고 생각하실까 봐 걱정스러웠고요."

"이건 어젯밤에 로빈이 한 이야기하고는 아무 상관 없고, 나약하고 말고의 문제도 아니에요. 로빈을 따라다니는 사이코에 대한 거라고요. 그놈은 이미 한 여자를 토막 냈어요."

로빈은 미지근한 차를 마시고서 아무 말도 하지 않았다. 배가 고팠다. 하지만 어떤 형태로든 고기가 들어간 펍 음식들을 떠올리자 머리에서 땀이 솟았다.

"그 여자가 처음이겠어요?" 스트라이크가 과장해서 물었지만, 그의 검은 눈동자는 바 위에 손으로 써놓은 맥주 이름들에 고정되어 있었다. "목을 베고, 팔다리를 자르고, 신체 일부를 가져가고? 그건 차츰 발전한 형태가 아닐까요?"

"그럴 것 같아요." 로빈이 동의했다.

"분명 쾌락을 위해 한 일이에요. 그놈은 욕실에서 자기 혼자 난교 파티를 벌인 거예요."

로빈은 이제 배가 고픈 건지 멀미가 나는 건지 알 수 없었다.

"나한테 원한을 품은 가학적인 미친놈이 자기 취미를 죄다 끌어모아 이런 일을 꾸몄어요." 스트라이크가 골똘히 생각에 잠겨서 말했다.

"혹시 의심했던 사람 중에 조건에 부합하는 사람이 있나요?" 로빈이 물었다. "그들 중에 살인 이력을 가진 사람이 있어요?"

"있어요." 스트라이크가 말했다. "휘태커요. 우리 어머니를 죽였어요."

'하지만 방식은 많이 다르지요.' 로빈이 생각했다. 레다 스트라이크를 떠나보낸 건 칼이 아니라 주삿바늘이었다. 그러나 심각한 표정의 스트라이크를 존중해서, 굳이 그 생각을 말하진 않았다. 그때 무언가 떠올랐다.

"전에 당신이 그랬죠?" 그녀가 조심스럽게 말했다. "휘태커가 한 달 동안 다른 여자의 시신을 집에 둔 적이 있다고 하지 않았나요?"

"네." 스트라이크가 말했다. "그렇다고 들었어요."

그 소식은 그가 발칸반도에 나가 있을 때 여동생 루시를 통해 들었다. 그는 휘태커가 법정으로 들어가는 모습을 인터넷으로 보았다. 그의 옛 의붓아버지는 스포츠머리에 턱수염을 길러서 거의 알아보기 힘들 지경이었지만, 쏘아보는 황금색 눈동자는 그대로였다. 스트라이크의 기억이 맞다면 그때 휘태커는 살인에 대해 '다시 한번 잘못된 혐의'를 받을까 봐 두려워 여성의 시신을 방부하고, 쓰레기봉투에 넣어 마룻바닥 아래 숨겨두었다. 변호사는 자기 의뢰인이 그런 식으로 문제에 접근한 건 약물 남용 때문이었다며, 냉정한 판사에게 호소했다.

"하지만 그 여자를 죽인 건 아니잖아요?" 로빈이 위키피디아의 내용을 정확히 떠올리려 애쓰면서 물었다.

"피해자는 죽은 지 한 달이 지난 상태였어요. 그러니 부검이 어려웠을 겁니다." 스트라이크가 말했다. 섕커가 보기 흉하다고 말한 그 표정으로 돌아왔다. "개인적으로 나는 그자가 죽였다고 봅니다. 얼마나 운이 없으면 아무 짓도 안 했는데도 집에서 여자 친구 두 명이

급사했겠어요?

휘태커 그 인간은 죽음을 좋아했어요. 시체도 좋아했어요. 10대 시절에 무덤 파는 일을 했다고도 했어요. 시체를 아주 좋아했죠. 사람들은 그를 하드코어 고딕 메탈 로커 또는 짐짓 악한 체하고 다니는 흔해빠진 인물로 보았지만—시체에 성욕을 느낀다는 노래 가사, 《사탄의 성서》, 알레이스터 크롤리* 같은 헛소리들—그자는 사람들을 만날 때마다 자기는 사악하다고, 정말 도덕관념이라곤 전혀 없는 개새끼라고 말하고 다녔고, 진짜로 사악하고 도덕관념 없는 개새끼였어요. 그랬더니 무슨 일이 벌어졌는지 압니까? 여자들이 그자에게 미쳤어요.

술 한잔해야겠네요." 스트라이크가 말하더니 일어나 술을 사러 갔다.

스트라이크가 갑작스럽게 분노를 내비치자 로빈은 약간 놀라 그의 뒷모습을 바라봤다. 휘태커가 살인을 두 차례 저질렀다는 그의 견해는 재판에도, 그리고 그녀가 아는 한 경찰 증거로도 입증되지 않았다. 스트라이크는 그녀에게 항상 사실만을 세심하게 수집하고 기록해야 하며, 직감과 개인적 반감이 영향을 미칠 순 있어도 수사 방향을 정하거나 거기에 휘둘려서는 안 된다고 자주 말했다. 하지만 스트라이크의 어머니가 관련된 사건이라면…….

스트라이크가 니컬슨스에서 나온 페일 에일 한 잔과 메뉴판 두 개를 가지고 돌아왔다.

"미안해요." 그가 다시 자리에 앉아 맥주를 쭉 들이켜고서 말했

* 20세기 초 유럽에서 흑마술, 마술 의식 등으로 악명을 떨친 마술사.

다. "오랫동안 생각하지 않던 일들이 떠올라서 그랬어요. 그 잔인한 가사들 하며."

"네." 로빈이 말했다.

"씨발, 디거 짓일 리가 없어요." 스트라이크가 불만에 차서 숱 많은 곱슬머리를 손으로 훑으며 말했지만, 빽빽한 머리는 조금도 흐트러지지 않았다. "그자는 전문 갱단원이에요! 만약 나 때문에 실형을 받은 걸 알고서 복수하기로 결심했다면 그냥 총을 쏘았을 겁니다. 잘린 다리며 노래 가사 같은 걸로 복잡하게 굴지 않아요. 그러면 경찰이 붙을 게 뻔하니까요. 그는 사업가예요."

"워들은 아직도 그 사람 짓이라고 생각하나요?"

"그래요." 스트라이크가 말했다. "하지만 워들은 익명의 증언엔 철저한 보안이 필수라는 걸 누구보다 잘 알아야 할 겁니다. 안 그러면 온 런던에 경찰 시체가 널릴 테니 말이죠."

그는 워들에 대한 비난을 자제하려 했지만, 그러기 위해서는 상당한 노력이 필요했다. 그는 마음만 먹으면 스트라이크를 곤경에 빠뜨릴 수도 있었지만 그럴 때에도 사려 깊게 행동했다. 스트라이크는 마지막으로 런던 경찰과 얽혔을 때, 앙심을 품은 경찰들이 그를 내리 다섯 시간 동안 취조실에 잡아두었던 사실을 잊지 않았다.

"군대에서 만난 두 사람은 어때요?" 로빈이 목소리를 낮추고서 물었다. 근처의 테이블에 여성 직장인들이 자리를 잡았기 때문이다. "브록뱅크하고 랭 말이에요. 두 사람은 사람을 죽인 적이 있나요? 그러니까." 그녀가 덧붙였다. "군인이었다는 건 알지만, 전투 때 말고요."

"랭이 사람을 죽였단 말을 들어도 놀라지는 않겠지만." 스트라이크가 말했다. "내가 아는 한 감옥에 가기 전까지 그런 일은 없었어요. 전처에게 칼을 쓰기는 했지요. 아내를 묶고 칼로 찔렀어요. 감옥에 10년을 있었는데, 과연 갱생이 되었을지 의문입니다. 출소한 지 4년 남짓 되었고, 그동안 살인을 저지를 시간은 많았죠.

로빈한테 말 안 했는데, 멜로즈에 가서 랭의 옛 장모를 만났어요. 부인은 랭이 철창에서 나와 게이츠헤드로 갔을 거라고 하는데, 우리 정보에 따르면 그자는 2008년 코비에 머물렀을 가능성이 있어요……. 하지만." 스트라이크가 말했다. "부인 말로는 랭이 병을 앓고 있었답니다."

"무슨 병요?"

"관절염의 일종이라던데요. 부인도 자세히는 몰랐어요. 몸도 성하지 않은 사람이 우리가 사진에서 본 그런 짓을 할 수 있었을까요?" 그러더니 스트라이크는 메뉴판을 집어 들었다. "맞아요. 나는 미칠 듯이 배가 고프고 로빈도 어제부터 먹은 거라곤 포테이토칩밖에 없잖아요."

스트라이크는 대구로 만든 피시 앤드 칩스를, 로빈은 플라우맨즈*를 주문했다. 그런 뒤 그는 화제를 바꾸었다.

"로빈이 볼 때는 죽은 여자가 스물네 살 같던가요?"

"자, 잘 모르겠어요." 로빈은 매끄럽고 통통한 뺨과 하얗게 성에가 엉겨붙은 눈을 떠올리지 않으려고 애썼지만 실패하고서 말했다. "아뇨." 잠시 후 덧붙였다. "더 어려 보였어요."

"내 생각도 그래요."

* 빵, 치즈, 피클, 샐러드로 된 식사로, 흔히 펍에서 파는 식사 메뉴다.

"저…… 화장실 좀 다녀올게요." 로빈이 일어서며 말했다.

"괜찮아요?"

"오줌 좀 누려고요. 차를 너무 많이 마셨어요."

그는 로빈의 뒷모습을 보다가 아직 그녀에게, 아니 어느 누구에게도 털어놓지 않은 생각의 줄기를 좇으며 맥주잔을 비웠다.

그 아이의 글은 독일에서 여자 수사관이 보여주었다. 스트라이크는 연분홍색 종이에 단정한 소녀 필체로 써 내려간 글의 마지막 줄을 아직도 기억했다.

그 여자는 이름을 아나스타샤로 바꿨고, 머리를 염색했으며, 아무도 그녀가 어디로 갔는지 알지 못했다. 그녀는 사라졌다.

"네가 하고 싶은 일이 이런 거니, 브리트니?" 스트라이크가 나중에 본 테이프에서 수사관이 조용히 물었다. "달아나서 사라지고 싶어?"

"그냥 이야기일 뿐이에요!" 브리트니가 경멸하는 웃음을 지으려 애쓰면서 고집스럽게 말했다. 두 손을 얽어 비틀고, 한쪽 다리로 다른 쪽 다리를 거의 다 휘감았다. 주근깨로 뒤덮인 하얀 얼굴 옆으로 숱 적은 금발이 힘없이 늘어져 있었다. 안경도 삐딱했다. 스트라이크는 노랗고 작은 앵무새가 떠올랐다. "지어낸 이야기일 뿐이에요!"

DNA 검사를 하면 냉장고 속 여자의 신원이 밝혀질 테고, 그러면 경찰은 옥사나 볼로시나—이것이 그 여자 이름이라면—가 정말 맞는지 알아볼 것이다. 스트라이크는 그 시신의 주인이 브리트니 브록뱅크일지도 모른다는 끈질긴 걱정이 집착인지 아닌지 알 수 없었다.

왜 그에게 보낸 첫 편지에는 켈시라는 이름을 썼을까? 왜 죽은 뒤에도 매끈하고 포동포동한 그 뺨은 그토록 어려 보일까?

"저는 플래티넘 일을 하러 가야 해요." 로빈이 다시 테이블에 앉으며 시계를 보고서 안타까운 듯이 말했다. 옆 테이블의 여성들은 생일을 축하하기 위해 모인 것 같았다. 동료들이 더 요란하게 웃는 가운데 한 여자가 빨간색과 검은색이 어우러진 바스크*의 포장을 풀었다.

"그건 걱정 안 해요." 스트라이크가 무심코 말했다. 그의 피시 앤드 칩스와 로빈의 플라우맨즈가 그들 앞에 놓였다. 그는 얼마간 말없이 음식을 먹다가 나이프와 포크를 내려놓고 수첩을 꺼냈다. 그러고는 하데이커의 에든버러 사무실에서 적어 온 메모를 보고 휴대전화를 들었다. 로빈은 그가 검색어를 입력하는 모습을 보며 무엇을 하고 있는 건지 궁금했다.

"그래요." 스트라이크가 검색 결과를 보고서 말했다. "아무래도 내일 배로인퍼니스로 가야겠어요."

"네? 어디로 간다고요?" 로빈이 물었다. "왜요?"

"브록뱅크가 거기 있어요. 아니, 내가 알기론 그래요."

"어떻게 알았어요?"

"에든버러에서 알아본 바에 따르면 그자는 그 주소로 연금을 받고 있고, 방금 그 집 주소도 검색해봤어요. 그 집에는 지금 할리 브록뱅크라는 사람이 살고 있대요. 분명히 가족이겠죠. 아마 그 사람은 노엘 브록뱅크가 어디 있는지 알 겁니다. 그자가 지난 몇 주 동안

* 가슴부터 엉덩이까지 가려주는 여성용 속옷의 일종.

컴브리아 카운티에 있었단 걸 규명할 수만 있다면 그자가 다리를 보냈는지, 또 런던에서 당신을 스토킹했는지 알 수 있겠죠?"

"왜 저한테 브록뱅크 이야기를 해주지 않죠?" 로빈이 청회색 눈을 찌푸리면서 물었다.

스트라이크는 질문을 못 들은 척했다.

"내가 없는 동안 로빈은 집에 있었으면 좋겠어요. 재수 없는 의심남 새끼는 플래티넘이 손님이랑 놀아나더라도 자신을 탓할 수밖에 없어요. 그놈 돈 없어도 됩니다."

"그러면 고객이 달랑 한 명 남는데요." 로빈이 지적했다.

"이 사이코를 잡지 못하면 앞으로는 그 한 명도 없어질 겁니다." 스트라이크가 말했다. "사람들이 우리 근처에도 오지 않으려 할 테니까."

"배로에는 어떻게 가세요?" 로빈이 물었다.

로빈의 머릿속에 어떤 계획이 떠올랐다. 이런 만일의 사태를 예견했던 걸까?

"기차로 갈 겁니다." 스트라이크가 말했다. "지금은 차를 빌릴 여유가 없어요."

"이건 어때요? " 로빈이 의기양양하게 말했다. "제가 차로 태워다줄게요. 새— 아니, 고물이지만 어쨌건 잘 굴러가요. 랜드로버가 생겼어요!"

"언제 랜드로버가 생긴 거죠?"

"일요일에요. 부모님이 쓰시던 오래된 차예요."

"아." 그가 말했다. "그거 좋겠네요—"

"그래요?"

"네. 정말로 도움이 될 거예요—"

"'그래요'?" 로빈이 다시 한 번 물었다. 그가 약간 말을 아끼는 눈치였다.

"내가 거기 얼마나 있을지 모르겠어요."

"그건 상관없어요. 방금 저한테 어떤 일이 있어도 집에서 썩고 있으라고 하셨잖아요."

스트라이크는 망설였다. 자신을 차로 데려다주겠다는 그녀의 소망 가운데 얼마만큼이 매튜를 상처 입힐 희망에서 비롯된 것일까. 그 회계사가 언제 끝날지 모를 단둘만의 북부 여행을 어떻게 생각할지는 익히 짐작할 수 있었다. 순수한 직업적인 관계에서는 상대의 애인이 질투할 일을 만들지 말아야 했다.

"이런 빌어먹을." 그가 이렇게 말하고는 갑자기 휴대전화를 찾아 주머니를 뒤졌다.

"왜 그러세요?" 로빈이 놀라서 물었다.

"지금 생각났어요— 어젯밤에 엘린이랑 약속이 있었어요. 젠장. 완전히 잊고 있었네. 여기서 기다려요."

그는 점심을 마저 먹으라며 로빈을 남겨두고 밖으로 나갔다. 로빈은 휴대전화를 귀에 대고 통유리창 바깥을 왔다 갔다 하는 스트라이크의 커다란 풍채를 보면서, 왜 엘린은 스트라이크에게 어디 있느냐고 전화나 문자를 하지 않았던 걸까 하고 생각했다. 그러자 처음으로—스트라이크야 어떻게 생각하건—자기가 집에 돌아가 가방에 며칠 치 옷만 챙겨 바로 랜드로버를 타고 사라지면 매튜가 뭐라고 할지 궁금해졌다.

'뭘 뭐라고 하겠어.' 그녀는 반항하듯 대담하게 생각했다. '이제

자기하고는 아무 상관도 없는데.'

하지만 잠시라도 매튜를 볼 생각을 하니 불안했다.

스트라이크가 눈을 굴리며 돌아왔다.

"난리 났네요." 그가 간단명료하게 말했다. "그 대신 오늘 저녁에 만나기로 했어요."

로빈은 스트라이크가 엘린을 만나러 간다는데 왜 자기 기분이 처지는지 알 수 없었다. 아마도 피곤해서 그런 것 같았다. 지난 36시간 동안 겪은 여러 압박과 정신적 충격은 펍에서의 점심 식사 한 끼로 해결될 수 있는 것이 아니었다. 이제 옆 테이블의 직장인들은 또 다른 상자에서 털로 뒤덮인 수갑 한 쌍이 나오자 새된 소리를 지르며 웃어댔다.

'생일이 아니야.' 로빈은 깨달았다. '결혼을 하는 거야.'

"음, 제가 차로 모셔드리는 거 맞죠?" 그녀가 짧게 물었다.

"맞아요." 스트라이크가 그 생각에 기분이 좋아진 듯 말했다. (아니면 그냥 엘린과 데이트할 생각에 유쾌해진 건가?) "정말 좋아요. 고마워요."

23

Moments of pleasure, in a world of pain.
Blue Öyster Cult, 'Make Rock Not War'*

다음 날 아침, 리젠트 파크의 우듬지 위로 안개가 거미줄처럼 부드러운 층을 이루며 자욱하게 내려앉았다. 스트라이크는 엘린이 깨지 않도록 재빨리 알람을 끈 뒤 균형을 잡으며 창가에 한 발로 서 있었다. 그의 등 뒤 커튼이 빛을 차단했다. 그는 흐릿한 공원의 수증기 사이로 솟아오른, 잎이 무성한 나뭇가지들 위로 아침 햇살이 비치는 광경을 내려다보며 잠시 넋을 잃었다. 눈만 돌리면 어디서든 아름다움을 발견할 수 있겠지만, 하루하루 치러나가는 전투 속에서 이런 공짜 호사를 챙기기란 쉽지 않았다. 그는 어린 시절부터 이런 기억이 많았다. 콘월 시절의 기억이 특히 그랬다. 아침에 처음 본 푸른 바다가 나비 날개처럼 반짝이는 모습, 트레바 정원 속 거네라 길의 신비로운 녹음, 검푸른 거센 파도 위로 바닷새처럼 튀어 오르는 하얀 돛들.

등 뒤의 어두운 침대에서 엘린이 몸을 뒤척이며 한숨을 쉬었다.

* '고통의 세상에 쾌락의 순간들.', 블루 오이스터 컬트, 〈전쟁 말고 록을〉.

스트라이크는 조용히 커튼 뒤에서 나와 벽에 기대 둔 의족을 가지고 침실 의자로 가 다리에 달았다. 그러고선 되도록 소리를 죽인 채 갈아입을 옷을 챙겨 욕실로 향했다.

어제 저녁 두 사람은 처음으로 싸웠다. 모든 관계에서 일어나는 어느 한 기점이었다. 그가 화요일 약속을 지키지 못했는데도 아무런 연락도 없었던 것이 일종의 경고였는데, 그는 로빈의 일과 토막 난 시체 건으로 정신이 없어서 별생각을 하지 못했다. 물론 그가 미안하다고 전화했을 때 엘린이 냉랭했던 것은 사실이지만, 데이트 약속을 쉽게 바꿔주었기 때문에 24시간 뒤에 만난 그녀가 그렇게 얼음장 같을 줄은 미처 예상하지 못했다. 고통스럽고 삐걱거리는 대화 속에 저녁 식사를 마친 뒤, 그는 그녀의 화를 풀어주지 않고서 일찍 헤어지자고 제안했다. 그가 코트로 손을 뻗자 엘린이 잠시 화를 냈지만, 그건 축축한 성냥에 붙은 미약한 불꽃 같은 것이었다. 그녀는 이내 산산이 부서져 눈물을 쏟았고, 사과와 비난이 뒤섞인 장광설을 늘어놓았는데, 스트라이크는 그녀의 이야기를 통해, 첫째 그녀가 심리 치료를 받고 있으며, 둘째 상담사가 그녀에게 수동 공격적 성향이 있다고 말해주었고, 셋째 화요일에 바람을 맞은 뒤 너무도 깊은 상처를 받아 TV 앞에서 홀로 와인 한 병을 다 마셨다는 사실을 알게 되었다.

스트라이크는 다시 사과했다. 어려운 사건과 그 사건의 예상치 못한 전개 때문에 그렇게 됐다고 설명하면서 데이트를 잊어 진심으로 미안하다고 사과했으나, 자기를 용서할 수 없다면 떠나겠다는 말도 덧붙였다.

엘린은 그의 품으로 뛰어들었다. 둘은 곧장 침대로 가서 그들의 짧은 연애 기간 중 가장 만족스러운 섹스를 했다.

스트라이크는 천장에 조명이 매립되고 눈처럼 새하얀 수건들이 놓인, 티 하나 없이 깔끔한 엘린의 욕실에서 면도를 하며 그 정도면 가볍게 지나갔다고 생각했다. 16년 동안 만남과 헤어짐을 반복한 샬럿과의 약속을 잊었던 거라면, 그는 지금 어딘가 다쳤거나 차가운 새벽바람을 헤치며 그녀를 찾아 거리를 헤매거나 아니면 발코니에서 뛰어내리겠다고 하는 그녀를 말리고 있었을 것이다.

그는 샬럿에 대한 자신의 감정을 사랑이라 불렀고, 그건 지금까지 그가 여자에게 느꼈던 감정 중 가장 강렬한 것이었다. 하지만 그 감정이 그에게 끼친 고통과 오랜 후유증을 보자면 어쩌면 그건 바이러스와 좀 더 비슷했고, 지금 이 순간에도 그는 자기가 회복했는지 확신할 수 없었다. 그녀를 보지 않는 것, 절대 전화하지 않는 것, 그녀가 결혼식 당일 그에게 제정신이 아닌 자기 얼굴을 찍어 보냈던 새 이메일 주소를 사용하지 않는 것. 이 규칙들은 그가 스스로 처방한 치료법이었고, 어쨌든 그의 증상을 물리쳐주고 있었다. 하지만 그에게는 상처가 남았으며, 더 이상 예전의 방식으로 감정들을 느낄 수 없었다. 어젯밤 엘린의 분노와 슬픔은 지난날 샬럿처럼 그의 핵심을 건드리지 않았다. 그는 사랑할 수 있는 능력이 무뎌지고 신경이 절단된 느낌을 받았다. 엘린에게 상처를 입히려는 생각은 전혀 없었다. 그녀가 우는 모습을 보고 싶지 않았지만 고통에 공감하는 능력은 사라진 듯했다. 사실 그의 마음 한구석은 흐느끼는 그녀를 보며 집에 돌아갈 방법을 궁리하고 있었다.

스트라이크는 욕실에서 옷을 입은 다음 불빛이 어둑한 현관으로 조용히 가서는 배로인퍼니스에 가지고 갈 여행 가방에 면도 도구를 쑤셔 넣었다. 오른쪽 방문이 살짝 열려 있었다. 그는 충동적으로 문을 조금 더 열어보았다.

아직 그와 인사하지 않은 어린 소녀는 아버지의 집에서 자는 날이 아니면 여기서 잤다. 분홍색과 흰색으로 꾸민 방은 먼지 한 톨 없었고, 천장 가장자리를 빙 둘러 요정이 그려져 있었다. 선반 안쪽에는 반짝이는 드레스로 뾰족한 가슴을 가린 바비 인형들이 멍한 미소를 지은 채 앉아 있었다. 북극곰 머리가 달린 인조 털가죽 깔개가, 작고 하얀 사주식 침대* 옆 바닥에 깔려 있었다.

스트라이크는 어린 소녀들에 대해 거의 몰랐다. 대자(代子)**가 두 명—둘 다 특별히 원했던 건 아니지만—, 조카도 남자만 세 명이었다. 콘월에 살고 있는 그의 가장 오랜 친구는 딸들을 두었지만, 그 아이들과는 별다른 교류가 없었다. 포니테일을 한 아이들은 손을 흔들며 그의 곁을 지나갈 뿐이었다. "안녕하세요, 코모란 삼촌. 안녕히 가세요, 코모란 삼촌." 물론 어린 시절에는 여동생 루시와 함께 자랐으나, 루시는 그녀가 간절히 원했더라도 기둥에 분홍색 캐노피가 달린 침대 같은 건 가질 수 없었다.

브리트니 브록뱅크에게는 커다란 사자 인형이 있었다. 바닥에 깔린 북극곰을 보자 난데없이 그 인형이 떠올랐다. 얼굴이 웃기게 생긴 사자 인형. 의붓아버지가 깨진 맥주병을 들고서 스트라이크에게 달려들 때 브리트니는 분홍색 튀튀를 입고 있었고 인형은 소파에 있었다.

스트라이크는 주머니를 뒤지며 다시 현관으로 나왔다. 그는 항상

* 네 모서리에 기둥이 달려 있고, 그 위로 덮개가 달린 침대.
** 영세나 견진성사 때 대부나 대모로서 후견을 약속한 남자아이.

수첩과 펜을 가지고 다녔다. 그는 엘린에게 어젯밤 어떤 부분이 좋았는지 언급하는 짧은 메모를 쓰고서, 그녀가 깨지 않도록 복도 테이블에 내려놓았다. 그러고는 역시 조용히 여행 가방을 어깨에 메고 아파트를 빠져나왔다. 8시에 웨스트 일링 역에서 로빈과 만나기로 되어 있었다.

헤이스팅스 로드에서 마지막 남은 안개의 흔적이 걷혀갈 때 로빈은 어수선한 마음과 무거운 눈꺼풀로 집을 나섰다. 한 손에는 먹을 것을 담은 쇼핑백이, 또 한 손에는 옷가지를 넣은 여행 가방이 들려 있었다. 그녀는 낡은 회색 랜드로버의 뒷문을 열고서 옷 가방을 던져 넣은 뒤 쇼핑백을 들고 운전석으로 갔다.

매튜는 방금 전 현관에서 그녀를 끌어안으려 했지만 그녀가 완강히 저항했다. 털이 없고 따뜻한 그의 가슴을 두 손으로 밀치며 비키라고 소리쳤다. 그는 사각팬티 차림이었다. 로빈은 그가 얼른 옷을 입고서 자기를 따라 나올까 봐 겁이 났다. 급하게 자동차 문을 닫고 안전띠를 맸지만, 시동을 걸었을 때 매튜가 티셔츠와 트레이닝복 바지만 입고 맨발로 달려 나왔다. 로빈은 한 번도 본 적 없는 처절하고 나약한 표정이었다.

"로빈." 그녀가 액셀러레이터를 밟아 갓돌에서 멀어지는데 그가 소리쳤다. "사랑해. '사랑해'!"

그녀는 핸들을 돌려 이웃의 혼다 차에 스칠 듯 불안하게 주차장을 빠져나왔다. 백미러에 비치는 매튜의 모습이 점점 작아졌다. 언제나 침착한 그가 이웃들에게 경멸당하고 조롱당할 일도 걱정하지 않은 채 사랑한다며 소리를 꽥꽥 지르고 있었다.

로빈의 가슴에서 심장이 고통스럽게 쿵쿵거렸다. 7시 15분이었다. 스트라이크는 아직 역에 도착하지 않았을 것이다. 그녀는 오직 매튜에게서 멀어져야 한다는 생각에 도로 끝에서 좌회전을 했다.

매튜는 새벽에 깼다. 로빈이 조용히 짐을 싸고 있었다.

"어디 가는 거야?"

"스트라이크의 조사를 도와주러."

"자고 오는 거야?"

"아마도."

"어디서?"

"정확히는 나도 몰라."

그녀는 그가 따라올까 봐 목적지를 말하기가 두려웠다. 전날 저녁 그녀가 집에 돌아왔을 때 매튜가 한 행동은 로빈의 마음을 뒤흔들었다. 그는 울며 사정했다. 처음이었다. 어머니가 돌아가셨을 때도 그러지 않았던 그였다.

"로빈, 우리 얘기 좀 해."

"이미 많이 했어."

"네가 어디 가는지 어머니도 알고 계셔?"

"응."

거짓말이었다. 로빈은 어머니에게 아직 약혼이 깨졌다는 말을 하지 않았고, 스트라이크와 함께 북쪽으로 간다는 이야기도 하지 않았다. 자신은 스물여섯 살이고, 어머니가 상관할 바가 아니었다. 하지만 매튜가 정말로 묻고 싶은 건 약혼이 깨졌는지 어머니에게 알렸느냐는 것이었다. 약혼이 아직도 유효하다면 로빈이 스트라이크와 함께 정체불명의 장소로 떠나는 것은 있을 수 없는 일이기 때문이다. 사파이어 반지는 그녀가 빼놓은 자리, 그의 옛날 회계학 교과서들이 꽂힌 서가에 그대로 있었다.

"아, 젠장." 그녀는 조용한 도로에서 아무렇게나 차를 돌리며 눈물이 떨어지지 않도록 눈을 깜박였다. 반지 없는 손가락도, 매튜의 고통스러운 얼굴에도 신경 쓰고 싶지 않았다.

잠깐 걸었는데도 스트라이크는 단순한 물리적 거리보다 더 멀리 걸어온 듯한 느낌이었다. 그는 그날의 첫 담배를 피우면서 여기는 런던이야, 하고 생각했다. 바닐라 아이스크림으로 조각한 듯한, 조용하고 대칭적인 내시 테라스. 러시아 출신인 엘린의 이웃이 줄무늬 양복을 입고서 아우디에 오르고 있었는데, 스트라이크가 "안녕하세요" 하고 인사하자 퉁명스럽게 고개를 한 번 끄덕여 보였다. 스트라이크는 말쑥한 사업가처럼 아침 7시에 셜록 홈스의 실루엣을 새긴 베이커 스트리트 역으로 가 우중충한 지하철에 올라 자리에 앉았고, 수다 떠는 폴란드 노동자들에게 둘러싸였다. 그런 뒤 여행 가방을 어깨에 메고 붐비는 패딩턴 역에서 출근 인파와 커피숍 사이를 지났다. 결국 히스로 커넥트로 몇 정거장을 더 갔는데, 같은 객차에 탄 웨스트 컨트리 출신 대가족은 이른 아침의 쌀쌀한 날씨에도 이미 플로리다에 어울리는 옷차림이었다. 그들은 불안한 미어캣처럼 역 표지판을 보면서, 누가 빼앗아 갈까 봐 두려운 듯 두 손으로 여행 가방을 꽉 붙들고 있었다.

웨스트 일링 역에 15분 일찍 도착한 스트라이크는 담배 생각이 간절했다. 그래서 여행 가방을 발치에 내려놓고 로빈이 조금 늦길 바라며 담배를 한 대 피워 물었다. 로빈은 랜드로버 안에서 담배 피우는 걸 좋아하지 않을 것 같았기 때문이다. 하지만 그가 겨우 두 모금을 만족스럽게 빨았을 때 상자 같은 차가 모퉁이를 돌았고, 로빈의 밝고 붉은 금발이 앞 유리창을 통해 보였다.

"괜찮아요." 그가 가방을 들쳐 메고 담배를 끄려 하자 그녀가 말했다. "창문만 열어놓으시면 돼요."

그는 차에 올라타, 가방을 뒷좌석에 아무렇게나 던져놓고 문을 닫았다.

"이미 냄새가 최악이거든요." 로빈이 뻑뻑한 기어를 능숙하게 바꾸면서 말했다. "개 냄새가 장난 아니에요."

자동차가 출발할 때 스트라이크는 안전띠를 매면서 차 내부를 살펴보았다. 몹시 낡고 흠이 많은 데다 웰링턴 부츠 냄새가 났고 확실히 래브라도 냄새가 강했다. 차를 보니 보스니아와 아프가니스탄의 온갖 지형에서 몰던 군용 차량이 떠오르면서, 동시에 로빈의 배경에 대해서도 새롭게 알 수 있었다. 이 랜드로버는 진흙 길과 경작지를 누볐을 것이다. 삼촌의 농장 이야기도 떠올랐다.

"조랑말을 키운 적 있어요?"

로빈이 놀라서 그를 힐끗 바라보았다. 그는 잠깐 스친 그녀의 앞모습에서, 눈이 아주 피곤해 보이며 얼굴빛이 창백하다는 걸 알아챘다. 잠을 못 잔 것 같았다.

"도대체 그건 왜 물으시는 거죠?"

"조랑말 경연 대회에 이 차를 타고 갔을 것 같은 느낌이 들어요."

그녀는 약간 방어적으로 대답했다.

"맞아요, 키웠어요."

그는 웃고, 창문을 최대한 내려 담배 든 손을 걸쳤다.

"그게 뭐가 재미있나요?"

"모르겠어요. 이름이 뭐였죠?"

"앵거스요." 그녀가 좌회전하면서 말했다. "아주 망나니였어요. 저를 멋대로 끌고 다녔죠."

"나는 말을 신뢰하지 않아요." 스트라이크가 담배를 피우면서 말했다.

"말을 타보신 적이 있나요?"

이제 로빈이 웃을 차례였다. 스트라이크가 불편함을 느낄 몇 안 되는 장소 중 하나가 말 등일 것 같았기 때문이다.

"아뇨." 스트라이크가 말했다. "그리고 앞으로도 안 탈 겁니다."

"우리 삼촌 농장에 당신도 탈 만한 말이 있어요." 로빈이 말했다. "클라이즈데일 품종요. 덩치가 엄청나요." 로빈이 말했다.

"무슨 뜻인지 알겠네요." 스트라이크가 무미건조하게 말했고, 그녀는 웃었다.

로빈이 막히는 아침 도로를 뚫고 가는 동안, 스트라이크는 말없이 담배를 피우며 그녀를 웃게 만들었다는 사실에 자신의 기분이 아주 좋아졌다는 것을 느꼈다. 또 로빈과 함께 이렇게 낡은 차를 타고 가며 시시한 잡담을 나누는 일이 어젯밤 엘린과의 데이트보다 훨씬 더 즐겁고 편안하다는 것도 생각했다.

그는 안이한 거짓말로 자신을 속이는 사람이 아니었다. 로빈은 편안한 우정을 나누는 상대고, 엘린은 성적 관계의 긴장과 기쁨을 나누는 상대라고 생각할 수도 있었을 것이다. 하지만 진실은 그보다 복잡한 데다, 로빈의 손가락에서 사파이어 반지가 사라졌다는 사실 때문에 더 복잡해졌다. 그는 로빈과 처음 마주친 순간부터 그녀가 자기 마음의 평화를 흔들 수 있다는 것을 알았지만, 그가 만난 최고의 업무 관계를 위험에 빠뜨리는 일은 고통스러웠던 오랜 연애를 끝내고, 또 그 많은 어려움을 헤쳐 간신히 탐정 사업을 일구어놓은 지금, 자폭 행위가 될 게 분명했기에 그런 일이 일어나도록 허락할 순 없었다.

"일부러 절 무시하시는 거예요?"

"뭐요?"

그녀의 말을 못 들은 모양이었다. 낡은 랜드로버의 엔진이 몹시 시끄러웠기 때문이다.

"엘린 씨는 잘 지내는지 물었어요."

그녀는 이전까지 그의 연애사에 대해 공공연하게 물은 적이 없었다. 스트라이크가 보기에는 이틀 전의 고백으로 두 사람 사이에 새로운 차원의 친밀감이 생겨난 것 같았다. 그러나 그는 가능하다면, 이런 상황을 피했을 것이다.

"좋아요." 그가 짧게 말한 뒤 담배꽁초를 던지고 유리창을 올렸다. 소음이 약간 줄었다.

"그러면 용서받으신 거예요?"

"뭘요?"

"데이트 약속을 완전히 잊으신 거요!" 로빈이 말했다.

"아, 그거요. 네. 음, 아뇨— 결국 그런 셈이죠."

A40 도로로 접어들 때, 스트라이크의 모호한 발언은 문득 로빈의 머릿속에 선명한 이미지를 안겨주었다. 다리 한쪽은 멀쩡하지만 다른 한쪽은 정강이 아래가 없는 털북숭이의 덩치가 하얀 침대 시트 위에서 금발에 설화석고같이 하얀 엘린과 뒤엉켜 있는 모습…….

엘린의 침대 시트는 하얗고 또 북유럽 스타일이며 깨끗할 것이다. 빨래도 다른 사람이 해줄 것이다. 엘린은 너무 상류층이고 너무 부유해서 자신처럼 일링의 비좁은 거실의 TV 앞에서 이불보를 다림질하는 일 따위는 없을 것이다.

“매튜는 어때요?” 차가 고속도로에 들어설 때 스트라이크가 그녀에게 물었다. “그 일은 어떻게 됐죠?”

“잘됐어요.” 로빈이 말했다.

“저런.” 스트라이크가 말했다.

로빈은 다시 한 번 웃었지만, 스트라이크가 엘린에 대해 별로 답해주지 않고 질문을 돌려 약간 화가 났다.

“음, 매튜는 도로 합치자고 해요.”

“당연하죠.” 스트라이크가 말했다.

“왜 ‘당연’한가요?”

“은근한 자랑은 서로 하지 맙시다.”

로빈은 뭐라고 대답해야 할지 몰랐지만, 기분은 조금 좋았다. 스트라이크가 자신을 여자로 본다고 암시한 건 처음인 듯했다. 그녀는 이 일을 잠자코 묻어두었다가 나중에 혼자 있을 때 생각해보기로 했다.

“사과하면서 저한테 다시 반지를 끼라고 했어요.” 로빈이 말했다. 남아 있는 약간의 애정 때문에 그가 울며 애원했다는 말은 하지 않았다. “하지만 저는…….”

그녀의 목소리가 차츰 잦아들었고, 스트라이크는 더 듣고 싶었지만 채근하지 않고서 창문을 내린 뒤 다시 담배를 피워 물었다.

그들은 커피를 마시러 힐턴 파크 휴게소에 차를 세웠다. 스트라이크가 커피를 사려고 버거킹에 줄 서 있는 동안 그녀는 화장실에 갔다. 거울 앞에서 휴대전화를 보았다. 예상대로 매튜의 메시지가 와 있었는데, 이제 그의 어조는 사정하거나 회유하는 것이 아니었다.

네가 그 사람이랑 잔다면 우리는 영원히 끝이야. 너는 비기는 거라고 생각할 수도 있겠지만, 이거랑 그건 달라. 세라 일은 오래전 일이고, 우리는 어렸고, 나는 너한테 상처주려고 그랬던 게 아니야. 네가 무엇을 잃게 될지 생각해봐, 로빈. 사랑해.

"죄송합니다." 로빈이 옆으로 비켰고, 소녀 하나가 짜증스러운 듯 핸드 드라이어 앞으로 갔다.

그는 매튜의 문자를 다시 읽었다. 분노가 솟구쳐 올라 그날 아침 그가 따라 나왔을 때 느꼈던 엇갈린 연민과 아픔을 덮어버렸다. 이게 매튜의 본모습이야, 하고 그녀는 생각했다. **"네가 그 사람이랑 잔다면 우리는 영원히 끝이야."** 그러니까 그는 로빈이 반지를 빼면서 결혼은 없었던 일로 하자고 했는데도 정말 믿지 않은 걸까? 그가, 매튜가 말해야 '영원히' 끝나는 것일까? **"이거랑 그건 달라."** 그녀의 부정은 당연하게도 그의 부정보다 나쁘다. 그가 보기에 이번 북부 여행은 그저 복수의 수단이었다. 죽은 여자와 살인자를 찾는 일이 그에게는 삐친 여자의 심술로 보일 뿐이었다.

'염병하지 마.' 그녀는 휴대전화를 주머니에 넣으면서 이렇게 생각하고는 카페로 돌아갔다. 스트라이크는 소시지와 베이컨이 든 더블 크루아상 샌드위치를 먹고 있었다.

스트라이크는 그녀의 상기된 얼굴과 굳은 턱을 보고 매튜와 연락했음을 짐작했다.

"괜찮아요?"

"네." 그러고는 스트라이크가 다른 말을 할 겨를도 없이 이어 말했다. "이제 브록뱅크 이야기를 해주실 건가요?"

질문은 의도했던 것보다 공격적으로 나왔다. 매튜가 보낸 문자의 말투에 짜증이 났고, 당장 그날 밤 그녀와 스트라이크가 정말로 어디서 자야 할지 걱정스러워졌다.

"원한다면." 스트라이크가 온화하게 말했다.

그는 휴대전화를 꺼내서 하데이커의 컴퓨터에서 빼낸 브록뱅크의 사진을 띄운 뒤 테이블 건너 로빈 앞으로 내밀었다.

로빈은 거무죽죽한 피부의 길쭉한 얼굴과 숱 많은 검은 머리를 들여다보았다. 특이했지만 매력이 없진 않았다. 그녀의 마음을 읽은 듯이 스트라이크가 말했다.

"지금은 더 못생겨졌어요. 이건 입대 직후의 사진이니까. 한쪽 눈이 꺼지고 만두귀가 됐어요."

"키는요?" 그녀가 가죽옷을 입고 거울로 된 가리개를 쓴 택배 배달원이 자신을 내려다보던 모습을 떠올리며 물었다.

"나하고 같거나 더 커요."

"군에서 만나셨다고요?"

"그래요." 스트라이크가 말했다.

그러고는 몇 초 동안, 로빈은 그가 더 이상 말하지 않으려는 건가 생각했지만, 그는 단지 앉을 자리를 찾아 머뭇거리는 노부부의 말소리가 들리지 않을 만큼 멀어지길 기다리고 있었다. 그들이 떠나자 스트라이크가 말했다.

"브록뱅크는 제7 기갑 여단의 소령이었어요. 죽은 동료의 미망인과 결혼했죠. 여자한테는 이미 어린 두 딸이 있었고요. 이 둘도 아이를 하나 낳았어요, 사내아이요."

브록뱅크의 파일을 다시 본 순간 새삼 깨달았지만, 사실 스트라이크는 그간 이 사실을 잊은 적이 없었다. 이 사건은 언제나 스트라이크의 머릿속을 맴돌았다.

"의붓딸 중 큰딸이 브리트니였죠. 브리트니는 독일에서 살던 열두 살 때 성적으로 학대받는다고 학교 친구에게 털어놓았어요. 그 친구가 엄마한테 이야기했고, 엄마가 신고를 했죠. 그래서 우리가 갔는데…… 내가 직접 아이를 만나지는 않았습니다. 그건 여군이 했죠. 나는 그냥 녹화 테이프만 보았어요."

브리트니가 어른스럽게 행동하려고 얼마나 노력했는지, 얼마나 침착했는지를 생각하면 그는 고통스러웠다. 아이는 자기가 비밀을 폭로해서 가족에게 무슨 일이라도 일어날까 봐 겁에 질려 있었고, 그래서 자꾸만 자기가 한 말을 취소하려 했다.

아뇨, 안 했어요! 제가 그런 말을 떠들고 다니면 아빠가 동생을 죽일 거라고 협박했다는 그런 말은 조피한테 하지 않았어요! 아니, 조피가 거짓말했다는 건 아니지만, 농담이었어요. 그게 다예요. 조피한테 아기가 생기지 않게 하는 방법을 아느냐고 물어본 건, 그건, 그건 궁금해서 그랬어요. 그런 건 다들 궁금해하지 않나요? 이 일을 얘기하면 아빠가 엄마를 토막 낼 거라고 했다는 말, 그런 말도 안 했어요. 제 다리 이야기요? 아, 그건, 그것도 농담이었어요. 다 농담이에요. 어렸을 때 아빠가 제 다리를 자르려다 엄마한테 들켜서 그만둔 자국이 상처로 남았다고 한 말, 다리를 자르려던 이유가 제가 걸음마를 배우던 시절 화단을 밟아서라고 한 말은 당연히 농담이었죠. 엄마한테 물어보세요. 저는 가시철조망에 걸렸고요. 그냥 그게 다인데, 빠져나오려다가 심하게 상처를 입었어요. 엄마한테 물어보세요. 아빠는 제 다리를 자르지 않았어요. 절대로요. 아빠가 그런 게 아니에요.

아이가 억지로 '아빠'라는 말을 하면서 무의식 중에 지은 표정을 스트라이크는 아직도 기억했다. 안 먹으면 벌을 받는대서 어쩔 수 없이 소 내장 요리를 삼킨 아이의 표정 같았다. 브리트니는 열두 살 나이에 이미 자기가 입을 다물고 불평 없이 의붓아버지의 뜻을 따라야 가족의 삶이 견딜 만해진다는 것을 알았다.

스트라이크는 브록뱅크 부인과의 첫 심문 때부터 그녀에게 반감이 들었다. 그녀는 말랐고 화장이 과했다. 물론 그녀 또한 피해자였지만, 스트라이크가 볼 때는 다른 두 아이를 위해 브리트니를 희생시키기로 마음먹고서, 남편과 큰딸의 긴 외출을 모른 척한 것 같았기 때문이다. 그런 결연한 태도는 협력에 가까운 것이었다. 브록뱅크는 브리트니에게, 근처의 숲으로, 어두운 골목으로 여러 시간 나들이를 나갔을 때 자기가 차 안에서 그녀에게 한 짓에 대해 단 한 번이라도 말했다가는 엄마와 여동생을 목 졸라 죽이겠다고 말했다. 그러고는 시체를 토막 내 마당에 묻겠다고 했다. 그런 뒤 라이언—브록뱅크의 아들로, 그가 가족 중 유일하게 소중히 여긴 듯한—을 데리고 아무도 모르는 곳으로 갈 거라고 했다.

"그냥 다 농담이었어요. 전혀 그런 뜻이 아니었어요."

브리트니는 가는 손가락을 홱홱 비틀었다. 안경은 삐딱하게 기운

데다 두 다리는 바닥에 닿을 만큼 길지도 않았다. 아이는 스트라이크와 하데이커가 브록뱅크를 잡으러 집에 갔을 때도 신체검사를 하지 않겠다며 딱 잘라 거절했다.

"우리가 갔을 때 그자는 술에 취해 있었어요. 우리가 왜 왔는지 말해주자 놈은 깨진 병을 들고 달려왔습니다.

나는 그자를 때려눕혔어요." 스트라이크가 허세 없이 말했다. "하지만 그러지 말았어야 했어요. 그럴 필요가 없었거든요."

그는 이전까지 그 사실을 인정하지 않았다. 하데이커(그는 이어진 조사에서 스트라이크를 열렬히 옹호했다) 또한 잘 아는 사실이었지만.

"그 사람이 병을 들고 달려들었다면—"

"때려눕히지 말고 병만 빼앗았어야 했어요."

"그 사람이 덩치가 크다고—"

"꽤 취해 있었거든요. 때리지 않고도 해결할 수 있었어요. 하데이커도 있었고, 2 대 1이었으니까.

그런데 사실 그자가 달려들어서 기뻤어요. 때려주고 싶었거든요. 라이트 훅 한 방에 말 그대로 그냥 뻗어버리더군요. 그래서 그자는 처벌을 면하게 됐어요."

"처벌을 면했다고요?"

"면했어요." 스트라이크가 말했다. "완전히."

"어떻게요?"

스트라이크는 커피를 더 마시고, 멍한 눈으로 옛일을 떠올렸다.

"나한테 맞고 입원했어요. 뇌진탕에서 회복되다가 심각한 뇌전증 발작을 일으켰죠. 외상성 뇌 손상(TBI)이었어요."

"세상에." 로빈이 말했다.

"뇌출혈을 막으려고 긴급수술을 했어요. 발작이 거듭됐어요. 외상성 뇌 손상, 외상 후 스트레스 장애, 알코올의존증 진단이 나왔어요. 재판을 받을 수 없었어요. 변호사들이 몰려왔고요. 나는 폭행 혐의를 받았죠.

다행히 법무 팀이 내가 치기 일주일 전 그자가 럭비를 했다는 사실을 알아냈어요. 110킬로그램이 넘는 웨일스 사람에게 무릎으로 머리를 얻어맞고 경기장에 뻗었다고 하더군요. 현장에 있던 젊은 의사는 그의 귀에서 피가 나는 걸 못 보고—진흙투성이에 멍투성이였으니까요—집에 가서 쉬라고만 했대요. 알고 보니 그때 머리뼈 바닥골절이 된 거였어요. 법무 팀이 경기 후 찍은 엑스레이를 의사에게 보이고서 알아냈죠. 머리뼈골절은 내가 아니라 그 웨일스 선수 때문이었어요.

그래도 하데이커가 그자가 먼저 깨진 병을 들고서 달려들었다고 증언하지 않았다면 나는 아주 곤란해졌을 겁니다. 결국 법원은 나의 정당방위를 인정했어요. 그의 머리뼈가 이미 골절된 상태였으며, 또 그를 때리면 얼마나 많은 피해를 보게 될지 내가 알 수 없었다고요.

그러는 사이 브록뱅크의 컴퓨터에서 아동 포르노를 찾아냈어요. 이웃들은 브록뱅크가 브리트니하고서만 차를 타고 나가는 모습을 자주 보았다고 했고요. 학교 선생님은 아이가 갈수록 말을 잃었다고 했습니다.

놈은 2년 동안 아이를 성폭행하면서 그 사실을 알리면 너희 세 모녀를 죽이겠다고 협박한 겁니다. 그는 이미 아이에게 네 다리를 자르려 한 적이 있다고 말했고, 아이도 그 말을 믿었어요. 종아리를 빙 둘러 상처가 있었거든요. 다리를 톱으로 자르려는데 네 엄마가 들어와서 그만두었다고 말했죠. 하지만 아이 엄마가 조사에서, 그 상처는 아기 때 사고로 생긴 거라고 했어요."

로빈은 아무 말도 하지 않았다. 두 손으로 입을 가리고 두 눈을 동그랗게 떴다. 스트라이크의 표정이 섬뜩했다.

"사람들은 놈을 입원시키고 발작을 진정시키려 했습니다. 하지만 놈은 면담을 요청할 때마다 일부러 멍청한 짓을 하고 기억을 잃은 척했어요. 변호사들이 의료 과실과 폭행 건수의 냄새를 맡고 잔뜩 몰려들었거든요. 놈은 자신도 폭력의 희생자고, 아동 포르노는 정신 질환과 알코올의존증의 증상일 뿐이라고 했습니다. 브리트니는 자기 말은 다 거짓말이라 했고, 아이 엄마는 남편은 아이들에게 손 한 번 대지 않은 훌륭한 아빠라고, 자신은 벌써 남편 하나를 잃었는데 또 잃게 생겼다고 악을 썼습니다. 그래서 윗선에서 그냥 기소하지 않기로 했어요.

그는 병으로 풀려났습니다." 스트라이크의 검은 눈이 로빈의 청회색 눈과 마주쳤다. "무죄방면 되었어요. 보상금과 연금도 받고요. 그리고 브리트니를 데리고 사라졌습니다."

24

Step into a world of strangers
Into a sea of unknowns...
Blue Öyster Cult, 'Hammer Back'*

랜드로버는 덜컹덜컹 소리를 울리며 꾸준히 달렸다. 이 북부 여행이 도무지 끝나지 않을 것 같은 느낌이 들 무렵, 배로인퍼니스의 표지판이 하나둘 나타났다. 지도만 보아서는 그 항구 도시가 얼마나 먼지, 또 얼마나 외떨어져 있는지 제대로 알 수 없다. 배로인퍼니스는 거쳐 지나가는 것도, 우연히 오는 것도 아닌, 오직 그곳을 목적지로 해야 갈 수 있는 막다른 골목이었다.

레이크 디스트릭트** 최남단을 지나고, 양 떼 가득한 언덕을 지나고, 로빈의 고향 요크셔를 연상시키는 돌담과 그림 같은 작은 마을을 지나고, 울버스턴('스탠 로럴***의 생가')을 지나자, 마침내 해변에 가까워졌음을 암시하는 넓은 강어귀가 잠깐 보였다. 그러다 정오가 지났을 때 그들은 살풍경한 산업 단지에 들어섰다. 도시의 주변부임을 표시하는 창고와 공장 들이 도로 양편으로 늘어서 있었다.

* '낯선 이들의 세상으로 들어서라/모르는 이들의 바다로…….', 블루 오이스터 컬트, 〈해머 백〉.
** 잉글랜드 북서부의 호수가 많은 지방.
*** 올리버 하디와 함께 '홀쭉이와 뚱뚱이' 코미디를 선보인 코미디언.

"브록뱅크한테 가기 전에 간단히 좀 먹읍시다." 5분 동안 배로의 지도를 살펴본 스트라이크가 말했다. 그는 종이 지도는 내려받을 필요가 없고, 또 열악한 조건에서도 정보가 사라지지 않는다는 이유로 길을 찾을 때 전자 기기 사용을 꺼렸다. "여기 주차장이 있어요. 로터리에서 좌회전해요."

그들은 럭비 팀 '배로 레이더스'의 홈그라운드인 크레이븐 파크의 낡은 옆문을 지나갔다. 브록뱅크를 찾기 위해 잔뜩 긴장한 터라 스트라이크는 그곳의 뚜렷한 특징이 눈에 잘 들어왔다. 그 또한 콘월 출신이라서 이곳에 오면 바다를 볼 수 있고, 또 음미할 수 있을 거라고 예상했지만 겉으로 보이는 모습은 내륙 수 킬로미터 안쪽 같았다. 처음에는 외곽의 거대한 쇼핑 센터가 눈에 확 띄었다. 번화가 아웃렛 상점의 번쩍이는 정면이 도처에 보였는데, DIY 상점들과 피자집들 사이사이에 어울리지 않는 보석 같은 건축물들이 산업이 융성했던 시절을 말해줬다. 아르데코 양식의 세관은 식당으로 개조되었다. 고전적 인물들로 장식된 빅토리아 시대풍의 전문대학에는 '라보르 옴니아 빈키트(*Labor Omnia Vincit*)'*라는 명문이 적혀 있었다. 조금 더 가니 테라스하우스들이 빼곡했다. 라우리**가 그린 도시 풍경 같았는데, 노동자들의 집단 거주지였다.

"펍이 정말 많군요." 로빈이 주차장으로 들어설 때 스트라이크가 말했다. 그는 맥주 한 잔이 그리웠지만 마음속에 '라보르 옴니아 빈키트'라는 말을 품고서, 인근 카페에서 간단하게 식사하자는 로빈의 제안을 받아들였다.

* '노동은 모든 것을 이긴다'는 뜻.
** 영국의 화가로, 20세기 중반 영국 북서부 산업 지대의 삶을 그려낸 것으로 유명하다.

4월의 오후는 화창했으나, 산들바람에는 보이지 않는 바다의 냉기가 실려 왔다.

"과장은 아니네요. 안 그래요?" 그가 '라스트 리조트(The Last Resort)'라는 카페 이름을 보고 말했다. 카페는 중고옷 가게인 '세컨드 찬스(Second Chance)'와 북적이는 전당포 맞은편에 있었다. 불길한 이름에도 불구하고 라스트 리조트는 아늑하고 깨끗했으며, 노부인들이 여기저기서 담소를 나누었다. 그들은 잘 식사하고 기분이 좋아져 주차장으로 돌아갔다.

"안에 사람이 없으면 그자의 집을 보기 어려울 거예요." 다시 랜드로버에 탔을 때 스트라이크가 로빈에게 지도를 보여주며 말했다. "그 집은 완전히 막다른 골목에 있거든요. 몸을 숨길 데가 없어요."

"혹시 그런 생각 들지 않아요?" 로빈이 차를 출발시키며 약간 진지하게 말했다. "할리가 '노엘'이라는 생각 말이에요. 그가 성전환 수술을 받았을까요?"

"그렇다면 정말 찾기 쉬울 겁니다." 그가 말했다. "203센티미터에 만두귀인 사람이 하이힐을 신고 있다면 말이죠. 여기서 우회전해요." 그런 뒤 '무일푼'이라는 나이트클럽 앞을 지나갈 때 덧붙여 말했다. "젠장, 스킨트라니. 배로가 그렇다는 건가?"

앞쪽에 'BAE 시스템스'*라는 이름의 거대한 크림색 건물이 해안이 보이지 않도록 가로막고 있었다. 건물에는 창문이 없었고 폭도 1.5킬로미터가 넘는 것 같았다. 장식도 없고 특징도 없고 위압적이었다.

** 방위산업을 주력으로 하는 영국 기업. 배로에는 잠수함 건조 설비 시설이 있다.

"할리는 누이거나 아니면 새로 맞은 아내일 것 같아요." 스트라이크가 말했다. "여기서 좌회전……. 동갑이더라고요. 우회전, 스탠리 로드로 가야 해요……. 보아하니 BAE 시스템스 바로 옆인 것 같군요."

스트라이크가 말한 대로 스탠리 로드 한쪽에는 주택들이, 다른 한쪽에는 가시철조망이 얽혀 있는 높은 벽돌담이 있었다. 그 단호한 장벽 너머로 기묘하게도 불길한 공장 건물이 솟아 있었다. 하얗고 창문이 없는 데다, 크기만으로도 위협적이었다.

"'핵시설 경계'?" 로빈이 벽에 붙은 표지판을 읽으며, 랜드로버의 속도를 늦춰 기어가듯이 나아갔다.

"잠수함을 만드는 곳이에요." 스트라이크가 가시철조망을 올려다보며 말했다. "사방에 경고문이네요. 저기 봐요."

막다른 골목에는 인적이 없었다. 길은 작은 주차장과 그 옆의 어린이 놀이터에서 끝났다. 로빈은 주차를 하면서 담 위 가시철조망에 끼인 여러 가지 물건을 봤다. 공은 우연히 꼈을 게 분명하지만 분홍색의 작은 인형 유모차도 엉켜 있었고, 그걸 보자 로빈은 마음이 불편해졌다. 누군가 일부러 손이 닿지 않는 높이에 던졌을 것이다.

"뭐하러 내려요?" 스트라이크가 자동차 뒤쪽으로 돌아오면서 말했다.

"저도—"

"브록뱅크는 내가 처리할 겁니다, 만약 집에 있다면." 스트라이크가 담배에 불을 붙이며 말했다. "당신은 근처에 오면 안 돼요."

로빈은 다시 랜드로버에 탔다.

"때리지는 마세요. 네?" 여행으로 무릎이 뻐근해져 다리를 살짝 절면서 그 집으로 걸어가는 스트라이크의 뒷모습을 보며 그녀가 나직이 말했다.

어떤 집들은 깨끗한 유리창 안쪽에 장식품들이 단정하게 놓였고, 어떤 집들은 레이스 커튼이—청결도는 제각각이지만—드리워져 있었다. 몇몇 집은 초라한 데다 안쪽 창턱이 지저분한 것으로 보아 집 안도 더러울 것 같았다. 스트라이크는 갈색 문 앞에 거의 다 가서는 우뚝 멈춰 섰다. 로빈은 길 끝에서 청색 작업복과 단단한 작업모를 쓴 남자들 무리가 나타나는 모습을 보았다. 저 사람들 중에 브록뱅크가 있는 건가? 왜 스트라이크는 멈춰 선 거지?

아니었다. 그는 그저 전화를 하고 있었다. 그는 문과 남자들을 모두 등지고서, 로빈 쪽으로 천천히 걸어왔다. 하지만 그 걸음은 아까처럼 목적지를 향해 가는 단호한 걸음이 아니라 전화 목소리에 집중한 사람이 이리저리 어슬렁거리는 걸음이었다.

작업복 차림의 남자 중 한 명은 키가 크고 낯빛이 어두운 데다 턱수염을 길렀다. 스트라이크가 저 사람을 보았을까? 로빈은 차에서 나가 문자메시지를 보내는 척하며, 최대한 줌을 당겨 인부들 사진을 몇 장 찍었다. 그들은 모퉁이를 돌아 사라졌다.

스트라이크는 그녀에게서 10미터 정도 떨어진 곳에 멈춰 서서 담배를 피우며 전화에 골똘히 귀를 기울였다. 가장 가까이 있는 집의 2층 창문에서 백발의 여자가 눈살을 찌푸리며 두 사람을 내려다보았다. 의심을 피하기 위해 로빈은 집들을 외면하고 관광객인 척하며 거대한 핵시설의 사진을 찍었다.

"워들이었어요." 스트라이크가 뒤에서 다가오며 말했다. 표정이 무거웠다. "시신이 옥사나 볼로시나가 아니래요."

"어떻게 알았대요?" 로빈이 놀라서 물었다.

"옥사나는 3주 전에 고향 도네츠크로 돌아갔대요. 가족의 결혼식이 있어서요. 옥사나와 직접 통화는 못 했지만, 옥사나 어머니하고 통화했는데 옥사나가 거기 있다고 했대요. 그동안 집주인이 회복해서는 경찰에 말했대요. 옥사나가 우크라이나에 휴가를 간 줄 알았는데 시신이 나와서 더 놀랐다고요. 그리고 머리가 옥사나하고는 다르다고도 했어요."

스트라이크는 얼굴을 찡그리며 휴대전화를 주머니에 넣었다. 그는 이 소식으로 워들이 맬리가 아닌 다른 사람에게 집중하길 바랐다.

"차로 돌아가요." 생각에 잠기며 스트라이크는 로빈에게 말하고는 다시 브록뱅크의 집으로 향했다.

로빈은 랜드로버의 운전석으로 돌아갔다. 2층의 여자는 아직도 그녀를 보고 있었다.

형광색 조끼를 입은 두 여경이 길을 걸어왔다. 스트라이크는 갈색 문 앞에 도착했다. 나무 문에 노크용 금속 고리를 톡톡 두드리는 소리가 길에 울렸다. 아무도 나오지 않았다. 스트라이크가 다시 문을 두드리려고 할 때 여경 두 명이 그에게 다가갔다.

로빈은 운전석에서 몸을 일으켰다. 도대체 경찰이 스트라이크에게 뭘 원하는 건지 궁금했다. 세 사람은 잠깐 대화를 나누더니 랜드로버 쪽으로 걸어왔다.

로빈은 창문을 내렸다. 갑자기, 그리고 아무 이유 없이 뭔가 잘못한 느낌이 들었다.

"저들이 궁금해해요." 목소리가 들릴 만큼 가까이 다가온 스트라이크가 말했다. "내가 마이클 엘라코트인지."

"네?" 갑자기 아버지 이름이 나오자 완전히 혼란에 빠진 로빈이 말했다.

혹시 매튜가 경찰을 뒤따라 보낸 건가 하는 터무니없는 생각도 들었다. 하지만 왜 스트라이크를 아버지라고 말한 걸까? 그러나 그녀는 곧 무슨 일인지 깨닫고서 말했다.

"이 차가 아빠 이름으로 등록되어 있어요." 그녀가 말했다. "제가 무슨 잘못을 했나요?"

"지금 이중 황색선에 주차하셨어요." 여경 한 명이 건조하게 말했다. "하지만 그것 때문에 온 건 아니에요. 시설 사진을 찍으셨죠?" 그러더니 당황한 듯한 로빈을 보고 덧붙였다. "매일 있는 일이에요. 보안 카메라에 찍혔어요. 운전 면허증 좀 볼 수 있을까요?"

"아." 로빈이 스트라이크의 어리둥절해하는 표정을 의식하며 힘없이 말했다. "저는 그저, 예술적인 사진을 찍을 수 있을 것 같아서요. 가시철조망하고 하얀 건물하고, 또 구름하고요……."

그녀는 부끄러워서, 애써 스트라이크의 눈을 피해가며 면허증을 내밀었다.

"엘라코트 씨가 아버지, 맞죠?"

"아버지가 차를 빌려주셨어요." 로빈이 말했다. 경찰이 부모님께 연락하고, 그래서 지금 그녀가 배로에 있다는 것이 알려질까 봐 두려웠다. 매튜가 옆에 없고 반지도 뺐고 혼자…….

"그럼 두 분은 어디 사시죠?"

"우리는, 같이 살지 않아요." 로빈이 말했다.

그들은 이름과 주소를 말했다.

"누구를 찾아오신 거죠, 스트라이크 씨?" 두 번째 여경이 물었다.

"노엘 브록뱅크요." 스트라이크가 지체 없이 말했다. "옛 친구예요. 지나가던 길에 생각이 나서 한번 찾아볼까 했습니다."

"브록뱅크라." 여경이 따라 말하면서 로빈에게 면허증을 돌려주었고, 로빈은 그녀가 그를 알길 바랐다. 그러면 자신의 실수가 보상되고도 남을 것 같았다. "배로에 흔한 성이죠. 좋아요, 가셔도 좋습니다. 사진은 더 찍지 마세요."

"정말, 미안해요." 여경들이 떠날 때 로빈이 스트라이크에게 입 모양으로 말했다. 그는 고개를 저으며, 어이없다는 듯이 웃었다.

"'예술적인 사진'이라……. 철망하고…… 하늘하고……."

"달리 뭐라고 말하겠어요." 그녀가 따졌다. "인부들 중에 브록뱅크가 있을지 몰라서 사진을 찍었다고 할 수는 없잖아요. 이걸 보세요—"

하지만 인부들 사진을 불러오고 보니, 그중에 가장 키가 큰 사람, 뺨이 붉고 목이 짧고 귀가 큰 사람도 그들이 찾는 사람이 아니었다.

바로 옆에 있는 집 문이 열렸다. 2층 창에서 그들을 내려다보던 백발의 여자가 타탄 무늬의 쇼핑 카트를 끌고 나타났다. 이제는 표정이 밝아져 있었다. 아마 경찰이 갈 때까지 지켜보고서는 그들이 스파이가 아니란 것을 납득한 모양이라고, 로빈은 생각했다.

"흔한 일이에요." 여자가 큰 소리로 말했고 목소리가 길 건너로 울렸다. 여자는 '흔한'을 '헌한'으로 발음했다. 로빈은 인접한 카운티 출신이라 컴브리아 카운티 사투리를 안다고 생각했지만 여자의 발음은 꽤 낯설었다. "24시간 카메라로 찍어요. 번호판을 적어가고. 우리는 아주 익숙해."

"런던 사람 찾기로군요." 스트라이크가 유쾌하게 말하자 여자는 멈춰 서서 궁금해했다.

“런던에서 왔어요? 무슨 일로 배로까지 왔나요?”

“옛 친구를 보러요. 노엘 브록뱅크요.” 스트라이크가 길 앞쪽을 가리키며 말했다. “하지만 그 친구 집에 인기척이 없네요. 일하러 갔나 보죠?”

그녀가 얼굴을 살짝 찌푸렸다.

“노엘이라고 그랬어요? 할리가 아니라?”

“할리도 보고 싶죠, 근처에 있다면요.” 스트라이크가 말했다.

“할리는 일하고 있을 텐데.” 이웃 여자가 손목시계를 보면서 말했다. “비커스타운의 빵집에서 일하거든.” 그러고는 무시무시한 농담조로 덧붙였다. “아니면 밤에 크로스 네스트에 가봐도 좋고. 날마다 거기 가니까.”

“빵집에 가볼게요. 깜짝 놀라게요.” 스트라이크가 말했다. “빵집이 정확히 어디에 있습니까?”

“작고 하애요. 벤전스 스트리트를 조금만 올라가 봐요.”

그들이 고맙다고 말하자, 그녀는 도움을 준 데 기뻐하며 떠났다.

“내가 제대로 들은 거죠?” 탈 없이 다시 랜드로버에 오른 뒤 스트라이크가 지도를 펼쳐 흔들면서 중얼거렸다. “벤전스 스트리트라니?”

“저도 그렇게 들었어요.” 로빈이 말했다.

자동차는 금세 강어귀를 도는 다리를 지나갔다. 돛단배들이 더러워 보이는 물 위에서 출렁대거나 갯벌에 정박되어 있었다. 실용적인 공업용 건물들 대신 자갈 섞인 시멘트와 붉은 벽돌로 지은 테라스하우스들이 해안을 따라 점점 더 많아졌다.

"배 이름*들 같군요." 앰피트라이티 스트리트를 달릴 때 스트라이크가 말했다.

벤전스 스트리트는 오르막길이었다. 부근을 몇 분 탐사하자 흰색 칠을 한 작은 빵집이 모습을 드러냈다.

"저 사람이 할리예요." 로빈이 유리문이 잘 보이는 곳에 차를 세우자, 스트라이크가 그 즉시 말했다. "누이가 틀림없네요. 봐요."

로빈이 보기에 그 빵집 직원은 웬만한 남자보다 더 힘이 세 보였다. 그녀도 브록뱅크처럼 얼굴이 길고 이마가 넓었다. 차가운 눈에는 아이라인을 두껍게 그렸고, 뒤통수에는 새까만 머리를 단단히 붙들어 맸다. 그것도 어울리지 않는 포니테일로. 흰색 앞치마 밑에 검은 캡 소매 티셔츠를 입었는데, 어깨에서부터 손목까지 이르는 굵은 맨팔은 문신으로 뒤덮여 있었다. 양쪽 귀에는 금색 고리가 여러 개 걸려 있었다. 미간의 세로 주름은 늘 화를 내는 듯한 인상을 주었다.

빵집은 좁고 붐볐다. 할리가 빵을 포장하는 모습을 보면서 스트라이크는 멜로즈의 사슴 고기 파이가 생각나 입에 침이 고였다.

"또 먹으라고 해도 먹을 수 있어요."

"여기서 이야기할 수는 없어요." 로빈이 말했다. "집이나, 아니면 펍에서 접촉하는 게 더 나아요."

"들어가서 패스티** 좀 사다 줘요."

"점심 먹은 지 한 시간도 안 됐어요!"

* 관습적으로 배 이름은 여성 혹은 그리스신화의 여신 이름을 따서 짓는다. 스크라이크가 지금 찾아가는 벤젠스 스트리트는 '복수(Vengence)'의 여신 네메시스를 떠올리게 하며, 앰피트라이티 스트리트의 '앰피트라이티(Amphitrite)'는 바다의 신 포세이돈의 아내 이름이다.
* 페이스트리 반죽에 고기와 채소를 넣어 구운 영국 파이.

"그래서? 나는 다이어트 같은 거 안 해요."

"저도 안 해요. 이제는요." 로빈이 말했다.

용감하게 이야기하고 나니 아직도 해러게이트에서 그녀를 기다리는 어깨끈 없는 웨딩드레스가 생각났다. 정말 그 옷이 맞지 않는 몸이 될 생각인가? 꽃과 음식, 들러리, 피로연의 첫 번째 춤. 이젠 그 모든 것이 다 필요 없어진 건가? 보증금을 날리고, 선물을 반환하고, 또 이 모든 이야기를 들으면 친구들과 친척들이 얼마나 놀랄지…….

랜드로버는 춥고 불편했고, 로빈은 장시간의 운전으로 피곤했다. 아주 잠깐—심장이 자기도 모르게 움찔거린 한순간—매튜와 세라 생각에 그녀는 또 한 번 울고 싶어졌다.

"담배를 피워도 될까요?" 스트라이크가 물었지만, 대답도 기다리지 않고 창문을 내려서 차가운 공기를 들이고 있었다. 로빈은 싫다는 대답을 속으로 삼켰다. 그는 자신이 경찰을 부른 일을 용서했다. 찬바람을 쐬자 왠지 용기가 나서 그녀는 스트라이크에게 말했다.

"당신이 할리를 만나선 안 돼요."

그가 그녀를 돌아보며, 얼굴을 찌푸렸다.

"브록뱅크를 급습하는 것과는 달라요. 할리가 당신을 알아보면 당신이 쫓고 있다고 바로 브록뱅크에게 연락할 거예요. 이건 제가 해야 되는 일이에요. 생각해둔 방법이 있어요."

"아, 말도 안 돼요." 스트라이크가 잘라 말했다. "그놈은 누이랑 같이 살거나 어쨌건 가까운 데 살 확률이 높아요. 그리고 완전히 사이코라고요. 이상한 낌새를 채면 무슨 짓을 할지 몰라요. 로빈 혼자 해선 안 돼요."

로빈은 코트를 바짝 여미고 차분하게 말했다.

“제가 생각한 방법을 듣고 싶지 않나요?”

25

There's a time for discussion and a time for a fight.
Blue Öyster Cult, 'Madness to the Method'*

스트라이크는 마음에 들진 않았지만 그게 괜찮은 작전이라는 것, 그리고 로빈에게 닥칠지 모르는 위험보다 할리가 노엘에게 귀띔할 위험이 더 크다는 것을 인정해야 했다. 그래서 할리가 5시에 동료와 함께 퇴근할 때 스트라이크가 몰래 그 뒤를 밟았다. 반면 로빈은 넓은 습지 같은 황무지 옆의 인적 없는 길로 차를 몰고 가서 뒷좌석의 가방을 가져가 청바지를 벗고, 구겨지긴 했지만 말쑥한 바지를 꺼내 입었다.

스트라이크가 전화해서 할리가 집에 가지 않고 집 앞 도로 끝에 있는 펍으로 직행했다고 일러주었을 때 그녀는 다시 차를 몰아 다리를 건너 배로 시내로 돌아가고 있었다.

"좋아요. 그러면 더 쉬울 거예요." 로빈이 스피커폰으로 설정해서 조수석에 내려둔 휴대전화에 대고 소리쳤다. 랜드로버는 흔들거리고 덜걱거렸다.

* '대화해야 할 때가 있고, 싸워야 할 때가 있지.', 블루 오이스터 컬트, 〈질서에 혼란을〉.

"뭐라고요?"

"그러면 더— 아니 상관없어요. 거의 다 왔어요!"

스트라이크는 크로스 네스트의 주차장 밖에서 기다리고 있었다. 그가 조수석 문을 열 때 로빈은 놀라서 숨이 막혔다.

"숙여요, 숙여요!"

할리가 맥주잔을 들고 펍의 입구에 나타났다. 그녀는 로빈보다 키가 컸고, 검은 캡 소매 티셔츠와 청바지를 입은 몸집도 그녀의 두 배였다. 할리는 담배를 피워 물고 눈을 살짝 찌푸린 채 익숙하기 짝이 없을 주변을 둘러보았다. 가늘어진 눈초리가 낯선 랜드로버에 잠시 머물렀다.

스트라이크는 최선을 다해 몸을 숙이고서 앞좌석에 올랐다. 로빈은 액셀을 밟아 즉시 차를 출발시켰다.

"내가 미행할 때 할리가 뒤를 돌아보지는 않았어요." 스트라이크가 몸을 일으켜 앉으면서 말했다.

"그래도 가능하다면 모습을 보이지 않는 게 좋아요." 로빈이 훈계조로 말했다. "만약 당신을 알아보면 다 생각이 날 거예요."

"이런, 미안, 로빈이 우수 훈련생이었다는 걸 잊었네요." 스트라이크가 말했다.

"그딴 소리 집어치워요." 로빈이 발끈하자 스트라이크가 놀랐다.

"농담이에요."

로빈은 더 달려서 크로스 네스트 입구에서는 보이지 않는 주차장으로 들어간 뒤, 가방에서 그날 오후에 산 작은 꾸러미를 꺼냈다.

"당신은 여기서 기다려요."

"그럴 수 없어요. 주차장에서 브록뱅크를 감시할게요. 차 열쇠를 줘요."

그녀는 마지못해 열쇠를 건네고 떠났다. 스트라이크는 펍으로 가는 그녀의 모습을 바라보면서 그녀가 왜 발끈한 건지 궁금해졌다. 아마도 매튜가 그녀의 성취를 하찮게 여기는 것 같았다.

크로스 네스트는 페리 로드와 스탠리 로드가 만나 급커브를 이루는 곳에 있었다. 크고, 북처럼 생긴 붉은 벽돌 건물이었다. 할리는 아직도 입구에 서서 담배를 피우며 술을 마셨다. 로빈은 가슴이 벌렁거렸다. 그녀가 자청한 일이었다. 이제 브록뱅크가 어디 있는지 알아낼 책임은 온전히 그녀에게 있었다. 로빈은 조금 전에 경찰을 불러들인 자신의 멍청한 행동에 예민해졌고, 또 타이밍이 좋지 않았던 스트라이크의 농담을 듣자 그녀가 대감시 훈련을 받을 때 매튜가 이를 은근히 얕봤던 일이 떠올랐다. 매튜는 그녀가 최고 성적을 받은 것을 축하해줬지만, 그녀가 배운 것은 결국 상식적인 수준이 아니냐는 식으로 말했다.

로빈의 코트 주머니에서 휴대전화가 울렸다. 펍으로 다가갈 때 할리가 자신을 바라보는 것을 의식하면서, 로빈은 전화기에서 발신자 이름을 확인했다. 어머니였다. 전화를 받지 않는 게 더 이상할 것 같아서 그녀는 전화기를 귀에 댔다.

"로빈?" 로빈이 할리를 보지 않고 그녀 옆을 지나쳐 입구를 지나 안으로 들어갈 때 린다의 목소리가 들렸다. "너 지금 배로인퍼니스에 있니?"

"네." 로빈이 말했다. 안에는 문이 두 개였고, 그중 왼쪽 문을 열었더니 넓고 천장이 높고 음침한 술집이 나타났다. 이제 익숙해진 청색 작업복 차림의 남자 두 명이 문 안쪽에서 포켓볼을 치고 있었다. 굳이 보지 않아도 낯선 이의 등장에 서너 명의 고개가 돌아가는 것이 느껴졌다. 그녀는 아무에게도 눈길을 주지 않고 바로 걸어가면서 계속 통화를 했다.

"거기서 뭐하는 거야?" 린다가 묻더니 대답할 겨를도 없이 말했다. "경찰이 전화했어. 아빠한테 차를 빌려줬냐고 묻더라!"

"모두 오해예요." 로빈이 말했다. "엄마, 지금 통화하기가 어렵거든요."

뒤에서 문이 열리고 할리가 문신 가득한 팔로 팔짱을 끼고 지나가면서 로빈을 평가하듯이 슥 훑어봤는데, 로빈은 거기서 적의를 느꼈다. 짧은 머리의 여자 바텐더를 빼면 그곳에 여자는 둘뿐이었다.

"집에 전화했어." 어머니는 아랑곳하지 않고 말을 이었다. "그랬더니 매튜가 네가 코모란이랑 같이 출장을 갔다고 하더라."

"맞아요." 로빈이 말했다.

"이번 주말에 점심을 먹으러 잠깐 들를 수 있는지 물었더니—"

"제가 왜 이번 주말에 매셤에 가나요?" 로빈이 어리둥절해져서 물었다. 그러면서 할리가 바 의자에 앉아 청색 작업복의 BAE 공장 노동자들과 이야기하는 모습을 곁눈질했다.

"매튜 아버지 생신 아니니." 어머니가 말했다.

"아, 그렇죠." 로빈이 말했다. 완전히 잊고 있었다. 파티가 있을 것이다. 오래전에 달력에 표시해놓았는데, 그 모습에 너무 익숙해진 나머지 실제로 그날 매셤에 가야 한다는 것을 잊고 있었다.

"로빈, 아무 일 없는 거지?"

"제가 말씀드린 대로예요, 엄마. 지금은 통화하기 곤란해요." 로빈이 말했다.

“정말 아무 일 없어?”

“네!” 로빈이 참지 못하고 말했다. “정말정말 아무 일도 없어요. 나중에 전화 드릴게요.”

그녀는 전화를 끊고 바를 돌아보았다. 그녀의 주문을 기다리던 바텐더가 아까 스탠리 로드의 이웃처럼 그녀를 위아래로 훑어보았다. 하지만 로빈은 이제 알았다. 이 지역 사람들의 유난한 조심성은 외지인들에 대한 폐쇄적인 반감이 아니었다. 기밀이 필요한 업체 근무자들 특유의 보호 의식이었다. 심장박동이 조금 더 빨라졌지만 로빈은 억지로 자신감 있는 태도를 가장했다.

“안녕하세요, 여쭤볼 게 있는데요. 할리 브록뱅크 씨를 찾고 있거든요. 여기 계실지도 모른다는 말을 들었어요.”

여자 바텐더가 로빈의 말을 가만 듣더니 웃음기 없이 말했다.

“저기 바에 있는 사람이에요. 주문은요?”

“화이트 와인 한 잔요.” 로빈이 말했다.

로빈이 위장할 여자는 화이트 와인을 마실 게 분명했다. 그 여자는 바텐더의 미심쩍은 눈길에도, 할리의 반사적인 적의에도, 포켓볼을 치는 사람들이 위아래로 훑어보는 시선에도 당황하지 않을 것이다. 그녀가 위장할 여자는 침착하고 명석하고 야심만만해야 했다.

로빈은 술값을 내고서는 바에서 대화를 나누는 할리와 세 남자를 향해 곧장 다가갔다. 호기심은 많지만 조심성 있는 그들은 로빈의 목표가 자신들임이 분명해지자 입을 꾹 다물었다.

“안녕하세요.” 로빈이 미소 지으며 말했다. “할리 브록뱅크 씨신가요?”

“네.” 할리가 험상궂은 표정으로 말했다. “누라요?”

"네?"

사람들 눈이 자신에게 꽂히는 것을 의식하면서 로빈은 순전히 의지력으로만 미소를 유지했다.

"누구—냐—고요?" 할리가 런던 말투를 흉내 내며 물었다.

"저는 베니샤 홀이라고 합니다."

"아, 글렀군." 할리가 옆자리 인부에게 씩 웃으며 말했고, 인부는 킥킥거렸다.

로빈은 가방에서 그날 오후 스트라이크가 빵집에 있는 할리를 감시하는 동안 쇼핑센터에서 갓 뽑아 온 명함을 꺼냈다. 로빈의 미들네임을 쓰라고 제안한 사람은 스트라이크였다. ("간지러운 남부 사람 같아요.")

로빈은 명함을 건네며, 두껍게 아이라인을 그린 할리의 눈을 대담하게 들여다보면서 다시 말했다. "베니샤 홀. 변호사예요."

할리의 미소가 사라졌다. 그녀는 얼굴을 찡그리며 명함을 보았다. 로빈이 4파운드 50펜스에 200장을 인쇄한 명함이었다.

하데이커 앤드 홀
상해 소송 전문 법률 사무소
베니샤 홀
시니어 파트너
전화: 0888 789654
팩스: 0888 465877 이메일: venetia@h&hlegal.co.uk

"저는 당신의 오빠 노엘 브록뱅크 씨를 찾아왔어요." 로빈이 말했다. "저희는—"

"내가 여기 있는 건 어떻게 알았어요?"

의심에 찬 그녀는 고양이가 털을 세우듯 몸을 부풀리는 것 같았다.

"이웃분께 들었어요."

할리와 이야기하던 인부들이 히죽히죽 웃었다.

"노엘 씨에게 좋은 소식이 될 만한 일이 있어요." 로빈은 용감하게 밀고 나갔다. "저희는 노엘 씨를 찾고 있습니다."

"어디 있는지도 모르고 상관도 안 해."

인부 두 명이 슬며시 바에서 테이블로 향했고, 한 명만 남아 곤란해하는 로빈의 모습에 희미하게 웃었다. 할리는 맥주잔을 비우더니, 남아 있는 남자 앞으로 5파운드 지폐를 밀면서 한 잔 더 가져오라고 말한 뒤 바 의자에서 내려와 남자처럼 팔에 힘을 주고 성큼성큼 화장실로 갔다.

"저 집 남매는 서로 연락 안 해요." 엿들으려고 다가와 있던 바텐더가 말했다. 로빈이 약간 딱해 보이는 모양이었다.

"그럼 혹시 '그쪽'도 노엘이 어디 있는지 모르시나요?" 로빈이 절망적으로 물었다.

"떠난 지 1년도 넘었어요." 바텐더가 모호하게 말했다. "케빈, 당신은 알아?"

할리의 친구는 어깨만 으쓱해 보이고 할리의 맥주를 주문했다. 그의 억양에서 글래스고 출신임이 드러났다.

"음, 안타깝네요." 이렇게 말하는 로빈의 또렷하고 차분한 목소리가 심장이 정신없이 쿵쾅거리는 것을 감추어주었다. 빈손으로 스트라이크에게 돌아갈 일이 두려웠다. "그분을 찾기만 하면 가족에게 큰 보상이 있을지도 모르는데."

로빈이 돌아섰다.

"가족에게요? 아니면 노엘에게요?" 글래스고 남자가 재빨리 물었다.

"상황에 따라 다르죠." 로빈이 냉정하게 말하면서 돌아섰다. 베니샤 홀은 사건과 관련 없는 사람들에게 특별히 상냥할 것 같지는 않았다. "가족이 보호자 역할을 해왔다면 — 하지만 그걸 증명하려면 자세한 정보가 필요해요." 로빈은 거짓말을 했다. "몇몇 가족은 꽤 큰 보상을 받았어요."

할리가 돌아왔다. 로빈이 케빈과 이야기하는 것을 보고 그녀의 표정이 험악해졌다. 이번에는 로빈이 두근거리는 가슴을 안고 화장실로 갔다. 자신의 거짓말이 결실을 맺을지 궁금했다. 서로 지나치면서 할리의 얼굴을 힐끔 보니 구석으로 끌려가서 두드려 맞을 수도 있을 것 같았다.

하지만 화장실에서 나와 보니 바에서 할리와 케빈이 얼굴을 맞대고 있었다. 로빈은 할리가 사납게 굴건 말건 재촉은 하지 말아야 한다고 생각했다. 그래서 코트의 벨트를 야무지게 여미고 느긋하게, 하지만 결연하게 그들을 지나쳐 문 쪽으로 갔다.

"이봐요!"

"네?" 로빈은 여전히 약간 차갑게 말했다. 할리는 무례했고, 베니샤 홀은 존중받는 데 익숙한 사람이었기 때문이다.

"좋아요. 대체 무슨 일인 겁니까?"

케빈이 대화에 끼고 싶어 하는 것 같았지만, 그와 할리의 관계는 사적인 재정 문제를 들어도 될 만큼 깊지는 않은 것 같았다. 그는 불만스러운 얼굴로 슬롯머신으로 가버렸다.

"저기서 이야기합시다." 할리는 새로 주문한 맥주를 들고 피아노 옆 모퉁이의 테이블을 가리켰다.

펍의 창턱에 배가 들어 있는 유리병들이 놓여 있었다. 유리창 너머 저 높은 외벽 뒤에서 건조 중인 거대하고 매끈한 괴물들과 비교하면 귀엽고 연약한 것들이었다. 어지러운 무늬의 카펫은 많은 얼룩을 감추고 있을 것이다. 커튼 뒤의 식물은 축 늘어져 기운 없어 보였지만, 어울리지 않는 장식품과 스포츠 트로피들 때문에 홀 전체가 가정집처럼 보였고, 밝은 청색 작업복의 손님들은 형제 같은 인상을 주었다.

"하데이커 앤드 홀사는 후방에서 예방 가능한 중상해를 입은 군인들에게 법률 서비스를 제공하고 있습니다." 로빈은 미리 연습한 대로 늘어놓았다. "자료를 검토하던 중 오빠분의 사건을 알게 되었죠. 확실한 건 그분과 직접 이야기해봐야 알 수 있지만, 브록뱅크 씨가 저희 소송단에 이름을 올려주시면 저희는 대환영입니다. 브록뱅크 씨 사건은 저희가 충분히 이길 수 있는 유형의 사건이니까요. 그분이 저희와 함께해주시면 저희는 배상과 관련하여 군을 더 압박할 수 있어요. 소송인이 많을수록 좋거든요. 물론 브록뱅크 씨가 부담하실 비용은 전혀 없습니다." 그러고는 TV 광고를 흉내 내서 말했다. "승소하지 않으면 수임료는 없습니다."

할리는 아무 말도 하지 않았다. 창백한 얼굴은 굳어 있었다. 그녀는 약지를 뺀 모든 손가락에 싸구려 금색 반지를 끼고 있었다.

"케빈이 그러는데 가족이 돈을 받을 수도 있다고요."

"맞아요." 로빈이 경쾌하게 말했다. "가족으로서 노엘 씨의 부상이 당신에게 영향을 끼쳤다면—"

"영향을 끼쳤고말고." 할리가 으르렁거리듯 말했다.

"어떻게요?" 로빈이 가방에서 수첩을 꺼내, 연필로 적을 준비를 마치고서 물었다.

할리가 마침내 변호사의 입맛에 맞는 이야기를 해주려는 지금, 로빈이 그녀에게서 정보를 빼내는 데 가장 큰 힘이 되는 우군은 알코올과 원망의 심정인 것 같았다.

그녀는 우선 다친 오라비에게 적대감을 드러낸 첫인상을 약간 누그러뜨렸다. 그리고 노엘이 입대한 열여섯 살 때로 이야기를 조심스럽게 옮겨 갔다. 노엘은 모든 걸 바쳤다. 군대는 노엘의 생명이었다. 그렇다, 사람들은 군인의 희생을 모른다……. 노엘이랑 내가 쌍둥이인 걸 아는가? 그렇다, 우리는 크리스마스에 태어났다……. 그래서 노엘과 할리*가 되었다…….

지금까지 감추고 있던 이런 이야기를 털어놓는 건 나 자신의 자긍심을 높이기 위해서다. 엄마 배 속에 같이 있다가 태어난 그 남자는 세상을 향해 힘차게 뛰쳐나가 영국군 소령까지 진급했다. 그의 용기와 모험심은 배로에 남아 있는 자신에게도 영향을 미쳤다.

"……노엘은 아이린이라는 여자랑 결혼했어요. 과부였죠. 아이가 둘 있었어요. 착한 일을 하면 벌을 받는다고 하죠?"

"네? 무슨 말씀인가요?" 베니샤 홀은 정중히 물으며, 신맛 나는 따뜻한 와인을 두 손으로 잡았다.

* '노엘'은 크리스마스라는 뜻, '할리'는 크리스마스 장식에 쓰는 호랑가시나무.

"그 여자랑 결혼해서 아들을 낳았죠……. 라이언…… 귀여운 아이. 마지막으로 본 게…… 6년 전? 7년 전인가? 망할 년. 그년은 노엘이 병원에 있을 때 애들을 데리고 도망쳤어요. 노엘한테는 라이언이 전부였는데. 전부였다고요. 아플 때나 건강할 때나. 염병할 여편네. 제 남편이 가장 힘들 때. 망할 년."

그렇다면 노엘하고 브리트니는 오래전에 헤어진 것이다. 아니면 자기 인생을 바꾼 상처를 입힌 스트라이크에게 그랬던 것처럼 브리트니한테도 지독한 앙심을 품고서 악착같이 추적해 찾아냈을까? 로빈은 무감각한 표정을 유지했지만 심장은 쿵쿵 뛰었다. 그 자리에서 바로 스트라이크에게 문자를 보내고 싶었다.

아내가 떠난 뒤 노엘은 고향 집에 불쑥 돌아왔다. 스탠리 로드에 위치한 아래위층으로 방이 두 개씩인 작은 집, 할리가 평생 살았고 또 의붓아버지가 죽은 뒤에는 혼자서 지내던 집에.

"나는 받아들였어요." 할리가 허리를 펴면서 말했다. "어쨌건 가족이니까."

브리트니 이야기는 없었다. 할리는 걱정 많은 가족, 헌신적인 누이 역할을 했고, 그것이 서툰 연기였다 할지라도 로빈은 그동안의 경험을 통해서 정말 가치없는 거짓말조차 그 안에 가려낼 진실이 상당히 많다는 것을 알았다.

할리가 아동 학대 혐의를 아는지 궁금했다. 그 일은 독일에서 일어났고 결국 기소도 되지 않았다. 하지만 브록뱅크가 정말로 뇌에 손상을 입은 상태로 제대했다면, 군에서 불명예 제대한 이유에 대해 침착하게 침묵을 지킬 수 있었을까? 그가 무죄고 정신에 문제가 있다면, 그토록 부당한 사건에 대해 마구 떠들지 않았을까?

로빈은 할리에게 세 번째 맥주잔을 가져다주고, 대화의 주제를 의병제대한 뒤 노엘의 상태가 어땠는지로 능숙하게 몰고 갔다.

"제정신이 아니었죠. 자꾸 발작했어요. 약도 많이 먹고. 새아버지 병간호가 끝나니까—뇌졸중이었거든요—노엘이 온 거예요. 계속 발작하고……."

할리는 문장을 맺지 않고 맥주잔에 입을 댔다.

"힘드셨겠네요." 로빈이 수첩에 메모하며 말했다. "이상한 행동 같은 건 없었나요? 그게 가장 힘들었다고 말하는 가족도 많아요."

"맞아요." 할리가 말했다. "뇌를 다쳐도 성질은 그대로더라고요. 두 번이나 집을 때려 부쉈어요. 그리고 늘 우리한테 화를 냈어요. 그놈은 지금 유명해졌죠." 할리가 음울하게 말했다.

"네?" 로빈이 놀라서 말했다.

"노엘을 두드려 팬 선스나!"

"선스나라면—"

"캐머런 스트라이크라는 개새끼!"

"아, 네." 로빈이 말했다. "들어본 적 있어요."

"지금은 탐정이라고 신문에 대문짝만하게 났더군! 그 새끼가 헌병 시절에 노엘을 두드려 팼고…… 그래서 걔 인생을 조졌어요……."

분노의 성토가 한동안 이어졌다. 로빈은 메모를 하면서, 할리의 입에서 육군 헌병대가 그녀의 오라비를 찾아간 이유가 나오지 않을까 기다렸지만, 그녀는 그 이유를 모르거나 아니면 말하지 않을 생각인 것 같았다. 분명한 것은 노엘 브록뱅크가 뇌전증 발작을 전적으로 스트라이크 탓으로 돌렸다는 것뿐이었다.

노엘은 지옥 같은 1년 동안 쌍둥이 누이와 고향 집을 고통과 분노의 배출구로 삼다가, 배로의 옛 친구가 구해준 맨체스터의 나이트 클럽 문지기 일을 하러 떠났다.

"그때는 일할 만큼 건강이 회복됐나요?" 로빈이 물었다. 할리의 설명에 따르면, 그는 전혀 통제되지 않고 분노도 다스리지 못하는 상태였기 때문이다.

"아, 좀 괜찮아졌어요. 어쨌건 술은 안 마시고 약도 먹었어요. 노엘이 떠나서 난 아주 기뻤어요." 그러더니 할리는 가족이 상해당한 군인 때문에 고통을 받았다면 배상금을 받을 수 있다는 말을 다시금 떠올리고서 덧붙였다. "노엘 때문에 나는 공황 발작을 겪었어요. 병원에 다녔죠. 기록에 다 나올 거예요."

브록뱅크의 고약한 행동이 할리의 인생에 끼친 악영향에 대한 이야기가 다시 10분간 이어졌다. 로빈은 진지하게 공감하는 표정으로 고개를 끄덕이면서 "네, 다른 가족분들도 그렇다고 들었어요"라거나 "그러면 정말 큰 도움이 되겠네요"라고 대꾸하며 이야기를 부추겼다. 로빈은 이제 유순해진 할리에게 네 잔째 맥주를 권했다.

"변호사님한테는 제가 사죠." 할리가 일어서려고 하며 말했다.

"아니, 아니에요, 이거는 다 비용 처리가 되는 거예요." 로빈이 말했다. 매큐언스 맥주가 새로 준비되기를 기다리다가 그녀는 휴대전화를 확인했다. 매튜가 보낸 문자가 있었지만 열어보지 않았고, 스트라이크의 문자를 열어보았다.

잘되고 있음?

네, 그녀는 답했다.

“그러니까 노엘 씨는 맨체스터에 있군요?” 그녀는 테이블로 돌아온 할리에게 물었다.

“아뇨.” 할리가 매큐언스 맥주를 길게 들이켜고 말했다. “거기서 잘렸어요.”

“정말요?” 로빈이 연필을 들고 말했다. “그게 질병 때문이라면 저희가 부당 해고 건에 도움을 드릴 수 있습니다.”

“그것 때문이 아니에요.” 할리가 말했다.

긴장한 듯한 우울한 얼굴 위로 낯선 표정이 지나갔다. 먹구름 사이로 은빛이 번쩍하며, 강력한 어떤 것이 곧 쏟아져 내릴 듯했다.

“그리고 또 집으로 돌아왔어요.” 할리가 말했다. “모든 게 다시 시작됐지요.”

다시 폭력과 비이성적인 분노와 가구 부수기가 이어진 뒤 브록뱅크는 또 일자리, 모호하게 ‘보안’ 계통이라고만 말한 일자리를 얻어 마켓 하버러로 떠났다.

“그런 뒤 다시 집으로 왔어요.” 할리가 말했고, 로빈의 맥박이 빨라졌다.

“그러면 지금 배로에 있나요?” 그녀가 물었다.

“아니.” 할리가 말했다. 그녀는 이제 취해서 그때까지 취하던 노선을 유지하는 것이 힘들어졌다. “2주 전에 왔었는데 내가 또 한 번 집에 오면 경찰을 부르겠다고 하니까 아주 떠났어. 오줌 눠야겠어.” 할리가 말했다. “담배도 피우고. 담배 피워?”

로빈은 고개를 저었다. 할리는 비틀거리며 일어나서 화장실로 갔고 로빈은 휴대전화를 꺼내서 스트라이크에게 문자를 보냈다.

노엘은 배로에 없대요. 식구들하고 살지도 않고요. 할리는 술에 취했어요. 계속 이야기를 하고 있어요. 담배 피우러 나갔으니 몸 낮춰요.

그녀는 '전송'을 누르자마자 마지막 두 단어를 후회했다. 그 말 때문에 대감시 훈련 과정에 대해 또 한 번 조롱을 들을 것 같았다. 하지만 휴대전화가 그 즉시 울려서 그녀는 문자를 읽었다.

OK

할리가 로스만 담배 냄새를 강하게 풍기며 다시 테이블로 돌아오더니, 화이트 와인 한 잔을 내려놓고 로빈 앞으로 밀었다. 자신이 마실 다섯 잔째 맥주도 가져왔다.

"고마워요." 로빈이 말했다.

"그러니까." 할리는 대화가 멈춘 적이 없었던 것처럼 한탄조로 말했다. "노엘이랑 같이 살면서 나는 건강이 악화됐어요."

"네, 잘 알겠어요." 로빈이 말했다. "그러니까 브록뱅크 씨는 지금—"

"얼마나 난폭했는지 몰라. 내 머리를 냉장고 문에 찧은 거 얘기했죠."

"네, 하셨어요." 로빈이 참을성 있게 말했다.

"엄마의 그릇을 깨려는 걸 막다가 눈에 멍이 들었고—"

"끔직했겠어요. 할리 씨는 분명히 배상을 받으셔야 할 것 같네요." 로빈은 거짓말하면서도 일말의 죄책감을 누르며 핵심적인 질문으로 들어갔다. "저희가 여기로 온 건 브록뱅크 씨의 연금이 이쪽으로 지불되고 있어서였어요."

할리는 맥주 네 잔 반을 마셔서 반응이 느렸다. 고통에 보상을 받을 수 있다는 말에 그녀는 안색이 밝아졌다. 계속 화난 것처럼 보이게 하는 미간의 주름도 펴진 것 같았다. 하지만 브록뱅크의 연금 이야기가 나오자 취한 상태로도 방어 태세를 취했다.

"아니, 그렇지 않아." 할리가 말했다.

"서류에 그렇게 되어 있어요." 로빈이 말했다.

구석에서 슬롯머신이 달그락달그락 번쩍번쩍했다. 포켓볼 공이 서로 부딪히면서 포켓볼 테이블의 녹색 천 위를 굴렀다. 배로 사투리와 스코틀랜드 사투리가 뒤섞였다. 로빈은 자신의 직감이 맞다고 확신했다. 할리가 군 연금을 받아 쓰고 있었다.

"물론." 로빈이 설득력 있으면서도 가볍게 말했다. "브록뱅크 씨가 직접 받지 않을 수도 있어요. 연금 수령자가 거동이 불편하면 가족분이 대신 받기도 하니까요."

"그래요." 할리가 곧바로 말했다. 창백한 얼굴에 부스럼처럼 홍조가 떠올랐다. 그러자 그 많은 문신과 피어싱에도 불구하고 그녀가 소녀처럼 보였다. "노엘이 처음 집에 왔을 때 내가 받았어요. 발작을 일으켰을 때."

로빈은 생각했다. '그렇게 몸이 불편하다면 왜 연금 수령지를 맨체스터로 옮겼다가, 다음에는 마켓 하버러로, 그런 뒤 다시 배로로 옮겼을까?'

"그러면 지금은 노엘 씨에게 보내주시는 건가요?" 이 질문을 하면서 로빈의 심장박동이 다시 빨라졌다. "아니면 이제 노엘 씨가 직접 수령하시나요?"

"이봐요." 할리가 말했다.

그녀의 위팔에는 폭주족을 상징하는 문신이 있었는데, 로빈 쪽으로 몸을 기울이자 날개 달린 헬멧을 쓴 해골이 바르르 떨렸다. 맥주, 담배, 설탕이 뒤섞여서 그녀의 입 냄새가 고약했다. 로빈은 움찔하지 않았다.

"이봐요." 할리가 다시 말했다. "당신네들은…… 그러니까…… 다친 사람, 다친 사람한테 배상금을 타주는 거 아니야?"

"맞아요." 로빈이 말했다.

"그런데 그거하고…… 복지 당국하고 무슨…… 무슨 상관이 있는 거지?"

"그건 상황에 따라 달라요." 로빈이 말했다.

"우리 엄마는 내가 아홉 살 때 집을 나갔어." 할리가 말했다. "우리를 새아버지에게 남겨두고서."

"저런." 로빈이 말했다. "힘드셨겠어요."

"1970년대였지." 할리가 말했다. "아무도 신경 안 썼어. 아동 학대는."

로빈의 심장이 덜컹 내려앉았다. 할리의 고약한 입 냄새가 풍겼고, 얼룩덜룩한 얼굴이 코앞에 있었다. 그녀는 돈다발을 안겨주겠다고 다정한 말로 위로하는 변호사가 가짜라는 것도 몰랐다.

"우리 둘 다 당했어." 할리가 말했다. "우리 새아버지한테. 노엘도 당했어. 아주 어릴 때부터. 우리는 침대 밑에 숨었지. 그러자 노엘이 나한테 그 짓을 했어." 그녀는 갑자기 심각하게 말했다. "노엘은 그래도 괜찮아. 우리는 가까웠고 그건 어렸을 때니까." 그녀의 목소리에 이중의 배신감이 깃들었다. "어쨌건 노엘은 열여섯 살 때

우리를 떠나 군대에 입대했어."

로빈은 더 이상 술을 마시지 않을 작정이었지만 와인 잔을 들어서 쭉 들이켰다. 할리의 두 번째 학대자는 첫 번째 학대자에 함께 맞서던 동맹이었다. 두 개의 악 중에 차악이었다.

"개새끼." 할리가 말했고, 그것은 자신을 학대하고 떠난 쌍둥이가 아니라 의붓아버지를 가리키는 말이었다. "그 개새끼는 내가 열여섯 살 때 산재를 당했어. 그 뒤로는 그 새끼를 다루기가 쉬워졌지. 화학약품 때문이었어. 쌍놈의 새끼. 그 뒤로 서지를 않았어. 진통제 같은 걸 엄청 먹었거든. 그러고 나서 풍을 맞았어."

할리의 얼굴에 드러난 단호한 악의를 보니 의붓아버지가 그녀에게서 어떤 간호를 받았을지 익히 짐작할 수 있었다.

"개놈의 새끼." 그녀가 조용히 말했다.

"혹시 상담 같은 걸 받아보신 적은 없나요?" 로빈이 자기도 모르게 물었다.

'정말로 "간지러운 남부 사람"처럼 들리는구나.'

할리가 코웃음을 쳤다.

"없어, 씨발. 이런 이야기를 한 것도 당신이 처음이야. 이런 이야기 많이 들었지?"

"아, 네." 로빈이 말했다. 그렇게 말해야 했다.

"지난번에 노엘이 왔을 때 내가 말했어." 할리가 말했다. 그녀는 맥주 다섯 잔을 비우고서 혀가 심하게 꼬였다. "다시는 여기 오지 말라고. 안 나가면 경찰을 불러서 네가 우리한테 한 짓을 다 꼰지르겠다고, 그러면 경찰이 어떻게 나오는지 보라고. 어린 계집애들이 너한테 농락당했다고 떠드는 마당에 말이야."

마지막 문장 탓에, 로빈이 입안에 머금은 와인 맛이 고약해졌다.

"그놈이 맨체스터에서 잘린 게 그것 때문이었어. 열세 살짜리를 더듬어서. 마켓 하버러에서도 그런 것 같아. 나한테 말은 안 했지만, 그놈은 또 그런 짓을 했을 거야. 그것만큼은 최고로 잘 배웠으니까." 할리가 말했다. "어때, 내가 고소할 수 있을까?"

"제가 볼 때는." 로빈은 이 상처 많은 여인에게 또다시 피해를 입힐지도 모르는 조언을 해주기가 두려웠다. "경찰에 알리는 게 가장 좋을 것 같네요. 노엘 씨는 지금 어디 있나요?" 그녀가 물었다. 얼른 원하는 정보를 얻고서 떠나고 싶었다.

"몰라." 할리가 말했다. "내가 경찰서에 간다고 했더니 법석을 피웠지만 그러고 나서……."

그녀가 또렷하지 않게 뭐라고 웅얼거렸지만, 겨우 '연금'이란 말을 알아들을 수 있었다.

'경찰에 신고하지 않으면 연금을 주겠다고 한 거야.'

그래서 그녀는 오라비의 학대 행위를 신고하지 않는 대가를 받아서 자기 목숨을 갉아먹는 술을 사 마시고 있었다. 할리는 그가 아직도 어린 소녀들을 '농락'하고 있을 거라고 했다……. 그렇다면 브리트니 사건도 알고 있었을까? 거기 신경을 썼을까? 아니면 자기 상처에 내려앉은 두꺼운 흉터 때문에 다른 소녀들의 고통에 무감하게 되었을까? 그녀는 아직도 그 모든 일이 일어난 집에 살았다. 창밖으로 가시철조망과 벽돌담이 내다보이는……. 왜 달아나지 않는 걸까, 로빈은 생각했다. 왜 노엘처럼 도피하지 않았을까? 왜 높은 담장을 마주하는 집에서 계속 사는 걸까?

"전화번호 같은 것은 없나요?" 로빈이 물었다.

"없어." 할리가 말했다.

"연락처를 알려주시면 큰돈을 받으실 수도 있어요." 로빈이 절박한 마음에 섬세한 태도를 다 버리고서 말했다.

"전에 살던 데……." 할리는 몇 분 동안 멍한 얼굴로 전화기를 들여다본 뒤에 말했다. "마켓 하버러……."

노엘이 마지막으로 다닌 일터의 전화번호는 얼른 찾아지지 않았지만, 어쨌든 결국엔 찾아냈다. 로빈은 메모를 하고 지갑에서 10파운드를 꺼내 할리의 손에 쥐여주었다.

"정말 많은 도움이 되었어요. 정말로요."

"선스나들은 다 똑같아."

"네." 로빈은 할리의 말이 무슨 뜻인지도 모르면서 대답했다. "연락 드릴게요. 할리 씨 주소가 있으니까요."

그녀는 일어섰다.

"그래, 안녕. 선스나들, 다 똑같아."

"남자라는 뜻이에요." 할리가 비운 많은 빈 잔들을 치우러 온 바텐더가 말하더니, 로빈의 어리둥절한 표정에 빙긋 웃었다. "선스나는 남자라는 뜻이에요. 남자들은 다 똑같다고 말하는 거예요."

"아, 네." 로빈은 자신이 무슨 말을 하는지도 모르고 말했다. "맞는 말이에요. 정말 감사합니다. 안녕히 계세요, 할리 씨…… 몸조심하세요……."

26

Desolate landscape,
Storybook bliss...
Blue Öyster Cult, 'Death Valley Nights'*

"심리학계의 손실이." 스트라이크가 말했다. "탐정계의 이득이 되었군요. 정말 잘했어요, 로빈."

그는 매큐언스 캔 맥주를 들고 그녀와 건배했다. 그들은 올림픽 테이커웨이 식당에서 피시 앤드 칩스를 사다가 멀지 않은 곳에 랜드로버를 주차하고 차 안에서 음식을 먹었다. 식당의 불 밝힌 창문들이 주변의 어둠을 더욱 강렬하게 만들었다. 검은 실루엣들이 그 사각의 빛을 가로질러 지나갔다가 3차원의 사람이 되어 붐비는 식당 안으로 들어간 뒤 다시 그림자가 되어 떠났다.

"그러니까 아내는 그를 떠났군요."

"네."

"할리 말에 의하면 이후로는 그가 아이들을 못 봤다고요?"

"맞아요."

스트라이크는 매큐언스를 들이켜며 생각했다. 브록뱅크가 정말

* '황량한 풍경,/이야기책의 축복……', 블루 오이스터 컬트, 〈죽음의 계곡의 밤들〉.

로 브리트니와 연락이 끊겼다고 믿고 싶지만, 그 악당이 브리트니가 있는 곳을 추적해서 찾아갔다면?

"어쨌거나 그 사람 소재지는 여전히 알 수 없어요." 로빈이 한숨을 쉬었다.

"음, 그놈이 여기 없다는 것과 또 1년 동안 여기 없었다는 걸 알아요." 스트라이크가 말했다. "자기한테 벌어진 안 좋은 일을 두고 여전히 날 탓한다는 것도, 아직도 어린 소녀들을 학대한다는 것도, 그때 의료진들이 내린 판정보다 훨씬 제정신이라는 것도 알아요."

"왜 그런 말씀을 하시죠?"

"브리트니 사건을 잘 감춘 것 같으니까요. 그냥 장애 수당이나 받아먹으며 살 수도 있는데 잇따라 일자리를 구해요. 그자는 일을 하면서 어린 소녀들과 접촉할 기회를 계속 얻는 것 같아요."

"그러지 말아요." 로빈이 나직이 말했다. 할리가 고백한 기억이 밀려나면서, 너무도 어려 보이고 통통하고 약간 놀란 표정이던 언머리통의 기억이 떠올랐다.

"그러니까 지금 영국에는 나를 원수로 여기는 브록뱅크와 랭 모두 자유롭게 돌아다니고 있다는 이야기예요."

스트라이크는 칩스를 씹으면서 조수석 서랍에서 다시 도로 지도책을 꺼낸 뒤 잠시 조용히 책장을 넘겼다. 로빈은 남은 피시 앤드 칩스를 신문지 포장지에 도로 싸고서 말했다.

"어머니한테 전화해야 돼요. 금방 올게요."

그녀는 가까운 가로등에 기대서 부모님 집에 전화를 걸었다.

"괜찮니, 로빈?"

"네, 엄마."

"너 매튜하고 어떻게 되고 있는 거니?"

로빈이 별빛이 희미한 하늘을 올려다보았다.

"아마 헤어진 것 같아요."

"헤어진 것 '같다'고?" 린다가 말했다. 충격받거나 슬퍼하는 게 아니라 사실을 제대로 알고 싶은 듯한 목소리였다.

로빈은 그 말을 소리 내서 하면 울지도 모른다고 걱정했었지만, 눈물은 솟지 않았으며 차분히 말하려 애쓸 필요도 없었다. 자신이 강인해지고 있는 것 같았다. 할리 브록뱅크의 고통스러운 인생 이야기와 셰퍼즈 부시에서 끔찍하게 죽은 신원 미상의 소녀가 인생을 새로이 보게 해주었다.

"월요일 밤에 그렇게 됐어요."

"코모란 때문이니?"

"아뇨." 로빈이 말했다. "세라 셰드록 때문이에요. 매튜가 그 애랑 잤어요. 제가…… 집에 내려와 있을 때. 언젠지 아시죠? 학교를 그만두고 집에 있을 때요."

두 청년이 올림픽 식당에서 비틀거리며 나왔다. 술에 취해 서로에게 소리를 지르며 욕을 했다. 그중 한 명이 로빈을 보고 친구를 쿡 찔렀다. 둘이 그녀에게 다가왔다.

"안녕, 아가씨?"

스트라이크가 차에서 나와 문을 탕 닫았다. 둘보다 머리 하나는 더 큰 그의 덩치가 어둠 속에 떠올랐다. 젊은이들은 갑자기 말을 잃고 몸을 흔들거리며 떠나갔다. 스트라이크는 차에 기대서 담배에 불을 붙였다. 얼굴은 그늘에 잠겨 있었다.

"엄마, 듣고 계세요?"

"그 이야기를 월요일에 했다고?" 린다가 물었다.

"네." 로빈이 말했다.

"왜?"

"코모란 때문에 또 싸웠거든요." 로빈이 몇 미터 거리에 있는 스트라이크를 의식하며 나직이 말했다. "제가 '그건 너하고 세라의 관계처럼 순수한 거야'라고 말하면서 매튜의 얼굴을 보았는데 — 그러고 나서 매튜가 인정했어요."

어머니는 길고 깊게 한숨을 쉬었다. 로빈은 위안이나 지혜의 말을 기다렸다.

"이 일을 어쩌니." 린다는 그렇게 말하고 다시 오래도록 아무 말도 하지 않았다. "너 정말 괜찮니, 로빈?"

"네, 괜찮아요, 정말로요. 지금 일하느라 바빠서 신경 쓸 겨를도 없어요."

"왜 하고많은 곳 중에 배로로 간 거니?"

"스트라이크가 다리를 보냈을지도 모른다고 생각한 사람 가운데 한 명을 추적하고 있어요."

"잠은 어디서 자고?"

"트래블로지로 갈 거예요." 로빈이 말했다가 "방은 당연히 따로 쓰고요" 하고 서둘러 덧붙였다.

"집에서 나온 뒤로 매튜하고 통화는 했니?"

"매튜가 계속 사랑한다는 문자를 보내고 있어요."

말을 하다 보니까 마지막 문자를 읽지 않았다는 사실이 떠올랐다. 그때까지 잊고 있었다.

"죄송해요." 로빈이 어머니에게 말했다. "드레스랑 피로연이랑 다른 것들도 모두…… 정말 죄송해요, 엄마."

"그런 건 걱정하지도 않는단다." 린다가 말하고 나서 다시 물었다. "너 정말 괜찮은 거니, 로빈?"

"네, 정말이에요." 그녀는 망설이다가 거의 반항하듯 말했다. "코모란이 잘해줘요."

"어쨌건 매튜하고 이야기는 해야 돼." 린다가 말했다. "그 세월이 얼만데…… 일단은 이야기를 해봐야 돼."

로빈의 평정이 깨졌다. 그녀의 목소리가 분노로 떨렸고 이야기를 쏟아내는 동안 손도 떨렸다.

"2주 전에 다 같이 럭비 경기를 보러 갔어요, 세라하고 톰하고요. 세라는 대학 시절부터 계속 매튜의 곁을 맴돌았어요. 그런데 걔네 둘은 제가 그랬을 때, 그때, 같이 잤어요. 그러고도 매튜는 세라를 계속 곁에 두었어요. 세라가 늘 매튜를 끌어안고 살랑거리고 또 우리 둘 사이를 들쑤시고 다녀도 말이죠. 럭비 경기장에서 스트라이크에 대해 '그는 정말 매력적이야, 사무실에는 단둘뿐이야?'라고 말했어요. 하지만 저는 내내 세라가 혼자서 그러는 줄 알았어요. 그 애가 대학 시절에 매튜를 꼬시려고 한 건 알았지만 설마 1년 반 동안 잠자리를 했다니. 매튜가 저한테 뭐라고 했는지 아세요? 세라가 자기를 '위로'해줬대요……. 그리고 제가 매튜에게 물어보지도 않고 스트라이크를 결혼식에 초대했으니, 세라도 초대해야 한대요. 그게 제가 받을 벌이래요. 내가 세라가 오는 걸 싫어하니까. 매튜는 세라 회사 근처에 가면 늘 세라랑 둘이서 점심을 먹었어요—"

"내가 런던에 가서 너를 만나야겠구나." 린다가 말했다.

"안 돼요, 엄마—"

"잠은 안 자고 갈 거야. 점심을 같이 하자꾸나."
로빈은 힘없이 웃었다.
"엄마, 저는 점심 시간이 따로 없어요. 그런 직업이 아니에요."
"내가 런던에 가야겠다, 로빈."
어머니의 목소리가 이렇게 확고할 때면 반박해봐야 소용없었다.
"언제 돌아갈지 몰라요."
"네가 괜찮은 때를 알려주면 내가 기차를 예약하마."
"저는…… 아, 알겠어요." 로빈이 말했다.
전화를 끊었을 때, 로빈은 결국 눈에 눈물이 고였다는 것을 알았다. 겉으로는 아닌 척했지만, 어머니를 만날 거라고 생각하니 마음에 큰 위안이 되었다.
그녀는 랜드로버를 건너다보았다. 스트라이크는 아직 거기에 기대서 있었고, 그 역시 통화 중이었다. 아니면 그냥 그러는 척하는 걸까? 그녀는 너무 크게 통화했다. 그는 예민한 상황을 잘 피하는 요령이 있었다.
그녀는 손에 든 휴대전화를 내려다보고 매튜의 메시지를 열었다.

네 어머니가 전화하셨어. 네가 출장을 떠났다고 했어. 우리 아빠한테 네가 생신날에 못 간다고 알려야 할지 말해줘. 사랑해, 로빈. 매튜가

매튜는 여전했다. 둘 사이가 끝났다는 것을 믿지 않았다. **우리 아빠한테 네가 생신날에 못 간다고 알려야 할지……**. 이게 찻잔 속의 태풍인 것처럼, 내가 자기 아버지의 파티에 가지 않으려고 그러는 것처럼……. '난 네 망할 아버지를 좋아하지도 않거든…….'

그녀는 분노에 차서 답장을 보냈다.

물론 안 가.

그녀는 차로 돌아갔다. 스트라이크는 정말로 통화를 하는 것 같았다. 조수석에는 도로 지도책이 펼쳐져 있었다. 레스터셔 주의 도시 마켓 하버러였다.

"그래, 당신도." 스트라이크의 말소리가 들렸다. "그래, 돌아가면 연락할게."

'엘린이구나.' 로빈은 생각했다.

그는 다시 차에 올랐다.

"뭐들이었나요?" 그녀가 모르는 척 물었다.

"엘린이었어요." 그가 말했다.

'당신이 저와 함께 있다는 걸 엘린이 아나요? 우리 둘만 있다는 걸?'

로빈은 얼굴이 빨개지는 것을 느꼈다. 도대체 왜 그런 생각을 하는 건지 알 수가 없었다. 무슨…….

"마켓 하버러에 가보실 건가요?" 그녀가 지도를 들어 올리며 물었다.

"가보는 게 좋겠죠." 스트라이크가 맥주를 한 모금 더 들이켜며 말했다. "브록뱅크가 마지막으로 일한 곳이니까. 실마리를 찾을 수 있을지도 몰라요. 안 가면 바보죠……. 그리고 거기를 돌아보면……."

그는 그녀의 손에서 지도책을 가져다가 몇 쪽을 넘겼다.

"거기는 코비와 겨우 20킬로미터쯤 떨어져 있어요. 코비에 가서 2008년에 거기서 어떤 여자와 같이 산 랭이 우리가 찾는 랭인지 알아봅시다. 여자는 아직도 거기 살아요. 로렌 맥노턴이라는 이름이죠."

이제 로빈은 이름과 세부 사항에 대한 스트라이크의 놀라운 기억력에 익숙해져 있었다.

"좋아요." 바로 런던으로 돌아가는 장거리 운전을 하지 않아도 되고 다음 날 아침에 다시 조사를 시작한다고 생각하자 로빈은 기분이 좋아졌다. 거기서 흥미로운 것을 찾으면 두 번째 밤도 외지에서 자야 할 테니, 앞으로 하루하고도 열두 시간 동안 매튜의 얼굴을 보지 않아도 되었다. 하지만 다시 생각해보니 내일 밤이면 매튜는 아버지의 생신 때문에 북부에 가고 없을 것이다. 어쨌건 집은 로빈의 차지였다.

"그놈이 그 아이를 찾아갔을까요?" 얼마간 침묵이 흐른 뒤 스트라이크가 소리 내서 말했다.

"미안해요. 누구요?"

"브록뱅크가 이제 와서 브리트니를 찾아내 죽였을 가능성 말이에요. 아니면 내가 망할 놈의 죄책감 때문에 잘못 짚은 걸까?"

그는 주먹으로 랜드로버의 문을 가볍게 탕 쳤다.

"하지만 그 다리." 스트라이크가 혼잣말을 하듯 말했다. "다리의 상처는 그 아이 상처하고 똑같았어. 놈이 아이에게 말했거든. '네가 어렸을 때 다리를 톱으로 자르려는데 네 엄마가 들어와서 못 했어.' 망할 개자식. 그 새끼가 아니면 또 누가 나한테 상처 난 다리를 보내겠어?"

"음." 로빈이 천천히 입을 뗐다. "저는 군이 다리를 보낸 이유가 있다고 봐요. 그건 브리트니 브록뱅크랑 상관이 없을 수도 있어요."

스트라이크가 고개를 돌려 그녀를 바라보았다.

"말해봐요."

"일단 여자를 죽였다면, 신체 어떤 부위를 보내도 효과는 똑같았을 거예요." 로빈이 말했다. "팔, 아니면 가슴—" 그녀는 사무적인 목소리를 유지하려고 최선을 다했다. "경찰과 언론이 몰려드는 건 똑같아요. 우리 사무실이 타격을 입고 흔들리는 건 마찬가지겠죠. 하지만 그 사람은 오른쪽 다리를 보냈는데, 당신과 같은 부위에서 잘렸어요."

"그건 그 거지 같은 노래하고 상관있는 것 같아요. 하지만—" 스트라이크는 다시 생각했다. "아니, 그렇지는 않지? 그건 팔이었어도 똑같았을 테니까. 아니면 목이었어도."

"그자는 당신이 부상당한 부위를 정확히 가리킨 거예요." 로빈이 말했다. "당신이 다리를 잃은 게 그 사람한테 무슨 의미일까요?"

"어떻게 알겠어요." 스트라이크가 말하고 있는 그녀의 옆얼굴을 보면서 말했다.

"영웅주의요." 로빈이 말했다.

스트라이크가 코웃음 쳤다.

"더럽게 재수 없던 일에 무슨 영웅주의?"

"어쨌건 당신은 서훈을 받은 퇴역 군인이잖아요."

"서훈은 다리 때문에 받은 게 아니에요. 그 전에 이미 받았어요."

"그런 말은 하신 적 없잖아요."

그녀가 그를 돌아보았지만, 그는 곁길로 빠지지 않았다.

"더 말해봐요. 왜 다리를 보냈다고요?"

"당신의 부상은 전쟁의 유산이에요. 용기와 강인함을 상징해요. 언론이 당신 이야기를 할 때마다 다리 이야기가 나오니까요. 제가 볼 때 그 사람은 그걸 명성과 업적, 그리고 명예로 여기는 것 같아요. 그래서 당신의 부상을 폄하하고, 거기에 끔찍한 것을 연결시켜 대중적으로 당신의 이미지를 영웅이 아니라 여자의 시신 토막을 받는 사람으로 바꾸려는 거예요. 그 사람이 당신을 괴롭히고 싶어 하는 건 분명해요, 네, 동시에 당신의 입지도 좁히고 싶어 하고요. 그러니까 그 사람은 당신이 가진 것, 세상의 인정과 유명세를 원하는 사람이에요."

스트라이크는 허리를 숙여, 발치에 둔 갈색 가방에서 두 번째 매큐언스 캔을 꺼냈다. 캔 따는 소리가 차가운 대기에 울려 퍼졌다.

"로빈 말대로라면." 스트라이크는 어둠 속으로 사라지는 구불구불한 담배 연기를 보면서 말했다. "이 미친놈이 내가 유명해진 데 화가 나는 거라면 휘태커가 일등 후보예요. 그게 그 인간이 가장 원하던 거였거든요. 유명인이 되는 거요."

로빈은 가만히 있었다. 스트라이크는 자신의 의붓아버지 이야기를 거의 하지 않았다. 그녀는 그가 말하지 않은 그와 관련된 많은 사실들을 인터넷으로 알아냈다.

"그놈은 내가 만난 사람들 중에서 가장 기생충 같은 새끼였어요." 스트라이크가 말했다. "남에게 기생해서 명성을 얻으려는 건 아주 그 새끼다운 일이죠."

그녀는 좁은 공간 안에서 바로 옆에 있는 그가 화났음을 느꼈다. 그가 세 용의자에게 보이는 반응은 일관된 면이 있었다. 브록뱅크는 죄책감을, 휘태커는 분노를 일으켰다. 랭은 그가 객관성 비슷한 것을 유지하고 볼 수 있는 유일한 사람이었다.

"섕커가 가져온 소식은 없나요?"

"섕커는 지금 캣퍼드에 있대요. 그가 찾아낼 겁니다. 휘태커는 그곳의 어느 더러운 구석에 있을 거예요. 런던에 있을 게 분명해요."

"그렇게 확신하는 이유가 있나요?"

"런던밖에 더 있나요?" 스트라이크가 주차장 너머 연립주택들을 바라보며 말했다. "휘태커는 원래 요크셔 출신이에요. 하지만 당신도 알다시피 지금 그놈은 완전히 런던 놈이죠."

"만난 지 오래되지 않았나요?"

"만날 필요가 없어요. 나는 놈을 알아요. 그놈은 대박을 노리고 런던에 왔다가 눌러앉은 쓰레기 중 하나예요. 놈은 자신이 살 만한 곳은 런던밖에 없다고 생각했어요. 런던이 놈에게 최고의 무대가 되어야 했죠."

하지만 휘태커는 범죄와 가난과 폭력이 박테리아처럼 번성하는 도시의 음지를 벗어나지 못했다. 섕커는 아직도 그 음지에 살았다. 거기 살아본 적 없는 사람들은 런던이 그 자체로 하나의 나라라는 것을 모를 것이다. 사람들은 영국의 다른 어떤 도시보다 런던에 권력과 부가 집중되어 있다는 사실에는 분개할지 몰라도, 그곳에서 가난이 나름의 풍미를 더하고 있다는 사실은 몰랐다. 모든 것이 비싼 그곳에서는 성공한 자들과 그러지 못한 자들이 언제나 고통스러울 만큼 선연한 대조를 이루었다. 클래런스 테라스에 위치한 바닐라빛 기둥이 있는 엘린의 아파트와 어머니가 죽은 화이트채플의 지저분한 무단 점거지를 가르는 것은 물리적 거리만이 아니었다. 무한한 격차, 출신과 우연, 판단 착오와 행운이 그 사이를 갈랐다. 어머니와 엘린은 둘 다 아름다운 여자이고, 둘 다 똑똑했지만 한 사람은 마약과 인간 오물의 늪지로 빠져들었고, 다른 한 사람은 투명한 유리창 창가에 앉아 리젠트 파크를 굽어보았다.

로빈도 런던을 생각했다. 매튜도 런던에 사로잡혔지만 그는 그녀가 탐정 일을 하며 매일 누비고 다니는 미로 같은 세계에는 흥미가 없었다. 그를 흥분시키는 것은 표면의 반짝임인 듯했다. 최고의 레스토랑, 최고의 주거지. 그에게 런던은 커다란 모노폴리 게임판과도 같았다. 그는 예전에도 요크셔와 고향 매셤에 온전히 정을 주지 않았다. 그의 아버지는 요크셔 태생이지만, 돌아가신 어머니는 서리 출신으로 시골에 사는 것은 자기 뜻이 아니라는 분위기를 풍겼다. 그녀는 매튜와 킴벌리 남매가 요크셔 사투리를 쓰지 못하게 했다. 매튜의 이도저도 아닌 말투는 로빈이 그와 처음 사귀었을 때 로빈의 오라비들이 그를 싫어한 이유 가운데 하나였다. 매튜는 아니라고 했고 또 컨리프라는 성은 요크셔의 이름이었지만, 그들은 그에게서 남부에 대한 동경을 감지했다.

"이곳 출신이라면 참 특이할 것 같기는 해요." 스트라이크가 계속 집들을 바라보며 말했다. "여기는 마치 섬 같아요. 이런 사투리는 처음 들어봐요."

근처에서 어떤 남자가 우렁찬 목소리로 노래를 불렀다. 로빈은 처음에 찬송가인 줄 알았다. 그런데 다른 사람들이 노래에 합류하고, 또 바람의 방향이 바뀌자 간간히 노래 가사가 들렸다.

"친구들아 함께 놀고 함께 웃자(Friends to share in games and

laughter).

저물녘에 노래를, 정오에 책을(songs at dusk and books at noon)…….”

“교가네요.” 로빈이 웃으며 말했다. 검은 정장 차림의 중년 남자들이 큰 소리로 노래를 부르며 버클루치 스트리트를 걸어오는 모습이 보였다.

“장례식이군요.” 스트라이크가 말했다. “오래된 학교 친구들이에요. 봐요.”

검은 정장의 무리가 차 앞까지 왔을 때, 그중 한 명이 로빈과 눈이 마주쳤다.

“배로 남자 중등학교!” 그는 방금 골이라도 넣은 것처럼 주먹을 흔들며 그녀에게 소리쳤다. 남자들이 환호했지만, 그들의 술 취한 호기에는 슬픔이 깃들어 있었다. 그들은 계속 노래를 부르면서 멀어져갔다.

“항구의 불빛과 배들(Harbour lights and clustered shipping)

갈매기들 위로는 구름이(Clouds above the wheeling gulls)…….”

“고향에 온 거죠.” 스트라이크가 말했다.

그는 테드 외삼촌과 비슷한 사람들이라고 생각하고 있었다. 뼛속까지 콘월 사람인 그는 세인트모스에서 살다가 거기서 죽을 것이다. 그 지역의 피륙이 되고, 지역 사람들에게 오랫동안 기억되고, 술집의 벽에 사진이 붙는 그런 사람. 테드가 죽으면—그런 일은 20년, 30년 뒤에 일어나길 바라지만—사람들은 지금 저 이름 모를 사내의 장례식에서 그러듯이 술과 눈물로 슬퍼하되, 그의 기억을 기쁨으로 되새길 것이다. 아동 성폭행범인 검은 머리에 몸집이 거대한 브록뱅크와, 아내를 학대한 붉은 머리의 랭은 출생지에 무엇을 남겨놓았을까? 그들이 떠났다는 안도의 전율, 그들이 돌아왔다는 공포, 상처받은 사람들과 나쁜 기억들.

"갈까요?" 로빈이 조용히 물었고 스트라이크는 고개를 끄덕였다. 불붙은 담배꽁초를 빈 맥주 캔에 떨구자, 치지직 하는 소리가 만족스럽게 울렸다.

27

A dreadful knowledge comes...
Blue Öyster Cult, 'In the Presence of Another World'*

그들은 트래블로지에서 서로 다섯 칸 떨어져 있는 방을 두 곳 잡았다. 로빈은 프런트의 남자가 더블 룸을 주겠다고 할까 봐 걱정했지만, 그가 뭐라고 말할 겨를도 없이 스트라이크가 "싱글 룸 두 개요" 하고 단호하게 말했다.

이제 와서 갑자기 남의 시선을 의식하다니, 정말 이상한 일이었다. 그들은 하루 종일 랜드로버 안에서 엘리베이터 안보다도 더 물리적으로 가까이 있었기 때문이다. 그녀는 자기 방문 앞까지 가서 스트라이크에게 안녕히 주무시라고 인사하는 것도 어색하게 느껴졌다. 그가 꾸물거린 것은 아니었다. 그는 간단하게 "안녕히" 하고 말한 뒤 자기 방 앞으로 갔지만, 그녀가 카드 키를 대고 어색하게 손을 흔들며 자기 방으로 들어갈 때까지 기다렸다.

왜 내가 손을 흔들었을까? 바보 같은 짓이었다.

그녀는 침대에 가방을 떨구고 창가로 갔다. 창밖으로는 그들이 몇

* '두려운 지식이 온다…….', 블루 오이스터 컬트, 〈또 다른 세상 앞에서〉.

시간 전 이 도시에 들어설 때와 똑같이 산업용 창고들의 황량한 풍경뿐이었다. 그들이 런던을 떠난 지 며칠은 된 것 같았다.

난방이 너무 셌다. 로빈이 빡빡한 창문을 열자, 서늘한 밤공기가 답답한 네모 상자 같은 방 안으로 쑥 밀려들었다. 그녀는 전화기를 충전기에 꽂고 잠옷으로 갈아입은 뒤, 이를 닦고 싸늘한 이불 아래 누웠다.

다섯 칸 떨어진 방에서 스트라이크가 자고 있다는 사실에 그녀는 이상하게 동요되었다. 그것은 물론 매튜의 잘못이었다. '네가 그 사람하고 잔다면 우리는 영원히 끝이야.'

상상력이 날뛰다 보니 스트라이크가 방문에 노크하는 소리까지 들리는 것 같았다. 그녀 방에 들어올 어설픈 핑계를 대면서…….

'바보같이 굴지 마.'

그녀는 몸을 뒤집어 달아오른 얼굴을 베개에 묻었다. 도대체 무슨 생각을 하는 거야? 망할 매튜, 이런 생각을 하게 하다니, 내가 자기 같은 사람인 줄 아는 건가…….

한편 스트라이크는 아직 침대에 들지 않았다. 차에 오랫동안 갇혀 있어서 온몸이 뻣뻣했다. 그는 의족을 뗄 수 있어서 좋았다. 다리가 하나뿐인 사람에게는 샤워를 하는 일이 특별히 손쉽거나 하지는 않았지만 그는 문 안쪽의 바를 조심스럽게 잡고 샤워를 하며 뜨거운 물로 쓰린 무릎을 이완시켰다. 그런 뒤 물기를 닦고 나와서 조심스럽게 침대를 찾아가, 휴대전화를 충전기에 연결하고, 알몸으로 기어올라 이불 속으로 들어갔다.

그는 두 손을 뒤통수에 괴고 어두운 천장을 올려다보며 다섯 칸 떨어진 방에 누워 있을 로빈을 생각했다. 매튜가 다시 문자를 보냈을지, 지금 두 사람이 통화 중일지, 혼자 있게 된 그녀가 그날 처음으로 울고 있을지 궁금했다.

다른 층에서 총각 파티를 하는 듯한 소리가 들렸다. 남자들의 요란한 웃음, 고함, 환성, 문 여닫는 소리. 누가 음악을 틀어서 베이스 소리가 그의 방까지 울렸다. 그러자 전에 사무실에서 자던 시절이 떠올랐다. 아래층 12 바 카페의 음악 소리에 간이침대의 금속 다리가 진동했었다. 로빈의 방은 이보다 덜 시끄럽기를 바랐다. 내일 다시 400킬로미터를 운전해야 했기에 그녀는 쉬어야 했다. 스트라이크는 하품을 하고서 돌아누웠고, 음악 소리와 소음에도 불구하고 곧바로 잠이 들었다.

다음 날 아침에 그들은 약속한 대로 식당에서 만났고, 로빈은 스트라이크가 보이지 않게 가려준 덕분에 뷔페에서 커피로 물병을 몰래 채운 다음, 둘 다 접시에 토스트를 담았다. 스트라이크는 아침 식사를 조금만 하는 대신 데니시 페이스트리 몇 개를 배낭에 챙겨 넣었다. 그들은 8시에 다시 랜드로버에 올라탔다. 그리고 연무가 낀 하늘 아래 히스 숲과 이탄지의 구릉지대가 펼쳐진 눈부시게 아름다운 컴브리아 카운티의 전원을 달려서 M6 남부 도로에 들어섰다.

"운전을 도와주지 못해서 미안해요." 스트라이크가 커피를 마시며 말했다. "나는 그 클러치를 밟을 수가 없어요. 그러면 우리 둘 다 죽을 거예요."

"괜찮아요." 로빈이 말했다. "아시다시피 저는 운전을 좋아해요."

그들은 편안한 침묵 속에 길을 달렸다. 로빈은 스트라이크가 신뢰할 수 있는 유일한 운전자였다. 그가 여자 운전자에게 뿌리 깊은 편견이 있는데도 그랬다. 그는 이 사실을 굳이 밝히려 하지 않았지만, 그의 편견은 여러 번의 부정적인 승차 경험에서 비롯된 것이었다. 불안하고 서툰 콘월의 조앤 외숙모부터 자꾸 한눈을 파는 여동생 루시, 그리고 위험을 자초하는 무모한 샬럿까지. 옛날 여자 친구인 특수사대의 트레이시는 운전 실력이 뛰어났지만, 높고 좁은 산악 도로에서는 겁을 먹고 숨을 헐떡거리며 차를 멈췄다. 그러면서도 그에게 운전대를 넘겨주지 않았는데, 그렇다고 운전을 하지도 못했다.

"매튜는 랜드로버를 좋아해요?" 그들이 고가도로를 지날 때 스트라이크가 물었다.

"아니요." 로빈이 대답했다. "매튜는 A3 카브리올레를 갖고 싶어해요."

"그렇겠지." 스트라이크가 덜컹거리는 차에서 들리지 않게 중얼거렸다. "한심한 놈."

그들은 네 시간 후에 마켓 하버러에 도착했다. 도중에 이야기해보니 스트라이크와 로빈 둘 다 처음 오는 곳이었다. 오는 길에는 작고 예쁜 몇몇 마을들을 연달아 지나왔다. 초가지붕, 17세기식 교회, 토피어리 정원, 허니폿 레인 같은 이름의 주택가가 있었다. 스트라이크는 노엘 브록뱅크의 고향 풍경을 이루는 삭막한 벽, 가시철조망, 무시무시한 잠수함 공장을 떠올렸다. 브록뱅크는 어떻게 해서 목가적으로 아름답고 매력적인 이곳에 오게 된 걸까? 할리가 로빈에게 주고 지금은 스트라이크의 지갑 속에 든 전화번호는 어떤 사업체의 번호일까?

마켓 하버러에 들어서자 점잖고 고풍스러운 느낌은 더 강해졌다. 화려하고 유서 깊은 세인트 디오니시우스 교회가 도시 중심부에 당당하게 솟아 있고, 그 옆의 대로 앞에는 나무 기둥 위에 지은 목조 가옥처럼 특이한 건축물이 서 있었다.

이 특이한 건물 뒤에 주차장이 있었다. 스트라이크는 담배도 피우고 다리도 펼 겸 차에서 내려 담배에 불을 붙인 뒤 명판을 읽었다. 기둥 위에 올라선 건물은 1614년에 세운 중등학교였다. 금색으로 새긴 성경 구절이 건물을 빙 두르고 있었다.

'사람은 외면을 보거니와 나 여호와는 중심을 보느니라.'

로빈은 랜드로버에 남아서 다음번 행선지인 코비로 가는 빠른 길을 찾았다. 스트라이크는 담배를 다 피우고 조수석에 올라탔다.

"좋아요, 그 번호로 전화를 걸어볼게요. 혹시라도 잠깐 걷고 싶다면, 내 담배가 다 떨어졌다는 사실을 잊지 말아줘요."

로빈은 눈을 샐쭉 굴렸지만 곧 그가 내민 10파운드짜리 지폐를 받아들고 벤슨 앤드 헤지스 담배를 찾아 떠났다.

처음 그 번호로 걸었을 때는 통화 중이었다. 두 번째로 걸자 악센트가 강한 여자 목소리가 대답했다.

"타이 오키드 마사지입니다. 무엇을 도와드릴까요?"

"안녕하세요." 스트라이크가 말했다. "친구한테서 이 번호를 받았는데요, 거기 가려면 어떻게 해야 합니까?"

그녀는 세인트 메리스 로드에 있는 주소를 일러주었는데, 지도를 힐끔 보니 몇 분 거리였다.

"오늘 아침에 바로 서비스가 가능한 아가씨도 있나요?" 그가 물었다.

"어떤 아가씨를 원하시죠?" 그 목소리가 말했다.

사이드미러로 로빈이 돌아오는 모습이 보였다. 붉은 금발이 바람에 자유롭게 휘날렸고, 손에 든 황금색 벤슨 앤드 헤지스 담뱃갑이 반짝거렸다.

"타이 아가씨가 좋겠군요." 스트라이크가 잠깐 망설인 뒤 말했다.

"타이 아가씨는 두 명이 가능합니다. 어떤 서비스를 원하시나요?"

로빈이 운전석 문을 열고 차에 들어왔다.

"어떤 서비스들이 있나요?" 스트라이크가 물었다.

"아가씨 한 명이 해주는 오감 자극 오일 마사지는 90파운드고, 두 명이 해주는 마사지는 120파운드입니다. 아가씨가 몸으로 해주는 누드 오일 마사지는 150파운드입니다. 추가 비용은 아가씨와 협의하시면 됩니다. 괜찮으신가요?"

"네, 좋습니다. 저는, 어, 아가씨 한 명이 해주는 서비스가 좋겠네요." 스트라이크가 말했다. "금방 가겠습니다."

그는 전화를 끊었다.

"안마 시술소네요." 그가 지도를 살피며 로빈에게 말했다. "그런데 무릎을 다쳤을 때 가는 곳은 아니에요."

"정말요?" 그녀가 놀라서 말했다.

"사방에 널려 있는 건데." 그가 말했다. "뭘 새삼스럽게."

하지만 그는 그녀가 놀란 이유를 알았다. 창밖의 장면—세인트 디오니시우스 교회, 기둥 위에 지어진 경건한 중등학교, 분주하고 활기찬 시내 중심가, 인근 펍 바깥에 나부끼는 성 조지의 십자기—은 그 도시의 광고 포스터에 실릴 만한 광경이었기 때문이다.

"어떻게 하실 거예요? 그게 어디 있는데요?" 로빈이 물었다.

"멀지 않아요." 그가 그녀에게 지도를 보여주며 말했다. "먼저 현금인출기를 찾아야겠네요."

정말로 돈을 내고서 마사지를 받으려는 걸까? 로빈은 당황스러웠지만 그 질문을 어떻게 표현해야 할지, 또 대답을 듣고 싶은지도 알 수 없었다. 그녀는 현금인출기를 찾아 스트라이크의 마이너스 계좌에서 200파운드를 추가 인출한 뒤, 그가 지시한 대로 중심가 끝에 있는 세인트 메리스 로드로 갔다. 세인트 메리스 로드는 부동산 중개소, 피부 관리실, 변호사 사무실 들이 큼직큼직한 건물들 안에 자리 잡은 아주 점잖아 보이는 거리였다.

"저기네요." 스트라이크가 모퉁이에 자리한 별 특징 없는 건물을 가리켰다. 보라색과 금색의 번쩍이는 간판에 '타이 오키드 마사지'라고 적혀 있었다. 창문에 검게 드리운 블라인드만이 그 안에서 일어나는 일은 관절이 아플 때 받는, 의학적으로 승인된 시술이 아님을 암시해주었다. 로빈은 골목에 주차하고 스트라이크가 건물 안으로 들어갈 때까지 지켜보았다.

안마 시술소 문으로 다가가던 스트라이크는 머리 위에서 번쩍거리는 간판의 난초가 여성의 외음부와 흡사하다는 것을 알아차렸다. 그가 벨을 울리자, 스트라이크만큼이나 키가 크고 머리가 긴 남자가 바로 문을 열었다.

"방금 전화한 사람입니다." 스트라이크가 말했다.

문지기는 흠 하는 소리를 내더니, 고갯짓으로 검고 두꺼운 내부 커튼을 가리켰다. 안에는 카펫이 깔리고 소파가 두 개 놓인 작은 대기실이 있었다. 소파에 중년의 타이 여자 한 명과 열다섯 살쯤 되어 보이는 타이 소녀 두 명이 앉아 있었다. 구석의 TV에는 〈누가 백만장자가 되고 싶은가?〉가 방영 중이었다. 그가 들어서자 지루해하던 소녀들의 표정이 초롱초롱하게 변했다. 중년 여자가 일어섰다. 그녀는 맹렬하게 껌을 씹고 있었다.

"전화하셨던 분이죠?"

"네." 스트라이크가 말했다.

"마실 것을 드릴까요?"

"아뇨, 괜찮습니다."

"타이 아가씨들이 좋으신가요?"

"네." 스트라이크가 말했다.

"어느 아가씨가 좋으신가요?"

"이 아가씨요." 스트라이크는 분홍색 홀터넥 블라우스에 스웨이드 미니스커트를 입고 싸구려로 보이는 에나멜 뾰족구두를 신은 좀 더 어려 보이는 소녀를 지목했다. 소녀의 여윈 다리는 홍학 같았다.

"좋아요." 중년 여자가 말했다. "먼저 결제를 하고 방으로 들어가시면 됩니다."

스트라이크가 90파운드를 내자 지목받은 소녀가 밝게 웃으며 손짓했다. 가짜일 게 분명한 가슴을 빼면 소녀의 몸은 사춘기 소년 같았다. 그는 엘린의 딸 방에서 본 바비 인형들이 떠올랐다.

방은 짧은 복도에 있었다. 하나뿐인 창에 검은 블라인드가 쳐 있고 조명이 어두우며 백단유 냄새가 나는 작은 방이었다. 샤워기가 구석에 겨우 마련되어 있었고, 마사지 테이블은 검은 인조가죽으로 둘러싸여 있었다.

"먼저 샤워하고 싶으세요?"

"아니." 스트라이크가 말했다.

"좋아요. 저기서 옷을 벗으세요." 그녀는 구석에 커튼이 쳐진 작은 공간을 가리켰다. 191센티미터의 장신인 스트라이크가 거기 들어가기란 쉬운 일이 아닐 것 같았다.

"옷은 그냥 입고 있는 게 더 좋아. 그보다 이야기를 하고 싶은데."

소녀는 별로 놀란 것 같지 않았다. 별의별 사람을 다 봤을 것이다.

"윗옷을 벗을까요?" 그녀가 밝게 말하며 목 뒤 끈에 손을 댔다. "윗옷을 벗으면 10파운드 추가예요."

"아니." 스트라이크가 말했다.

"하체 마사지는요?" 그녀가 그의 바지 앞섶을 보며 말했다. "하체 오일 마사지는 20파운드 추가예요."

"아니, 나는 그냥 이야기를 하고 싶어." 스트라이크가 말했다.

그녀의 얼굴에 의심이 스치더니 공포가 번쩍 떠올랐다.

"경찰이군요."

"아니야." 스트라이크가 항복하듯 두 손을 들어 올리며 말했다. "경찰은 아니야. 나는 노엘 브록뱅크라는 사람을 찾고 있어. 여기서 일했던 사람. 아마 문지기로 일한 것 같은데."

그가 이 소녀를 선택한 이유는 너무도 어려 보였기 때문이다. 브록뱅크의 성향을 고려해보면 그는 다른 어떤 소녀들보다도 이 소녀를 노렸을 것 같았지만, 그녀는 고개를 저었다.

"그 사람은 떠났어요." 그녀가 말했다.

"알아." 스트라이크가 말했다. "나는 그자가 어디로 갔는지 알고 싶어."

"엄마가 그 사람을 잘랐어요."

업소 주인이 소녀의 엄마인가? 아니면 그냥 그렇게 부르는 것인가? 엄마란 사람은 이 일과 관련짓지 않는 편이 좋을 것 같았다. 그녀는 영악하고 독해 보였다. 어쩌면 아무 영양가 없는 정보에 큰돈을 써야 할지도 몰랐다. 그가 선택한 이 소녀는 순진해 보였다. 브록뱅크가 한때 여기서 일했다는 것, 그가 잘렸다는 사실을 알려주는 것만으로도 돈을 요구할 수 있었지만 그러지 않았다.

"그 사람을 알아?" 스트라이크가 물었다.

"제가 온 첫 주에 잘렸어요." 그녀가 말했다.

"왜 잘렸지?"

그녀는 문을 바라보았다.

"여기 사람들 중에 그 사람 전화번호나 어디로 갔는지 아는 사람 있어?"

그녀는 망설였다. 스트라이크는 지갑을 꺼냈다.

"20파운드." 그가 말했다. "브록뱅크가 어디 갔는지 알려줄 수 있는 사람을 연결해주면 이걸 줄게."

그녀는 아이처럼 서서 스웨이드 치마 밑단을 잡고 꼼지락거리며 그를 바라보더니 그의 손에서 10파운드 지폐 두 장을 잡아 빼서 치마 주머니에 넣었다.

"기다리세요."

그는 인조가죽 마사지 테이블에 앉아서 기다렸다. 작은 방은 여느 스파처럼 깨끗했고, 스트라이크는 그 점이 마음에 들었다. 그는 불결한 환경에서는 성욕을 느끼지 못했다. 그런 곳에서는 악취 나는 무단 점거지에서의 어머니와 휘태커가, 얼룩투성이 매트리스가, 의붓아버지의 콧구멍에 가득했던 독기가 떠올랐다. 사이드 캐비닛에 각종 오일이 말끔하게 정돈된 모습을 보면 에로틱한 생각이 떠오르지 않기가 어려웠다. 몸으로 해주는 오일 누드 마사지라는 것은 꽤나 기분 좋은 일일 게 분명했다.

그런데 어떤 알 수 없는 이유로 생각이 창밖 너머 차 안에 앉아 있을 로빈에게 옮겨 갔다. 그는 무슨 떳떳하지 못한 일을 하다 걸린 것처럼 다시 자리에서 벌떡 일어났다. 가까운 거리에서 성난 타이 말소리가 들렸다. 문이 벌컥 열리고 엄마와 그가 선택한 소녀가 들어왔다. 소녀는 겁에 질린 것 같았다.

"한 명이 해주는 마사지비를 냈잖아요!" 성이 난 엄마가 말했다.

그녀도 소녀처럼 그의 바지 앞섶을 보았다. 벌써 일이 치러졌는지, 그가 추가 비용도 내지 않고 서비스를 더 받으려는 것은 아닌지 확인하고 있었다.

"손님이 마음을 바꿨어요." 소녀가 필사적으로 말했다. "두 명이 좋대요. 타이 한 명, 금발 한 명. 아직 아무것도 안 했어요. 손님이 마음 바꿨어요."

"한 명이 해주는 마사지비만 냈잖아요." 엄마가 손끝의 긴 손톱으로 스트라이크를 가리키며 소리쳤다.

스트라이크는 묵직한 발소리가 들리자 머리칼이 긴 문지기가 다가온다고 생각했다.

"2인 마사지비도 내겠습니다." 그가 속으로 욕을 하며 말했다.

"120파운드 더?" 엄마가 자기 귀를 믿을 수 없다는 듯 소리쳤다.

"네." 그가 말했다. "좋아요."

엄마는 그를 대기실로 다시 불러내서 돈을 받았다. 붉은 머리의 뚱뚱한 여자가 노출이 심한 검은 라이크라 드레스를 입고 앉아 있었다. 기대에 찬 얼굴이었다.

"손님은 금발을 원해." 스트라이크가 120파운드를 더 건네는데 그와 공모한 소녀가 말했고, 붉은 머리는 시무룩해졌다.

“잉그리드는 지금 일하고 있어요.” 엄마가 스트라이크의 현금을 서랍에 넣으며 말했다. “일을 마칠 때까지 여기서 기다리세요.”

그래서 그가 깡마른 타이 소녀와 붉은 머리 여자 사이에 앉아 〈누가 백만장자가 되고 싶은가?〉를 보는데, 턱수염이 희고 정장을 입은 왜소한 남자가 허둥지둥 복도로 나오더니 사람들과 눈도 마주치지 않고 얼른 검은 커튼을 통해 거리로 나갔다. 5분 뒤에 스트라이크와 동년배로 보이는 날씬하며 탈색을 한 금발 여자가 보라색 라이크라 원피스에 무릎 위까지 오는 부츠를 신고 나타났다.

“잉그리드하고 같이 들어가세요.” 엄마가 말했고, 스트라이크와 타이 소녀는 순순히 아까 그 방으로 돌아갔다.

“이분은 마사지를 원하지 않아요.” 문이 닫히자 타이 소녀가 금발 여자를 향해서 숨 가쁘게 말했다. “노엘이 어디로 갔는지 알고 싶어해요.”

금발 여자가 인상을 쓰며 스트라이크를 보았다. 나이가 타이 소녀의 두 배는 되어 보였지만, 진한 갈색 눈동자에 광대뼈가 높고 아름다웠다.

“그게 왜 알고 싶으신 거죠?” 그녀가 순전한 에식스 억양으로 묻고는, 차분하게 말했다. “경찰인가요?”

“아뇨.” 스트라이크가 말했다.

그녀의 예쁜 얼굴에 번쩍하고 깨달음의 빛이 스쳤다.

“잠깐.” 그녀가 천천히 말했다. “나 당신 누군지 알아. 스트라이크! 캐머론 스트라이크죠! 룰라 랜드리 사건을 해결한 탐정. 세상에, 누가 당신한테 ‘다리’를 보내지 않았나요?”

“어, 맞아요. 그랬습니다.”

"노엘이 정말 당신에게 '집착'했어요!" 그녀가 말했다. "거의 당신 얘기뿐이었어요. 당신이 뉴스에 나온 뒤로는요."

"정말입니까?"

"네, 당신 때문에 뇌에 손상을 입었다고 했어요."

"그건 제 잘못만은 아닙니다. 그 사람을 잘 아셨나 보죠?"

"그렇게 잘 안 건 아니에요." 그녀가 스트라이크의 말뜻을 정확히 이해하고 말했다. "북부에서 온 그 사람 친구가 있어요, 존이라고. 좋은 분이고, 제 단골손님이었는데 사우디아라비아로 갔죠. 네, 두 사람이 학교를 같이 다녔대요. 노엘이 군에서 문제가 생긴 걸 안타까워하다가 여기 일자리를 소개해줬어요. 정말 운이 없었다면서요. 저더러 우리 집 방 한 칸을 빌려주라고 했죠."

그녀의 말투로 보아 브록뱅크에 대한 존의 연민이 잘못된 것이라고 생각하는 게 분명했다.

"그래서 어떻게 됐습니까?"

"처음에는 괜찮았지만 좀 친해지고 나니까 늘 불평불만이더라고요. 군에 대해서, 당신에 대해서, 아들에 대해서—그 사람은 아들에 집착했어요. 아들을 데려오고 싶어 했지요. 자기가 아들을 못 만나는 게 당신 때문이라고 했어요. 내가 볼 땐 아닌데 말이죠. 그 사람 전처가 아들을 보여주지 않는 이유야 뻔하지 않겠어요?"

"이유가 뻔하다니요?"

"노엘이 엄마의 손녀를 무릎에 앉히고 치마 속에 손을 넣었다가 엄마한테 들켰어요." 잉그리드가 말했다. "그 애는 여섯 살이에요."

"아." 스트라이크가 말했다.

"나한테서 2주 치 방세를 떼어먹고 떠난 뒤로는 본 적이 없어요.

그래도 속이 다 시원해요."

"그 사람이 여기서 잘린 뒤에 어디로 갔는지 아시나요?"

"몰라요."

"그러니까 그 사람과 접촉할 수 있는 정보는 전혀 없는 거군요."

"휴대전화 번호는 아직 있을 거예요." 그녀가 말했다. "그 사람이 계속 그 번호를 쓰는지는 모르지만요."

"그 번호를—"

"저한테 휴대전화가 있을 것 같아요?" 그녀가 두 팔을 들어 올리며 물었다. 라이크라 원피스와 부츠가 몸의 모든 굴곡을 드러냈다. 얇은 천 때문에 젖꼭지도 선명히 불거졌다. 스트라이크는 시선이 그리 향하지 않도록 그녀와 계속 눈을 맞추려고 애썼다.

"나중에 따로 만나서 알려주실 수 있을까요?"

"우리는 고객하고 전화번호를 주고받을 수 없어요. 계약 사항이죠. 휴대전화를 소지하지 못해요. 하지만." 그녀가 그를 위아래로 훑어보면서 말했다. "당신은 그 사람을 때려눕힌 사람이고 또 전쟁 영웅이니까 근무가 끝나면 근처에서 만나줄게요."

"그래주신다면 좋겠네요." 스트라이크가 말했다. "고맙습니다."

그는 그녀의 눈에서 유혹의 빛을 본 것 같았는데 이게 착각인지 어쩐지 알지 못했다. 아마 마사지 오일 냄새와, 따뜻하고 미끈거리는 몸을 잠깐 상상하다가 정신이 홀린 건지도 몰랐다.

20분 뒤, 그러니까 스트라이크가 서비스를 충분히 받았을 만한 시간이 지난 뒤에, 그는 타이 오키드를 나와서 길을 건너 로빈이 기다리는 차로 돌아갔다.

"전에 쓰던 휴대전화 번호를 알아내는 데 230파운드가 들었어요.” 그녀가 도로변에서 차를 빼 도심으로 달려갈 때 그가 말했다. “그만한 값어치가 있어야 할 텐데. 애덤 앤드 이브 스트리트로 가야 돼요. 오른쪽에 있다고 했어요. 카페 이름은 애플비스고요. 조금 있다가 거기로 온다고 했어요.”

로빈은 주차장에 차를 댔고, 그들은 스트라이크가 조식 뷔페에서 훔친 데니시 페이스트리를 먹으면서 잉그리드가 한 말에 대해 이야기를 주고받았다. 로빈은 왜 스트라이크가 과체중인지 알 것 같았다. 지금까지 그녀는 24시간 이상 조사를 해본 적이 없었다. 매끼를 이렇게 이동 중에 먹어야 한다면, 패스트푸드와 초콜릿이 가장 간편한 선택이었다.

“저기 오네요.” 40분 후에 스트라이크가 말하고, 랜드로버에서 내려 애플비스 안으로 들어갔다. 로빈은 금발 여자가 다가오는 모습을 지켜보았다. 이제 그녀는 청바지와 인조 모피 재킷 차림이었다. 에로 모델 같은 몸매여서 로빈은 플래티넘이 생각났다. 그렇게 10분이 지나고 15분이 지났다. 하지만 스트라이크도 여자도 나오지 않았다.

“전화번호 하나 알려주는 데 시간이 얼마나 걸리는 거지?” 로빈은 차 안에서 혼자 뾰로통한 목소리로 말했다. 차 안은 추웠다. “코비까지 가야 한다며?”

그는 아무 일 없었다고 말했지만 그건 모르는 일이었다. 무슨 일이 있었을 수도 있다. 그 여자가 스트라이크의 몸에 오일을 바르고…….

로빈은 손가락으로 운전대를 두드리며 엘린을 떠올렸다. 스트라이크가 그날 한 일을 알게 되면 엘린은 어떤 생각이 들까. 그러다가 그날 매튜가 또 연락을 했는지 확인하지 않았다는 생각에 약간 놀랐다. 코트 주머니에서 휴대전화를 꺼내 보니 메시지는 없었다. 정말로 그의 아버지 생일 파티에 가지 않겠다고 말한 뒤로 그는 잠잠해졌다.

금발 여자와 스트라이크가 카페에서 나왔다. 잉그리드는 스트라이크와 헤어지기 싫은 기색이었다. 그가 손을 흔들자 그녀는 몸을 숙여 그의 뺨에 키스하고 사뿐사뿐 떠나갔다. 스트라이크는 자신을 보는 로빈을 발견하고 약간 멋쩍은 표정으로 차에 돌아왔다.

"재미있으셨나 봐요." 로빈이 말했다.

"별로요." 스트라이크가 휴대전화에 '노엘 브록뱅크'라는 이름으로 저장된 번호를 가리키며 말했다. "그냥 여자가 좀 말이 많네요."

로빈이 남자 동료였다면 아마도 "재미가 없지는 않았어" 하고 덧붙였을 것이다. 잉그리드는 노골적으로 그를 유혹했다. 휴대전화를 천천히 살펴보면서, 아직도 번호가 있는지 모르겠다는 말로 그를 불안하게 하고, 제대로 된 타이 마사지를 받아본 적이 있느냐고 묻고, 왜 노엘을 찾는지 궁금하다고 하고, 그가 해결한 사건들, 특히 그에게 유명세를 안겨준 그 톱모델 살인 사건에 대해 묻고는, 마침내 따뜻한 미소와 함께 자기 번호도 알려주겠다고 했다. "혹시 모르니까요."

"브록뱅크한테 지금 전화해보실 건가요?" 로빈의 질문에 스트라이크는 사라져가는 잉그리드의 뒷모습에서 시선을 뗐다.

"네? 아뇨. 그건 생각을 좀 해봐야 할 것 같아요. 전화를 받으면 그게 마지막 기회일 수 있으니까요." 그는 시계를 보았다. "갑시다. 코비에 너무 늦지 않게 가려면—"

그의 손에서 전화기가 울렸다.

"워들이네요." 스트라이크가 말했다.

그는 로빈에게도 들리도록 스피커폰으로 설정하고서 전화를 받았다.

"무슨 일이지?"

"시신의 신원이 확인됐어." 워들이 말했다. 그 목소리에는 그들이 아는 이름이라는 주의가 담겨 있었다. 잠깐 침묵이 흐르는 동안 스트라이크의 머릿속에는 공포에 사로잡힌 어린 소녀의 작고 초롱초롱한 눈이 떠올랐다.

"이름은 켈시 플랫, 다리 자르는 방법을 알려달라고 자네한테 편지를 보낸 소녀야. 그건 진짜였어. 나이는 16세."

스트라이크는 안도와 황당함이 동시에 밀려들었다. 그가 펜을 찾아 더듬거렸지만, 로빈이 이미 받아 적고 있었다.

"켈시는 직업학교 보육 교사 과정에서 옥사나 볼로시나를 만났어. 원래는 핀칠리에서 의붓 언니 커플하고 같이 살았어. 언니한테는 2주 동안 실습을 나갈 거라고 했대. 그래서 실종 신고를 하지 않았고, 걱정도 하지 않았다더군. 오늘 밤까지는 돌아올 거라고 생각했다나 봐.

옥사나 말로는 켈시가 언니랑 사이가 좋지 않았고, 옥사나 집에서 2주일 동안 머물러도 되겠느냐고 물었대. 그 집에서 편지를 쓴 것부터 해서, 처음부터 다 계획하고 있었던 것 같아. 당연하게도 언니는 지금 혼이 나갔어. 조사하기 힘든 상태지만, 어쨌건 편지의 필체가 동생 것이라는 걸 확인해줬어. 동생이 다리를 없애고 싶어 했다는 데에도 별로 놀라지 않더라고. 켈시의 빗에서 DNA 샘플을 채취했지. 시신과 일치해. 그 소녀가 맞아."

스트라이크는 좌석을 삐거덕거리며 몸을 기울여 로빈이 수첩에 뭐라고 적었는지 보았다. 그녀는 담배 냄새와 희미한 백단유 냄새를 맡았다.

"언니랑 같이 사는 사람이 있다고?" 스트라이크가 물었다. "남자?"

"그 사람은 별로 의심이 가지 않아." 워들이 말했고, 그 말은 이미 그쪽으로도 조사를 했다는 뜻이었다. "45세고, 은퇴한 소방관인데 건강이 좋지 않아. 폐가 안 좋고, 문제의 주말에는 완벽한 알리바이가 있어."

"문제의 주말이라고요?" 로빈이 물었다.

"켈시가 언니네 집을 떠난 건 4월 1일이에요. 그리고 2일, 아니면 3일에 죽었을 겁니다. 로빈 씨가 다리를 받은 건 4일이죠. 스트라이크, 여기 와서 조사를 좀 받아야 될 것 같아. 형식적인 일이지만 그 편지들에 대해서 정식 기록을 남겨야 하니까."

더 이상 할 말은 없는 것 같았다. 스트라이크가 알려줘서 고맙다고 말하자 워들은 전화를 끊었고, 그 뒤에 남은 침묵이 로빈에게는 충격으로 바르르 떠는 것처럼 느껴졌다.

28

...oh Debbie Denise was true to me,
She'd wait by the window, so patiently.
Blue Öyster Cult, 'Debbie Denise'
Lyrics by Patti Smith*

"마켓 하버러행은 완전히 헛발질이었네요. 브리트니가 아니라면 브록뱅크의 짓일 리 없죠."

스트라이크는 엄청난 안도감이 밀려들었다. 애덤 앤드 이브 스트리트의 색채가 갑자기 깨끗해진 듯했고, 행인들도 전화를 받기 전보다 더 밝고 다정해 보였다. 어쨌거나 브리트니는 어디엔가 살아 있다. 그의 잘못이 아니었다. 그 다리는 그녀의 것이 아니었다.

로빈은 아무 말도 하지 않았다. 스트라이크의 목소리와 표정에서 기쁨과 안도감이 느껴졌다. 물론 그녀는 브리트니 브록뱅크를 만난 적도 본 적도 없었다. 브리트니가 무사해서 다행이었지만, 어쨌건 다른 소녀가 무참히 살해되었다는 사실에는 변함이 없었다. 스트라이크에게서 죄책감이 떨어져 나와 그녀의 무릎에 무겁게 내려앉는 것 같았다. 자신은 켈시의 편지를 대충 읽고서 답장은 생각도 않고 그냥 사이코 서랍에 던져 넣은 장본인이었다. 자신이 켈시에게 연

* '……오 데비 데니즈는 진실했네,/언제나 창가에서 나를 기다려줬네.', 블루 오이스터 컬트, 〈데비 데니즈〉, 패티 스미스 작사.

락해 조언을 했다면 뭐가 달라졌을까? 아니면 스트라이크라도 전화해서, 네가 들은 이야기는 거짓이라며 다리는 전쟁터에서 잃은 거라고 이야기해주었다면? 로빈은 후회로 속이 쓰렸다.

"확실해요?" 얼마간 각자 생각에 잠겨 침묵을 지키다가 그녀가 물었다.

"뭐가요?" 스트라이크가 그녀를 보며 물었다.

"브록뱅크가 아니라는 거요."

"그게 브리트니가 아니라면—" 스트라이크가 입을 열었다.

"방금 전에 그 여자가—"

"잉그리드요?"

"그래요, 잉그리드." 로빈이 약간 신경질적으로 말했다. "그 여자 말에 따르면, 브록뱅크가 당신한테 집착했다잖아요. 당신 때문에 뇌에 손상을 입고 가족도 잃었다고."

스트라이크는 그녀를 바라보면서, 얼굴을 찌푸리며 생각했다.

"어젯밤에 제가 한 말이요. 그 살인범이 당신 명성과 전쟁에서 세운 공훈을 깎아내리고 싶은 거라면 브록뱅크가 딱 들어맞지 않나요?" 로빈이 말을 이었다. "혹시 그 사람이 켈시를 만났는데 다리에 브리트니처럼 상처가 있는 걸 보았다거나 켈시가 다리를 없애고 싶어 한다는 말을 들었다거나—잘은 모르겠지만—그러다 어떤 생각이 떠오른 게 아닐까요?" 그러더니 조심스럽게 덧붙였다. "그러니까 뇌 손상 때문에—"

"그놈은 뇌에 손상을 입은 게 아니에요." 스트라이크가 그녀의 말을 잘랐다. "병원에서 쇼한 거라고요."

로빈은 말없이 운전대 앞에 앉아 행인들이 애덤 앤드 이브 스트리트를 걸어가는 모습을 보았다. 그들이 부러웠다. 그들이 무슨 생각을 하건, 그 속에 살인과 시신 훼손 같은 것은 없을 것이다.

“그 말도 일리는 있어요.” 스트라이크가 마침내 입을 열었다. 로빈은 자신이 스트라이크의 개인적인 기쁨을 무뎌지게 했다는 것을 알았다. 그는 시계를 보았다. “자, 오늘 안으로 코비에 가려면 출발하는 게 좋겠어요.”

20킬로미터 떨어진 코비까지는 신속하게 주파했다. 로빈은 스트라이크의 부루퉁한 표정을 보고는 그가 브록뱅크에 대해 나눈 대화를 되새겨보고 있다고 짐작했다. 도로는 별 특징이 없었고, 주변 풍경은 단조로웠으며, 길가에는 산울타리와 나무 들이 있었다.

“그러면.” 스트라이크가 불편한 상념을 떨쳐버리게 하려고 로빈이 말했다. “랭 이야기를 다시 해주세요.”

“그래요, 랭.” 스트라이크가 천천히 말했다.

그가 브록뱅크 생각을 할 거라는 그녀의 생각이 맞았다. 이제 그는 다시 집중하려고 했다.

“랭은 아내를 묶어놓고 칼을 썼어요. 내가 아는 바론 강간으로 두 번 기소되었지만 형을 받지는 않았고요. 그리고 권투경기 때 내 얼굴을 물어뜯었죠. 한마디로 난폭하고 악독한 놈이에요.” 스트라이크가 말했다. “하지만 그의 장모는, 출소했을 때 놈이 병에 걸려 있었다고 했어요. 게이츠헤드로 갔다고 했는데, 코비에서 그 여자와 살았던 게 2008년이라면 게이츠헤드에는 오래 머물지 않았던 거죠.” 그가 지도에서 로렌 맥노턴의 집으로 가는 길을 다시 살펴보며 말했다. “나이도 맞고, 시간 선후 관계도 어긋나지 않으니까…… 한 번 가보죠. 로렌이 없으면 5시 넘어서 돌아갑시다.”

로빈은 스트라이크의 지시에 따라 코비의 도심을 지나갔다. 커다란 쇼핑센터를 중심으로 콘크리트와 벽돌 건물들이 뻗어 있었다. 철제 이끼처럼 안테나가 비죽비죽 돋아난 거대한 시의회 건물이 스카이라인을 지배했다. 중앙 광장도 없고, 유서 깊은 교회도 없고, 기둥 위에 세운 중등학교는 더더욱 없었다. 코비는 1940년대와 1950년대에 급증하는 이주 노동자들을 위해 건설되었다. 많은 건물이 생기 없는 실용적 분위기를 띠었다.

"도로명에 스코틀랜드식 이름이 많네요." 아가일 스트리트와 몬트로즈 스트리트를 지나가면서 로빈이 말했다.

"전에는 여기 지명 자체가 리틀 스코틀랜드였을걸요." 스트라이크가 에든버러 하우스라는 간판을 보며 말했다. 산업이 번창하던 시기에 코비는 잉글랜드에서 스코틀랜드인이 가장 많은 도시였다는 말을 들었다. 아파트 발코니마다 스코틀랜드를 상징하는 엑스자 모양의 흰 십자가 깃발과 뒷발로 선 사자 깃발이 펄럭였다. "랭한테는 게이츠헤드보다 여기가 더 편했을 거예요. 아는 사람도 더 많았을 테고요."

그들은 5분 후 구시가지에 이르렀다. 예쁜 석조 주택들이 철강업이 일어나기 이전의 코비 모습을 간직하고 있었다. 곧 로렌 맥노턴의 집이 있는 웰던 로드가 나왔다.

집들은 여섯 채가 한 블록을 이루었는데, 거울에 비친 듯한 구조여서 두 채의 현관이 나란히 붙어 있고 창문 모양은 서로 좌우가 반전되어 있었다. 현관 위 가로놓인 석판에 이름이 새겨져 있었다.

"저기네요." 스트라이크가 노스필드와 짝을 이룬 서머필드를 가리켰다.

서머필드 앞뜰에는 잔자갈이 깔려 있었다. 노스필드의 웃자란 잔디를 보니 로빈은 런던에 있는 자신의 집이 떠올랐다.

"로빈도 같이 들어가는 게 좋겠어요." 스트라이크가 안전띠를 풀며 말했다. "여자가 같이 있으면 더 편안해할 겁니다."

초인종이 고장 난 것 같았다. 스트라이크가 문을 세게 두드렸다. 개 짖는 소리가 요란하게 나서 최소한 이 집에 누군가 산다는 건 알 수 있었다. 곧 여자의 목소리가 들려왔다. 성이 났지만, 기운이 없는 목소리였다.

"조용히 해! 그만! 조용히 못 해? 쉿! 안 돼!"

문이 열리면서 쉰 살쯤 되어 보이는 굳은 표정의 여자가 나왔고, 지저분한 잭 러셀 개도 으르렁거리며 튀어나와서는 스트라이크의 발목에 이빨을 박았다. 그 이빨이 강철에 부딪친 것은 개에게는 불행이었지만 스트라이크에게는 행운이었다. 개가 캥 소리를 냈고, 로빈은 놈이 충격받은 틈에 얼른 목덜미를 잡아 들어 올렸다. 몸이 공중에 붕 뜨자 개는 너무 놀라서 버둥거리지도 않고 가만히 있었다.

"물지 마." 로빈이 말했다.

자신을 들어 올릴 만큼 용감한 여자는 훌륭한 여자라고 판단한 건지, 개는 로빈이 더 힘주어 잡아도 가만히 있었고 오히려 허공에서 몸을 뒤틀어 그녀의 손을 핥으려고 했다.

"미안해요." 여자가 말했다. "어머니가 키우시던 개라서. 여간 성가신 게 아니에요. 그런데 아가씨는 좋아하네요. 별일이에요."

어깨까지 오는 갈색 머리는 뿌리가 하얬다. 얇은 입술 양옆으로는 팔자 주름이 깊게 패어 있었다. 지팡이를 짚었는데, 부어오른 한쪽 발목에 붕대가 감겨 있었고, 샌들을 신은 발의 발톱은 노랗게 변색

되어 있었다.

스트라이크는 자기소개를 한 다음 로렌에게 운전 면허증과 명함을 보여주었다.

"로렌 맥노턴 씨가 맞나요?"

"네." 그녀가 머뭇머뭇 말한 뒤 로빈을 보았다. 로빈은 개의 머리 너머로 걱정 말라는 미소를 보냈다. "뭐, 하시는 분이라고요?"

"탐정입니다." 스트라이크가 말했다. "도널드 랭에 대한 정보를 얻을 수 있을까 해서 왔습니다. 전화번호부를 보니 그가 2년 전에 여기서 부인과 같이 살았다고 나오더군요."

"네, 맞아요." 그녀가 천천히 말했다.

"아직도 여기 삽니까?" 스트라이크가 답을 알면서도 물었다.

"아뇨."

스트라이크가 로빈을 가리켰다.

"저희가 안에 들어가서 몇 가지 여쭤봐도 될까요? 저희는 랭 씨를 찾고 있거든요."

잠시 침묵이 흘렀다. 로렌은 얼굴을 찌푸린 채 입술 안쪽을 깨물었다. 로빈이 개를 안자 개가 그녀의 손가락을 핥았다. 아직 페이스트리 맛이 남아 있을 것이다. 스트라이크의 찢어진 바지 자락이 바람에 펄럭였다.

"좋아요, 들어와요." 로렌이 지팡이에 의지하며 뒤로 물러섰다.

지저분한 거실은 담배 냄새에 찌들어 있었다. 사방에 노부인의 흔적이 가득했다. 코바늘로 뜬 갑 티슈 커버, 프릴 달린 싸구려 쿠션, 반들거리는 낮은 장식장에 화려한 옷을 입고 늘어선 곰 인형들. 한쪽 벽에는 눈이 큰 아이가 피에로 복장을 한 그림이 걸려 있었다. 도널드 랭이 여기 살았다고는 상상할 수 없었다.

집 안에 들어가자 개는 로빈의 품에서 뛰쳐나와 다시 스트라이크에게 짖어댔다.

"조용히 해." 로렌이 말했다. 그리고 벨벳 소파에 주저앉아서는 붕대 감은 발목을 가죽 스툴에 올려놓은 뒤 옆으로 손을 뻗어 담배를 찾아 꺼내 물었다.

"다리를 높이 하고 있어야 한대요." 그녀가 담배 문 입을 씰룩거리며 설명하고는 재가 수북한 유리 재떨이를 무릎에 올려놓았다. "방문 간호사가 매일 와서 붕대를 갈아줘요. 앉으세요."

"어쩌다 이렇게 되셨나요?" 로빈이 커피 테이블을 간신히 지나 로렌의 소파 옆자리에 앉으며 물었다. 개가 곧장 로빈 옆으로 뛰어올랐는데, 다행히 더는 짖지 않았다.

"튀김 기름을 쏟았어요." 로렌이 말했다. "일하는 식당에서요."

"저런." 스트라이크가 말하며, 안락의자에 앉았다. "많이 아프셨겠어요."

"네, 정말 아팠어요. 적어도 한 달은 쉬어야 한대요. 어쨌건 응급실이 멀지 않아서요."

알고 보니 로렌은 지역 병원의 식당에서 일했다.

"그래, 도니가 무슨 짓을 했나요?" 로렌은 다리 다친 이야기를 다 마치고는 담배 연기를 내뿜으면서 물었다. "또 뭘 훔쳤나요?"

"왜 그런 말씀을 하시는 거죠?" 스트라이크가 조심스레 물었다.

"우리 집을 털어 갔으니까요." 그녀가 말했다.

무뚝뚝함은 여자의 가면이라는 것을 로빈은 알 수 있었다. 로렌이 말할 때 긴 담배가 흔들렸다.

"언제였나요?"

"이 집에서 나갈 때요. 패물을 다 가져갔어요. 어머니 결혼반지며 뭐며 다. 그게 나한테 어떤 의미인지 잘 알면서. 어머니가 돌아가신 지 1년도 안 됐을 때였거든요. 그래요, 그 인간은 어느 날 그냥 나가서 돌아오지 않았어요. 경찰에 전화했죠, 사고를 당했나 하고요. 그러고 나서 돈과 패물이 없어졌다는 걸 알게 됐어요."

그녀는 굴욕감을 떨치지 못했다. 움푹 꺼진 두 뺨이 달아올랐다.

스트라이크는 재킷의 안주머니를 뒤졌다.

"우리가 같은 사람을 이야기하고 있는 건지 확인해보죠. 이 사진 속 사람이 맞습니까?"

그는 멜로즈에서 랭의 전 장모에게 받아 온 사진을 로렌에게 건넸다. 짧고 붉은 머리에 페럿 같은 검은 눈의 랭이 청색과 황색의 체크무늬 킬트를 입고서 등기소 앞에 서 있었다. 그의 팔에는, 덩치가 그의 반도 안 되는 로나가 헐렁한 중고 웨딩드레스를 입고서 매달려 있었다.

로렌이 한참 동안 사진을 들여다보았다. 마침내 그녀가 말했다.

"맞는 것 같네요."

"이 사진에는 보이지 않지만 왼팔 위쪽에 노란 장미 문신이 있습니다." 스트라이크가 말했다.

"네, 그것도 맞아요." 로렌이 무겁게 말했다.

그녀는 사진을 들여다보며 담배를 피웠다.

"결혼한 적 있는 거죠?" 그녀가 바르르 떨리는 목소리로 물었다.

"그렇게 말하지 않았나요?" 로빈이 물었다.

"아뇨, 결혼한 적 없다고 했어요."

"어떻게 만나셨는데요?" 로빈이 물었다.

"술집에서요. 하지만 내가 처음 만났을 때는 저 사진하고 많이 달랐어요." 로렌이 말했다.

그녀는 그녀 뒤의 낮은 장식장 쪽으로 몸을 돌려서는 어떻게든 일어서려고 했다.

"제가 도와드릴게요." 로빈이 말했다.

"저기 중간 서랍에 아마 사진이 있을 거예요."

로빈이 냅킨 고리, 코바늘로 뜬 작은 깔개, 기념 티스푼, 이쑤시개, 사진 들이 가득한 서랍을 열자 개가 다시 짖었다. 로빈은 사진을 되도록 많이 꺼내 로렌에게 돌아왔다.

"이 사람이에요." 로렌의 어머니로 보이는 노부인 사진이 대부분이었는데, 로렌이 그중에서 사진 한 장을 꺼내 스트라이크에게 건네주었다.

그는 길에서 마주쳐도 알아보지 못할 만큼 변해 있었다. 전체적으로 몸이 부었으며, 특히 얼굴이 그랬다. 목은 아예 없다시피 했다. 피부는 팽팽하고 눈코입은 뒤틀렸다. 한 팔은 미소 짓는 로렌의 어깨를 감싸 안았고 다른 팔은 몸 옆으로 늘어뜨렸다. 얼굴에는 웃음기가 없었다. 스트라이크는 자세히 들여다보았다. 노란 장미 문신이 보였지만 위팔에 붉은 반점이 잔뜩 퍼져 있어서 얼른 알아보기가 어려웠다.

"피부가 왜 이런 건가요?"

"건선성 관절염이에요." 로렌이 말했다. "아주 심했어요. 그래서 질병 수당으로 살았죠. 일을 할 수 없었으니까."

"네?" 스트라이크가 물었다. "전에는 무슨 일을 했나요?"

"여기에는 큰 건설 회사의 관리자로 왔어요." 그녀가 말했다. "하지만 병에 걸려서 일을 할 수가 없었죠. 멜로즈에 자기 건설 회사가 있었어요. 임원이었고요."

"정말입니까?" 스트라이크가 말했다.

"네, 가족 회사라고 했어요." 로렌이 사진을 뒤지며 말했다. "아버지한테 물려받았대요. 여기 또 있네요, 보세요."

사진 속에서 그들은 손을 잡고 있었다. 비어 가든인 것 같았다. 로렌은 환하게 웃었고 랭은 무표정했다. 부은 얼굴 때문에 검은 눈이 더 작아 보였다. 치료 목적으로 스테로이드를 복용하는 사람들의 전형적인 모습이었다. 여우 털 같은 머리카락은 그대로였는데, 그것을 빼면 지난날 스트라이크의 얼굴을 문 젊은 권투 선수의 이목구비를 알아보기가 쉽지 않았을 것이다.

"두 분은 얼마 동안 같이 지내셨나요?"

"열 달요. 어머니가 돌아가신 직후에 그를 만났어요. 어머니 나이는 아흔둘이셨고 저랑 여기서 함께 살았어요. 저는 옆집 윌리엄스 부인을 도와드렸어요. 나이가 여든일곱인데 치매에 걸리셨죠. 아들도 미국에 있었고요. 도니가 그분에게 잘했어요. 잔디도 깎고 장도 봐드리고 했어요."

'다리 뻗을 곳을 잘도 찾았군.' 스트라이크는 생각했다. 병들고 직업도 없던 무일푼의 랭에게, 딸린 식구 없이 외로운 중년 여자, 게다가 요리도 할 줄 알고 집도 있으며 어머니의 유산을 받은 여자는 하늘의 선물이었을 것이다. 약간의 연민을 내비치며 그녀와 가까워지려고 시도해볼 만했을 것이다. 랭은 마음만 먹으면 매력을 발휘할 수 있었다.

"처음에는 괜찮은 사람 같았어요." 로렌이 침울하게 말했다. "그때는 내가 바라는 만큼 잘해줄 수가 없었어요. 건강이 안 좋았으니까요. 관절이 부어올라서 병원에 가 주사를 맞아야 했어요……. 나중에는 좀 우울해했지만 건강 때문이라고 생각했죠. 아픈 사람한테 늘 유쾌하길 바랄 수는 없잖아요. 모두가 우리 어머니 같을 순 없죠. 어머니는 정말 대단한 분이셨어요. 그렇게 건강이 안 좋은데도 언제나 웃음을 잃지 않고……."

"티슈를 가져다드릴게요." 로빈이 코바늘 덮개를 씌운 갑 티슈 쪽으로 천천히—무릎에 머리를 얹고 있는 개가 흔들리지 않게—몸을 기울이며 말했다.

"절도 사건은 신고하셨나요?" 로렌이 티슈를 받아들자 스트라이크가 물었다. 그녀는 담배를 깊이 빠는 사이사이 티슈를 눈에 갖다 댔다.

"아뇨. 소용 있겠어요? 어차피 찾지도 못할 텐데." 그녀가 퉁명스럽게 말했다.

로빈은 굴욕적인 일로 관청의 관심을 끌고 싶지 않았을 로렌에게 연민을 느꼈다.

"그 사람이 난폭한 행동을 한 적이 있나요?" 로빈이 부드럽게 물었다.

로렌은 깜짝 놀란 것 같았다.

"아뇨. 그래서 오신 건가요? 누구를 다치게 했나요?"

"저희도 모릅니다." 스트라이크가 말했다.

"누구를 다치게 했을 것 같지는 않아요." 그녀가 말했다. "그런 사람은 아니었어요. 경찰에도 그렇게 말했어요."

"죄송한데, 절도 사건을 신고하지 않으셨다면서요?" 로빈이 이제는 잠이 들어버린 개의 머리를 쓰다듬으며 물었다.

"그건 그 뒤의 일이에요." 로렌이 말했다. "도니가 떠나고 한 달쯤 뒤에 윌리엄스 부인 댁에 도둑이 들어서 부인을 때려눕히고 금품을 훔쳐 갔어요. 경찰은 도니의 행방을 물었어요. 나는 그가 떠난 지 한참 됐다고, 어쨌건 그런 일을 할 사람은 아니라고 말했어요. 그 사람은 윌리엄스 부인에게 잘했거든요. 노부인에게 주먹을 휘두를 사람은 아니에요."

그들은 비어 가든에서 손을 잡던 때도 있었다. 그는 노부인 집 잔디도 깎아주었다. 그녀는 랭이 완전히 나쁜 사람이라고 믿고 싶어 하지 않았다.

"이웃분께서 경찰에 범인의 인상착의를 설명하지 못하신 것 같네요?" 스트라이크가 물었다.

로렌은 고개를 끄덕이며 말했다.

"그분은 그 뒤로 정신이 돌아오지 않으셨어요. 집에서 돌아가셨죠. 노스필드에는 이제 다른 가족이 살아요. 아이가 셋이라 얼마나 시끄러운지. 그러면서 늘 우리 개만 가지고 뭐라고 하죠!"

더 이상 들을 이야기가 없었고, 로렌은 랭이 어디로 갔는지 전혀 알지 못했다. 그녀는 그에게서 멜로즈 이외의 연고지를 들은 기억이 없었으며, 그의 친구는 단 한 명도 만난 적이 없었다. 그가 돌아오지 않으리란 것을 알게 되었을 때 전화기에서 그의 휴대전화 번호를 지웠다. 그녀는 그들에게 랭의 사진 두 장을 건네주었지만, 그것 말고는 그들을 도울 방법이 없었다.

로빈이 따뜻한 무릎에서 개를 내려놓자 개가 그녀를 향해 크게 짖었다. 그러고는 스트라이크가 의자에서 일어나자 온갖 불만을 드러냈다.

"그만해, 티거." 로렌이 짜증을 내며, 몸부림치는 개를 힘겹게 붙잡았다.

"일어나실 필요 없어요. 도와주셔서 정말 감사합니다!" 로빈이 개가 요란하게 짖는 소리 너머로 크게 외쳤다.

그들은 로렌을 담배 연기 자욱한 좁은 거실에 두고 나왔다. 그녀는 계속 발목을 스툴에 얹고 있었는데, 아마 그들을 만나서 좀 더 슬프고 속상해졌을 것이다. 개 짖는 소리가 집 밖까지 그들을 따라 나왔다.

"차라도 끓여드릴 걸 그랬나 봐요." 차에 다시 오르며 로빈이 죄책감에 젖어 말했다.

"저분은 랭과 헤어져서 얼마나 다행인지 모르고 있어요." 스트라이크가 기운을 내 말한 뒤, 노스필드를 가리켰다. "저 집의 불쌍한 노부인을 생각해봐요. 돈 몇 푼에 맞아 죽었어요."

"랭이 했다고 생각하세요?"

"당연히 랭이죠." 스트라이크가 말했고, 로빈이 시동을 걸었다. "놈은 노부인을 도와주는 척하면서 그 집을 조사했어요. 그리고 관절염이 심하다면서 잔디도 깎았으니 노부인을 반쯤 때려눕힐 힘은 있었을 겁니다."

배고프고 피곤한 데다 담배 냄새 때문에 머리가 아파서, 로빈은 고개를 끄덕이며 자기도 그렇게 생각한다고 말했다. 우울한 대담이었고, 앞으로 두 시간 반을 더 운전해야 한다는 것도 그다지 달갑지 않았다.

"출발할까요? 엘린에게 오늘 밤 간다고 했거든요." 스트라이크가 시계를 보면서 말했다.

"네." 로빈이 말했다.

그런데 무슨 이유 때문인지—두통 때문인지, 아니면 사랑하는 사람들의 기억에 둘러싸여 서머필드에 혼자 남은 외로운 여자 때문인지—로빈도 울음이 터져 나올 것 같았다.

29

I Just Like To Be Bad*

때때로 그는 자신을 친구라고 여기는 사람들과 함께 어울리는 일이 어려웠다. 그는 돈이 필요할 때 그들과 어울렸다. 그들의 본업은 절도였고, 토요일 밤의 매춘은 그들의 놀이였다. 그들은 그를 좋아했다. 그가 자신들의 친구라고 생각했다. 자신들과 대등하다고!

경찰이 그녀를 발견한 날, 그는 혼자서 조용히 그 보도들을 음미하고 싶었다. 신문 기사를 읽는 일은 즐거웠다. 그는 자부심을 느꼈다. 은밀하게 살인한 것, 서두르지 않고 여유롭게 실행한 것, 모든 것을 원하는 대로 꾸민 것은 이번이 처음이었다. 비서에게도 똑같이 할 생각이었다. 살아 있는 모습을 여유롭게 즐기다가 죽이는 것.

유일하게 짜증스러운 점은 편지에 대한 언급이 없다는 것이었다. 편지야말로 경찰이 스트라이크에게 관심을 돌리고, 그 망할 놈을 조사하고, 신문에 그놈의 이름이 불명예스럽게 거론되고, 멍청한 대중이 그가 거기에 관련이 있다고 생각하게 만들 것이었다.

* 〈나는 그냥 나쁘게 사는 게 좋아〉, 블루 오이스터 컬트, 〈숨겨진 거울의 저주〉 앨범의 수록곡.

어쨌거나 기사도, 그가 그녀를 죽인 집의 사진도, 꽃미남 경찰관의 인터뷰도 넘쳐났다. 그는 기사를 모았다. 이것 또한 소장하고 있는 그녀의 일부처럼 그에게는 소중한 기념품이었다.

물론 '그것'에게는 이런 자부심과 기쁨을 숨겨야 했다. '그것'은 지금 아주 조심스럽게 다루어야 하기 때문이다. '그것'은 지금 유쾌하지 않다. 전혀 유쾌하지 않다. 인생은 '그것'의 예상대로 펼쳐지지 않았고, 그는 거기 신경 쓰고 걱정하는 척, 다정한 사내인 척해야 했다. '그것'이 유용했기 때문이다. '그것'은 돈을 가져오고 또 알리바이도 줄 수 있었다. 알리바이는 언제 필요할지 모른다. 전에 한 번 아주 아슬아슬했던 적이 있었다.

그가 밀턴케인스에서 두 번째로 사람을 죽였을 때였다. 자기 집 문 앞은 더럽히지 않는 게 좋다. 그것은 그가 지켜온 원칙이었다. 그는 그 전에도 그 후에도 밀턴케인스에 간 적이 없고, 그 장소에 아무 연고도 없었다. 그는 자동차를 훔쳤고, 친구들과 헤어져 홀로 그 일을 했다. 가짜 번호판은 미리 준비해두었다. 그런 뒤 그냥 차를 몰고 가 모험을 했다. 첫 번째 살인 이후 두 번의 미수가 있었다. 술집이나 클럽에서 여자들에게 말을 걸고 대화를 하다가 한 명만 빼내는 일이 예전만큼 쉽지 않았다. 자신이 예전만큼 잘생기지 않았다는 것은 알았지만, 매춘부만 상대하는 패턴은 피하고 싶었다. 같은 유형을 반복하면 경찰은 추리를 해낸다. 한번은 술 취한 여자를 골목으로 데리고 들어갔는데, 칼을 꺼내기도 전에 아이들이 키득거리며 튀어나와서 달아나야 했다. 그 뒤로는 평소 같은 방식으로 여자를 꾀는 것을 포기했다. 이제는 힘을 써야 했다.

몇 시간 동안 운전을 했더니 좌절감이 커졌다. 밀턴케인스에는 칼질을 할 만한 사람이 도무지 눈에 띄지 않았다. 자정을 10분 남기고는 이제 포기하고 매춘부나 찾아볼까 하다가 여자를 보았다. 청바지를 입은 짧은 갈색 머리의 여자가 도로 한복판 로터리에서 남자친구와 싸우고 있었다. 그는 옆을 지나가면서 백미러로 커플을 보았다. 여자는 분노에 휩싸여 눈물을 흘리며 남자를 떠났다. 남겨진 남자는 여자의 등에 대고 고함을 치다가 짜증을 내며 돌아서서 반대 방향으로 걸어갔다.

그는 유턴해서 다시 여자를 향해 갔다. 여자는 소매로 눈물을 닦으며 걷고 있었다.

그가 창문을 내렸다.

"괜찮아요?"

"꺼져요!"

여자는 자동차를 피해 길가의 덤불로 뛰어들었고, 그것이 그녀의 운명을 결정지었다. 거기서부터 조명이 밝은 곳까지는 거의 100미터쯤 떨어져 있었다.

이제 도로에서 벗어나 주차만 하면 되었다. 그는 먼저 눈만 드러나는 방한 두건을 썼다. 그런 뒤 칼을 들고 차에서 내려 그녀가 사라진 방향으로 침착하게 걸어갔다. 회색 도로에 생기를 불어넣기 위해 심은 덤불에서 그녀가 빠져나오려 하는 소리가 들렸다. 이곳은 가로등이 없었다. 어두운 이파리들 옆을 조심조심 움직이는 그의 모습이 그곳을 지나가는 운전자들에게는 보이지 않았다. 여자가 다시 도로로 나오려고 할 때, 그는 칼끝을 그녀의 등에 들이대고 그녀를 다시 덤불 속으로 밀고 들어갔다.

그는 덤불에서 한 시간을 보낸 뒤 시체를 두고 떠났다. 먼저 귓불에서 귀고리를 떼어냈고, 칼을 거칠게 움직여 여기저기 잘라냈다. 그러다 지나가는 차량이 뜸해지자 두건을 쓴 채로 어둠 속에 주차해 둔 훔친 차로 돌아갔다.

그는 온몸의 세포가 고양감과 만족감에 팽팽하게 부푼 채로 차를 몰았다. 주머니에서는 핏물이 흘렀다. 그제야 안개가 걷혔다.

지난번에는 직장 차를 이용했고, 일을 치른 뒤 동료들이 보는 앞에서 차를 꼼꼼하게 닦았다. 이 자동차의 천 시트는 피를 지울 수 없었고, 또 자신의 DNA도 사방에 있을 것 같았다. 어떻게 하지? 그때 그는 패닉과 가장 가까운 상태에 빠졌다.

그는 차를 버리려고 북쪽으로 수십 킬로미터를 달린 뒤 큰길에서 많이 떨어지고 주변에 건물이 없는 황량한 들판에 다다랐다. 추위에 떨면서 위조 번호판을 떼어내고, 양말 한 짝을 연료 탱크에 넣어 적신 다음 피범벅이 된 앞좌석에 던져 넣고 불을 붙였다. 불이 제대로 붙기까지는 시간이 꽤 걸렸다. 그는 몇 번이나 차로 돌아가 불길이 일도록 해야 했다. 그러다 마침내 새벽 3시가 되자, 나무들 틈에 숨어 떨면서 지켜보는 그의 눈앞에서 자동차가 폭발했다. 그런 뒤 그는 도망쳤다.

때는 겨울이었기에 방한 두건도 그리 어색하지 않았다. 그는 위조 번호판을 숲에 묻은 뒤, 고개를 숙이고 두 손을 소중한 기념품이 든 양쪽 주머니 속에 찔러 넣고서 길을 걸었다. 그는 그것도 묻어버릴까 생각했지만 차마 그렇게는 할 수 없었다. 그는 바지의 핏자국을 진흙으로 덮어 가리고 방한 두건을 쓴 채 역으로 갔고, 열차 안에서는 술 취한 척을 해 사람들의 접근을 막았다. 혼잣말을 중얼거리고 적의와 광기를 내비치자 주변에 만족할 만한 경계선이 생겨났다.

그가 집에 도착해보니 이미 여자의 시신이 발견된 뒤였다. 그는 그날 밤, 쟁반을 무릎에 얹고 식사를 하며 TV로 그 모습을 지켜보았다. 사람들은 불탄 차를 발견했지만 번호판은 찾지 못했고, 또—엄청난 행운이자 우주의 신기한 축복으로—그녀와 싸운 남자 친구가 체포되어 기소되었으며, 증거가 부족한데도 유죄판결을 받았다! 그 등신이 아직도 형을 살고 있다고 생각하면 그는 가끔 웃음이 새어 나왔다…….

그렇기는 했지만 만약 경찰과 마주쳤다면 끝장이었을 것이다. 너무 오랫동안 차를 몰고 다녔고, 누가 주머니 안을 보여달라고 하거나, 눈썰미 좋은 승객이 그의 옷에 묻은 피를 봤을 수도 있었다는 생각은 그에게 큰 교훈이 되었다. 계획은 철두철미해야 했다. 모험은 금물이었다.

그래서 그는 지금 근육 마사지 로션을 사러 나가야 했다. 지금 가장 먼저 해야 할 일은 '그것'의 멍청한 새 계획이 그의 계획을 방해하지 않게 하는 것이었다.

2권에서 계속됩니다.

크레디트 리스트

Music Publishing (UK) Ltd, Sony/ ATV Tunes LLC, London W1F 9LD '**Good to Feel Hungry**' (p59) (Eric Bloom, Danny Miranda, Donald B. Roeser, Bobby Rondinelli, John P. Shirley). Reproduced by permission of Six Pound Dog Music and Triceratops Music '**Lonely Teardrops**' (p63) Words and Music by Allen Lanier © 1980, Reproduced by permission of Sony/ATV Music Publishing (UK) Ltd, Sony/ ATV Tunes LLC, London W1F 9LD '**One Step Ahead of the Devil**' (p72) (Eric Bloom, Danny Miranda, Donald B. Roeser, Bobby Rondinelli, John P. Shirley). Reproduced by permission of Six Pound Dog Music and Triceratops Music '**Shadow of California**' (p74) Words and Music by Samuel Pearlman and Donald Roeser © 1983, Reproduced by permission of Sony/ATV Music Publishing (UK) Ltd/ Sony/ATV Tunes LLC, London W1F 9LD '**O.D.'D On Life Itself**' (p102) Words and Music by Albert Bouchard, Eric Bloom, Samuel Pearlman and Donald Roeser © 1973, Reproduced by permission of Sony/ATV Music Publishing (UK) Ltd, Sony/ ATV Tunes LLC, London W1F 9LD '**In the Presence of Another World**' (p113, p304) Words and Music by Joseph Bouchard and Samuel Pearlman © 1988, Reproduced by permission of Sony/ATV Music Publishing (UK) Ltd, Sony/ATV Tunes LLC, London W1F 9LD '**Showtime**' (p130) (Eric Bloom, John P. Trivers). Reproduced by permission of Six Pound Dog Music '**Power Underneath Despair**' (p142) (Eric Bloom, Donald B. Roeser, John P. Shirley). Reproduced by permission of Six Pound Dog Music and Triceratops Music '**Before the Kiss**' (p150) Words and Music by Donald Roeser and Samuel Pearlman © 1972, Reproduced by permission of Sony/ATV Music Publishing (UK) Ltd, Sony/ATV Tunes LLC, London W1F 9LD Words taken from '**Here's Tae Melrose**' (p150) by Jack Drummond (Zoo Music Ltd) '**The Girl That Love Made Blind**' (p170) Lyrics by Albert Bouchard '**Lips in The Hills**' (p173) Words and Music by Eric Bloom, Donald Roeser and Richard Meltzer © 1980, Reproduced by permission of Sony/ATV Music Publishing (UK) Ltd, Sony/ATV Tunes LLC, London W1F 9LD '**Workshop of the Telescopes**' (p184) (Albert Bouchard, Allen Lanier, Donald Roeser, Eric Bloom, Sandy Pearlman) '**Debbie Denise**' (p189, p322) Words by Patti Smith. Music by Albert Bouchard and Patti Smith © 1976, Reproduced by permission of Sony/ATV Music Publishing (UK) Ltd, Sony/ATV Tunes LLC, London W1F 9LD '**Live for Me**' (p211) (Donald B. Roeser, John P. Shirley). Reproduced by permission of Triceratops Music '**I Just Like To Be Bad**' (p228, p336) (Eric Bloom, Brian Neumeister, John P. Shirley). Reproduced by permission of Six Pound Dog Music '**Make Rock Not War**' (p240) Words and Music by Robert Sidney Halligan Jr. © 1983, Reproduced by permission of Screen Gems-EMI Music Inc/ EMI Music

옮긴이_ 고정아

서울에서 태어나 연세대학교 영문학과를 졸업하고 지금은 번역가로 활동하고 있다. 2012년 제6회 〈유영번역상〉을 수상했다. 옮긴 책으로는 《엘 데포》《전망 좋은 방》《내 책 상 위의 천사》《천국의 작은 새》 등이 있다.

커리어 오브 이블 1

초판 1쇄 인쇄 2017년 6월 19일
초판 1쇄 발행 2017년 6월 30일

지은이 | 로버트 갤브레이스
옮긴이 | 고정아
발행인 | 강봉자·김은경

펴낸곳 | (주)문학수첩
주소 | 경기도 파주시 회동길 192(문발동 513-10) 출판문화단지
전화 | 031-955-4445(대표번호), 4500(편집부)
팩스 | 031-955-4455
등록 | 1991년 11월 27일 제16-482호

홈페이지 | www.moonhak.co.kr
블로그 | blog.naver.com/moonhak91
이메일 | moonhak@moonhak.co.kr

ISBN 978-89-8392-658-6 04840
ISBN 978-89-8392-657-9 (세트)

「이 도서의 국립중앙도서관 출판예정도서목록(CIP)은 서지정보유통지원시스템 홈페이지(http://seoji.nl.go.kr)와 국가자료공동목록시스템(http://www.nl.go.kr/kolisnet)에서 이용하실 수 있습니다.(CIP제어번호: CIP2017013586)」

* 파본은 구매처에서 바꾸어 드립니다.